Andrea Sawatzki
Woanders ist es auch nicht ruhiger

ANDREA SAWATZKI
Woanders ist es auch nicht ruhiger

Roman

PIPER

Mehr über unsere Autorinnen, Autoren und Bücher:
www.piper.de

Wenn Ihnen dieser Roman gefallen hat, schreiben Sie uns unter Nennung des Titels »Woanders ist es auch nicht ruhiger« an *empfehlungen@piper.de*, und wir empfehlen Ihnen gerne vergleichbare Bücher.

Von Andrea Sawatzki liegen im Piper Verlag vor:
Ein allzu braves Mädchen
Tief durchatmen, die Familie kommt
Von Erholung war nie die Rede
Ihr seid natürlich eingeladen
Andere machen das beruflich
Woanders ist es auch nicht ruhiger

ISBN 978-3-492-06247-3
2. Auflage 2021
© Piper Verlag GmbH, München 2021
Satz: Satz für Satz, Wangen im Allgäu
Gesetzt aus der Whitman
Druck und Bindung: CPI books GmbH, Leck
Printed in the EU

Für Christian, Moritz und Bruno
und alle Menschen, die einen Bundschuh
in der Familie haben …

1.
Kapitel

Es begann alles damit, dass der Berliner Flughafen eines Tages seine Pforten öffnete. Das mag im ersten Moment logisch erscheinen, weil man Flughäfen ja nicht aus purem Spaß baut. Im Falle des BER sorgte es aber für große Überraschung, weil niemand mehr damit gerechnet hatte. Im Gegenteil. Die Eröffnung des BER hatte sich in den vergangenen Jahren zu einem Running Gag entwickelt. Der Flughafen blieb nach etlichen Baupannen zu und war nur noch ein paar Witze wert. Und das war auch gut so – zumindest unserer Meinung nach. Denn meine Familie und ich konnten den Flughafen am allerwenigsten brauchen. Erstens, weil wir ja grundsätzlich nicht fliegen. Wohin auch? Und zweitens, weil der Rotkehlchenweg samt unserem Haus in der Anflugschneise liegt.

Ich hörte als Erste von der drohenden Eröffnung, weil morgens bei mir in der Küche immer das Radio läuft. So auch an jenem schicksalhaften Freitag. Die Reaktion meiner Lieben war verhalten, weil sie gerade wieder irgendwelche anderen Probleme hatten, mit denen sie sich herumschlagen mussten. Irgendwelche Probleme gab es immer. Wir sind, ich sage es ungern, im Grunde eine deutsche Problemfamilie ohne wirkliche Probleme. Zumindest waren wir das – bis wir die Konsequenzen der Eröffnung realisierten.

An den Tag, als der Flughafen dann tatsächlich seinen Betrieb aufnahm, erinnere ich mich noch ganz genau. Ich stand frühmorgens im Garten und klaubte Schnecken aus meinem Salat.

Die Sonne schien, die Vögel zwitscherten, unsere Hunde Gulliver und Othello spielten im Kohlrabibeet, Gerald probierte seine neuen Nordic-Walking-Stöcke aus, die ich günstig bei unserem Discounter ergattert hatte, und der Rest der Familie schlief noch.

Nichts ahnend zupfte ich ein wohlgenährtes Nacktschneckenbaby von einem Salatblättchen, als es plötzlich dunkel wurde. Eine riesige Wolke schien die Sonne zu verhüllen. Ich schaute nach oben und schrie auf. Über mir schwebte der riesige Bauch eines Flugzeugs. Im selben Augenblick durchbrach ohrenbetäubender Motorenlärm die Schallmauer, und ich warf mich zu Boden, wo ich mein Gesicht in der Erde vergrub.

Als der Lärm langsam verebbte und ich die Wärme der Sonne wieder auf meinem Rücken spürte, wagte ich einen Blick zum Haus. Es stand noch. Die Vögel begannen wieder zu singen, nur Gulli und Othello waren nirgends mehr zu sehen.

Ich versuchte, mich mit dem Gedanken zu beruhigen, dass die Piloten noch ungeübt waren, was den Landeanflug auf den neuen Flughafen betraf. Wahrscheinlich mussten sie die richtige Flugroute erst erproben. Ich atmete tief durch und wandte mich wieder meinem Schneckensammelkästchen zu. Es war leer. Die Schnecken waren bei meinem Sturz hinausgefallen und suchten nun eifrig das Weite. Beherzt griff ich nach ihnen. Gerade wollte ich mich dem Möhrenbeet zuwenden, um meine Arbeit fortzusetzen, als der nächste Flieger auf unser Grundstück zusteuerte. Die Erde unter meinen Füßen vibrierte, die Scheiben unseres Schuppens klirrten, und Othello und Gulliver, die sich gerade zaghaft aus dem Dunkel der Hausmauer hervorgewagt hatten, rannten mit eingeklemmten Schwänzen Richtung Haus und gegen die geschlossene Terrassentür. Ich ging in die Knie und linste vorsichtig in den Himmel über mir. Dieses Mal war ich ein bisschen besser gewappnet für das, was auf mich zukommen würde. Ich zwang mich, die Augen nicht vom Himmel abzuwenden, und als das Flugzeug zum Greifen nah über meinem Kopf zur Landung ansetzte, befand ich, dass ich genug gesehen hatte, warf meine Schnecken wie üblich über den Gartenzaun zu Familie Federbein und lief ins Haus, um meine Familie, samt Susanne und meiner Mutter, zu wecken.

Unsere Mütter wohnten jetzt schon seit geraumer Zeit bei uns, was sie damit entschuldigten, dass sie aufgrund des weltweit grassierenden Virus und des daraus resultierenden Lockdowns von der Sorge geplagt waren, nicht mehr genug Zeit mit uns verbringen zu können. Kurz bevor die Bahn den Verkehr einstellte, hatte Ilse für sich und Susanne Zugfahrkarten ergattert. Und nun fühlten sie sich so wohl bei uns, dass sie gar nicht darüber nachdachten, nach Hause zurückzukehren, als es wieder möglich war. Ich hatte die leise Hoffnung, dass der Flugzeuglärm sie vielleicht umstimmen könnte.

2.
Kapitel

Meine Mutter empfing mich an der Terrassentür. »Gundula, wie siehst du denn aus? Wasch dir mal das Gesicht, du bist ja völlig verdreckt. Hast du das eben mitbekommen? Das Haus ist fast eingestürzt! Wo warst du denn wieder? Immer wenn man dich braucht, bist du nicht da.«
»Ich war im Garten.«
»Was machst du denn in dieser Herrgottsfrühe im Garten?«
»Schnecken sammeln.«
»Schnecken sammeln? Als ob es nichts Wichtigeres gäbe, wenn fast das Haus einstürzt.«
Ich zwängte mich an Mutti vorbei und sah, dass die ganze Familie wach war. Nur Susanne fehlte, was wahrscheinlich an ihrer Schwerhörigkeit lag. Ohne ihr Hörgerät würde sie nicht mal den Weltuntergang mitbekommen.
Im Esszimmer saßen Rose und Hadi, beide noch im Nachthemd. Sie mussten in Panik aus ihrer Wohnung gegenüber zu uns gestürmt sein, um Unterschlupf zu finden. Zum Glück hatten sie an Eddie Barack gedacht, was in letzter Zeit selten der Fall war. Eddie Barack ist Roses kleiner, unehelicher Sohn aus einer kurzen Liaison mit Rolfis Beinahe-Schwiegervater Reginald Shoemaker. Jetzt saß Eddie auf Roses Schoß und aß Apfelbrei aus dem Gläschen.
»Gundula!«, rief Rose, als ich durch die Terrassentür kam. »Hast du das gerade mitgekriegt? Da fliegen irgendwelche Kampfflieger über uns weg. Der Gerald und der Hadi sagen, es sind vielleicht die Amis. Oder Terroristen!«

»Oder die Russen«, sagte meine Mutter hinter mir.
Jetzt erst bemerkte ich Gerald. Er hing in Vatis Lehnstuhl, hatte sich ein Kühlpad auf die Stirn gelegt und starrte an die Decke.
»Gerald! Was ist passiert?«
Geralds Gesicht war dunkelrot, lediglich ein dünner Streifen über der Oberlippe war kalkweiß. Ich näherte mich ihm vorsichtig. Hoffentlich hatte er sich bei seinem ersten Nordic-Walking-Versuch nicht übernommen.
»Gerald?«, fragte ich noch mal.
Er blinzelte ein bisschen, starrte aber weiter an die Decke.
So kannte ich ihn gar nicht.
Ich klopfte ihm auf die Schulter.
»Aua!«, schrie er auf. »Nicht anfassen!«
Zumindest hatte er seine Sprache nicht verloren.
»Was ist denn passiert?«
»Ich habe mir den Nacken gezerrt.«
»Wobei?«
»Das fragst du noch?«
Er atmete tief ein. »Ich bin geflohen, Gundula. Ich bin vom Meisenweg bis hierher durchgerannt. Ein Auto hätte mich beinah auf halber Strecke überfahren, weil ich so unter Schock stand, dass ich nicht mehr auf die Straße achten konnte. Ich wäre fast tot gewesen! Es war sooo ...«, er hielt mir Daumen und Zeigefinger vor die Nase, »... knapp. Dabei muss es passiert sein. Also das mit dem Nacken.«
»Und ... äh ... wovor bist du geflohen?«, fragte ich.
»Na, vor den Russen«, sagte meine Mutter. »Wie oft denn noch!?«
Rose und Hadi nickten einvernehmlich mit den Köpfen.
»Unsinn«, sagte ich. »Das ist der neue Flughafen. Das hatte ich euch doch erzählt, dass der die Tage eröffnet wird. Aber mir hört hier ja keiner zu.«
»Ich habe dir zugehört, Gundula«, sagte Gerald und fischte sich das Kühlpad von der Stirn. »Aber –«

Ein weiteres Flugzeug näherte sich. Die Scheiben klirrten, und der Boden vibrierte. Geralds Lippen bewegten sich, aber durch den Motorenlärm hindurch war nichts zu verstehen.

»Was du gesagt hast?«, fragte meine Mutter, als es wieder einigermaßen still war. Sie hatte sich vorsichtshalber unter den Türrahmen geflüchtet.

»Dass es eventuell besser wäre, sich eine neue Bleibe zu suchen. Wenn dieser Höllenlärm anhält.«

3.
Kapitel

Die folgenden Tage und Wochen im Rotkehlchenweg waren unerträglich. Der Fluglärm zwang uns gefühlt alle fünf Minuten in die Knie. Ständig klingelten wildfremde Menschen an unserer Haustür, stellten sich als Nachbarn vor und hielten uns Protestschreiben gegen den Flughafenbetrieb vor die Nase.

An den Zäunen im Rotkehlchenweg wurden die alten Plakate vom Vorjahr durch neue ersetzt. Die Sprüche blieben die gleichen: »Schönefeld? Nein danke!« oder »Tegel soll bleiben« und »Lärm macht krank«.

Wir waren der einhelligen Meinung, dass die Plakate nichts nützten, weil sich kaum je ein Politiker in seiner Limousine durch unser Viertel chauffieren lassen würde. Die Politiker lebten doch ganz woanders. Das weiß man ja inzwischen. Und sie haben bestimmt Wichtigeres zu tun. Zum Beispiel von dem neuen Flughafen aus zu irgendwelchen Gesprächen in die weite Welt zu fliegen.

Als wir eines Abends zusammensaßen, holte Gerald einen Aktenordner aus seiner Tasche und legte ihn auf den Esstisch.

»Was ist das?«, fragte Rose und stopfte Eddie Barack einen Löffel Kartoffelbrei in den Mund.

Gerald überhörte Roses Frage. Anscheinend hatte er sich vorgenommen, eine Ansprache zu halten. Er blieb vor dem Esstisch stehen und räusperte sich. »Meine liebe Familie. Da wir schon länger bemerken, dass das Wohnen im Rotkehlchenweg nicht mehr das ist, was es vor der Eröffnung dieses Flughafens war, habe ich mir erlaubt, mich nach Wohnalternativen umzusehen. Zum Glück habe ich durch meine Arbeit im Finanzamt Zugang zu den besten Kontakten. Auch in die Immobilienbranche. Das Finanzamt hat seine Fühler überall, uns entgeht nichts. Und aus diesem Grund haben wir natürlich auch exklusive Informationen über bevorstehende Zwangsversteigerungen. Ich bin in den letzten Wochen nicht untätig gewesen und habe eine Mappe mit verfügbaren und vor allem erschwinglichen Immobilien zusammengestellt, die ich euch bitte, einmal durchzusehen und mich dann über eure Meinung zu unterrichten.« Er deutete auf die Mappe. Dann sah er uns an. »Zeitgleich habe ich mich schon mal schweren Herzens darüber informiert, was unser Rotkehlchenweg letztendlich abwerfen wird, wenn wir uns entschließen sollten, ihn zu verkaufen.«

»Den Rotkehlchenweg verkaufen?«, fragte ich. »Das geht nicht.«

»Wieso geht das nicht?«, fragte meine Mutter. »Willst du hier weiter diesem Lärm ausgesetzt sein? Das überlebt höchstens Susanne. Die Glückliche ist ja taub.«

Susanne ignorierte diese Bemerkung. Ilse beugte sich vor und versuchte, die Aktenmappe zu sich herüberzuziehen. »Geraldchen, hilf mir mal.«

»Natürlich, Mutti«, sagte Gerald und lief um den Tisch herum, um Susanne die Unterlagen zu geben.

Wir anderen scharten uns um meine Schwiegermutter und betrachteten die Bilder, die sie vor sich ausgebreitet hatte.

Mir stockte der Atem. Ich schaute abwechselnd auf die Fotos und zu Gerald, der mit hochrotem Gesicht und geschwollener Brust zwischen unseren Lieben stand und Fragen beantwortete. Gerade war er dabei, die Ausmaße eines Schlosses in der Uckermark zu erläutern.

»Die Größe des Grundstücks beträgt etwa zwei Hektar. Das sind überwiegend Wiesen und Wälder. Aber die brauchen uns nicht kümmern, weil man die so lassen kann, wie sie sind. Die stehen nämlich unter Naturschutz. Viel wichtiger ist das dazugehörige Schloss. Das gibt es quasi gratis obendrauf. Das ist, den Fotos nach zu urteilen, noch fabelhaft in Schuss.«

»Was sind zwei Hektar?«, fragte Matz, der das mit seinen zwölf Jahren eigentlich schon längst im Mathematikunterricht hätte lernen müssen.

»Zwei Hektar sind 20 000 Quadratmeter, mein Sohn«, sagte Gerald.

Wir schwiegen und versuchten uns 20 000 Quadratmeter vorzustellen.

Rose sagte: »Ach so!« Aber ihrem Blick nach zu urteilen sagte sie das bloß, um irgendetwas zu sagen. Ich glaube nicht, dass Rose weiß, was 20 000 Quadratmeter sind. Ich glaube, Rose weiß nicht einmal, was ein einziger Meter ist.

»Kann mir das jetzt mal jemand erklären? Also, was das bildlich gesprochen heißt?«, fragte schließlich Susanne. Sie warf ihr blondes Perückenhaar zurück und spitzte den Mund. »Ich komme jetzt weniger aus dem Ackerbau, wie ihr wisst.«

»Der Garten hier im Rotkehlchenweg hat 700 Quadratmeter«, sagte meine Mutter.

Hadi hob den Kopf und sah sie ehrfürchtig an. »Woher weißt du das, Mutti?«

»Na, woher soll ich das schon wissen? Rate mal. Weil euer Vater und ich den Rotkehlchenweg seinerzeit für Gundula und Gerald und die Kinder gekauft haben. Irgendwo mussten sie ja unterkommen.«

»Moment«, warf Gerald ein, »das stimmt so nicht ganz, liebe Ilse. Ich habe da auch mein Teil beigesteuert, wenn du dich einmal genau erinnerst.«

»Natürlich erinnere ich mich, Gerald. Das musstest du ja in gewisser Weise auch. Immerhin hattest du ja drei Kinder in die Welt gesetzt.« Gerald erbleichte. »Und ich würde jetzt schon ganz gern erfahren, warum es nach dem Rotkehlchenweg auf einmal ein Schloss sein muss. Habt ihr im Lotto gewonnen?«

Aus der Ferne hörten wir das Grollen eines herannahenden

Flugzeugs. Wenn Gerald sich beeilte, würde er eventuell noch einen vollständigen Satz herausbekommen, bevor unser Gespräch abreißen würde.

»Du wirst es nicht glauben, liebe Ilse, aber dieses Schloss mit seinen 900 Quadratmetern Wohnfl–«

Das Flugzeug donnerte über uns hinweg, und wir hielten uns die Ohren zu.

»Wie gesagt«, fuhr Gerald fort, als wieder Stille herrschte, »dieses Schloss wäre absolut erschwinglich. Gegengerechnet mit dem Rotkehlchenweg müssten wir nur einen überschaubaren Kredit aufnehmen, den wir bei guter Planung in zehn bis zwanzig Jahren abbezahlt hätten.«

»Was?«, fragte ich. »Einen Kredit aufnehmen. Für ein Schloss? In der Uckermark? Gerald, das kann nicht dein Ernst sein.«

»Lass Gerald doch mal ausreden, Gundula!«, rief Susanne.

Der Rest der Familie nickte zustimmend, also setzte ich mich in Omis Ohrensessel und schwieg.

Ich bin nicht prinzipiell gegen ein Leben auf dem Land. Die Abbildungen in meinen Zeitschriften zum Beispiel finde ich immer äußerst anziehend, und ich habe mir schon manches Mal vorgestellt, wie es wohl sein müsste, in einem kleinen Schloss inmitten eines Walds zu leben. So wie all diese naturverliebten Prominenten. Bei uns jedoch ist das eine andere Geschichte. Wir haben weder das Geld für eine aufwendige Renovierung, noch für schöne Möbel oder einen Pool, ohne den man die Sommer auf dem Land nicht aushalten würde, und außerdem: Wie um alles in der Welt sollten wir dann nach Berlin kommen? Wir haben nur ein kleines Auto und mal abgesehen davon, dass Gerald sowieso niemanden ans Steuer lässt, bin ich die einzige andere Person mit Führerschein. Meine Mutter ist nämlich seit mindestens dreißig Jahren nicht mehr gefahren. Geralds Mutter hat ihren Führerschein vor fünf Jahren bei einer Fahrzeugkontrolle in Düsseldorf wegen Trunkenheit am Steuer abgeben müssen, und Hadi hat Angst vor Autos.

Über kurz oder lang müssten wir also in absoluter Einsamkeit leben. Von der Welt abgeschieden, vergessen, mit Sicherheit ohne Strom und fließend Wasser. Unsere Mütter würden sich um den letzten Brotkrümel reißen, Rose und Hadi nur in meiner Küche sitzen und darüber lamentieren, dass ihr Kind am Verhungern sei, Matz würde sicher nach Berlin abhauen und ich? Ich könnte nicht mal mehr zu Herrn Mussorkski! Das würde allerdings alles in den Schatten stellen. Ohne Herrn Mussorkskis Beistand ertrage ich meine Familie keine drei Tage. Ich musste Gerald davon überzeugen, dass die Idee, aufs Land zu ziehen, eine Katastrophe war. In dem Moment, als ich zu diesem für mich äußerst wichtigen Entschluss gelangt war, räusperte sich Gerald und begann erneut.

»Natürlich habe ich mir auch kleinere Häuser im Umland von Berlin angesehen. Diejenigen, die nicht in der Anflugschneise des BER liegen, sind mittlerweile nicht mehr zu haben oder völlig überteuert. Außerdem bieten sie für unsere Familie viel zu wenig Wohnraum. Wir sind«, er hob seine Hände und zählte an den Fingern ab, »Susanne, Ilse, ich, Gundula, Rose, Hans-Dieter, Matz, Eddie Barack, Gulliver, Othello, also acht Personen plus zwei Hunde. Wenn Ricarda mit ihrem Freund aus Helsinki zu Besuch kommt, sind wir zehn Personen und zwei Hunde. Mit Rolf sind wir, vorausgesetzt er besucht uns noch mal in diesem Leben, elf Personen und zwei Hunde –«

»Jetzt komm mal auf den Punkt, Gerald«, sagte meine Mutter.

»Ich bin gerade dabei, liebe Ilse. Im Extremfall sind wir also elf Personen und zwei Hunde. Wie, bitte schön, sollen wir da in einem regulären Einfamilienhaus unterkommen?«

»Moment mal, Gerald«, sagte ich, »so stimmt die Rechnung ja nicht. Ilse und Susanne leben ja nicht immer bei uns, das ist ja jetzt nur wegen der Pandemie, und Rose und Hadi hatten bis jetzt ihre eigene Wohnung im Rotkehlchenweg, die können sich doch selbst was Neues suchen.«

Niemand reagierte. Schlimmer noch. Alle mieden meinen

Blick und guckten auf den Boden. Ein Flugzeug näherte sich. »Was habt ihr denn?«, fragte ich. Das Flugzeug donnerte über uns hinweg.

»Gundula, das ist ein wichtiger Punkt, den du da gerade ansprichst. Es ist nämlich alles nicht ganz so einfach ...«, begann Gerald.

Ich wartete.

»Äh ... also ... ich wollte das schon seit Längerem mit dir besprechen, und jetzt ist vielleicht der richtige Zeitpunkt gekommen.«

4.
Kapitel

Ich folgte Gerald auf die Terrasse. Mit einem Taschentuch wischte er sich den Schweiß von der Stirn und betrachtete unser Blumenbeet. Dann sagte er: »Ach, guck mal an, Gundula. Das hast du aber hübsch gemacht.«
»Was?«
»Na, das Blumenbeet. Hast du da andere Blumen eingepflanzt als sonst?«
»Nein.«
»Ich dachte, es sieht irgendwie viel bunter aus als im Vorjahr.«
Es musste sich um eine wirklich schlechte Nachricht handeln, die er mir mitteilen wollte. Ich wartete. Gerald hob das Gesicht und betrachtete den blauen Himmel.
»Wirklich schönes Wetter heute!«
Ein Flugzeug donnerte heran, und es wurde kurz dunkel.
»Gerald, könntest du mal zum Punkt kommen? Ich muss die Bettwäsche aufhängen. Die ist noch in der Maschine. Die wird sonst stockig.«
Er trat einen Schritt auf mich zu. »Wo soll ich anfangen?«
»Vorn«, sagte ich.
Gerald seufzte und legte los. In knapp fünf Minuten erfuhr ich, dass wir quasi vor dem finanziellen Ruin standen. Und zwar wegen seiner Mutter Susanne.
Susanne war aus ihrer Düsseldorfer Wohnung geflogen, weil sie die letzten sechs Monate keine Miete mehr bezahlt hatte. Davon abgesehen hatte sie seit geraumer Zeit sämtliche Post

ungelesen in den Mülleimer befördert, wahrscheinlich um sich vor weiteren unliebsamen Überraschungen zu schützen. Doch irgendwann stand der Gerichtsvollzieher vor ihrer Tür und begann damit, ihre Düsseldorfer Wohnung leer zu räumen. Zu allem Unglück war Susanne über eine der Kisten gestolpert, die der gerichtlich einbestellte Transportdienst achtlos vor ihrer Toilettentür deponiert hatte. Der dreifache Schienbeinbruch gab ihrem überlasteten Konto den endgültigen Todesstoß, weil sie operiert werden und acht Tage im Krankenhaus bleiben musste. Und das ohne eine gültige Krankenversicherung. Jetzt war sie also bis über beide Ohren verschuldet.

»Und du hast mir gesagt, sie hätte sich bloß beim Staubsaugen eine Verstauchung zugezogen«, unterbrach ich Gerald in seinem Bericht.

»Gundula, es kommt noch mehr, lass mich doch einmal ausreden.«

Also fuhr Gerald fort. Susanne hatte außerdem niemals irgendwelche Rentenbeiträge einbezahlt, weil sie es, wie sie Gerald unter Tränen versichert hatte, nicht ertrug, sich mit Rentnern identifizieren zu müssen. Sie hatte sich stattdessen schon vor Jahren von ehemaligen Freunden Geld geliehen, das sie bis heute nicht zurückgezahlt hatte. Gerald hatte vor einigen Wochen damit begonnen, sämtliche von Susanne angehäuften Schulden aufzulisten, und war nun zu dem ernüchternden Ergebnis gekommen, dass meine Schwiegermutter mit genau 42 576,99 Euro in den Miesen stand.

Als er fertig war, hob Gerald die Schultern und ließ sie mit einem entschuldigenden Blick wieder fallen.

»Tja, das war's«, sagte er.

Meine Beine gaben nach, und ich musste mich erst mal auf die Gartenbank setzen.

»Und jetzt?«

»Jetzt suche ich nach einem großen Haus, in das wir alle reinpassen. Rose und Hadi werden aufgrund ihrer finanziellen Schieflage auf die Schnelle nichts Eigenes finden, und deine

Mutter will ja auch nicht mehr weg. Außerdem ist sie bereit, etwas zuzuschießen, wenn unser Geld nicht reicht.«

»Natürlich wird es nicht reichen. Und nun?«

»Na ja, wie schon gesagt, wir – also ich und die anderen – haben einvernehmlich beschlossen, dass ich mich darum kümmern soll, eine Bleibe für uns zu finden.«

»Das habt ihr einvernehmlich beschlossen?«, fragte ich.

»Ja.«

Meine Schläfen pochten.

»Und wieso habt ihr das einfach so ohne mich beschlossen? Wieso können sich die anderen plötzlich nicht mehr von uns trennen, obwohl sie immer was an unserem Leben auszusetzen haben? Übrigens wird meine Mutter ihre Wohnung in München bestimmt nicht aufgeben wollen.«

»Da irrst du, Gundula. Deine Mutter hat ihre Wohnung in München schon aufgegeben und mich ja selbst auf die Idee gebracht, ein Haus für uns alle zu finden.«

»Meine Mutter?«

Mir brach der Schweiß aus.

»Ja, deine Mutter.«

»Und dann sollen wir für immer zusammenwohnen?«

»Natürlich für immer, Gundula. Wir planen ein Dreigenerationenhaus. Das ist für uns alle das Beste. Dann können wir uns besser umeinander kümmern.«

»Du meinst, ich kann mich besser um alle kümmern, wenn ich alle in meiner Nähe habe.«

»Vielleicht«, sagte Gerald.

»Das geht nicht, Gerald.«

»Wieso geht das nicht?«

»Weil ich mich selbstständig machen will.« Diese Idee war mir zwar gerade erst durch den Kopf geschossen, aber sie schien mir mehr als gerechtfertigt, um diesen Streit zu gewinnen.

»Was?«

»Das hatte ich dir doch erzählt«, log ich.

»Mit deiner Schultheatertruppe? Das wird in diesen Zeiten

doch gar nicht funktionieren, Gundula. Ich meine, wer geht heutzutage noch ins Theater?«

»Es geht nicht ums Schultheater, Gerald.« Ich überlegte fieberhaft, dann hatte ich eine Idee. »Die Backstube meine ich!«

»Was?«

»Das hab ich dir doch erzählt! Ich will eine Backstube eröffnen. Da kann ich mich ja nicht zeitgleich um die ganze Familie kümmern.«

Gerald fasste sich an den Kopf.

»Also daran kann ich mich nun wirklich nicht erinnern. Wo willst du das denn machen? Und vor allem: Du kannst doch gar nicht backen.«

»Natürlich kann ich backen. Ich muss mich nur ein bisschen mehr damit befassen. Und ich brauche die richtigen Rezepte.«

»Entschuldige, Liebes, aber du hast noch nie in deinem Leben auch nur einen anständigen Kuchen zustande gebracht.«

»Das stimmt so nicht. Mein Apfelkuchen ist immer gut angekommen.«

»Wirklich?«

»Ist ja jetzt egal, das interessiert dich ja sowieso nicht«, ich stockte. »Und was ist mit deiner Mutter? Die soll dann auch bei uns wohnen?«

»Natürlich. Ich meine, ich kann Mutti ja schlecht auf die Straße setzen.«

Er verstummte und wischte sich wieder mit dem Taschentuch über die Stirn.

»Wieso nicht?«, fragte ich.

Er sah mich lange an.

»Weil sie meine Mutter ist, Gundula. Weil sie sich ihr ganzes Leben lang für mich aufgeopfert hat. Und weil ich mich jetzt revanchieren muss.«

»Na dann, viel Spaß«, sagte ich und ließ ihn stehen.

5.
Kapitel

Die nächsten Tage sprachen wir nicht viel miteinander. Zum Glück war Gerald tagsüber im Finanzamt, und ich konnte ihm abends aus dem Weg gehen. Ich fand es ungeheuerlich, angesichts unserer eigenen finanziellen Situation, die zwar nicht alarmierend, aber auch nicht besonders rosig war, zusätzlich für die Schulden seiner Mutter aufkommen zu müssen. Besonders wenn man bedenkt, dass Susanne sich nie wirklich um ihren Sohn gekümmert hat. Im Gegenteil. Sie hat immer nur ihr eigenes Leben und ihren eigenen Spaß im Blick gehabt. Und Gerald hat sich dann bei mir darüber ausgeweint, wie sehr er stets unter seiner egozentrischen Mutter zu leiden hatte. Er ist sogar drei Monate lang zu einer Gesprächstherapie gegangen, die er aber vorzeitig abgebrochen hat, weil es ihm Probleme bereitet, Fremden gegenüber von seiner Mutter zu sprechen. Außerdem war er der Meinung, der Therapeut würde ihn manipulieren wollen, damit er, Gerald, seine Mutter kritischer betrachten würde, als ihm eigentlich zustünde. Denn er sei immer noch ihr Sohn und liebe sie über alles in der Welt. Ich konnte mir daraufhin die Frage nicht verkneifen, warum er für diese Erkenntnis zwanzig Therapiestunden gebraucht hatte. Andererseits war ich dankbar, dass der Spuk nun endlich vorbei sein würde. Die Krankenkasse hatte sich nämlich geweigert, die Kosten für Geralds Sitzungen zu übernehmen, und wir zahlten immer noch monatliche Raten.

Trotz meiner Wut über die geheimen Absprachen meiner Familie musste ich mir eingestehen, dass das Leben im Rotkehlchenweg auf lange Sicht nicht mehr auszuhalten war. Susanne und Ilse teilten sich nun schon seit Wochen das Wohnzimmer, weil Susannes Gästezimmer im Keller nach den Überflutungen im letzten Sommer dauerhaft feucht war. Leider sind sich unsere Mütter, wie Sie vielleicht wissen, auch so schon nicht grün. Sobald man sie allerdings gemeinsam in ein Zimmer sperrt, kann man froh sein, wenn sie sich nicht gegenseitig die Augen auskratzen. Zu allem Überfluss hockten Rose und Hadi auch ständig bei uns. Sie fanden ihre Wohnung im Haus gegenüber zu klein. Außerdem hatten sie keinen Balkon und mussten unseren Garten mitnutzen, wie sie nicht müde wurden zu erklären. Eddie Barack brauche schließlich frische Luft, um gesund heranzuwachsen. Deshalb saßen die drei jeden Tag von morgens bis abends auf der Terrasse und ließen sich von mir bewirten. Sie gewöhnten sich bald sogar an die im Fünfminutentakt auftauchenden Flugzeuge.

Eine Woche nach unserem Streit kam Gerald etwas später nach Hause als gewöhnlich. Noch an der Eingangstür hörte ich ihn rufen, dass wir uns in Kürze im Esszimmer einzufinden hätten.

Kurz danach steckte Matz den Kopf zur Küchentür herein und brüllte: »Mami! Mami! Papi hat unser neues Zuhause gefunden!«

Wie auf Knopfdruck, nein, wie Mäuse, die ein Käsestückchen wittern, eilten die Bundschuhs aus ihren Löchern und scharten sich um meinen Mann. Ich hielt ein bisschen Abstand. Schlimm genug, dass ich die letzten Jahre meines Lebens wahrscheinlich mit Kartoffelklauben in der Uckermark verbringen müsste, aber die Idee, das dann gemeinsam mit meiner Familie tun zu müssen, raubte der Vorstellung auch noch den letzten Funken Romantik.

»Gundula!«, rief Susanne. »Komm doch näher, du siehst ja gar nichts!«

»Danke, ich seh' genug«, sagte ich.

»Wer nicht will, der hat schon«, murmelte meine Mutter und Susanne fügte hinzu: »Versteh' ich nicht, warum sie in letzter Zeit so eingeschnappt ist. Sie kann sich doch freuen, dass Gerald sich so viele Gedanken um unsere Zukunft macht. Es geht ja auch um ihre eigene Zukunft, oder nicht?«

Gerald breitete die Papiere auf dem Esstisch aus. Nach einem ziemlich langen Moment übereinstimmender Sprachlosigkeit brach meine Familie unisono in ohrenbetäubenden Jubel aus. Alle fielen sich um den Hals und beglückwünschten Gerald zu seinem grandiosen Fundstück. Sogar meine Mutter konnte sich kaum beherrschen und strich Gerald anerkennend über die Brust. Und das will was heißen, da sie grundsätzlich jeglichen Körperkontakt vermeidet und Gerald obendrein eigentlich nicht so wahnsinnig mag. Deshalb fragte ich mich, wieso sie so angetan war von den Papieren.

Ich schob mich ein bisschen näher heran und spähte auf Geralds Unterlagen. Vor mir lag die Abbildung eines riesigen, alten Dreiseitenhofs mit imposanter Auffahrt, einem Türmchen und einer Scheune, inmitten eines wildromantischen, parkähnlichen Gartens, der in ein Kiefernwäldchen mündete. Ich muss zugeben, das Anwesen wirkte im ersten Moment ziemlich eindrucksvoll, was aber eventuell auch daran lag, dass ich nicht scharf sah. Ohne meine Brille habe ich nur einen Blick fürs Grobe. Allerdings konnte ich sehr wohl erkennen, dass das Gebäude viel zu groß für uns war. Wer sollte die Heizungskosten bezahlen, die eventuell anstehenden Reparaturen? Den Schulbus für Matz? Wer sollte für uns einkaufen? Gab es Strom und fließend Wasser? Und wer sollte das Haus eigentlich putzen? Ich vielleicht?

»Und wer soll das putzen?«, fragte ich deshalb, wurde aber überhört, weil meine Familie schon völlig durchdrehte.

Meine Mutter rannte zum Kühlschrank, entnahm ihm eine Flasche Rotkehlchen Sekt, der eigentlich für Feiertage reserviert war, und hielt sie Gerald hin.

»Mach auf, mein Lieber. Darauf müssen wir anstoßen.«

Aber Gerald hob die Hände und bedeutete unseren Lieben, sich noch einen Augenblick zu gedulden. Dann erzählte er uns, wie er auf das Gebäude aufmerksam geworden war. Er hatte einem Kollegen von unserer unerträglichen Wohnsituation erzählt und Rüdiger, besagter Kollege, erwähnte daraufhin, dass er gerade genau das Richtige für uns reinbekommen habe. Einen Dreiseitenhof in Brandenburg, der aufgrund einer verschleppten Insolvenz nun zur Zwangsversteigerung ausstünde. Auf Geralds Nachfrage, wie teuer so etwas denn ungefähr sei, sagte Rüdiger, seiner Meinung nach könne der Hof nicht mehr als 150.000 Euro plus der üblichen Zuschlagsgebühr und den Kosten für die Eintragung ins Grundbuch kosten, weil er sich doch ziemlich weit draußen befinde. Abgesehen davon kenne er niemanden sonst außer einer elfköpfigen Familie, der sich ernsthaft für solch ein Projekt interessieren würde. Gerald hatte sich also die Unterlagen für die Zwangsversteigerung ausgedruckt, um sie uns zu zeigen.

»150 000 Euro, Gerald?! So viel haben wir auf die Schnelle doch gar nicht!«, sagte ich.

»Wenn wir den Rotkehlchenweg verkaufen, haben wir so viel«, sagte Susanne, als wäre sie die Besitzerin.

»So schnell kauft keiner ein Haus in der Anflugschneise des Berliner Flughafens. Was für Interessenten sollten das denn sein?«

»Vielleicht könnte man den Rotkehlchenweg ja an Leute geben, die was für Behinderte brauchen? Also ich könnte mir zum Beispiel schon vorstellen, dass so Leute, die ein Heim für Taubstumme suchen, den Rotkehlchenweg ganz toll finden würden«, sagte Rose.

»Was ist denn das für ein Blödsinn? Wieso sollen hier denn Taubstumme einziehen wollen?«, fragte meine Mutter.

»Weil die doch nichts hören! Denen ist der Flughafen egal.«

»Ja, und warum glaubst du, dass ausgerechnet ein Heim für

Taubstumme von heute auf morgen auf der Matte stehen wird, um den Rotkehlchenweg zu kaufen?«

»Weil andere Leute ihn nicht kaufen werden«, sagte Susanne, und ich musste ihr ausnahmsweise zustimmen.

»Eben. Niemand wird den Rotkehlchenweg auf die Schnelle kaufen. Sag ich doch.«

»Wie viel Zeit bleibt uns, Gerald?«, fragte meine Mutter.

»Ich habe das Gefühl, dieser Dreiseitenhof wäre unsere Chance, um –«

»Nein!«, rief Matz dazwischen. »Was soll ich denn da? Kann auch mal jemand an mich denken? Ich komm doch dann gar nicht mehr in die Schule!«

»Auch auf dem Land gibt es Schulen, mein Sohn«, sagte Gerald. »Wir müssen jetzt erst mal an den Rest der Familie denken.«

»Matz hat schon recht«, sagte ich. »Entweder gibt es da eine gute Schule für ihn oder ich bleibe hier.«

»Ich WILL auf keine andere Schule!«, rief Matz. »Das ist so unfair!«

»Ich finde auch, dass das keine gute Idee ist. Und wie willst du überhaupt ins Büro kommen, Gerald? Hast du mal darüber nachgedacht? Wie sollen wir denn zusätzlich für die ganzen Benzinkosten aufkommen?«

»Die kann ich von der Steuer absetzen, Gundula, weil ich dann ja Pendler bin. Das wäre also das geringste Problem.«

»Bis wann musst du das Geld haben, Geraldchen?«, fragte Susanne und zupfte ihren Seidenschal zurecht.

»Also eigentlich sofort. Die Zwangsversteigerung findet in vier Wochen statt, aber ich muss die zehn Prozent des Verkehrsgutachtens so schnell wie möglich überweisen, weil ich damit vermeidbare Zinslasten verhindere.«

»Die beim Finanzamt haben ja anscheinend überall ihre Finger drin«, sagte meine Mutter.

Gerald räusperte sich.

»Es geht jetzt in erster Linie nicht ums Finanzamt, Ilse.

Zwangsversteigerungen gehen erst mal über die Justizvollzugsanstalt und später erst wird das Finanzamt mit eingebunden.«

»Sag ich doch! Die haben immer ihre Finger in allem drin.« Meine Mutter wischte imaginäre Krümel von der Tischdecke. »Grauenhaft.«

»Und wann kann man sich das alles mal ansehen?«, fragte Hadi. Seine Wangen glühten. Es war klar, dass mein Bruder und Rose bereit waren, sich sofort und komplett vorbehaltlos in dieses Abenteuer zu stürzen. Ich sah sie schon vor mir: Hadi lustwandelte durch die Parkanlage unseres Dreiseitenhofs. Um sich vor der Sonne zu schützen, trug er einen eleganten cremefarbenen Sonnenhut, dazu einen karierten Anzug aus feinem Leinenstoff. Aus der Ferne sah er tatsächlich aus wie ein Graf auf einem schottischen Landgut. Jetzt blieb er inmitten der Rosenrabatten stehen und rief seinem Gärtner zu: »Willi! Gut, Sie anzutreffen! Ich habe eine Aufgabe für Sie.«

»Sehr gern, Herr Schulze von Seemann«, sagte Willi und machte einen Bückling.

»Bitte arrangieren Sie zu Mittag einen Strauß unserer Pretty Kiss gemischt mit Red Yesterday und Santana für meine Frau. Geben Sie ihn bitte Agathe, sie wird sich um die passende Vase kümmern.«

»Natürlich, Herr Schulze von Seemann. Gibt es außerdem noch Wünsche?«

»Das wäre vorerst alles, danke.«

In der Terrassentür erschien eine dicke kleine Frau in Schwarz mit weißem Schürzchen.

»Herr Schulze von Seemann, Ihre Frau wünscht Sie zu sprechen.«

»Sagen Sie ihr, dass ich komme«, antwortete mein Bruder und machte sich auf den Weg ins Haus, nicht ohne vorher ein Unkrautstängelchen aus dem Kiesweg gezupft zu haben.

»Achten Sie auf das Unkraut, Willi.«

»Natürlich, Herr Schulze von Seemann!«

Rose saß unter einem Sonnenschirm auf der großzügigen Terrasse. Auch sie trug einen Sonnenhut, allerdings einen ausladenden pinkfarbenen mit künstlichen Margariten an der Krempe. Ihr cremefarbenes Rüschenkleid ging bis zum Boden und verbarg ihre zu kurz geratenen Elefantenbeinchen.

»Ach, Hadi, da bist du ja endlich. Ich hab' echt großen Hunger. Guck mal, die Mathilda hat mir bloß Obst heute früh gemacht. Sag ihr doch, dass ich gern ein bisschen Hühnerfrikassee auf Toast hätte, also vier Scheiben, und dazu einen Green Smoothie. Aber heute nicht mit Ingwer, sondern mit Ginkgopulver, das vertrag' ich besser.«

»Natürlich, meine Rose«, sagte mein Bruder, beugte sich zu ihr hinab und gab ihr einen Kuss auf die Stirn. »Wo ist denn unser kleiner Wildfang?«

»Der Eddie Barack ist mit der Min Thai hinten an der Schaukel. Und danach wollte er eine Runde auf dem Chayenne reiten.«

Wie aufs Stichwort erschien ein kleines geschecktes Shetlandpony am Rand der Terrasse und wieherte.

»Ach, da ist ja der kleine Chayenne«, sagte Hadi.

Chayenne machte einen Satz und trabte auf die beiden zu. Kurz betrachtete er Rose, die ein bisschen zurückwich, biss dann blitzschnell in die künstlichen Margariten und rannte mit Roses Sonnenhut im Maul davon.

»Haha!«, entfuhr es mir. Dann blickte ich mich um. Die Terrasse war verschwunden, und ich fand mich in unserem Esszimmer wieder. Meine Lieben starrten mich an.

»Gundula?«, fragte meine Mutter.

»Ja?«

»Wieso lachst du denn aus heiterem Himmel, während wir gerade ein äußerst wichtiges Thema behandeln?«

»Ich hab' nicht gelacht.«

»Hach!«, rief Rose aus. »Und ob! Und zwar über den Hadi und mich!«

»Nein!«

»Und wieso guckst du uns dann die ganze Zeit so komisch an? Da kriegt man richtig Angst, gell, Hadi?«

»Ich hab euch nicht angeguckt«, sagte ich. »Ich war in Gedanken.«

»Jetzt kommt mal zur Sache«, sagte meine Mutter. »Die Frage war, Gundula, ob du damit einverstanden wärst, dass ich das Geld erst mal vorschieße, damit uns das Haus nicht flöten geht. Das mache ich aber nur mit einem Anwalt, sonst bleib ich am Ende auf euren Schulden sitzen. Das fehlt mir gerade noch.«

»Natürlich mit einem Anwalt«, sagte Gerald.

»Und ich will das Haus erst mal sehen. Und zwar von innen und außen.«

»Oh, das wird schwierig, liebe Ilse. Das ist versiegelt.«

»Na und?«

»Da kommt man nicht so ohne Weiteres rein.«

»Ich komm überall rein, Gerald, verlass dich darauf. Vor allem, wenn ich hier als Alleinfinancier herhalten muss.«

»Das wird allerdings tatsächlich schwierig werden, liebe Ilse. Das hat mir der Rüdiger schon gesagt. Aber es gibt ein Gutachten.«

»Was denn für ein Gutachten?«, fragte meine Mutter.

»Na, von dem Gebäude.«

»Ich erstelle meine Gutachten grundsätzlich lieber selbst. Also, wann fahren wir los?«

Gerald atmete tief durch.

»Ich werde mit Rüdiger sprechen. Vielleicht gibt es ja eine Möglichkeit.«

»Natürlich wird es eine Möglichkeit geben. Sonst steige ich aus dem Geschäft aus.«

»Also ich«, warf ich ein, »finde das Haus nach wie vor etwas zu groß. Was ist denn zum Beispiel mit den Instandhaltungskosten? Wer soll dafür aufkommen?«

»Wenn man sparsam mit Strom, Wasser und Heizung umgeht, lässt sich das machen«, sagte meine Mutter.

»Wie groß ist es, Gerald?«, fragte ich.

»Ähm, Moment, das muss hier irgendwo stehen.« Gerald blätterte in seinen Papieren. »Ach, hier: 1,5 Hektar Gesamtfläche, also eher überschaubar, und 950 Quadratmeter Wohnfläche. Kuhstall, Hühnerstall, Heuschober und Schuppen nicht mitgerechnet. Die gibt es quasi umsonst dazu.«

»Gerald!«, sagte ich. »Wozu bitte brauchen wir einen Hühnerstall?«

»Natürlich BRAUCHEN wir so was nicht, Gundula. Wir können auch hier im Rotkehlchenweg bleiben und Flugzeuge zählen. Aber erinnere dich bitte an das, was du noch vor ein paar Tagen selbst gesagt hast.«

Er machte eine Pause und sah mich an, aber ich konnte mich nicht daran erinnern, was ich angeblich vor ein paar Tagen gesagt hatte.

»Du hast vor ein paar Tagen, als du noch mit uns gesprochen hast, selbst gesagt, dass man hier bei dem Lärm nicht mehr glücklich wird. Das hast du wortwörtlich so gesagt. Nicht mehr glücklich. Deshalb habe ich mich auf die Suche begeben nach einem geeigneten, bezahlbaren und zudem schönen neuen Zuhause, in das wir alle hineinpassen, ohne uns ständig auf die Füße zu treten. Und um auf deine nächsten Bedenken zurückzukommen, deine Bedenken, die finanzielle Last betreffend: Was ist wohl zur Zeit günstiger zu bekommen? Ein normales Einfamilienhaus in ruhiger Lage oder ein Dreiseitenhof? Mach dich da vielleicht erst mal ein bisschen schlau, bevor du hier als Einzige unsere Pläne durchkreuzt.«

»WAS mache ich?!«

»Gundula, es geht hier um unser aller Zukunft! Und Gerald gibt sich solche Mühe, das musst du doch mal anerkennen!«, rief Susanne und stand auf. »Kann mir mal jemand meine Krücken holen? Ich weiß nicht, wo die wieder hin sind.«

»Die stehen neben dir, Susanne, bist du blind?«, sagte meine Mutter.

»Genau, Ilse. Taub und blind. Wobei wir wieder beim Thema

wären.« Kommentarlos ergriff meine Schwiegermutter ihre Krücken und humpelte Richtung Küche. »So, jetzt lasst uns mal auf Geralds Schnäppchen anstoßen. So jung kommen wir nicht mehr zusammen.«

Als ich endlich allein im Esszimmer war, setzte ich meine Brille auf und zog das Papier zu mir heran, um es eingehender zu studieren.
Ich war überrascht. Das Gebäude schien erst vor Kurzem einen neuen Anstrich erhalten zu haben. Das Cremeweiß stand in hübschem Kontrast zum Mintgrün der Fensterläden. Das Dach schien meiner Einschätzung nach auch noch eine Weile zu halten. Das satte Tannengrün der Parkanlagen wurde nur unterbrochen von einzelnen, sorgfältig angelegten Blumenbeeten und Buchsbaumhecken. Auf den ersten Blick sah das Anwesen wirklich einladend aus, das musste ich zugeben. Trotzdem konnte ich mich nicht an den Gedanken gewöhnen, den Rest meines Lebens mit meiner Familie verbringen zu müssen. Und das auf dem Land.
Während ich hin und her überlegte, wie ich Gerald von seiner undurchdachten Idee abbringen könnte, riss mich ein Knall aus meinen Gedanken. Ich lief ins Wohnzimmer. Gerald hatte die nächste Flasche Rotkehlchensekt geköpft, meine Lieben standen mit glühenden Gesichtern um ihn herum und stießen noch einmal jauchzend auf das Schnäppchen an.

Später am Abend gelang es mir, Gerald unter vier Augen zu sprechen.
»Entschuldige, Gerald. Ich möchte das Problem, das uns gerade entzweit, gern in Ruhe mit dir ausdiskutieren.«
Gerald, der in seinem Sessel saß und damit beschäftigt war, seine alten Zeitungen zu sortieren, blickte auf und nickte.
»Ja, das ist eine gute Idee, Gundula.«
Den Satz mit dem »Probleme, die einen entzweien, in Ruhe ausdiskutieren« habe ich übrigens von unserer Ehetherapie bei

Herrn Münzhase. Gerald und ich hatten es vor ein paar Monaten tatsächlich geschafft, insgesamt drei Therapiestunden abzusitzen, obwohl wir uns nicht recht einig darüber waren, ob eine Therapie in unserer verfahrenen Ehe überhaupt noch etwas bewirken würde. Aber weil Herr Mussorkski mich darauf aufmerksam gemacht hat, dass das eventuell der letzte und einzige Kitt für unsere Ehe sei, hatte ich mich darauf einlassen wollen. Auf meine Frage hin, was er mit Kitt meine, antwortete er: »Kleber, liebe Gundula. Ihrer Ehe kann man nicht mehr unbedingt zu neuem Schwung und beflügelnder Leidenschaft verhelfen. Das muss ich Ihnen ja nicht erklären, das wissen Sie leider selbst. Aber man kann sie zumindest kleben. Ein paar Verhaltensregeln, die Sie sich für den gemeinsamen Umgang einprägen und, voilà, schon breitet sich ein Schleier der Harmonie über ihre Unvereinbarkeiten. Mehr können Sie in Ihrem Alter und nach dreißig Jahren Einerlei nicht mehr erwarten. Machen Sie einfach das Beste daraus.«

Herr Münzhase hatte Gerald und mir dann auch gleich in der ersten Stunde gesagt, dass es sehr wichtig sei, manche Probleme auszudiskutieren. Wobei er das Wort »manche« hervorhob, was daran lag, dass die meisten geschädigten Paare nach einer Therapie dazu übergingen, »alles«, was ihnen nicht am anderen passte, auszudiskutieren. Damit das nicht passiere, solle man sich im Vorfeld genau überlegen, welche Probleme diskutierenswürdig seien und diese dann vorsichtig äußern. Und zwar mit einem rituellen Einführungssatz, jenem »Ich möchte das Problem, das uns gerade entzweit, gern in Ruhe ausdiskutieren«. So weiß der Partner sofort, dass es in Folge um ein wichtiges Thema gehen wird, und hat die Möglichkeit, sich mental und vor allem vorurteilsfrei auf sein Gegenüber einzulassen. Wenn man hingegen ein anstehendes Gespräch mit »Weißt du eigentlich, wie scheiße ich das finde?« begänne, würde der Angesprochene sich unweigerlich in sich zurückziehen und Schutzmaßnahmen ergreifen, die im schlechtesten Fall in einem dahingeschleuderten »Du mich auch!« mündeten.

Ich muss sagen, ich fand die drei Stunden bei Herrn Münzhase durchaus inspirierend. Nicht so Gerald. Er machte uns mal wieder einen Strich durch die Rechnung, als er mir tatsächlich vorwarf, ich fände Herrn Münzhasens Weisheiten nur deswegen so stimulierend, weil er uns von Herrn Mussorkski empfohlen worden war. Und außerdem würde ich Herrn Münzhase anhimmeln. Auf meine Rechtfertigung hin, ich würde Herrn Münzhase nicht anhimmeln, sondern konzentriert ansehen, damit ich mir einprägen könne, was er uns erzähle und somit die teuren Stunden nicht in den Wind geschossen seien, antwortete mir Gerald ohne Umschweife, dann könne ich ja in Zukunft allein zu Herrn Münzhase gehen. Er, Gerald, habe schon in der ersten Stunde begriffen, wie der Hase läuft. Ich hatte ihm geantwortet, das sei ja eine recht schöne Idee von ihm, mich allein zu Herrn Münzhase zu schicken, da könne ich ihn dann ohne Störung anhimmeln, bis mir die Augen aus dem Kopf fielen, aber eine Ehetherapie könne man nun mal nicht allein machen, sonst hieße sie ja wohl schlecht Ehetherapie und was ihm jetzt wichtiger sei, unsere Ehe oder seine ewige Rechthaberei, seine Oberlehrerhaftigkeit, seine Klugscheißerei, sein ewiges Selbstmitleid, seine Lethargie, seine Verschnupftheit, seine Bockigkeit, Selbstgerechtigkeit, Egozentrik, Selbstverliebtheit, Arroganz, Fettleibigkeit, sein Geschnarche, sein Finanzamt, seine Finanzamtfreunde ...

Ich weiß nicht, was ich ihm noch alles an den Kopf geworfen habe, ich weiß nur, dass es ziemlich lang gedauert hat, bis ich fertig war, und dass Gerald danach mit den Worten gegangen ist »Da hilft auch keine Ehetherapie mehr«.

Und ich war in Tränen ausgebrochen, obwohl ich fand, dass Gerald meine Tränen nun wirklich nicht verdient hatte. Aber ich schämte mich ein bisschen, denn eigentlich habe ich Gerald ja schon ganz gern. Die Situation ist nur eben in den letzten Jahren so hoffnungslos festgefahren, und ich komme einfach überhaupt nicht mehr an ihn ran. Und deshalb, und nur deshalb, hatte ich ihn überhaupt dazu überredet, eine Ehetherapie zu machen, und keineswegs, weil Herr Mussorkski mir Herrn Münzhase empfohlen hatte. Im Gegensatz zu Gerald wollte ich unsere Ehe wirklich retten.

Jedenfalls stammt aus dieser missglückten Ehetherapie der Satz: »Ich würde gern das Problem, das uns gerade entzweit, in Ruhe mit dir ausdiskutieren.« Ich glaube fest daran, dass allein dieser Satz uns schon manches Mal vor Handgreiflichkeiten oder gar Vandalismus bewahrt hat. Auch heute schien einer ruhigen Diskussion nichts im Wege zu stehen, deshalb fuhr ich fort: »Es geht um den Dreigenerationenhaushalt.«

»Das habe ich befürchtet.«

Mit diesem Satz hatte Gerald schon eine wichtige Regel gebrochen. Man soll schließlich offen und geduldig auf die Problemsituation eingehen.

»Darf ich ausreden?«, fragte ich deshalb.

»Nur zu«, sagte Gerald.

Wenn Sie mich fragen: auch nicht besser.

»Ich habe mich noch nicht wirklich mit dem Gedanken des Dreigenerationenhauses angefreundet«, sagte ich.

»Das merkt man.« Gerald hatte irgendwie alles vergessen, was wir in den drei Stunden bei Herrn Münzhase gelernt hatten. Langsam wurde ich ungeduldig.

»Kannst du dich mal zusammenreißen, Gerald? Ich habe gesagt, in RUHE ausdiskutieren? Du bist nicht ruhig.«

»Ich bin die Ruhe selbst, Gundula.«

»Du bist bösartig und zynisch.«

»Was? Ich mache doch gar nichts!«

»Du nimmst mich nicht ernst!«

»Ich? Was mache ich denn? Ich sitze hier in meinem Sessel und warte darauf, dass du mal zum Punkt kommst. Aber du kommst nicht zum Punkt. Was ja nichts Neues ist. Was ich aber inzwischen respektiere. Ich sitze also hier und warte und werde wüst beschimpft, weil DU nicht in der Lage bist, zum Punkt zu kommen!«

»Ich habe dich nicht wüst beschimpft.«

»Doch. Du hast mir an den Kopf geworfen, ich sei bösartig und zynisch. Also wenn DAS mal keine Beschimpfung ist ...«
Ich wartete. Dann sagte ich: »Bist du fertig?«
»Ja, Herrgott noch mal. Was willst du denn von mir? Dann sag es halt!«
»Gut«, sagte ich, »dann sag ich es halt. Ich bin nach wie vor etwas überrascht über die Tatsache, dass ihr ohne mich beschlossen habt, ein Dreigenerationenhaus aufzuziehen. Das ist ein grober Vertrauensbruch, vor allem von deiner Seite. Du solltest dir also gründlich überlegen, ob ihr das wirklich gegen meinen Willen durchziehen wollt.«
»Was redest du denn, Gundula? Du warst doch auch dafür?«
»Ich?«
»Du hast die letzten Tage doch gar nichts mehr dazu gesagt.«
»Ich habe nichts dazu gesagt, weil ich nicht gefragt wurde. Weil ihr mich ausgeschlossen habt aus euren Plänen.«
»Was blieb uns denn anderes übrig, Gundula? Wir wussten ja, dass du dagegen sein würdest.«
»Ach, und deshalb könnt ihr mich aus eurer Abstimmung heraushalten?«
»Ja, verstehst du denn den Ernst der Lage nicht, Gundula? Wir haben keine andere Wahl! Wir sind elf Leute und zwei Hunde.«
»Kannst du nicht rechnen? Wir sind fünf Menschen und zwei Hunde. Zwei Erwachsene und drei Kinder, wobei die Kinder fast alle aus dem Haus sind.«
»Wir haben eine Verpflichtung den anderen gegenüber.«
»Bist du übergschnappt? Was ist los mit dir, Gerald? Du warst immer gegen Besuche unserer Familie, du warst immer froh, wenn alle nach den Familienfeiern wieder weg waren, und jetzt willst du bis an dein Lebensende mit ihnen zusammenwohnen?«
»Die schaffen das nicht allein.«
»Ich will aber nicht für immer mit meiner verrückten Familie unter einem Dach leben. Ich habe ein Recht auf Ruhe. Ich

habe drei Kinder großgezogen. Ich möchte jetzt mit unseren Müttern und Rose und Hadi und Eddie Barack nicht wieder von vorn anfangen.«

»Aber Gundula«, Gerald kam auf mich zu und griff nach meiner Hand, »jetzt sei doch mal vernünftig. Alle freuen sich über diese Idee. Alle außer dir.«

»Da könntest du recht haben, Gerald. Und ich freue mich über eure ungewohnte Einigkeit in dieser Sache. Trotzdem müsst ihr euch damit abfinden, dass ich auch noch da bin. So leid es mir tut. Es gibt mich noch, auch wenn ihr eure Entscheidungen lieber ohne mich trefft. Und deshalb stelle ich dich jetzt vor die Entscheidung, die du gut überdenken solltest, wenn dir dein Leben lieb ist.«

Gerald ließ meine Hand los.

»Unsere Mütter oder ich«, setzte ich hinzu.

»Wie jetzt?«

»Du hast ganz richtig gehört, Gerald. Mir reichts. Mein ganzes Leben lang richte ich mich schon nach dir oder nach unserer Familie, aber jetzt ist Schluss damit.«

»Du richtest dich nach mir? Also das ist mir jetzt neu.«

Ich überhörte Geralds Einwand und wartete. Gerald wippte auf den Zehenspitzen auf und ab und schien nachzudenken. Es dauerte ziemlich lang, bis er antwortete. Dann sagte er endlich: »Gut. Wie du willst. Ich kann natürlich nicht für deine Mutter und deinen Bruder und deine Schwägerin sprechen, denn die sind Teil DEINER Familie. Dir ist hoffentlich im Lauf der Jahre aufgefallen, dass ich deine Familie manchmal auch nur schwer ertrage und trotzdem bin ich noch hier und mache gute Miene zum bösen Spiel. Und jetzt habe ich EINMAL eine Bitte, die mir wirklich am Herzen liegt. Einmal bitte ich dich darum, dein Herz nicht zu verschließen vor einer Frau, die MEINE ganze Familie ist, weil ich sonst niemanden habe. Eine Frau, die mir unter Schmerzen das Leben geschenkt hat. Die immer da ist, wenn ich sie brauche. Die mich nie im Stich lassen würde. Und diese Frau soll ich jetzt auf die Straße schicken?«

»Du musst sie ja nicht gleich auf die Straße schicken, Gerald. Ich will nur nicht jeden Tag neben ihr aufwachen.«

Gerald schwieg und wiegte den Kopf hin und her. Ich hegte schon die Hoffnung, er würde sich zu meinen Gunsten entscheiden.

Aber dann war Gerald zu einem Entschluss gelangt, den ich ihm nie und nimmer zugetraut hätte und den ich ihm bis zum heutigen Tag nicht wirklich verziehen habe. Seine Entscheidung hatte geheißen: »Meine Mutter.«

»Und was ist mit mir?«, hatte ich gefragt, als ich mich von der ersten Schockstarre erholt hatte. »Das kann nicht dein Ernst sein, dass du von mir verlangst, mein Leben mit deiner Mutter zu verbringen, Gerald. Schlimm genug, dass ich DICH geheiratet habe und jetzt mein Leben mit DIR verbringen muss. Aber wenn jetzt auch noch Susanne bei uns wohnen bleibt, lasse ich mich scheiden.«

Am Nachmittag setzte ich mich dann doch noch mal intensiv mit dem Problem unseres Dreiseitenhofs auseinander. Und irgendwie kam ich, obwohl ich das wirklich nicht wollte, immer mehr zu der Überzeugung, dass Geralds Idee vielleicht doch die einzig vernünftige war. Irgendwie konnten wir unsere Lieben ja wirklich nicht auf die Straße setzen, auch wenn mir das am angenehmsten gewesen wäre. Aber sie sind ohne Unterstützung nicht lebensfähig. Der Großteil wäre auf der Straße gelandet und dort auch geblieben. Bis auf meine Mutter. Aber meine Mutter brauchten wir, um finanziell über die Runden zu kommen. So schwer es mir bei dem Gedanken, den Rest meines Lebens mit meiner Mutter verbringen zu müssen, auch wurde.

Neben meiner Mutter zu leben ist in etwa so, als würde man bei lebendigem Leib in ein Einmachglas gesteckt werden. Sie nimmt mir die Luft zum Atmen.

Neben meiner Mutter werde ich nicht erwachsen. Sie beobachtet und blockiert mich, wo sie nur kann. Und das bemerkt sie noch nicht einmal, deswegen kann ich es ihr nicht vorwerfen. Und trotzdem: Ich will endlich kein Kind mehr sein. Ich wäre so gern in meinem Leben noch mal erwachsen geworden.

6.
Kapitel

Ein paar Tage später mieteten wir ein Großraumtaxi und fuhren aufs Land, um den Dreiseitenhof aus der Nähe zu betrachten. Meine Mutter regte sich furchtbar darüber auf, dass wir ein Taxi nahmen, und somit nicht nur Geld verschwendeten, sondern auch die ganze Fahrt die Maske aufhaben müssten. Aber in Geralds Ente passten wir beim besten Willen nicht alle rein.

»Es hätte doch auch genügt, wenn Gerald und ich erst mal rausgefahren wären, um das Haus zu besichtigen. Immerhin liegt auf uns die finanzielle Last. Wir sind also letztendlich die Entscheidungsträger.«

»Wir wollen schon auch mitentscheiden, wo wir in Zukunft leben werden. Oder Hadi?«, ereiferte sich Rose.

»Ja, Rose. Wir ziehen ja nicht aus Spaß da raus. Wir bleiben da ja die nächsten Jahre oder Jahrzehnte. Da muss auch das psychosoziale Umfeld stimmen.«

»Das was?«, fragte Susanne und zerrte an ihrem Sicherheitsgurt. »Das Ding hier ist kaputt.«

»Das emotionelle Umfeld«, sagte mein Bruder.

»Du meinst emotional«, sagte meine Mutter.

»Nein, in diesem Fall meinte ich tatsächlich emotionell, Mutti.«

»Aha. Und was ist dann da der Unterschied zu emotional?«

»Es gibt keinen.«

»Guter Gott ...«

Der Alarm des nicht eingerasteten Sicherheitsgurts ging los.

»Oma Susanne, du musst dich anschnallen. Sonst klingelt das stundenlang so weiter«, sagte Matz, der neben Susanne auf der Rückbank saß.

»Nenn mich nicht Oma.«

»Zeig mal«, sagte Matz und griff nach dem Gurt.

»Nein«, sagte Susanne.

»Nun sei doch nicht so bockig«, sagte Ilse. »Schnall dich gefälligst an wie alle hier. Man wird ja verrückt bei dem Gebimmel.«

»Der Gurt beklemmt mich, ich kann mit der Maske sowieso schon kaum atmen«, sagte Susanne.

»Mutti, bitte schnall dich an, sonst verletzt du dich bei einem Unfall«, sagte Gerald.

»Ich habe mich mein Lebtag nicht in einem Auto angeschnallt, und so wird es auch bleiben, da könnt ihr Gift drauf nehmen.«

Susanne lehnte sich zurück und schloss die Augen.

Der Taxifahrer trat auf die Bremse und erklärte uns, dass er nicht weiterfahren würde, solange meine Schwiegermutter sich nicht anschnallen würde.

»Alter Spießer«, murmelte meine Schwiegermutter, zum Glück so leise, dass der Taxifahrer nichts mitbekam. Dann schnallte sie sich an.

Je weiter wir uns von der Stadt entfernten, desto schwerer wurde mir ums Herz. Eben noch waren wir durch belebte Straßen gefahren, vorbei an einladenden Geschäften und Restaurants, an lachenden schwatzenden Menschen. Und jetzt? Äcker und Wiesen säumten unseren Weg, menschenleere Straßen, einzig ein handbemaltes Schild, das zur Fünfzigjahrfeier der Freiwilligen Feuerwehr in irgendeinem Kaff einlud, durchbrach die Einöde. Sogleich packte Susanne meinen Arm und schrie freudig: »Ein Fest! Ein Fest! Lasst uns mal gucken!«

»Ja, Mutti, die feiern hier gern. Wenn wir erst mal hier draußen leben, werden wir uns das alles mal gründlich ansehen, da wirst du deine Freude haben!«, sagte Gerald.

»Ach Geraldchen, wie ich mich freu! Endlich kommt mal ein bisschen Leben in die Bude!«

Nachdem wir ungefähr eine Stunde durch die Wallachei gefahren waren, parkte der Taxifahrer an einem einspurigen Feldweg. Wir schauten aus dem Fenster. Kein Dreiseitenhof weit und breit.

»Wie war noch mal die Adresse?«

»Am Acker 1«, sagte Gerald.

»Gibt's hier nicht.«

»Die Adresse gibt es«, sagte Gerald. »Wahrscheinlich haben Sie die falsche Postleitzahl eingegeben.«

»Sie haben mir keine Postleitzahl genannt.«

»Natürlich hab ich das!« Geralds Stimme wurde etwas lauter.

Eddie Barack fing an zu schreien.

»Mist!«, rief Rose. »Jetzt habt ihr mit eurem Geschrei den Eddie Barack geweckt!«

»Ich habe nichts getan!«, sagte der Taxifahrer.

»Das ist auch besser so«, sagte Susanne und schnallte sich ab. Sofort fing es an zu bimmeln. »Gebt ihm das Geld und lasst uns aussteigen. Erst funktionieren die Sicherheitsgurte nicht richtig, und dann landet man in der Pampa. Was ist denn das hier für ein Käse?!«

»Wir können nicht aussteigen, Oma. Wir kommen nicht mehr heim«, sagte Matz berechtigterweise.

»Und DU sollst nicht Oma zu mir sagen.«

Susanne stieg aus.

»Mutti!«, rief Gerald. »Jetzt warte doch mal!«

»Nein!«, rief Susanne. »Gebt mir meine Krücken. Ich gehe!«

Ich reichte meiner Schwiegermutter die Krücken nach draußen, und sie humpelte los wie ein Duracell-Männchen.

»Mutti!«, rief Gerald wieder. »Sei doch vernünftig.«

»Lass sie«, sagte meine Mutter. »Ich gehe auch.«

»Ich komm' mit«, sagte Matz.

Wir anderen blieben im Auto sitzen und sahen den dreien hinterher. »Also das versteh ich nicht«, sagte Rose. »Wo laufen die denn jetzt hin?«

»Ich will ja nicht stören«, sagte der Taxifahrer, »aber ich muss Sie darauf hinweisen, dass das Taxameter weiterläuft.«

»Dann machen Sie es doch aus«, sagte ich.

Gerald drehte sich zu mir um.

»Gundula, hast du Geld dabei?«

»Wieso ich?«

»Weil ich meins, glaube ich, zu Hause vergessen habe. Beziehungsweise wollte Ilse doch das Taxi bezahlen, oder?«

Wir guckten wieder nach draußen. Ilse, Susanne und Matz waren hinter einem Hügel verschwunden.

»Und jetzt?«, fragte Rose. Dann griff sie nach ihrem Rucksack, kramte ein Karottenbreigläschen für Eddie hervor und öffnete es mit einem lauten »Plopp«.

Der Taxifahrer drehte sich zu uns um. »Kinder füttern ist hier drin verboten.«

»Wo soll ich es denn sonst füttern?«

»Das ist mir egal, junge Frau. Aber das Auto hier ist keine Frittenbude.«

»Keine was?«, fragte Hadi.

»Keine Frittenbude«, sagte ich.

»Wieso Fritten?«, fragte Rose. »Ich geb dem Eddie keine Fritten. Ich geb dem Karottenbrei.«

Sie versuchte, Eddie ein Löffelchen Karottenbrei in den Mund zu schieben, aber er kreischte auf und drehte seinen Kopf zur Seite. Der Karottenbrei platschte auf den Sitz.

»So«, sagte der Taxifahrer, »aussteigen, aber dalli.«

Gerald zückte grummelnd sein Portemonnaie. Dann zog er ein paar Scheine hervor und begann zu zählen.

»50, 55, 60 ... wie viel, sagten Sie, soll der Spaß kosten?«

Der Taxifahrer steckte kurz seinen Kopf in den Innenraum seines Wagens. Dann tauchte er wieder auf und sagte: »87 Euro und 30 Cent.«

»Ich kann Ihnen 75,33 Euro geben. Das müsste ungefähr mit der reinen Fahrzeit hinkommen.«
»Und der Rest?«, fragte der Taxifahrer.
»Den Rest können Sie behalten.«

7.
Kapitel

Wir folgten dem Trampelpfad, auf dem unsere Lieben entschwunden waren, liefen einen Hügel hinunter und einen anderen hinauf, holten Susanne, Ilse und Matz ein, passierten ein kleines Wäldchen und gingen an einem Maisfeld entlang, erreichten ein zweites Wäldchen, bogen um eine Kurve und hielten inne.

Vor uns lag unser Dreiseitenhof.

»Ach, wie schön«, sagte Susanne und stützte sich schnaufend auf Gerald. »Als hätte er schon auf uns gewartet.«

»Ist er das denn?«, fragte meine Mutter.

»Natürlich, Mutti, guck doch mal die grünen Fensterläden!«, rief Hadi aus und lief ein paar Schritte voraus.

»Der sieht viel größer aus als auf dem Bild«, sagte meine Mutter und kniff die Augen zusammen, als könne sie ihn dadurch ein bisschen schrumpfen.

»Natürlich, Ilse. Der hat ja auch fast 1000 Quadratmeter Wohnfläche.«

Während wir uns dem Gebäude näherten, sagte Matz: »Also Leute, ich weiß ja nicht. Wir haben jetzt vom Rotkehlchenweg 53 Minuten bis hierher gebraucht. Ich habe unterwegs keine einzige S-Bahn-Station gesehen, wie soll ich denn da bitte in die Schule kommen? Und zu meinen Demos?«

»Keine Ahnung. Aber bald sind ja erst mal Sommerferien«, sagte ich.

»In der jetzigen Lage S-Bahn zu fahren ist sowieso lebensgefährlich«, sagte meine Mutter. »Die öffentlichen Verkehrsmittel sollten wir meiden, da sind zu viele Aerosole in der Luft.«

»Gerald, gib mir mal den Schlüssel«, sagte meine Mutter in die Stille.

»Wieso den Schlüssel?« Er machte eine Pause. »Ich habe keinen.«

Meine Mutter erbleichte.

»Was? Und wie soll ich mir dann das Haus ansehen?«

»Wir wollten es uns doch nur von außen ansehen, Ilse.«

»Was?«

»Es gibt ja das Gutachten, das hatte ich dir doch schon ... ich meine, die Abmachung war doch, dass wir jetzt erst mal von außen gucken ...«

»Von außen gucken? Haben sie dich gebissen? Dafür zahle ich doch nicht hundert Euro für ein Taxi, um hier...«

»Na ja, das Taxi habe ja auch ich –«, warf Gerald ein, aber meine Mutter war in Fahrt. Wenn meine Mutter in Fahrt ist, kennt sie kein Halten.

»Gut«, sagte sie, drehte sich um und lief zurück Richtung Wäldchen. »Kein Schlüssel, kein Haus, ganz einfach.«

»Gerald«, sagte ich. »Ich dachte, der Rüdiger aus deinem Finanzamt hat dir einen Schlüssel gegeben.«

»Ja.« Gerald wand sich wie ein Aal auf dem Trockenen. »Aber der Rüdiger hat gesagt, dass wir den nur im äußersten Notfall benutzen sollen, weil er das gar nicht darf, uns den Schlüssel geben, eigentlich –«

»Das ist ein Notfall!«, rief Ilse zu uns herüber. »Oder glaubst du vielleicht, ich kaufe euch ein Haus, das ich vorher nicht besichtigt habe?«

»Na gut«, Gerald kramte in seiner kleinen Herrenumhängetasche, dann hielt er einen rostigen, alten Schlüssel in die Luft.

Meine Mutter kam zurück, schnappte sich den Schlüssel und steckte ihn energisch ins Schloss des großen Tors. Sie zuckelte ein bisschen damit herum, dann wandte sie sich an Gerald.

»Er klemmt.«

»Ja, das sage ich ja, Ilse. Und der Rüdiger hat mich auch vorgewarnt, dass der Schlüssel keinesfalls abgebrochen werden darf, weil dann alles auffliegt. Außerdem dürfen die anderen Interessenten das Haus ja auch nicht sehen.«

»Wenn es überhaupt andere Interessenten gibt«, bemerkte ich.

Gerald warf mir einen waidwunden Blick zu.

»Natürlich gibt es die, Gundula.«

»Das darf doch nicht wahr sein«, brachte meine Mutter zwischen zusammengebissenen Zähnen hervor. Dann rüttelte sie wieder an dem Schloss herum.

»Soll ich das nicht lieber machen, Ilse?«, fragte Gerald.

»Nein.«

»Aber sei vorsichtig, dass der Schlüssel nicht abbricht.«

»Wird er schon nicht, Gerald. Das ist nicht das erste Schloss in meinem Leben, das ich aufschließe.«

Rose hielt Hadi Eddie Barack vor die Nase. »Du, Hadi, kannst du den Eddie kurz mal halten? Ich muss ganz dringend ...« Eddie fing in Hadis Armen sofort an zu schreien.

»Mach bitte schnell, Rose, du weißt ja, dass er nicht so gut mit mir kann.«

»Jaja«, sagte Rose. Dann rannte sie zu meiner Mutter, die immer noch verbissen mit dem Schlüssel kämpfte. »Ilse, mach schnell, ich muss ganz dringend.«

»Wenn es so dringend ist, geh ins Gebüsch, Rosi. Ich lasse mich ungern hetzen. Gerald!«

Sie steckte den Schlüssel zum zehnten Mal ins Schloss, drehte ihn vorsichtig rüttelnd hin und her, zog ihn wieder heraus und betrachtete ihn eingehend.

»Selten so einen Quatsch gesehen.«

Meine Schwiegermutter Susanne humpelte auf Ilse zu und deutete mit einer ihrer Krücken auf das Tor.

»Nimm lieber die Finger da weg, bevor du alles kaputtmachst. Gerald? Hilf ihr doch mal, sie kann das nicht allein!«

Gerald zuckte mit den Schultern.

»Ich halte mich da raus. Der Rüdiger hat extra gesagt, dass es ja das Gutachten gibt und dass normalerweise bei einer Zwangsversteigerung –«

Meine Mutter drehte sich nach ihm um.

»Jetzt schwing hier doch keine Reden, Gerald! Hilf mir lieber.«

Gerald seufzte auf und nahm Ilse den Schlüssel aus der Hand, steckte ihn erneut ins Schloss und drehte ihn mit aller Kraft um. Der Schlüssel machte ein knirschendes Geräusch, und meine Mutter schrie auf.

»So«, sagte Gerald und sah uns der Reihe nach an. »Ich hab es euch gleich gesagt. Jetzt sind wir geliefert.«

Er drehte den Schlüsselbart in seinen Händen.

Susanne, die an einer Hausmauer lehnte, rief:

»Ich kann langsam nicht mehr stehen. Wann fahren wir denn nach Hause zurück?«

»Ich muss so dringend«, sagte Rose. Sie drängte Ilse von der Tür weg und rüttelte am Knauf. »Was mach ich denn jetzt bloß? Ich kann doch hier nicht einfach –«

»Klar kannst du«, sagte Susanne. »Die Gedanken sind frei.«

Rose sah sich um. Hadi, der mit dem brüllenden Eddie Barack kämpfte, deutete matt auf einen toten Strauch an der Hausecke. »Da, Rose, dahinten, da kannst du. Da bist du geschützt.«

Rose schaute in die angedeutete Richtung.

»Da sehen mich doch alle. Der hat ja gar keine Blätter.«

Matz sagte: »Das ist wegen der Erderwärmung, Tante Rose. Bald gibt's gar keine Blätter mehr, das ist dann wie mit dem Schnee, den gibt's ja auch nicht mehr. Eddie Barack wird in einer Wüste aufwachsen. Ohne Tiere. Ohne Farben. Wenn er mal irgendwann sprechen lernt, wird es sowieso keine Farbennamen mehr geben. Das ist dann alles nur graudunkel oder grauhell.«

»Matz!«, riefen Gerald und ich wie aus einem Mund. »Jetzt ist aber wirklich Schluss. Was redest du denn für einen Unsinn?«, fügte ich hinzu.

»Das ist kein Unsinn, Mami. Das ist die Klimakrise. Lies doch mal Zeitung!«

Rose war bei der Vorstellung, ihr Kind in eine graue Welt hineingeboren zu haben, selbst alle Farbe aus dem Gesicht gewichen. Jetzt sah sie wieder zu dem toten Gesträuch hinüber und hielt sich die Hand vor den Mund.

Aber dann raffte sie ihren Karorock und lief zu dem Buschskelett, um sich dahinter zu erleichtern.

Kurze Zeit später fanden wir doch noch ein Loch im Zaun und schlüpften hindurch, um uns das Haus wenigstens von hinten anzusehen und den Park zu inspizieren. Der sah ziemlich anders als auf den Bildern aus. Das ungeschnittene, vertrocknete Gras wucherte uns um die Hüften, Blumenbeete gab es gar keine, und der Wald weit hinten wirkte eher bedrohlich und nicht wirklich romantisch.

»Wo ist denn der Brunnen?«, fragte Matz und lief ein bisschen voraus.

»Pass auf, Matz, fall nicht hin«, rief ich ihm hinterher, aber da stolperte er schon über eine Brombeerranke.

»Das ist mir zu gefährlich«, sagte Rose. »Ich kehr' um.«

»Könntest du dann eventuell den Eddie mitnehmen, Rose?«, fragte Hadi vorsichtig. »Er hat schon wieder ein bisschen gespuckt, und mein Hemd müsste zwischendurch mal ein wenig trocknen.«

»Nein, behalt du ihn, wäre doch blöd, wenn er mich auch noch anspuckt.«

Hadi kam auf mich zu und hielt mir Eddie hin.

»Du, Gundula, könntest du mir den Eddie bitte mal abnehmen? Ich hab' wirklich Sorge, dass das jetzt immer so weitergeht mit dem Gespucke. Ich hol' mir noch was, wenn ich die ganze Zeit so ein feuchtes Hemd anhabe.«

»Ich will mir auch nichts holen, Hadi«, sagte ich. Aber dann sah ich Eddies süßes, von oben bis unten mit Karottenbrei vollgekleckertes Gesichtchen und streckte die Hände nach ihm aus.

»Na gut, Eddie, komm zu Tante Gundel.« Ich wandte mich zu Hadi. »Wieso spuckt er denn die ganze Zeit? Hoffentlich hat er kein Magen-Darm.«

Hadi wurde kurz grün im Gesicht, aber dann fing er sich wieder und sagte: »Nein, mach dir keine Sorgen, Gundel. Der hat nichts Ansteckendes. Ist ja ein robustes Kerlchen.« Er betupfte mit einem Taschentuch die Flecken auf seinem Hemd. Plötzlich hielt er inne und sah mich an. »Oje.«

»Was?«

»Es könnte höchstens sein, dass wir uns mit dem Haltbarkeitsdatum vertan haben?«

»Hans-Dieter, das geht aber nicht, was seid ihr denn für Eltern?«

Hadi guckte mich mit großen Augen an.

»Aber du sagst doch auch immer, dass man das Haltbarkeitsdatum nicht so eng sehen darf.«

»Ja, aber doch nicht bei Babybrei!«

»Wir haben aber noch so viele Gläschen, was sollen wir denn dann damit machen? Weißt du überhaupt, was Babyessen kostet?«

»Natürlich. Ich gebe euch ja das Geld dafür. Wenn ihr nicht wisst, was ihr damit machen sollt, könnt ihr es zur Abwechslung ja selbst essen.«

Eddie quietschte auf, lachte über sein ganzes rundes Gesicht und strampelte mit den Beinen. »Findet Eddie übrigens auch«, sagte ich und ließ meinen Bruder stehen.

Nachdem wir auch den Kuhstall, den Hühnerstall, den Heuschober und die Scheune eingehend von außen betrachtet hatten, entschieden wir uns dazu, den Rückweg anzutreten. Susanne konnte mit ihrem Humpelbein nicht mehr laufen und jammerte in einem fort.

»Ist ja nicht zum Aushalten«, sagte meine Mutter. »Ich habe gleich gesagt, du sollst zu Hause bleiben, aber du musst ja wieder deinen Dickschädel durchsetzen. Wie stellst du dir das denn jetzt vor, Susanne? Sollen wir dich vielleicht Huckepack nehmen?«

Da entdeckte Matz eine alte Schubkarre, die vergessen neben dem Hühnerstall stand.

»Wir könnten Oma Susanne doch da reinsetzen und schieben?«

»Nenn mich nicht Oma«, sagte Susanne. »Und außerdem setze ich mich bestimmt nicht in eine alte Mistkarre. So weit kommt's noch.«

Sie ließ sich demonstrativ auf eine Treppenstufe vor der Veranda sinken.

»Dann bleib ich lieber hier.«

»Mutti«, sagte Gerald, »sei doch nicht so.«

»Wie bin ich denn? Ich habe mir zur Feier des Tages extra meinen Seidenmantel angezogen, denkst du, den will ich jetzt in einer alten Mistkarre ruinieren?« Sie zupfte an ihrem Kaftan und stand wieder auf.

»Sollen wir wegen dir jetzt hier übernachten, oder wie stellst du dir das vor?«, fragte meine Mutter.

»Komm, Omi, ist doch nur das eine Mal«, sagte Matz und schob meiner Schwiegermutter die Karre unter den Po.

»Untersteh dich!«

»Mutti, sieh es mal so«, sagte Gerald. »Wir sind in einem Funkloch. Wir können kein Taxi bestellen. Wie um alles in der Welt sollen wir denn nach Hause kommen, wenn wir der Zivilisation nicht ein wenig entgegenlaufen.«

Meine Schwiegermutter sah sich um. Sie wirkte richtiggehend verzweifelt.

»Na gut. Dann schiebt mich eben. Aber wenn mein Mantel Schaden nimmt, will ich einen neuen.«

»Jaja«, sagte meine Mutter. »Jetzt mach halt.«

»Und so was nennt man dann Respekt vor alten Leuten«, murrte Susanne. Aber zumindest gab sie nach.

Hadi und Gerald hoben Susanne hoch und hievten sie in die Schubkarre. Nach einigem Hin und Her, ein bisschen lebensbedrohlichem Gewackel und ohrenbetäubendem Geschrei hatte Susanne endlich die richtige Position für sich gefunden. Sie krallte sich an den Rändern fest und schrie: »Und LOS geht's, Banausen! Oder muss ich euch erst die Haare krausen?« Dann lachte sie schrill, schrie noch mal »Hüüü!!« und haute mit den flachen Händen auf die Wände ihrer Karre.

Nachdem wir den restlichen Nachmittag mit Susanne in ihrer Karre durch die Pampa geirrt waren und die Sonne langsam hinter dem Horizont verschwand, gaben wir schließlich das Winken und Rufen auf, wenn sich ein Auto näherte. Wir waren stillschweigend darin übereingekommen, dass es sinnlos war, darauf zu hoffen, dass sich jemand unser erbarmen würde.

Aber dann hielt plötzlich ein Lastwagen neben uns, und ein überaus freundlicher, älterer Mann bot uns an, auf seine Laderampe zu klettern.

Susanne und Ilse durften vorn neben dem Mann Platz nehmen, was Susanne wieder zu ihren alten Lebensgeistern verhalf. Sie blühte förmlich auf. Aber als sie im Laufe des Gesprächs erfahren musste, dass unser Retter seit dreißig Jahren glücklich verheiratet war, verlor sie das Interesse. Ihr Kopf kippte auf Ilses Schulter, sie schnarchte ein paarmal tief auf und schlief ein. Der nette Mann fuhr uns zum Glück bis vor die Haustür, und wir schenkten ihm dafür zum Dank die alte Schubkarre.

Der nächste Tag war ein Sonntag, und wir versammelten uns im Wohnzimmer, um Geralds Gutachten noch mal gemeinsam und mit klarem Kopf zu studieren.

Nach wie vor konnten wir keine negativen Auffälligkeiten feststellen. Im Gegenteil wurde die gute Grundsubstanz des Hofs und seiner Nebengebäude betont. Die Fotos, die das Gebäude von außen zeigten, glichen dem Bild, das wir uns von dem Gebäude gemacht hatten. Lediglich der Park sah gänzlich anders aus als in Wirklichkeit.

Dann nahmen wir uns die Fotos der Räumlichkeiten vor, die leider völlig unscharf waren. Wir bemühten uns wirklich, etwas zu erkennen, aber es war schlechterdings unmöglich. Matz holte sogar seine Insektenlupe aus dem Kinderzimmer, doch die Bilder blieben unscharf.

Also studierten wir mit für uns ungewöhnlicher Sorgfalt den Text unter den Fotos, der unsere Befürchtungen beruhigte. Die Beschreibung stand dem Eindruck, den wir uns von dem Hof gemacht hatten, in nichts nach.

»Gut.« Meine Mutter richtete sich auf. »Das hört sich doch alles gar nicht so schlecht an, oder? Ich habe das Gefühl, einer familieninternen, finalen Abstimmung sollte jetzt nichts mehr im Wege stehen. Wer für den Umzug in die Uckermarck ist, hebe bitte die Hand.«

Sieben Hände schnellten in die Höhe. Wir sahen uns an. Jedem von uns lag ein Lächeln auf den Lippen.

8.
Kapitel

Gerald leierte meiner Mutter 10 Prozent der veranschlagten 150 000 Euro aus den Rippen. Wir mussten uns mit der Anzahlung beeilen, weil der Tag der Zwangsversteigerung immer näher rückte. Meine Mutter fuhr also mit Gerald zur Bank und tätigte die Überweisung. Als sie zurück waren, kam Gerald zu mir in die Küche, wo ich gerade frisches Gemüse für Eddies Brei pürierte, und lehnte sich erschöpft an den Kühlschrank.

»Eins schwöre ich dir, Gundula. Das war das letzte Mal, dass ich mir von deiner Mutter Geld geliehen habe.« Ich sah ihn an. Er war ziemlich blass. »Sie hat dem Bankangestellten bis ins Detail aufgezählt, was sie schon alles in uns investiert hat, angefangen bei Rolfis und Rickies Studium im Ausland. Ich bin fast im Boden versunken. Manchmal könnte ich Ilse mit bloßen Händen erwürgen.«

»Gerald!«, rief ich aus. »Das ist ziemlich unfair. Immerhin gibt sie uns das Geld.«

»Ach, hätte ich doch auch eine Mutter, die über ein bisschen Geld verfügt«, stöhnte Gerald auf. »Stattdessen muss ich jetzt bis an mein Lebensende damit zubringen, ihre Schulden abzubezahlen.«

»Ja, das geht auch vorbei, Gerald«, sagte ich, obwohl ich nicht wirklich daran glaubte. Deshalb sagte ich: »Was ist denn jetzt mit dem Verkauf vom Rotkehlchenweg? Hat sich schon irgendein Interessent gemeldet?«

»Nein.«

Mir wurde heiß.

»Kein einziger?«

»Nein. Also zumindest will keiner so viel dafür bezahlen.«

»Also 150 000 ist nun wirklich nicht viel für unser Haus. Es hat immerhin 160 Quadratmeter und einen wunderschönen Garten.«

Gerald schwieg.

»Und der geht nach Süden raus«, fuhr ich fort.

»Ja.«

»Und es ist gut in Schuss! Sogar das Dach haben wir vor zehn Jahren erneuern lassen«, fügte ich hinzu.

»Gundula, vergiss nicht, dass unser Rotkehlchenweg in der Anflugschneise liegt. Das will heutzutage keiner. Die Menschen ziehen ja nicht an den Stadtrand, um es lauter zu haben als in der Stadt.«

Susanne erschien humpelnd in der Küchentür.

»Ist jemand gestorben?«

»Noch nicht«, sagte Gerald.

»Aber Geraldchen, dann mach doch nicht so ein Gesicht.«

Sie hielt inne und sah zu mir.

»Du siehst auch nicht besser aus, meine Liebe. Ihr müsst endlich mal lernen, euch auch über die kleinen Dinge im Leben zu freuen. Die Vögel zwitschern, die Sonne scheint, was braucht der Mensch mehr für sein Glück?«

»Ich werde darüber nachdenken, Susanne«, sagte ich.

»Das wird auch Zeit. Sagt mal, kommt heute zufälligerweise jemand von euch an einer Drogerie vorbei?«

»Eher weniger«, sagte Gerald.

»Ach, das ist schlecht, meine Augenpads sind aus. Weißt du, die von dieser tollen Firma, die die Krähenfüße wegmachen.«

»Keine Ahnung«, sagte Gerald und sah mich an. Ich zuckte mit den Schultern, dann dachte ich an Susannes Schulden und sagte: »Kannst du dir nicht Teebeutel auf die Augen legen? Das soll auch helfen.«

»Teebeutel?«

Susanne sah aus, als hörte sie das Wort zum ersten Mal.

»Ja, Teebeutel. Schwarzer Tee.«

»Ich glaube nicht, dass das hilft. Also wenn du so lieb wärst, Geraldchen. Wäre wirklich wichtig. Du willst doch auch in Zukunft eine schicke Mutti haben, oder?«

»Ja«, sagte Gerald und sah etwas gequält zu mir herüber.

»Na also«, sagte meine Schwiegermutter und zog von dannen.

Ich betrachtete meinen Mann.

»Gewöhn ihr das ab, Gerald.«

»Was denn?«

»Ihre Flausen.«

»Was?«

»Kein Mensch im Alter von fast achtzig Jahren braucht noch Augenpads gegen Tränensäcke.«

»Mutti schon.«

»Nein, Gerald. Du kaufst ihr keine Augenpads. Ich warne dich. Wir müssen sparen.«

Gerald wischte sich den imaginären Schweiß von der Stirn.

»Hast ja recht, Gundula. Hast ja recht. Ich werde noch mal mit ihr darüber sprechen.«

»Das musst du gar nicht, sie wird es sowieso vergessen. Morgen braucht sie rosafarbenes Klopapier mit Mandelduft.«

»Gundula!«

»Ist doch wahr.«

Ich häufte meinen Gemüsebrei auf ein Tellerchen.

»So, ich habe jetzt auch keine Zeit mehr. Ich muss Eddie Barack füttern.«

Am Tag der Zwangsversteigerung stand die ganze Familie pünktlich um neun Uhr früh fertig angezogen im Eingang. Susanne hatte sich eine extra Schicht Make-up ins Gesicht gespachtelt, Rose trug einen kleinen grünen Hut mit einer Feder daran, den sie mal zu Weihnachten aus Mutters Restbeständen bekommen hatte, und Hadi hatte sich das Haar gescheitelt und mit irgendetwas stark geglättet. Sein Kopf wirkte im Vergleich zu seinem massigen Körper fehl am Platz. Wie eine Art Bonsaiköpfchen.

»Was hast du denn mit deinen Haaren gemacht, Hans-Dieter?«, fragte ich.

»Ich habe mal was Neues ausprobiert, Gundula.« Er fuhr sich vorsichtig mit der Hand über seinen Hinterkopf. »Immerhin müssen wir ja einen bleibenden Eindruck hinterlassen.«

»Das wird klappen«, sagte Rose und betrachtete Hadi zufrieden.

Eddie Barack nieste herzhaft.

»Ach, Gundel, kommst du eigentlich auch mit?« Sie sah mich an und wartete auf eine Antwort.

»Was soll denn DIE Frage, Rose? Natürlich komm' ich mit.«

»Du hast dich aber gar nicht zurechtgemacht.«

Ich sah an mir herunter.

»Wieso? Ich seh' aus wie immer«, sagte ich.

»Eben.«

Rose sah zu Hadi.

»Ich mein, wenn die Gundula eh nicht mitkommt, könnte sie ja mit dem Eddie daheimbleiben und auf ihn aufpassen. Für den ist das ja sicher nicht so interessant, bei so einer Versteigerung, und am Ende schreit er noch und bringt alle Leute gegen uns auf. Dann kriegen wir den Hof vielleicht nicht.«

»Ich komme mit«, sagte ich. »Aber du hast recht, der Eddie würde sicher stören.«

Matz kam die Treppe heruntergerannt.

»Mami? Wo ist die alte Krawatte von Rolfi? Die mit den blauen Punkten. Die brauch' ich.«

»Der Matz könnte doch auf den Eddie aufpassen«, schlug Rose vor.

Matz weigerte sich standhaft, und Roses Gesichtsausdruck wurde immer panischer.

»Aber ich wollte unbedingt mit! Ich hab mich schon so darauf gefreut. Und wir müssen doch bestimmt auch alle unterschreiben, also jeder von uns, weil wir doch eine Familie sind.«

»Nein, Rose«, sagte Gerald, der von draußen mit seiner Autowatte hereinkam, weil er die Ente noch kurz ein bisschen aufpoliert hatte. »Ihr müsst nichts unterschreiben. Nur Ilse und ich.« Er blieb stehen und betrachtete unsere Familie. So aufgeputzt sahen meine Lieben ein bisschen aus wie ausgebüchste Figuren einer Geisterbahn.

»Und, äh ...«, fuhr Gerald fort, »... es wäre bestimmt besser, man würde euch erst mal nicht sehen. Also, das könnte die Leute auch ein bisschen erschrecken. Ich meine ...«, er suchte nach Worten, »... wir wollen ja nicht gleich mit der Tür ins Haus fallen.«

»Wie meinst du das, Gerald?«, fragte Susanne.

»Na ja, so wie ich es sage ...«, sagte Gerald und sah Hilfe suchend zu mir.

»Da ist eventuell gar kein Platz für so viele Leute«, sagte ich.

Meine Mutter kam aus dem Badezimmer. Sie musste sich ein halbes Fläschchen Madame Rochas übergekippt haben. Jedenfalls ließ uns die um sie herwabernde Duftwolke ehrfürchtig einen Schritt zurückweichen. Beim Anblick der versammelten Mannschaft erstarrte sie kurz. Aber dann flüchtete sie sich in ihre gewohnte Contenance.

»Habt ihr was vor?«

Susanne antwortete leutselig.

»Ja, liebe Ilse. Hast du's etwa vergessen? Heute ist doch der große Tag. Die Zwangsversteigerung.«

»Stell dir vor, Susanne, das weiß ich. Deshalb steh ich hier.«

Sie kramte in ihrer Handtasche.

»Gerald, vergiss bitte deinen Ausweis nicht, sonst ist alles für die Katz. Die Bankauszüge habe ich bei mir.«

»Ja, Ilse, ich habe alles. Sag mal, wie machen wir das, wollen wir wieder ein Taxi rufen?«

Meine Mutter sah auf.

»Wozu?«

»Weil wir nicht alle in die Ente passen.«
»Wer alle?«
»Na ja, wir alle«, sagte Hadi und strich sich wieder mit der Hand über sein Haar.
»Wie siehst DU denn aus, Hans-Dieter?«
»Ich hab' was Neues –«
»Also, so nehme ich dich auf keinen Fall mit. Und überhaupt ... wer hat euch denn den Floh ins Ohr gesetzt, dass ihr alle mitkommen dürft? Ihr habt dort doch gar keine Aufgabe.«
»Wir wollen zugucken«, sagte Rose. Eddie Barack strampelte mit den Beinen.
»So eine Versteigerung ist nichts für Kinder. Das ist pure Quälerei. Außerdem passen wir, wie Gerald schon ganz richtig bemerkt hat, gar nicht alle in die Ente.«
Gerald tippte auf seine Uhr.
»Ilse, wir müssen. Wir dürfen auf keinen Fall zu spät kommen.«
»Sag' ich doch. Also los.«
Gerald und meine Mutter setzten sich in Bewegung, gefolgt von einem Bundschuh-Rattenschwanz. Fassungslos scharten sich meine Lieben um die Ente, aber Ilse und Gerald klappten uns die Türen vor der Nase zu und fuhren los.

Keine zwei Stunden später waren Ilse und Gerald wieder da. Zuerst dachten wir, sie hätten sich eventuell mit dem Termin vertan, aber meine Mutter zerstreute unsere Befürchtungen, als sie schon in der Haustür mit einem Zettel herumwedelte.
»So, ihr Lieben. Jetzt sind wir stolze Besitzer eines Dreiseitenhofs. 950 Quadratmeter Wohnfläche, 14 Zimmer, 5 Bäder, 2 Balkone, eine Terrasse, plus 2 Hektar Land. Hier ist die Urkunde!«
Meine Lieben brachen in ungebremsten Jubel aus und fielen sich gegenseitig um den Hals.
Ich nahm Gerald beiseite.
»Sag mal, Gerald, wieso seid ihr denn schon zurück?«

»Äh, … ja …«, stotterte Gerald, »das war wirklich überraschend, wir waren die einzigen Interessenten.«

»Oh«, sagte ich, »ist das nicht ein schlechtes Zeichen?«

»Nein, wieso? Das ist doch gut für uns, dann ist der Preis nicht in die Höhe gegangen.«

»Ah«, sagte ich. »Und wann können wir das Haus dann mal von innen sehen?«

»Jederzeit«, sagte Gerald. »Ich habe schon einen Schlüsseldienst für morgen früh bestellt. Wir müssen eigentlich nur noch packen, und dann kann der Umzug losgehen.«

9.
Kapitel

Am nächsten Morgen warteten wir, nachdem wir auch diesen Taxifahrer fast in den Wahnsinn getrieben hatten, rund zwei Stunden auf den Mann vom Schlüsseldienst. Unsere Mütter regten sich fürchterlich darüber auf. Während Susanne sich murrend auf einer umgedrehten Regentonne niederließ und ihr Bein massierte, zog es meine Mutter vor, wie ein kleiner Feldwebel vor dem Haus auf und ab zu marschieren. Sie schimpfte ohne Unterlass, und als Hadi sie darum bat, damit aufzuhören, weil er traumatische Kindheitserfahrungen in sich aufsteigen fühlte, schimpfte sie noch ein bisschen lauter.

»Was bilden die sich hier eigentlich ein? Da ruft EINMAL im Jahr jemand bei ihnen an, um eine Tür aufschließen zu lassen, und sie sind nicht in der Lage, zügig vorbeizukommen. Das ist doch lächerlich! Wo soll denn dieser Schlüsseldienst sitzen? In Timbuktu? Die haben hier doch sowieso nichts zu tun! Als ob sich ausgerechnet heute in diesem Dorf mit seinen zehn Einwohnern noch jemand zeitgleich mit uns ausgesperrt haben soll.«

»Mutti, lass doch«, sagte ich. »Der kommt bestimmt bald.«

Aber meine Mutter lief schon wieder zeternd in die andere Richtung und hörte mich nicht.

Endlich knatterte ein alter Transporter auf den Hof, und unsere Mütter suchten panisch nach ihren Masken.

»Gundula!«, rief meine Mutter atemlos. »Wo hab ich meine Maske hingetan?«

»In deine Handtasche, Mutti.«

»Da ist sie nicht!«

In dem Moment kletterte ein älterer Mann aus dem Transporter und kam auf uns zu. Er schien keine Anstalten zu machen, sich eine Maske aufzusetzen.

»Bleiben Sie stehen!«, rief Susanne und fuchtelte mit den Armen. Tatsächlich verlangsamte er seinen Schritt und betrachtete uns irritiert.

»Jemand gestorben?«

»Noch nicht. Aber es wäre hilfreich, wenn Sie sich Ihre Maske aufsetzen könnten!«, rief meine Mutter, die sich ihre gerade überstülpte.

»Hab' keine«, sagte der Mann und kam näher.

Susanne griff Gerald am Arm und nuschelte durch ihre Maske hindurch.

»Geraldchen, dazu habe ich mich nicht die letzten Monate im Rotkehlchenweg verbarrikadiert, damit mich jetzt so ein Schlüsseldienstmann ansteckt.«

»Wie bitte?«, fragte der Mann. Er war bis auf ein paar Meter herangekommen und hatte Susannes Kommentar anscheinend gehört.

»Mach dir keine Sorgen, Susanne. Bleib einfach auf Distanz, dann passiert nichts.«

»Und ihr?«, fragte Susanne und sah uns der Reihe nach an.

Rose kämpfte in einiger Entfernung mit Eddie, der nicht mehr im Buggy bleiben wollte. Anscheinend hatte sie den Schlüsseldienstmann noch gar nicht bemerkt. Mit schiefer Stimme sang sie Eddie Barack ein Schlaflied vor und wippte mit den Armen hin und her, bis er so laut schrie, dass Hadi zu Hilfe eilen musste.

Matz tippte auf seinem Handy herum und sagte, ohne aufzublicken: »Mann, Oma, an der frischen Luft kann nichts passieren, das weiß doch nun wirklich jeder ...«

»Das ist noch nicht erwiesen, junger Mann!«, rief Susanne.

Der Mann betrachtete uns mit hängenden Schultern. Dann straffte er sich ein wenig und sagte:

»Hier bei uns braucht man die Dinger nicht.«

Unsere Mütter schnappten nach Luft, soweit ihnen das hinter den Masken möglich war.

»Frechheit!«, raunzte Susanne, aber der Mann überhörte sie, hielt seine Werkzeugtasche in die Luft und fragte, um welche Tür es sich denn nun handle. Diese vermeintlich harmlose Frage trieb die Laune meiner Mutter auf die Spitze.

»Wo soll die Tür schon sein?«, blaffte sie. »Glauben Sie etwa, wir warten hier alle vor dem Haus, weil die Klotür klemmt?«

»Nicht zu fassen«, fügte Susanne hinzu. »Erst brauchen Sie zwei Stunden, um hierherzukommen, und dann finden Sie nicht mal die Tür.«

Der Mann drehte sich zu unseren Müttern um.

»Wissen Sie was? Ich kann auch wieder fahren. Sie sind nicht die Einzigen, die den Schlüsseldienst bestellt haben. Hier leben noch andere Menschen außer Ihnen, so ist es nicht!«

Susanne drehte sich demonstrativ um die eigene Achse.

»Pardon. Hab ich völlig übersehen. Hier wimmelt's ja richtig vor Leuten.«

Nachdem Gerald und ich den Mann vom Schlüsseldienst mit vereinten Kräften beruhigt hatten, schloss er uns widerwillig die Tür auf und brauste vom Hof. Nicht, ohne uns mit einem unüberhörbar bissigen Unterton in der Stimme viel Glück und vor allem Gesundheit auf dem Land zu wünschen.

Das Haus war, oberflächlich betrachtet, beeindruckend. Von der riesigen Eingangshalle gingen Türen zu den angrenzenden Zimmern, und in der Mitte führte eine geschwungene Treppe ins obere Stockwerk. Meine Lieben jauchzten auf, dann stoben sie hastig auseinander, um sich die schönsten Räume zu sichern. Und obwohl Gerald die beiden Suiten im Obergeschoss für uns und Matz reserviert hatte, ignorierten Rose und Hadi seinen Hinweis und stürmten die Treppe hoch.

»Ach schön!«, hörte ich Rose von oben rufen. »Hadi? Hier sind richtig große Zimmer, komm mal hoch. Guck, das ist für uns, und das daneben für den Eddie Barack. Und es gibt sogar einen Balkon, da können wir im Sommer draußen sitzen und auf den Park gucken.«

Matz und ich liefen nach oben, um uns Roses Entdeckung anzusehen. Matz schrie begeistert auf: »Geil! Da hab ich endlich Platz für meine Meerschweinchenrutschen!« Dann rannte er jubelnd in das angrenzende Zimmer. »Das ist meins!«

Die Zimmer waren auf den ersten Blick atemberaubend. Zumindest was die Größe anbelangte. Die hohen Decken zierte alter Stuck. Kleine, von Blüten umrankte Engelsköpfchen lachten keck aus den Zimmerecken zu mir herab, als wollten sie mir zurufen: »Gundula, jetzt freu dich mal! So ein Zuhause bekommst du nie wieder!«

Dann betrachtete ich die Wände. An einigen Stellen blätterte die Farbe ab, und die großen dunklen Flecken im Mauerwerk zeugten von einem nicht unerheblichen Wasserschaden. Auch der Holzfußboden in der Nähe der Wände wirkte feucht und rissig. Die doppeltürigen Balkontüren öffneten sich nach Süden hin und gaben den Blick frei auf den Park. Zumindest etwas, dachte ich, und trat nach draußen. Es krachte unter meinen Füßen, und ich sackte mitsamt dem Balkon ein paar Zentimeter ab. Reflexartig griff ich nach dem Holzgeländer, aber die Strebe, an der ich Halt gesucht hatte, brach ab. Schreiend stürzte ich zurück ins Zimmer und mitten in Rose hinein, die wie immer im Weg stand.

»Aua! Gundula! Was machst du denn?«

Rose rieb sich ihre Schulter.

»Geh da nicht raus, Rose. Das ist lebensgefährlich. Der Balkon ist kurz vor dem Absturz, und das Geländer fällt auseinander.«

Ich hielt meiner Schwägerin die Holzstrebe vor die Nase.

»Heilige Mutter Gottes. Das ist ja furchtbar. Hier können wir ja auf keinen Fall mit dem Eddie wohnen. Der kracht noch mitsamt dem Balkon runter, wenn er Pech hat.«

»Ja«, sagte ich. Mehr fiel mir in dem Moment auch nicht ein.

»Was machen wir denn jetzt? Jetzt sind die schönen Zimmer unten bestimmt schon alle weg.«

»Ja, mach schnell, vielleicht hast du noch Glück«, sagte ich und sah mich noch mal um. Abgesehen von dem Balkon, dem Wasserschaden und dem nassen Boden waren die Zimmer ja eigentlich ganz schön. Aber wollte ich wirklich so leben? Wollte ich wirklich die nächsten Jahre in einer Bruchbude wohnen? Ich schüttelte den Kopf, um ein bisschen klarer zu sehen. Ich war doch keine zwanzig mehr. Ich lief noch mal zu der Mauer, die es am schlimmsten erwischt hatte, und betrachtete die Risse in der Wand. Täuschte ich mich, oder waberte mir ein faulig modriger Geruch entgegen? Ich betrachtete die Wand eingehender und sah nun überall kleine schwarze Punkte. Was war das?

In der Tür erschien mein Bruder, Eddie Barack auf seinem Arm. Er kippte beim Anblick der Räume fast hintüber.

»Gütiger Himmel! Rose, das sind die schönsten Zimmer im ganzen Schloss! Hast du die für uns reserviert?«

»Geht nicht. Der Balkon bricht ab, und die Wände sind nass. Die Zimmer nimmt die Gundula. Ich guck jetzt mal weiter rum, vielleicht gibt's woanders noch was Schönes.«

»Ach schade. Na ja, wenn du das sagst, wird es wohl stimmen, liebe Rose.« Hadi lief seiner Frau hinterher, und ich hörte ihn noch eine Weile auf sie einreden.

»Du, Rose, also unten hab ich schon alles durch. Da ist alles besetzt, weil ich mit dem Eddie Barack nicht so schnell war.«

»Was?«

»Ja, unsere Mütter waren leider schneller.«

»Du hast KEINE Zimmer für uns reserviert?«, hörte ich Rose rufen. Ihre Stimme war kurz davor zu kippen.

»Ja, wie denn?«

»Dann bleibt mir jetzt weg, ich muss die Stellung halten«, erwiderte Rose. Eine Tür klappte.

»Gundula?« Geralds Stimme erklang im Treppenhaus.

»Hier oben!«

Er erschien strahlend in der Tür.

»Also, Mutti ist glücklich. Sie hat, glaube ich, das schönste Zimmer im Erdgeschoss ergattert!«

»Wie gut«, sagte ich. »Da wird sie sich freuen. Wie konnte sie das denn so schnell finden, das schönste Zimmer? Mit ihrem Humpelfuß.«

»Gundula, sei doch nicht so. Nein, ich hatte ja den Lageplan schon durchgearbeitet, deshalb wusste ich, wo sich die besten Zimmer befinden.«

»Hat meine Mutter auch ein schönes?«

»Ja. Bei Ilse muss man sich ja keine Sorgen machen. Die hat ihre Schäfchen ja immer im Trockenen. Die ist auch sehr zufrieden.«

»Und was ist mit uns?«, fragte ich.

»Wie meinst du das?«

»Hast du für uns auch was Schönes im Vorfeld ausgesucht? Und für Matz?«

»Na ja, also hier ist es doch ganz nett, würde ich sagen?« Er deutete ins Zimmer.

»Ja, aber der Balkon bricht zusammen, und die Wände sind feucht und guck mal, hier unten riecht es so komisch, und da sind schwarze Pünktchen...« Ich deutete auf die Wand.

Gerald sah gar nicht richtig hin, sondern begann, in seinem Gutachten zu blättern. Dabei murmelte er: »Das ist mir neu. Davon steht hier nichts...«

Dummerweise hatten unsere Mütter inzwischen tatsächlich die nach Süden gehenden Suiten im Erdgeschoss gekapert, und Rose und Hadi blieben nur noch diejenigen, die zur Nordseite und zum Wald hinausgingen.

»Da kann ich nicht wohnen«, sagte Rose und schüttelte den Kopf. »Da bekomm ich wieder meine Beklemmungen. Ich brauch' Licht. Und vor Wald hab ich Angst.« Wie zur Bestätigung fing Eddie Barack wieder an zu schreien.

Hadi sagte: »Wenn ich an meinem Schreibtisch sitze, muss mich Licht durchfluten. Ich schreibe ja so schon über das Elend der Welt, über die Düsternis, die sich den Menschen aufs Herz legt, da kann ich nicht selbst auch noch in der Dunkelheit versinken. Da kommt dann gar nichts mehr aus mir heraus. Das weiß ich einfach.«

»Mmmh«, machte Gerald. »Das ist jetzt natürlich dumm. Denn wir müssen neben Matz schlafen, damit er sich in dem großen Haus nicht fürchtet, und außerdem braucht er ein geräumiges Zimmer für seine Bastelarbeiten.«

»Die Zimmer oben sind ja eh nass, Gerald, die sind nichts für uns«, warf Rose ein. Dann lief sie in den angrenzenden Raum. »Hadi! Komm mal, ich hab doch noch was gefunden! Hier ist es superschön, und die Terrasse geht sogar nach Süden raus!«

Gerald räusperte sich und sagte: »Jetzt ist sie wahrscheinlich im Wohnzimmer gelandet.« Dann rief er: »Da könnt ihr leider auch nicht unterkommen. Das ist das Wohnzimmer. Also für die ganze Familie. Sag ihr das mal bitte, Hans-Dieter, damit es keine Missverständnisse gibt.«

Hadi zog die Schultern ein und lief zu seiner Frau.

»Dass er es einfach nicht schafft, sich gegen Rose durchzusetzen«, wandte sich Gerald an mich.

»Du meinst, im Gegensatz zu dir?«, fragte ich, fühlte mich aber sofort schlecht. »Entschuldige.«

»Nein, du hast schon recht, Gundula. Zumindest in mancherlei Hinsicht. Aber ich bemühe mich eben auch von ganzem Herzen, euch ein gutes Vorbild zu sein.« Dann nahm er mich in den Arm. »Aber ich muss auch sagen: Was bin ich doch für ein beschenkter Mann, dass eine Frau wie du an meiner Seite weilt. Ich meine, dass du nach unserem Streit neulich doch noch eingelenkt und dich entschuldigt hast, das war wirklich bemerkenswert. Dafür danke ich dir.« Er lächelte mich an und drückte mir einen Kuss auf die Stirn. »Ach, Gundula, eins noch. Ich wollte dich schon die ganze Zeit fragen: Hast du eigentlich schon einen Termin mit der Umzugsfirma festgemacht?«

»Wieso ich?«

»Na ja, wieso denn nicht du? Ich meine, ich hab mich ja um den Häuserkauf gekümmert. Und Kistenpacken können Frauen sowieso viel besser, wir Männer haben da ja zwei linke Hände, das sagst du ja selbst immer. Ich habe mir überlegt, ich möchte den Umzug möglichst bald hinter uns bringen, damit endlich wieder ein bisschen Ruhe in unser Leben einkehrt. Also wenn du eine gute Firma ausfindig machst, lass dir den frühestmöglichen Termin geben, ja? Und vergiss nicht, die Preise vorher eingehend zu vergleichen. Wir müssen ja jetzt ein bisschen haushalten. Und lass dir genügend Kisten schicken, damit wir auch wirklich alles mitbekommen. Oder warte, ich frag mal den Heiner aus der Umsatzsteuer, der ist vor ein paar Jahren mit seiner Familie nach Berlin gezogen. Vielleicht hat der noch ein paar Kisten im Keller.«

»Nein, Gerald. Ich lasse mir Kisten liefern, es gibt ja auch gebrauchte zu leihen, das werden wir uns gerade noch leisten können. Wer weiß, wie die Umzugskisten von dem Heiner aussehen.«

»Na gut, wie du meinst. Aber überleg's dir, wie du weißt, wächst das Geld nicht von den Bäumen.«

»Das weiß ich, Gerald. Wenn du der Meinung bist, dass uns so ein Umzug zu teuer kommt, kannst du ja die Kisten auch einzeln mit der Ente herfahren.«

Damit ließ ich ihn stehen.

Ich hatte mir nach unserem letzten Streit vorgenommen, lieber zu gehen, wenn es zwischen Gerald und mir angespannt wurde, anstatt mich auf unbefriedigende Diskussionen einzulassen. Während ich versuchte, die Terrassentür zu öffnen, was nicht funktionierte, weil sie verzogen war, dachte ich zum wiederholten Male darüber nach, wie um alles in der Welt ich eigentlich mit diesem Mann zusammengekommen war. Gerald und ich hatten die gleiche Schule in unserem kleinen Städtchen besucht. Ich kannte ihn vom Sehen, aber er war mir nie sonderlich aufgefallen. Wobei ich sagen muss, dass mir damals grundsätzlich keine Jungs aus meinem näheren Umfeld auffielen, weil ich mich Michael, dem jungen Sänger der schottischen Band »The Bay City Rollers«, versprochen hatte. Michael hatte alles, was ich mir je von einem Mann erträumen würde. Und zudem hatte er die schönste Stimme, die ich je vernommen hatte. Wenn er von seiner Liebe zu mir sang, denn nur mich, seinen treuesten Fan, konnte er mit seiner Liebe meinen, schmolz ich dahin.

Gerald hingegen war schon damals etwas fülliger, und wenn er sprach, dann tat er das sehr langsam und krächzte dabei ein bisschen. Wie die Stimmen im Radio, wenn man den Sender nicht exakt eingestellt hatte. Zu allem Überfluss trug Gerald auch noch eine dicke Brille, weswegen man seine Augen nicht wirklich sehen konnte. Dabei liebe ich es, in Augen zu gucken ...

Gerald und ich gingen also, wie schon gesagt, auf die gleiche Schule, ich war nur ein paar Jahrgangsstufen unter ihm. Nach seinem Abschluss hatte Gerald die grandiose Idee, ein Praktikum zu machen. Damals träumte er noch davon, irgendwann Jura zu studieren. Und weil mein Vater Edgar zu Lebzeiten als Richter sein Geld verdiente und zudem der einzige Richter in unserer kleinen Stadt war, bewarb er sich bei ihm. Mein Vater hatte zwar eine Sekretärin, eine Frau fürs Grobe, wie er immer sagte, und brauchte deshalb eigentlich keinen Praktikanten, aber Gerald gefiel ihm bei seinem Vorstellungsgespräch auf Anhieb.

Ich erinnere mich, dass er uns beim Abendbrot von dem strebsamen, ernsthaften, jungen Mann erzählte, der am Nachmittag bei ihm vorgesprochen hatte, und dass er sich wünsche, auch wir würden Kontakt zu ihm aufbauen, weil wir von ihm sicher etwas fürs Leben lernen würden. Meine Mutter saß mit zusammengekniffenen Lippen dabei und nickte vor sich hin. Hadi popelte irgendwelche Schinkenreste aus seiner Zahnspange und hörte nicht richtig zu, und ich versuchte, möglichst unauffällig dazusitzen.

Dann sagte mein Vater: »Ich und Ilse haben beschlossen, den Gerald und seine Mutter am Sonntag zu Kaffee und Kuchen zu uns einzuladen. Er war in der Schule wohl ein richtiges Ass, zumindest ist sein Abschluss sehenswert, und Mutti hatte gleich die Idee, dass er euch ja in Zukunft Nachhilfe in Mathematik geben könnte.«

Hadi hörte auf zu popeln.

»Was?«

»Das heißt ›wie bitte‹, mein Sohn? Wie oft denn noch?«, sagte mein Vater.

»Ich brauch' keine Nachhilfe in Mathematik«, sagte Hadi. »Ich steh' auf vier. Die Gundula braucht Nachhilfe. Die steht zwischen fünf und sechs.«

Meine Mutter ließ ihre Gabel fallen.

»Was?«

»Alte Petze«, stieß ich aus und schwor mir, Hadi diesen Verrat bei Gelegenheit heimzuzahlen.

»Wieso weiß ich davon nichts?«, fragte meine Mutter. »Ich dachte, du stehst in Mathematik auf drei, wofür man ja auch nicht gerade Lorbeeren ernten kann. Immerhin wiederholst du die Klasse ja schon.«

»Ich stand auf drei, ja«, sagte ich. »Vor ein paar Wochen. Aber jetzt stehe ich auf fünf.« Nach kurzem Zögern fügte ich hinzu: »Plus.«

»Na, das beruhigt«, sagte meine Mutter.

Mein Vater legte sein Besteck zur Seite. »Gundula, du hast hoffentlich nicht im Sinn, noch eine Ehrenrunde zu drehen?«

»Eigentlich nicht«, sagte ich.

»Noch eine Ehrenrunde kann sie gar nicht drehen«, sagte Hadi. »Dann fliegt sie von der Schule.«

»Halt die Klappe«, sagte ich.

Mutti verschluckte sich an ihrem Fachinger. »Gundula, mit deinen Unflätigkeiten hier bei Tisch kommst du nicht weiter.«

»Wenn du in Latein von der fünf runterkommst, schaffst du es ja auch«, sagte mein Bruder und setzte, zu meinen Eltern gewandt, hinzu: »Mit nur einer fünf im Zeugnis, also in Mathematik oder Latein, wird man versetzt.«

Ich hätte ihm am liebsten meine Stoffserviette in den Mund gestopft.

Hadi ist vier Jahre jünger als ich und hat, so lang ich denken kann, schon immer seine ganze Energie darauf verwendet, sich bei unseren Eltern einzuschleimen, was ihm meistens nicht wirklich gelingt, weil er sich zu ungeschickt dabei anstellt. Hadi ist (immer noch) wahnsinnig plump und (war damals) noch dazu die schlimmste Petze auf Erden. Vor Hadi musste man immer auf der Hut sein, deshalb sprach ich auch nicht allzu viel mit ihm. Ich konnte Gift darauf nehmen, dass er alle Geheimnisse, und dazu gehörten auch meine schlechten Noten, brühwarm unserer Mutter erzählen würde. Und trotzdem war man nicht vor ihm sicher, weil er in unbeobachteten Momenten in meinen Schubladen und meiner Schultasche herumschnüffelte. Dabei war er auf meine letzten Arbeiten gestoßen und hatte mich mit seinem Wissen erpresst. Täglich ein Päckchen Hubba Bubba und er würde Mutti nicht von meinen, wie ich dachte, vorübergehenden schulischen Fehltritten erzählen. Aber auf ihn war einfach kein Verlass.

Nach einer langen Pause sagte mein Vater: »Nun, Gundula. Dann wird es ja allmählich Zeit, dein Leben zu überdenken und dein Verhalten zu ändern. Wie heißt es so schön: Ohne Fleiß kein Preis.«

Der Sonntag nahte, und unsere Eltern eröffneten mir ganz nebenbei, dass Gerald und Vati darin übereingekommen waren, dass Gerald mir fortan tatsächlich Nachhilfe in Mathematik und Latein geben würde.

Als es am Sonntagnachmittag endlich klingelte, rannte meine Mutter mit einem Aufschrei in die Diele, um die Tür zu öffnen. Hadi, Vati und ich liefen ihr hinterher. Ich musste wieder feststellen, dass Gerald einfach überhaupt nicht aussah wie mein Michael. Er trug keine Karohosen, sondern weinroten Cord und eine Krawatte. Die Haare trug er auch nicht lang, obwohl das gerade »in« war. Ich erkannte allerdings die Spur einer Absicht. Sein farbloses Haar war zumindest an den Seiten über die Ohren gekämmt.

Vom Hocker dagegen haute mich Geralds Mutter. Sie war, im Gegensatz zu ihrem Sohn, nicht zu übersehen. Hochgewachsen, mit einem üppigen Vorbau, die blonden Haare zu einer Art Turm toupiert, die Lippen und Nägel in einem grellen Rosé. In meiner Erinnerung trug sie irgendetwas sehr Buntes und ein Röckchen, das ihr kaum bis zum Knie ging. Dazu weiße Lacklederplateaustiefel. Ihre Augenlider hatte sie in den Farben unseres Wellensittichs Hansi angemalt. Ein schreiendes Blau, nach oben zu den Augenbrauen hin zu einem stechenden Sonnengelb verlaufend.

Meine Mutter hielt sich die Hand über die Augen. Ich nehme mal an, sie war im ersten Moment von Susanne geblendet. Denn von Gerald ging beim besten Willen nichts Blendendes aus.

Die Begrüßung geriet etwas steif, was meiner Meinung nach vor allem an Mutti lag. Wenn Mutti jemanden nicht mochte, sah man das schon aus hundert Metern Entfernung. Und ganz offensichtlich kam sie mit Susannes schamlos zur Schau getragenen erotisierenden Erscheinung überhaupt nicht zurecht. Erschwerend kam hinzu, dass Vati sich im Gegenteil sehr wohl an Susannes Anblick erfreute. Es verschlug ihm bei der Begrüßung förmlich die Sprache, dann ergriff er Susannes Hände, hielt sie etwas zu lang fest und sah ihr so tief in die schillernden Augen, bis meine Mutter in die Hände klatschte und ausrief, der Kaffee würde langsam kalt. Frauen haben in solchen Dingen ja immer eine Art siebten Sinn, und auch Mutti sollte sich in ihrem ersten Eindruck nicht getäuscht haben. Bei Geralds und meiner Hochzeit ein Jahr später entzündete sich zwischen meinem Vater und Susanne eine leidenschaftliche Affäre, die unbemerkt einige Jahre vor sich hin züngelte und nach Bekanntwerden beinahe zum Zusammenbruch unseres nach außen zur Schau gestellten Familienidylls beitragen sollte. Mutti war also zu Recht misstrauisch an diesem ersten Sonntag.

Der Kaffee war getrunken, der Streuselkuchen mit Schlagsahne verspeist, meine Mutter, deren Lippen im Verlauf des Nachmittags zu einem schiefen Strich zusammengeschnurrt waren, saß etwas zu gerade in ihrem Sessel und wartete augenscheinlich darauf, dass unsere Gäste sich verabschieden würden. Vati hingegen hatte Susanne zu einem kleinen Cognac überredet, aus dem dann einige kleine Cognacs mehr wurden, denen auch Gerald nicht widerstehen konnte. Die Stimmung wurde ausgelassener und stand kurz vor einem krachenden Höhepunkt, als meine Mutter sich wortlos erhob und damit begann, die Kaffeetafel abzuräumen.

»Aber Ilse!«, rief mein Vater aus. »Du willst doch unsere Gäste nicht vor die Tür setzen?«

Und Mutti antwortete hölzern, sie habe noch zu tun und außerdem sei ihre Anwesenheit ja auch allem Anschein nach nicht wirklich erwünscht. Meine Mutter hat es leider bis heute nicht geschafft, schwierige Situationen elegant und mit ein bisschen Witz zu umschiffen.

Gerald jedenfalls hatte sich so viel Mut angetrunken, dass er mich beim Abschied fragte, ob er mich eventuell am nächsten Wochenende nach der Nachhilfestunde ins Kino einladen dürfe. Und weil ich nichts anderes vorhatte und es einen Film mit meinem zweiten großen Schwarm, Richard Gere, gab, sagte ich zu.

So gingen wir also eine Woche später gemeinsam in »Pretty Woman«. Und als Gerald danach in der Eisdiele zu mir sagte, dass ich aussehen würde wie Julia Roberts, und mir daraufhin schlagartig klar wurde, dass ich weder Michael noch Richard Gere jemals für mich gewinnen würde, weil sie ja auch viel zu weit weg wohnten, und dass in unserer kleinen Stadt wahrscheinlich niemand außer Gerald sich für mich interessierte, muss es irgendwie passiert sein: Wir wurden ein Paar. Was sich abträglich auf die Nachhilfestunden auswirkte. Ich blieb noch mal sitzen, und weil sich eine weitere Ehrenrunde von selbst verbot, feierten Gerald und ich kurze Zeit später Hochzeit.

Und das war jetzt schon mehr als dreißig Jahre und zig Ehestreits her.

10.
Kapitel

Am Tag nach der ersten offiziellen Besichtigung begannen meine Lieben, sich zumindest mental auf den Umzug vorzubereiten.

Rose und Hadi waren der einstimmigen Meinung, dass Eddie sie beim Kistenpacken massiv beeinträchtigen würde. Da er gerade in der Wachstumsphase sei, bräuchte er seine Mahlzeiten in regelmäßigen Abständen, sonst würde er sich das Schreien nie abgewöhnen. Und da sie sicher waren, die Zeiten aufgrund des Umzugsstresses nicht einhalten zu können, baten sie mich, Eddie solange zu uns rüberzuholen.

Ich war, wie Sie sich vielleicht vorstellen können, nicht allzu begeistert. Immerhin musste ich, im Gegensatz zu Hadi und Rose, ohne irgendwelche Hilfe ein ganzes Haus leer räumen.

Gerald hatte sich erwartungsgemäß schon im Vorfeld von dieser Aufgabe distanziert und Matz würde sein Versprechen schon nach der ersten halben Stunde über den Haufen werfen und sich wieder seinen Videospielen zuwenden.

Susanne behauptete, aufgrund ihres dreifachen Schienbeinbruchs keinen Finger rühren zu können, was mir nicht wirklich einleuchtete. Ich habe zumindest noch nie jemanden Kisten mit seinen Schienbeinen packen sehen.

Einzig bei meiner Mutter konnte ich sicher sein, dass sie ihren Umzug allein bewältigen würde, weil sie von jeher niemanden an ihre Sachen ließ. Diese Charaktereigenschaft hatte nun endlich mal etwas Gutes.

Am Morgen lief ich also über die Straße, um Eddie bei meinem Bruder und Rose abzuholen. Ich erklomm die drei Stockwerke zur Wohnung der beiden und klopfte außer Atem an der Tür. Nichts passierte. Deshalb klopfte ich noch mal. Von fern hörte ich Roses schlurfende Schritte, dann polterte es laut. Die Schritte erstarben. Einen Moment lang war es totenstill, schließlich bewegten sich die Schritte zögernd auf die Tür zu. Es hörte sich so an, als würde Rose diverse Hindernisse bezwingen müssen, immer wieder stoppte sie auf dem Weg. Wieder rumpelte es, dann knirschte es merkwürdig, und ich hörte Rose leise und nicht sehr gottesfürchtig fluchen. Kurze Zeit später öffnete sich die Tür einen Spaltbreit, und Roses Gesicht erschien am oberen Rand des Türschlitzes. Ich musste meinen Kopf in den Nacken legen, um sie besser sehen zu können.

»Was machst du denn, Rose?«

»Ach, Gundula, bist du schon da?«

»Ja. Was machst du da oben?«

»Auf dem Boden ist kein Platz mehr, deshalb bin ich hier auf den Berg geklettert. Aber, ich glaube, ich bin auf irgendwas draufgetreten.«

»Zumindest hat es sich so angehört«, sagte ich.

»Wir haben gedacht, du kommst erst später. Der Eddie ist gerade eingeschlafen.«

»Gut, dann bringt ihn mir später rüber.«

»Das wird nicht gehen, weil wir ja packen müssen.«

»Dann weckt ihn auf.«

»Das geht nicht.«

»Warum nicht?«

»Weil er auf dem Hadi schläft.«

»Na und?«

»Der Hadi schläft auch.«

»Dann weck beide auf.«

»Das geht nicht. Der Hadi hatte Nachtdienst beim Eddie, der ist ganz arg müd'.«

Ich wusste nicht recht, was ich darauf antworten sollte, deshalb sagte ich: »Pass auf, Rose, ruft einfach später an und bringt mir den Eddie vorbei.«

»Das wird schlecht gehen, weil der Hadi mir dann beim Kistenpacken helfen muss. Und ich muss erst mal ein bisschen ausruhen, weil ich ja schon die ganze Zeit, wo die beiden geschlafen haben, gearbeitet habe. Und außerdem passt der Hadi nicht mehr durch die Tür.«

In Gedanken sah ich meinen Bruder vor mir und überlegte kurz, ob er sich über Nacht eventuell die Elefantenkrankheit eingefangen haben könnte.

»Wieso passt er nicht mehr durch die Tür?«, fragte ich deshalb alarmiert.

»Wir passen beide nicht mehr durch die Tür. Wir haben das schon probiert. Wir können dir nur noch den Eddie durchreichen, und das war's dann auch schon.«

Langsam wurde es mir ein bisschen zu bunt.

»Rose, ich muss auch packen. Und sogar mehr als ihr. Und was soll dieser Blödsinn, dass ihr auf einmal nicht mehr durch die Tür passt? Jeder passt durch so eine Tür.«

»Es liegt an den Sachen«, sagte Rose und lächelte gequält.

»Was denn jetzt für Sachen?«

»Wir haben ja alle Sachen in der Diele ausgeschüttet, damit wir nichts vergessen. Und jetzt dürfen wir die nicht mehr durcheinanderbringen, weil da ein System drin ist. Wenn ich jetzt anfangen würde, den Berg vor der Tür abzutragen, würde ich ja nicht mehr wissen, in welcher Reihenfolge ich die Sachen da hingeleert hatte.«

»Also, so ein Quatsch, Rose. Das ist jetzt nicht dein Ernst.«

Rose verzog den Mund.

»Das war die Idee vom Hadi, Gundula. Nicht meine. Aber wenn der Hadi sagt, dass es so am schnellsten geht, wird er wohl recht haben. Jedenfalls können wir dir den Eddie nachher nur durch den Schlitz durchreichen.«

In dem Moment hörten wir ein Wimmern aus dem Inneren der Wohnung.

»Ach«, sagte Rose, »jetzt ist er aufgewacht, dann kannst du ihn doch gleich mitnehmen. Warte kurz. Ich pack dir noch sein Essen ein.«

Nach einer Ewigkeit, in der ich schon das Gefühl hatte, vergessen worden zu sein, erschien Hadis Gesicht im Türspalt über mir. »Ach, Gundula, schön! Warte, ich schieb dir den Eddie mal durch.«

Er quetschte unser kleines Dickerchen durch die schmale Öffnung. Eddie machte große Augen und war so überrumpelt von unserer Aktion, dass er sogar das Schreien vergaß. Kurze Zeit später stopfte Rose eine prall gefüllte Tüte durch den Schlitz. Ich sah hinein: zehn Babybrei-Gläschen.

»Rose, WIE lang soll der Eddie bei uns bleiben?«

»Bis heute Abend, wenn's geht.«

»Und wofür sind die ganzen Gläschen?«

»Für den Fall, dass er Hunger kriegt. Besser zu viel als zu wenig, weißt du? Der Eddie ist ja gerade im Wachstum, und wenn er vielleicht gerade heute einen Schub bekommt, musst du ja vorbereitet sein.«

»Rose, der Eddie ist eh schon so dick. Irgendwann platzt der noch.«

Rose zuckte ein bisschen zusammen.

»Meinst du? Na gut, dann gib ihm nur die Hälfte und behalt den Rest bei euch, dann habt ihr immer gleich Reserve, wenn ihr auf den Eddie aufpasst.«

Damit schloss sie die Tür.

Mit Eddie auf dem Arm machte ich mich auf den Weg zu Susanne. Sie saß gestriegelt und gespornt auf der Wohnzimmercouch und warf bei meinem Anblick die Hände in die Luft.

»Da bist du ja endlich, Gundula. Wie lange soll ich denn hier noch warten?«

»Es hat ein bisschen länger gedauert, Susanne. Wenn du mir den Eddie kurz abnimmst, kann ich deine Kisten aus dem Keller holen.«

»Gib ihn lieber Ilse. Er spuckt mich immer an, und ich habe heute meine Seidenbluse aus Marseille an. Wenn da Flecken draufkommen, war's das. Ich bin, wie du weißt, nicht mehr ganz flüssig.«

Susanne spitzte ihre rosa bemalten Lippen und versuchte, mich mit ihrem Brigitte-Bardot-Blick zu bezirzen.

»Nein, Susanne, das geht nicht. Du musst Eddie nehmen. Es dauert ja nicht lang.«

»Woher willst du das wissen?«

»Einfach so. Das meiste wurde dir ja schon in Düsseldorf abgenommen.«

»Sprich mich bitte nicht darauf an, Gundula. Das ist ein ganz wunder Punkt. Und irgendwann werde ich mir Gerald schnappen und gegen diesen Verbrecher von Gerichtsvollzieher klagen. Eine Unverschämtheit, wie der sich aufgeführt hat.«

»Dafür kann er ja nichts, Susanne.«

»Natürlich kann er da was dafür. Er muss meine Wohnung ja nicht ausräumen.«

»Doch muss er. Das ist sein Beruf.«

»Wegen diesem Scheusal habe ich jetzt nichts mehr einzupacken außer den paar Sachen, die mir sozusagen am Leib kleben.«

»Ich hol' schon mal die Kisten, ja?«, versuchte ich Susannes Redefluss zu stoppen. Wenn sich meine Schwiegermutter in Rage redet, bleibt nur noch die Flucht.

»Ich habe nicht mal mehr einen Schrank, Gundula!«

»Ich weiß«, sagte ich und betrachtete unseren Wohnzimmerschrank, den Susanne für ihre Mäntel gekapert hatte.

»Ich kann doch nicht mit leeren Händen in einen Gutshof einziehen. Ich meine, wie sieht das denn aus?«

»Wir finden schon eine Lösung.«

Die darauf folgende Pause nutzte ich, um ihr Eddie Barack in den Arm zu drücken. Susanne ächzte.

»Um Gottes willen! Was MACHEN die beiden mit Eddie

Barack? Ein Findelstein ist nichts dagegen. Ich weiß nicht, wie lang ich den auf meinem kaputten Bein halten kann, das ist sicher nicht gut. Wo ist denn Matz? Der kann doch ein bisschen mit ihm spielen, immerhin ist Eddie sein Cousin.«

»Matz ist nicht da.«

»Was?«

»Ilse ist mit ihm unterwegs, sie kaufen einen Rucksack.«

»Wofür das denn?«

»Matz will doch in den Ferien für ein paar Tage zu einem Freund nach Berlin.«

»Grundgütiger, das hatte ich völlig vergessen. Wenn es dir lieber ist, können wir mit meinen Kisten auch warten, bis sie wieder zurück sind.«

»Nein, Susanne, wir machen das jetzt schnell. Außerdem muss ich ja noch das ganze Haus zusammenpacken.«

Eddie patschte in Susannes Gesicht und lachte. Dann entdeckte er ihre schillernden Ohrringe und quietschte begeistert auf. Ich nickte ihr zu.

»Siehst du, er mag dich. Ich glaube, er flirtet mit dir.«

Susanne verzog ihr Gesicht.

»Natürlich mag er mich. Alle Kinder mögen mich, das ist mein Schicksal.«

Dann hob sie ihn hoch und gab ihm einen Kuss auf die Nase.

»Ja, wo ist denn mein kleines, dickes Teufelchen?«

Eddie Barack strahlte.

»Ist er nicht bezaubernd, Gundula? Guck mal, wie wohl er sich bei mir fühlt. Ja, wo ist er denn, der kleine Reginald?«

»Sag das nicht, wenn Hadi in der Nähe ist«, murmelte ich, aber Susanne hörte mich nicht, sondern hielt mir Eddie unter die Nase.

»Guck mal, Gundula, dem Regi wie aus dem Gesicht geschnitten ...«

Ich zog es vor, die Unterhaltung abzubrechen, und lief in den Keller.

Als ich mit den Umzugskartons zurückkam, war es mit dem

Frieden vorbei. Eddie schrie, und Susanne schrie mir ihrerseits entgegen: »Warum schreit der denn jetzt so? Hat er vielleicht schon wieder Hunger?«
»Wahrscheinlich, Susanne.«
»Dann gib ihm was!«
»Nein, er muss abnehmen.«
»Aber doch nicht JETZT!«, rief Susanne. »Das kann er doch wann anders machen und nicht, wenn er auf meinem Schoß sitzt. Ich bin schon ganz taub von dem Gebrüll!«
Ich hätte jetzt erwidern können, dass Susanne schon taub war, bevor ich ihr Eddie auf den Schoß gesetzt hatte, biss mir aber auf die Zunge.
»Wir machen ganz schnell, Susanne. Die drei Kisten haben wir in einer halben Stunde fertig.«
Susanne betrachtete die drei Umzugskartons und bekam feuchte Augen. Dann rief sie über Eddies Gebrüll hinweg:
»Es ist schon eine entwürdigende Sache, wenn man einfach so enteignet wird. Noch vor ein paar Jahren wäre ich wahrscheinlich nicht mit fünf Lastwagen ausgekommen, und jetzt liegt mein ganzes Hab und Gut auf einer Fläche von genau einem Quadratmeter. Und dabei habe ich immer ehrlich bezahlt. Ich war nie kriminell, ich habe ein astreines Alibi.«
»Für eine Zwangsenteignung braucht man kein Alibi«, sagte ich und begann damit, Susannes Hosen aus dem Bücherregal zu ziehen.
»Gundula, was machst du denn mit meinen Hosen? Willst du die etwa zuunterst legen? Das geht nicht, dann zerknautschen die doch.«
Ich legte die Hosen auf einen Sessel und drehte mich zu Susanne um.
»Gut, was dann? Vielleicht deine Pullover?«
»Nein, die brauch ich ja vielleicht zwischendurch, wenn es mal kühler wird.«
»Was dann?«, fragte ich.
Susanne zuckte mit den Schultern.

»Keine Ahnung. Meine Kosmetik brauche ich auch jeden Tag.«

»Vielleicht deine Unterwäsche?«, ereiferte ich mich.

»Soll ich etwa fünf Tage die gleiche Unterwäsche tragen?«

»Was anderes hast du aber nicht zum Einpacken, Susanne.«

Susanne schloss die Augen und schluchzte theatralisch auf.

»Oh, ist das ein demütigendes Gefühl! Ich bin eine mittellose alte Schachtel! Ich habe nichts mehr außer ein paar Unterhöschen!«

Es dauerte ungefähr drei Stunden, bis Susanne und ich mit ihren Kisten fertig waren.

Ich brachte Eddie zurück zu Rose und Hadi, weil ich mich mit voller Konzentration unserem Dachboden, dem Keller und der Garage widmen wollte. Meiner Meinung nach absolute Problembereiche, weil wir dort im Lauf der Jahre eine Menge Kram deponiert hatten. Doch als ich gerade die Kellertür öffnete, kam Matz zur Tür hereingestürmt.

»Mami, ich hab jetzt einen super Rucksack, damit kann ich mindestens zwei Wochen verreisen!«

»Zeig mal.«

»Später. Ich hab Hunger, kannst du mir was zu essen machen?«

Hinter Matz erschienen Gulliver und Othello. Sie wedelten schwach mit ihren Schwänzen und betrachteten mich mit glanzlosen Augen. Ihre Ohren hingen schlapp an ihren Köpfen. Siedend heiß fiel mir ein, dass ich heute noch gar nicht mit ihnen draußen gewesen war.

»Wenn du schnell mit den Hunden rausgehst, kann ich dir was machen«, sagte ich deshalb.

»Geht nicht.«

»Wieso geht das nicht?«

»Ich muss telefonieren. Wir haben am Freitag wieder Demo und müssen noch ein paar Dinge besprechen.«

»Du kannst telefonieren, während du mit den Hunden gehst, Matz. Dafür haben wir dir ein Handy gekauft.«

»Das geht nicht, Mami. Da kann ich mich nicht konzentrieren.«

»Dann kann ich auch nicht kochen, Matz. Die Hunde müssen raus. Guck sie dir an, die können nicht mehr warten.«

Wie zur Bestätigung begann Othello, zaghaft mit dem Schwanz zu wedeln, und Gulliver kam ein zartes Fiepsen über die Lippen.

»Ich hab' aber Hunger, Mami. Und die Demos organisiere ich nicht zum Spaß. Das mache ich auch für eure Zukunft. Hast du das vergessen?«

Wenn Matz sich aufregt, kommt er ganz nach seinem Vater.

»Nein, habe ich nicht, ich finde das auch toll von dir, aber ich kann mich ja schlecht vierteilen, und die Hunde habt IHR euch damals gewünscht, vergiss das bitte auch nicht.«

»Ich weiß, aber ich habe Hunger. Und ich bin noch nicht alt genug, um selbst zu kochen. Ich muss mich den ganzen Tag von Nutellabroten ernähren, weil du immer irgendwas anderes zu tun hast, als für mich zu sorgen.«

»Matz...«

»Und außerdem werde ich jetzt auch noch einfach verpflanzt.«

»Was?«

»Ich muss mit euch in die Pampa ziehen. Wo ich keine Freunde habe, keine Schule, keinen Spaß, ich kann nicht mal mehr zu meinen Demos, weil es da keinen verdammten Bus gibt. Und außerdem bekomm ich da bestimmt auch nichts zu essen. Die Mutter von Marcel backt jeden Sonntag einen Kuchen. Und du?«

Ich war etwas erschlagen von Matz' unerwartet heftiger Ansprache. War ich wirklich so eine schlechte Mutter? Das mit dem Kuchen stimmte, das musste ich zugeben. Und Kochen ist nun mal nicht meine Stärke. Vor allem, wenn man ständig vier

Esser hat, die sich nicht zurückhalten, wenn es um die Beurteilung meiner Kochkünste geht.

Hadi zum Beispiel bevorzugt vegane Kost. Er isst gern ungesalzen, ungewürzt, und das Gemüse sollte noch ein bisschen »Biss« haben, wie er sich ausdrückt.

Rose mag am liebsten die deftige Variante. Gern mal Nudeln, Kartoffeln und Knödel. Mit brauner Soße und viel Würze, am liebsten Maggi.

Susanne möchte am liebsten nur Salat und Fisch. Gern asiatisch angehaucht. Oder französisch.

Meine Mutter bevorzugt weich gekochtes Gemüse, am besten in einem Eintopf, weil das am wenigsten kostet. Aber hin und wieder auch mal ein kleines, fettarmes Filet.

Matz mag Nudeln und Hühnchen. Kein Gemüse, weder roh noch matschig. Keinen Fisch, auch keinen französisch angehauchten, keine Knödel, keine braune Soße, sondern rote. Am Ende ein Eimer geriebener Parmesan über alles.

Gerald mag gern Würstchen aller Art. Und Kotelett. Auch mal ein Steak, aber lieber Entrecote. Die Beilagen sind ihm egal. Da ist er unkompliziert. Von Knödeln bis Matschmöhren isst er alles. Aber ein Stück Fleisch ist äußerst wichtig für sein Wohlbefinden.

Und ich, ich teile mir die Reste mit Gulliver und Othello. Ich würde schon sagen, dass wir drei die Unkompliziertesten sind. Ich verzweifele regelmäßig daran, dass der Rest meiner Familie dermaßen mäkelig beim Essen ist. Jedenfalls sah ich dem Zusammenleben in unserem Dreigenerationenhaus auch in dieser Hinsicht mit äußerst gemischten Gefühlen entgegen.

»Mama!«

Matz stand immer noch vor mir.

»Was ist denn jetzt?«

Ich sah zu Gulliver und Othello hinüber. Othello winselte empört, verdrehte die Augen und warf sich verzweifelt auf den Boden. Gulliver seufzte, klemmte seinen Schwanz zwischen die Beine und schlurfte zu seinem Körbchen.

»Die armen Hunde«, sagte ich. »Dann lass sie wenigstens in den Garten.«
»Machst du mir dann Nudeln?«
»Meinetwegen.«
Ich sah auf die Uhr. Es war kurz vor vier.
Ich versuchte, die in mir aufkeimende Sorge zu verdrängen, dass ich im Grunde genommen den ganzen Tag vertrödelt hatte.

Ich hatte nicht eingekauft, meine Kisten nicht gepackt, war nicht mit den Hunden draußen gewesen, hatte mich nicht genug um Matz gekümmert, hatte keinen Termin mit Herrn Mussorkski gemacht. Dabei würde ich den Umzugsstress ohne seinen Beistand nicht überleben.

»Und Kuchen!«, erklang Matz' Stimme hinter meinem Rücken.
»Was?«
»Apfelkuchen! So einen wie Marcels Mutter immer macht.«

Zu meiner Überraschung hatten wir tatsächlich drei kleine, verschrumpelte Äpfel im Kühlschrank, und ich widmete mich der Lektüre meines Backbuchs.

Ich liebe es, zu backen. Das hat so was Meditatives. Und sogar Herr Mussorkski ermuntert mich immer wieder dazu, in Phasen psychischer Anspannung zur Beruhigung ein bisschen Teig zu kneten. Irgendwas stimmte allerdings nicht mit unserem Ofen. Entweder wurden die Kuchen zu dunkel oder sie waren innen noch roh. Und das, obwohl ich mich relativ genau an die angegebenen Zeiten hielt.

Das Kuchenrezept, für das ich mich nach längerem Hin und Her entschied, schien wie für mich gemacht. Ich verstand es auf Anhieb. Dumm nur, dass man statt meiner drei kleinen Schrumpeläpfelchen fünf in Normalgröße brauchte.

Ich machte mich daran, meine Äpfelchen zu schälen und zu entkernen. Danach war fast nichts mehr von ihnen übrig, zumal einer wurmstichig war und nicht mehr wirklich appetitlich aussah.

Egal, dachte ich. Matz wünschte sich einen Apfelkuchen, und jetzt sollte er auch einen haben. Immerhin erwischte ihn dieser Umzug am schlimmsten. Für Kinder sind Umzüge nur in den seltensten Fällen angenehm. Sie sind schließlich viel mehr als wir Erwachsenen auf ein gleichbleibendes, harmonisches Umfeld angewiesen. Wobei das Wort »harmonisch« in unserer familiären Situation vielleicht doch etwas ironisch klingt.

Als ich das Mehl für meinen Kuchen abwiegen wollte, musste ich feststellen, dass die Küchenwaage nicht mehr funktionierte. Also schüttete ich es erst mal in einen Topf, um so wenigstens ungefähr die erforderliche Grammzahl abschätzen zu können. Die drei Eier ersetzte ich kurzerhand mit den zweien, die noch da waren. Später verteilte ich meine schrumpeligen Apfelstückchen auf dem Teig und musste feststellen, dass sie etwas kläglich darauf aussahen. Deshalb öffnete ich ein Glas mit eingelegten Kirschen und bedeckte damit die noch nackten Teigstellen. Dann schob ich das Ganze in den Ofen und lächelte zufrieden.

Als Gerald später nach Hause kam, hatte er keine Lust, mit den Hunden rauszugehen. Im Gegenteil verbarrikadierte er sich in seinem kleinen Arbeitszimmer und gab vor, noch arbeiten zu müssen, was ich ihm nicht abnahm.

»Gerald, ständig flüchtest du dich in dein Zimmer, wenn du nach Hause kommst. Das ist so was von unfair! DU hast diesen Umzug für uns angeleiert, dann kümmere dich jetzt auch gefälligst darum und lass mich hier nicht hängen!«

»Gundula, ich habe gerade wirklich Wichtigeres zu tun, als Kisten zu packen.«

»Was denn?«

»Das wirst du dann schon sehen.«

Er versuchte, die Tür vor meiner Nase zu schließen, aber ich warf mich dagegen. Heute würde ich nicht kampflos aufgeben.

»Gerald, was fällt dir ein? Die Umzugsfirma kommt in ein

paar Tagen, und du machst keinen Finger krumm. Das kann nicht dein Ernst sein! Ich bin doch nicht deine Magd!«

»Du kannst das aber viel besser, Gundula. Du sagst doch immer, ich soll mich aus deiner Arbeit raushalten, weil ich angeblich alles kaputtmache.«

»Machst du ja auch.«

»Na, siehst du.«

»Aber beim Kistenpacken kann man nichts kaputtmachen. Und außerdem muss ich wissen, was weg soll und was du noch behalten möchtest.«

»Was ist das denn für eine Frage? Selbstverständlich möchte ich alles behalten. Schmeiß bloß nichts weg, ohne mich vorher gefragt zu haben!«

»Ich kann nicht mit jedem Scheiß zu dir hinlaufen und fragen, ob der weg soll oder nicht, Gerald!«

»Gundula, ich wäre dir wirklich dankbar, wenn du jetzt nicht wieder so ausfallend werden würdest. Du weißt, dass ich das nicht mag.«

»Ich mag auch vieles nicht, glaub mir. Mir steht's bis hier!«

Ich hob eine Hand über meinen Kopf, um Gerald klarzumachen, dass meine Nerven tatsächlich blank lagen.

»Ja, ich weiß, Schäfchen. Das ist ja nichts Neues.«

»Nenn mich nicht ›Schäfchen‹.«

»Meine Güte noch mal!«, rief Gerald aus. »Dann eben nicht! Und jetzt lass mich arbeiten, ich hab zu tun.«

Ich stellte meinen Fuß zwischen die Tür.

»Gut, Gerald. Wie du willst. Ich bestehe darauf, dass du mir hilfst. Und zwar sofort. Ich schaff das nicht allein. Ich bin den ganzen Tag nicht zum Kistenpacken gekommen, weil jeder hier an meinem Rockzipfel hängt und irgendwas von mir will.«

»Was soll das heißen?«

»Was?«

»Dass du noch nicht zum Kistenpacken gekommen bist.«

»Das heißt, was es heißt, Gerald.«

Gerald trat einen Schritt auf mich zu.

»Aber es ist dir schon klar, dass der Umzug in drei Tagen ist?«

»Ja, stell dir vor, das ist mir klar.«

»Ja, dann wäre es vielleicht an der Zeit, mit dem Kistenpacken anzufangen, Gundula, sonst wirst du ja NIE fertig.«

Ich schnappte nach Luft.

»Sag mal, bist du noch bei Trost, Gerald?«

»Was ist denn jetzt schon wieder?«

»Davon rede ich doch die ganze Zeit!«

Irritiert hob Gerald plötzlich den Kopf und schnupperte: »Sag mal, hier riecht es so komisch. Hast du was im Ofen?«

»Scheiße.«

Nachdem ich Matz' völlig verbrannten Apfelkuchen in den Müll befördert hatte, lief ich wieder zum Arbeitszimmer, um die begonnene Kisten-Diskussion mit Gerald fortzusetzen. Ich drückte die Klinke und erstarrte. Die Tür ließ sich nicht öffnen.

»Gerald?«

Keine Antwort.

Ich rüttelte an der Tür.

»Gerald?«

»Ja?«

»Hast du dich etwa eingeschlossen?«

»Was?«

»Tu nicht so, als könntest du mich nicht hören.«

»Gundula, ich muss arbeiten. Lass mich jetzt bitte mal fünf Minuten in Ruhe.«

»FÜNF MINUTEN?!«, rief ich aus. »Du hast sie doch nicht alle!«

Hinter mir erschien Susanne.

»Sag mal, was ist denn das für ein Lärm? Habt ihr Krach?«

»Noch nicht.«

»Lass doch den Gerald mal ein bisschen verschnaufen, der kommt doch gerade erst aus dem Büro!«

Meine Mutter erschien im Türrahmen.

»Also bei dem Krach kann ich nicht lesen. Was ist denn los? Habt ihr schon wieder Streit?«

»Nein.«

»Na, das merke ich. Macht das doch wenigstens so, dass nicht alle es gleich mitbekommen. Das ist ja nicht zum Aushalten.«

»Ich finde auch, dass Gundula schon wieder übertreibt«, wandte sich Susanne an meine Mutter. »Gerald hat ein bisschen Auszeit verdient, und sie klebt wie eine Klette an ihm, kaum dass er heimkommt.«

»Da misch ich mich nicht ein. Aber ein bisschen weniger Geschrei wäre schön. Ich meine, du bist ja nicht allein auf der Welt, Gundula.«

»RUHE!«, erscholl Geralds Stimme aus dem Arbeitszimmer.

»Siehst du«, sagte Susanne. »Er ist nervlich am Abgrund. Du musst ihn auch mal ein bisschen in Schutz nehmen und nicht immer nur meckern.«

»Meckern, ja?«, sagte ich. »Meckern! Jetzt heißt es auch noch, dass ich meckere, nur weil Gerald mich hier mit allem alleinlässt. Und ihr übrigens auch! Hier denkt jeder nur an sich!«

»Nun ja, so würde ich das jetzt nicht –«, sagte meine Mutter.

»RUHE, verdammt!«, erscholl Geralds Stimme, und dann schrie ich etwas zurück, was mir vorher noch nie über die Lippen gekommen war und was mir noch Jahre später von meiner gesamten Familie vorgeworfen werden sollte: »DU KANNST MICH MAL, GERALD! DU KANNST MICH MAL, HÖRST DU? UND ZWAR KREUZWEISE!«

11.
Kapitel

Keine fünf Minuten später klingelte das Telefon, und Herrn Mussorkskis tröstliche Stimme erklang am anderen Ende der Leitung.

»Frau Bundschuh! Bitte entschuldigen Sie die Störung. Ich wollte mich nur kurz erkundigen, ob bei Ihnen alles in Ordnung ist.«

Herr Mussorkski hatte tatsächlich seherische Fähigkeiten.

»Herr Mussorkski! Wie gut, dass Sie anrufen. Es ist tatsächlich nichts in Ordnung. Es ist alles schrecklich. Diese Familie, und vor allem Gerald, machen mich zum Monster!«

»Wie bitte?«

»Ich erkenne mich nicht wieder, Herr Mussorkski. Ich bin tatsächlich am Ende. Ich habe Gerald gerade beschimpft, und die Worte, die ich dabei benutzt habe ... wie soll ich sagen ... das war nicht ich.«

»Ja, ich weiß.«

»Wie meinen Sie das?«

»Ich ging gerade mit Bianca, also mit dem Pudelmädchen, Sie wissen schon, das ich gerade für eine liebe Freundin in Obhut genommen habe, an Ihrem Haus vorbei, als ich Ihre Tirade vernahm. Also das mit dem –«

»O Gott, das ist mir jetzt sehr unangenehm, Herr Mussorkski.«

»Ja, es war wirklich ziemlich laut, und ich habe mich gefragt, ob die jahrelange Arbeit eventuell doch nicht so fruchtbar war, wie wir gehofft haben.«

Mir kamen die Tränen.

»Sagen Sie das nicht, Herr Mussorkski. Was kann ich denn nur tun, dass mir so ein Kontrollverlust in Zukunft nicht mehr passiert?«

»Lassen Sie sich nicht so sehr von Ihrem Ehemann reizen, liebe Frau Bundschuh. Gehen Sie ein bisschen spazieren, wenn es brenzlig wird, betrachten Sie die Blumen in Ihrem Garten, backen Sie einen Kuchen oder –«

»Ich habe einen Kuchen gebacken, Herr Mussorkski.«

»Na, sehen Sie. Das ist doch ein guter Anfang.«

»Er ist im Müll, ich habe ihn im Eifer des Gefechts vergessen.«

»Hm, verstehe. Dann gehen Sie Ihrem Mann einfach in Zukunft aus dem Weg, Frau Bundschuh! Zumindest, wenn Sie sich in einer aufgeladenen Stimmung befinden!«

»Wie soll das gehen, Herr Mussorkski? Wir haben einen Umzug vor uns, wie Sie wissen, und auch Gerald muss dabei mithelfen, die Kisten zu packen, sonst werden wir nie rechtzeitig fertig. Aber er schließt sich einfach in seinem Zimmer ein und sagt, er hätte Wichtigeres zu tun.« Ich weinte wieder. »Entschuldigen Sie bitte, Herr Mussorkski, ich weiß wirklich nicht weiter.«

»Nein, nein, das ist gut, liebe Frau Bundschuh! Lassen Sie es raus! Öffnen Sie die Schleusen! Und vergessen Sie das Atmen nicht, lassen Sie es fließen!«

»Nein, ich meine, ja, aber ... darum geht es gar nicht. Mein wirkliches Problem ist, dass ich manchmal wirklich darüber nachdenke, Gerald den Hals umzudrehen. Verstehen Sie?«

Am anderen Ende war es still.

»Herr Mussorkski?«

»Aber Gewalt ist doch keine Lösung, liebe –«

»Ich will ihn ja nicht wirklich umbringen, Herr Mussorkski. Ich sehe es nur ab und zu vor mir. Wie ich mich an ihn heranschleiche, während er schläft, und ihm mit beiden Händen an die Gurgel gehe und zudrücke. Und Gerald windet sich und ruft verzweifelt: ›Bitte, Gundula, ich werde mich ändern!‹ Aber ich drücke mit den Worten ›Das sagst du schon seit über dreißig Jahren!‹ noch fester zu, bis er die Augen verdreht und sich nicht mehr regt.«

Herr Mussorkski schwieg.

»Herr Mussorkski, sind Sie noch dran?«

»Ja, Frau Bundschuh, aber ... was soll ich sagen? Ich bin ein bisschen schockiert über Ihre Fantasie. Ich meine, wo kommt denn das nach all den Jahren plötzlich bei Ihnen her? Wir waren doch an sich auf einem guten Weg.«

Er verstummte. Waren wir wirklich auf einem guten Weg gewesen? Davon hatte ich nichts mitbekommen. Deshalb sagte ich bloß: »Mmmh ...«

Es dauerte noch ein bisschen, bis sich Herr Mussorkski gefangen hatte, dann holte er tief Luft und sagte: »Ich mache mir ehrlich gesagt ein bisschen Sorgen um Ihre Familie.«

Hatte ich mich verhört?

»Um meine Familie?«

»Vielleicht haben Sie sich in Zukunft in Ausnahmesituationen tatsächlich nicht mehr richtig unter Kontrolle? Ich meine, das sind schon gewaltige Bilder, die sie da in Ihrer Fantasie aufrufen.«

»Das befürchte ich auch. Wie gesagt: Ich werde zum Monster.«

»Was halten Sie von meinem Vorschlag, es mit einer Familienaufstellung zu versuchen? Vielleicht kommen wir auf diese Weise dem eigentlichen Ursprung Ihrer Aggression ein wenig näher?«

Ich begann zu schwitzen.

»Das Problem ist, lieber Herr Mussorkski, dass das Problem nicht bei mir liegt, sondern bei meiner Familie. Und in diesem speziellen Fall liegt es bei Gerald.«

»Ja, liebe Frau Bundschuh, das verstehe ich. Es ist immer schwer, die Schuld bei sich zu suchen, vor allem, wenn es so viele Menschen in der näheren Umgebung gibt, die man leicht für sein eigenes Fehlverhalten verantwortlich machen kann.«

»Herr Mussorkski, ich glaube, Sie verstehen das falsch, ich –«

Er unterbrach mich: »Ich sehe mal in meinem Terminkalender nach. Was halten Sie zum Beispiel von morgen Nachmittag? Vierzehn Uhr?«

»Aber das geht doch nicht, wegen der Isolation.«

»Haben Sie denn keine Nachrichten gehört? Wir dürfen uns wieder nähern, liebe Frau Bundschuh. Natürlich müssen Sie Ihre Maske aufsetzen und den Sicherheitsabstand wahren. Aber so eine Aufstellung wird Ihr Leben verändern, glauben Sie mir.«

»Und was, wenn wir uns anstecken?«

»Ich versichere Ihnen, ich habe bis zum heutigen Tage außer Bianca niemanden an mich herangelassen. Ich bin wirklich keine Gefahr.«

Mir stockte der Atem: »Bianca?«

»Der Pudel.«

»Ach, stimmt.«

»Schön. Dann kommen Sie doch mit Ihren Stellvertretern am besten zu mir.«

»Mit meinen was?«

»Mit Ihren Stellvertretern für die Familienaufstellung. Also vor allem für Ihren Mann.«

»Oh, das wird schwierig werden.«

»Nichts ist so schwierig, wie es scheint, liebe Frau Bundschuh, schon vergessen?«

»Nein.«

»Na also. Wir sehen uns morgen um zwei.«

12.
Kapitel

Als Gerald und Matz am nächsten Morgen das Haus verlassen hatten, versammelte ich meine Lieben in der Küche, um sie von Herrn Mussorkskis Vorhaben in Kenntnis zu setzen.

»Das verstehe ich nicht, Gundula«, sagte Susanne. »Wieso brauchst du uns dazu? Ich will nicht hinter Geralds Rücken euren Eheproblemen auf die Schliche kommen. Ich meine, kannst du nicht einfach mit ihm reden? Er ist doch ein geduldiger Zuhörer.«

»Es geht jetzt erst mal um das konkrete Problem, das ich gerade mit Gerald und dem Umzug habe.«

»Dazu brauchst du uns doch nicht –«, sagte meine Mutter.

»Doch. Und ich wäre euch sehr dankbar, wenn ihr jetzt einfach mitkommen und mich EINMAL unterstützen würdet!«

»Was soll das denn heißen?«, fragte mein Bruder. »Ich helfe immer, wo ich kann!«

»Das stimmt«, sagte Rose. »Der Hadi hilft immer, wo er nur kann. Und ich helf auch, wenn du mich bittest.«

»Dann ist ja alles gut«, sagte ich. »Dann bitte ich euch jetzt, mit mir zu Herrn Mussorkski zu gehen und meine Stellvertreter zu sein.«

»Und wenn er uns ansteckt?«, fragte meine Mutter.

»Kann er nicht, er war nur mit Bianca zusammen in letzter Zeit.«

»Mit wem?«, fragte Susanne alarmiert.

»Mit einem Pudel.«

»Na, das sagen sie alle«, sagte meine Mutter.

Nachdem wir bei Herrn Mussorkski geklingelt hatten, öffnete eine circa zwanzigjährige Blondine die Tür. Sie betrachtete uns argwöhnisch.

»Ja?«

»Wir haben einen Termin bei Herrn Mussorkski«, sagte ich freundlich.

Augenblicklich drehte sie sich um und rief ins Haus: »Papi? Besuch!«

Die wievielte Tochter war das eigentlich? Herr Mussorkski hatte mir schon mindestens fünf andere im gleichen Alter als seine Töchter vorgestellt und langsam begann ich an seiner Großfamilie zu zweifeln. »Und Sie sind noch eine von Herrn Mussorkskis Töchtern?«, fragte ich deshalb.

»Wieso noch eine?«

Sie schaute alarmiert, aber ich überging ihre Frage.

»Und wie heißen Sie?«

»Geraldine.«

»Natürlich.«

»Wieso?«

Ich zog es vor zu schweigen und dachte mir mein Teil. Bisher hatten sich alle Töchter als Geraldines ausgegeben. Ich verstand Herrn Mussorkskis Vorliebe für diese jungen Dinger nicht. Er musste doch langsam mal einsehen, dass die ihn in seinem Leben nicht weiterbrachten. Herr Mussorkski war immerhin über sechzig! Da brauchte er doch jemanden, mit dem er sich intellektuell auseinandersetzen konnte. Also ein richtiges Gegenüber. Kurz gesagt: eine Frau, die ihm das Wasser reichen konnte, eine Frau in seinem Alter ...

Ich war so in Gedanken vertieft, dass ich Herrn Mussorkski erst bemerkte, als er direkt vor uns stand und uns hereinbat. Er entschuldigte sich überschwänglich für seine Tochter. Vor allem aber entschuldigte er sich für ihre fehlende Maske.

»Ja, so ist das mit den Kindern. Die nehmen das alles nicht ernst, nicht wahr?«

Herr Mussorkski sah auch mit einer Maske im Gesicht blendend aus. Zwar vermisste ich seinen großen, lachenden Mund, aber seine blauen Augen strahlten wie der Sommerhimmel über der Antarktis, und sein blondes Haar wehte sacht im Zugwind.

Eddie Barack auf Roses Arm fing an zu schreien, und Herr Mussorkski beugte sich vor.

»Oh, wen haben wir denn da?«

»Das ist der Eddie Barack«, sagte Rose und hielt ihn Herrn Mussorkski hin. Herr Mussorkski zuckte ein wenig zurück.

»Ach, ja ... äh, süß, wirklich ...«

Dann rief er laut nach seiner Tochter: »GERALDINE?!«

Nichts geschah.

»GERALDINE!«

Nach einer kleinen Ewigkeit tauchte Herrn Mussorkskis Tochter hinter seinem Rücken auf. Sie knabberte an einer Möhre.

»WAS?«

»Könntest du dich bitte während unserer Sitzung um das Kind kümmern? Wir brauchen Ruhe. Und vergiss deine Maske nicht.«

»Ich kann gerade nicht«, sagte Geraldine und zog wieder ab.

Herr Mussorkski lächelte schief.

»Tja, die Jugend ... auch nicht mehr das, was sie mal war. Kommen Sie rein.«

Herr Mussorkski trug mir auf, meine Stellvertreter zu verteilen, und ich entschied mich für folgende Aufstellung:

Susanne war Gerald.

Hadi war Susanne.

Meine Mutter war ein Umzugskarton und Rose mein Ich.

»Wenn ich hier nur als Umzugskarton herhalten soll, kann ich ja gleich wieder gehen«, nuschelte meine Mutter.

»Nein, Frau Bundschuh«, erwiderte Herr Mussorkski, »das sehen Sie falsch! Der Umzugskarton ist für alle Anwesenden hier sozusagen der Hotspot.«

Wir sahen uns an. Dann sagte Rose: »Der WAS?«

»Den Hotspot nennt man den Auslöser für eine verfahrene Situation. Also zumindest nenne ich ihn so, damit ich ihn greifbar vor mir sehe.«

»Wen?«, fragte Susanne.

»Den Hotspot«, sagte Herr Mussorkski.

»Hat der denn auch Text?«, fragte meine Mutter.

»Das können Sie ganz frei entscheiden, liebe Frau Bundschuh. Natürlich kann ein Umzugskarton in einer Extremsituation anfangen zu sprechen. Er ist ja sozusagen der Mittelpunkt. Das Zentrum. Denn wenn ich es gestern am Telefon richtig verstanden habe, war der Umzug ja der Auslöser für die Unstimmigkeiten mit Herrn Bundschuh.«

Gemurmel durchzog den Raum. Meine Lieben sahen das anscheinend anders.

»Nein?«, fragte Herr Mussorksi deshalb.

»Na ja, Streit zwischen der Gundula und dem Gerald gibt es ja eigentlich schon immer«, sagte Rose. »Oder, Hadi?«

Mein Bruder sah zu mir herüber und wand sich ein bisschen. »Na ja ... also manchmal schon, stimmt.«

»Die beiden streiten ohne Unterlass«, sagte Susanne.

»Ich habe ihr damals gleich gesagt, dass sie erst mal sorgfältig überprüfen soll, wen sie sich zum Mann nimmt, damit es erst gar nicht so weit kommen kann«, fügte meine Mutter hinzu.

Was nicht ganz stimmte. Meine Mutter konnte es damals gar nicht erwarten, mich unter der Haube und in Sicherheit zu wähnen.

»Gut«, sagte Herr Mussorkski. »Das Thema bringt uns jetzt nicht weiter. Frau Bundschuh, stellen Sie Ihre Familie und den Karton jetzt bitte so im Raum auf, dass es sich gut für Sie anfühlt.«

Ich schob meine Mutter in die Mitte und drapierte Rose/Gundula und Hadi/Susanne links und rechts davon. Susanne/Gerald stellte ich in die eine und mich selbst in die andere Ecke.

Als wir gerade weitermachen wollten, hob Rose den Arm und schnipste mit den Fingern.

»Äh, Entschuldigung! Mir ist nur grad aufgefallen, dass wir ja total fehlen!« Sie sah zu Hadi hinüber.

»Ja, stimmt«, sagte mein Bruder. »Wir gehören doch auch zur Familie!«

»Ja, aber ihr seid kein Hotspot«, sagte Susanne.

»Was?«, rief Rose aus. »Das stimmt nicht! Wir sind IMMER dabei. Wir sind auch mitten im Hotspot drin!«

»Ja, liebe Frau Schulze-Seemann –«, begann Herr Mussorkski.

»Haben wir uns nicht mal geduzt?«, unterbrach Rose und brachte Herrn Mussorkski völlig aus seinem Konzept.

»Was?«

»Na ja, als ich wegen meiner Schwangerschaftsphobie bei Ihnen zur Therapie gewesen bin, haben wir uns doch geduzt.«

Alle Augen richteten sich auf Herrn Mussorkski.

»Ist das wahr?«, fragte ich mit brüchiger Stimme.

Ich war erschüttert. Immerhin ist das Duzen zwischen Therapeut und Patient ein absolutes Tabu, und als ich Herrn Mussorkski vor einigen Jahren das Du angeboten hatte, war er richtig außer sich geraten, und ich hatte versprechen müssen, ihm nie wieder so ein unsittliches Anliegen zu unterbreiten.

»Natürlich nicht«, sagte Herr Mussorkski. »Da müssen Sie etwas durcheinanderbringen, liebe Frau Schulze-Seemann.«

»Nein, Sie haben Rose zu mir gesagt, und ich hab Sie Reinhold genannt.«

Eine Pause entstand. Hadi wandte sich zur Tür, und ich fragte: »Was machst du, Hans-Dieter?«

»Ich gehe.«

Er kam nicht weit, weil unsere Mutter ihm den Weg abschnitt.

»Du bleibst gefälligst hier, und stellst dich wieder auf deinen Platz! Was denkst du dir eigentlich? Immer diese Mimoserei! Wann wirst du eigentlich mal erwachsen, Hans-Dieter? Stell dich auf deinen Platz und sei still! Nicht zu fassen! Glaubst du, mir macht es Spaß, hier als Karton rumzustehen?«

Hadi zuckte nur kleinlaut die Schultern.

»Na also. Dann konzentrier dich jetzt, damit wir hier fertig werden.«

Doch als Hadi seinen Platz wieder eingenommen hatte, fing Eddie, den Rose neben den Schirmständer gelegt hatte, an zu schreien.

Herr Mussorkski begann zu schwitzen. Dann rief er: »Geraldine!«

»WAS?«

»Nimm das Kind zu dir!«

»Ich kann nicht!«

»Moment«, sagte Herr Mussorkski und nickte uns zu. »Bin gleich wieder da.«

Susanne und Ilse setzten sich hin, und Susanne sagte: »Wenn das noch lange so geht, bin ich raus. Ich kann mit meinem Bein nicht stundenlang hier rumstehen.«

»Ich auch nicht«, sagte meine Mutter. »Und mir wird unter dieser Maske langsam auch übel. Das kann nicht gesund sein, immer die verbrauchte Atemluft einzuatmen.« Dann wandte sie sich an Rose: »Warum musst du den Eddie eigentlich überall mit hinschleppen? Das hab ich doch mit Gundula und Hans-Dieter auch nicht gemacht. Die haben in Eddies Alter, soweit ich mich erinnern kann, schon allein gegessen!«

»Der Gerald konnte in Eddies Alter schon mit dem Dreirad fahren«, setzte Susanne hinzu, und Roses Augen begannen verdächtig zu glänzen. Zum Glück war Herr Mussorkski zurück, bevor sie ihre Schleusen öffnen konnte.

»So«, sagte er. »Problem gelöst. Hinter ihm erschien Geraldine. Ohne ein Wort zu verlieren, hob sie Eddie Barack auf und nahm ihn mit nach hinten. Eddie verstummte schlagartig.

»Hoffentlich tut sie ihm nichts«, sagte Rose.

»Nein, Geraldine ist harmlos. Sie wirkt immer nur ein bisschen aggressiv, aber in Wirklichkeit ist sie sehr sanftmütig«, sagte Herr Mussorksi. Dann fügte er hinzu: »Sonst wäre sie auch nicht hier.«

Wir blickten auf und sahen ihn an.

»Ich dachte, sie sei Ihre Tochter?«, fragte meine Mutter.

»Eben. Genau. Äh ... ja, deshalb ist sie natürlich auch hier ...«

Herr Mussorkski wischte sich den Schweiß von der Stirn. Dann sagte er: »Gut, fangen wir noch mal von vorn an.«

Unsere Familienaufstellung geriet ziemlich schnell an ihre Grenzen.

Susanne/Gerald hatte das ganze Unterfangen nämlich mit dem an mich gerichteten Satz »Warum bist du immer so böse zu mir?« angefangen, worauf ich, Gundula, antwortete, dass ich überhaupt nicht von Grund auf böse mit ihr/Gerald sei, sondern nur als Reaktion auf ihre/seine ewige Ignoranz.

Herr Mussorkski unterbrach unseren Dialog.

»Sehr schön, ja. Sie sind beide auf einem sehr guten Weg. Jetzt müssen wir nur noch das Thema in den Griff bekommen. Es geht ja hier nicht um die Gesamtsituation, sondern um unseren speziellen Hotspot.«

»Was war der noch gleich?«, fragte Rose/ich.

»Der Umzug«, sagte Hadi/Susanne.

»Der Umzug bin ich«, sagte meine Mutter.

»Genau, sehr schön«, sagte Herr Mussorkski. Dann wandte er sich an mich: »Wie fühlen Sie sich jetzt, Gundula? Wen würden Sie in dieser Situation um Hilfe fragen?«

»Es fehlt ja die Hälfte«, sagte Rose.

»Lassen Sie mich bitte ausreden, liebe Frau Schulze-Seemann, sonst kommen wir hier nicht weiter«, sagte Herr Mussorkski.

»Also, Gundula, wie fühlen Sie sich?«

»Also ... die Kiste«, ich deutete auf meine Mutter, »macht mir Angst.«

»Sehr schön«, sagte Herr Mussorkski. »Und vor allem: verständlich.«

Meine Mutter schüttelte den Kopf: »So ein Blödsinn. Ich tu' ihr doch gar nichts.« Dann griff sie nach ihrer Maske und zog sie sich über den Kopf. »Ist ja nicht zum Aushalten, dieses Ding. Ich ersticke.«

»Darum geht es nicht. Sie sind nur eine Kiste.«

»Was?«

»Sie sind nicht Sie selbst, liebe Frau Schulze-Seemann, Sie stehen für den Umzugskarton.«

»Das hab ich jetzt langsam begriffen. Aber warum mache ich ihr dann Angst?«

»Du bist der Stellvertreter für den Umzug, Ilse. Herrgott noch mal, hör doch zu«, sagte Susanne und hob ihrerseits die Maske an, um fest durchzuatmen.

Die Lippen meiner Mutter schnurrten zu einem Strich zusammen.

»Gut, sehr schön«, sagte Herr Mussorkski. »Und jetzt sehen Sie sich um, Frau Bundschuh, und sagen Sie uns, wie Sie sich fühlen.«

»Also«, sagte ich, »wie gesagt, die Kiste macht mir Angst.«

»Ich denke, ICH bin die Gundula?«, sagte Rose.

»Schön«, sagte Herr Mussorkski. »Also, liebe Rose. Wie fühlen Sie sich?«

»Ich hab Angst vor der Kiste. Bei uns in der Wohnung ist auch noch nichts gepackt.«

»Darum geht's jetzt nicht«, sagte Susanne.

»Aber mir macht der Umzug auch Angst«, sagte Rose.

»Du bist jetzt gar nicht da«, sagte meine Mutter.

»Hä?«

»Du bist doch ICH«, sagte ich.

»Stimmt.« Rose dachte nach. »Und was soll ich jetzt machen?«

»Die Klappe halten«, sagte Susanne, aber zum Glück so leise, dass keiner außer mir es mitbekam.

»Frau Bundschuh«, sagte Herr Mussorkski jetzt, »vielleicht sollten wir Ihr Rose-Ich ein bisschen anders positionieren, damit Ihr Mann, also die Frau Bundschuh senior, etwas mehr in den Fokus rückt.«

»Wie sich das anhört«, empörte sich Susanne.

»Stimmt doch«, sagte meine Mutter.

»Gut«, sagte ich und stellte Susanne/Gerald direkt vor Rose.

»Warum steht die Susanne jetzt direkt vor mir?«

»Die Susanne ist der Gerald«, sagte Hadi. »Und ich bin die Susanne. Also die Person, die da vor dir steht, ist nicht Susanne, weil die ja jetzt der Gerald ist. Also steht der Gerald jetzt vor dir und nicht die Susanne, ja? Die Susanne kann auch gar nicht vor dir stehen, weil ich die Susanne bin und ich stehe ja ganz woanders.«

»Hä?«, sagte Rose.

»Herrgott noch mal, jetzt konzentrier dich doch mal, mein Bein schmerzt schon wie verrückt«, sagte Susanne.

»Du hast nichts am Bein. Du bist ja der Gerald«, sagte meine Mutter.

»Ich kann die Kiste aber jetzt nicht mehr sehen«, sagte Rose und reckte ihren Kopf.

»Das ist schlecht«, sagte Herr Mussorkski. »Frau Bundschuh?«

»Ja?«, sagte Rose.

»Nein, nicht Sie, sondern die echte.«

»Ja?«, sagte ich.

»Sie müssen die Kiste umplatzieren. Sie können sonst Ihren Mann nicht mehr sehen. Also Ihre Schwägerin kann ihn nicht mehr sehen, und das ist schlecht, weil sie ja Sie ist.«

»Hä?«, machte Rose wieder. Unter ihren Achseln hatten sich inzwischen tellergroße Schweißflecken gebildet.

Ich schob die Kiste, also meine Mutter, neben Susannes Gerald.

»So, Frau Schulze-Seemann, was sehen Sie jetzt, wie fühlt sich das an?«

»Nicht gut«, sagte Rose kläglich.

»Sehr gut!«, rief Herr Mussorkski aus. »Und warum nicht?«

»Ich mag das nicht so, wenn die Ilse und die Susanne mir so auf die Pelle rücken.«

Herr Musssorkski verdrehte die Augen. Dann sagte er: »Ich verstehe. Sie dürfen aber nicht vergessen zu abstrahieren, ja?«

»Was?«

»In Wirklichkeit stehen da Herr Bundschuh und die Kiste vor Ihnen.«

»Ach so, ja, stimmt.«

»Was ist eigentlich mit mir?«, fragte Hadi jetzt. Er stand immer noch in seiner Ecke.

»Das tut jetzt nichts zur Sache«, sagte Herr Mussorkski und wandte sich wieder an mich.

»Stehen Ihre Mütter jetzt für Sie richtig?«

»Wie meinen Sie das?«

»Wenn Sie sich vorstellen, dass Frau Schulze-Seemann Sie verkörpert, stehen dann Ihre Hotspots richtig?«

»Ich kann das von hier aus so schlecht sehen«, sagte ich.

»Dann stellen Sie sich woandershin, Gundula. Sie können sich frei bewegen!«

Ich stellte mich neben meine Mutter. Sie wandte den Kopf und sah mich an.

»Wieso stellst du dich so nah neben mich? So kannst du mich bestimmt nicht sehen.«

Ich vergrößerte den Abstand wieder, aber meine Mutter beobachtete mich auch weiterhin.

»Sag mal, Gundula, kann es sein, dass du noch dein Schlafanzugoberteil anhast?«

Ich sah an mir herunter und erblickte den geblümten Flanellstoff meines Lieblingsschlafanzugs.

»O Gott, wieso sagt mir das denn niemand?«

»Tu' ich doch«, sagte meine Mutter.

»Gut, äh ... jetzt wollen wir aber mal zur Sache kommen, liebe Familie Bundschuh«, unterbrach Herr Mussorkski.

»Es tut mir so leid, Herr Mussorkski«, platzte es aus mir heraus. »So was ist mir noch nie passiert.«

»Deswegen sind wir ja auch heute hier, liebe Gundula. Sie sind in letzter Zeit ein bisschen durch den Wind, und wir arbeiten daran, dass es Ihnen bald wieder besser geht.«

Er sah auf die Uhr.

»Aber wir müssen uns ein bisschen sputen, die Stunde ist gleich rum, und wir sind immer noch nicht weiter.«

»Was? Jetzt schon?«, sagte Hadi. »Ich hab ja noch gar nichts gemacht!«

»Es geht jetzt auch nicht um Susanne, es geht um Gerald und die Kisten«, sagte meine Mutter.

»Und wieso bin ich dann hier?«, fragte Hadi.

»Dich brauch ich für meine Vibrations«, sagte Rose und schloss die Augen.

»Was für Vibrations?«, fragte Hadi.

»Die Susanne verbreitet ja schon hin und wieder unangenehme Vibrations um sich, und deshalb ist es gut, wenn du auch in der Atmosphäre bist, Hadi. Weil du ja jetzt die Susanne bist.«

»WAS mache ich?«, rief meine Schwiegermutter aus. »Das ist ja wohl das Letzte! Ich kümmere mich hier in dieser Familie nun wirklich als Einzige um positive Stimmung und ein bisschen Spaß.«

»Dass ich nicht lache«, sagte meine Mutter.

»Halt du dich da raus, Ilse. Eine alte Kiste kann nicht reden.«

Meine Mutter wandte sich ab und sah zu Herrn Mussorkski hinüber.

»Herr Mussorkski, wie lange haben wir noch?«

»Äh.«

Herr Mussorkski sah auf seine Uhr. Im Hintergrund schrie Eddie.

»Fünf Minuten, um genau zu sein.«

In dem Moment brach Rose die Sitzung ab und lief hektisch zur Tür, während sie sagte: »Ich muss zu meinem Kind, die Geraldine scheint den Eddie Barack nicht gut zu behandeln.«

»Ich kann auch nicht mehr«, sagte Susanne und setzte sich auf einen Stuhl.

»Gut. Dann lösen wir die Sitzung hiermit vorerst auf«, sagte Herr Mussorkski. »Wir können ja zu gegebener Zeit eine Fortsetzung planen.«

Meine Mutter setzte sich auch und rieb sich den Nacken.

»Ich wusste gar nicht, dass ein Kistendasein so anstrengend ist.«

»Ja«, lachte Herr Mussorkski, »da können Sie mal sehen! Und, Gundula«, wandte er sich an mich, »wie fühlen Sie sich jetzt?«

»Wie immer, eigentlich.«

»Und was hat Ihnen am meisten Angst gemacht, oder besser gesagt, wo hatten Sie am stärksten das Gefühl, keine Luft mehr zu bekommen?«

Ich überlegte. Dann sah ich zu meiner Mutter hinüber, die sich die Nase schnäuzte.

»Vielleicht neben der Kiste.«

»Na sehen Sie, Frau Bundschuh. Und was sagt uns das?«

»Weiß nicht.«

»Dass Ihre Angst vor der Situation mit Ihrem Mann eventuell doch unbegründet ist. Dass Ihre eigentliche Angst in der Kiste liegt. Und was sagt uns die Kiste? Wofür steht sie?«

»Weiß nicht. Für meine Mutter?«

Eine Pause entstand. Dann sagte Susanne: »Gar nicht so schlecht.«

Und meine Mutter fragte: »Wie meinst du das?«

»Na ja, würde doch passen«, sagte Susanne.

Herr Mussorkski kam auf mich zu und sagte sehr leise und behutsam: »Frau Bundschuh, denken Sie noch mal nach. Ihre Mutter hatten wir doch schon längst durch! Erinnern Sie sich nicht? Daran haben wir die letzten Jahre gearbeitet. Den Abgrund haben Sie doch schon lang überschritten, richtig?«

»Was für einen Abgrund?«, fragte meine Mutter.

»Ist egal, Mutti –«, versuchte ich einzulenken, aber meine Mutter unterbrach mich: »Wollt ihr damit sagen, dass ihr mich mit einem Abgrund vergleicht?«

»Nein, liebe Frau Bundschuh«, versuchte Herr Mussorkski die Situation zu schlichten. »Mit dem Abgrund meinen wir nur die Begleiterscheinungen, die mit einer Begegnung zwischen Ihnen und Ihrer Tochter normalerweise einhergehen.«
»Was?«
»Na ja, Ihre Tochter –«, dann unterbrach er sich. »Also, das würde jetzt wirklich zu weit führen, und ich kann Ihnen nur versichern, dass wir alles im Griff haben.«
»Das freut mich für Sie«, sagte meine Mutter.
Als wir uns verabschieden wollten, zögerte Herr Mussorkski und fragte vorsichtig, wer denn für die Bezahlung der Stunde verantwortlich sei. Ich hatte ursprünglich darauf gehofft, dass meine Mutter das übernehmen würde, aber ihr Gesicht stimmte mich nicht wirklich optimistisch. Außerdem sagte sie: »Was? Dafür wollen Sie auch noch Geld?«
»Na ja, ich habe da meinen festen Satz.«
»Wissen Sie was, Herr Mussorkski? Sie müssten MIR Geld für diesen Käse zahlen. Und zwar wegen Verletzung meines Allgemeinbefindens und Verunglimpfung meines eigentlichen Ichs.«
»Was?«
»Sie haben mich hier als alte Kiste benutzt und werfen mir auch noch vor, meiner Tochter Angst einzujagen. Hier piept's doch.« Sie zeigte Herrn Mussorkski den Vogel. Langsam wurde mir schlecht.
»Äh ... Mutti?«
»Und du halt dich da raus, Gundula. Dass das nie aufhört mit dir. Immer hast du neue Flausen im Kopf. Du bist genau wie dein Bruder!«
»Was?« Hadi erbleichte. »Ich hab doch jetzt gar nichts gemacht.«
»Jaja, das sagt ihr immer. Wann werdet ihr endlich erwachsen?!«
Als sie gegangen war, fragte ich Herrn Mussorkski, wie viel denn die Stunde kosten sollte.

»Normalerweise 200 Euro. Aber ich gebe Ihnen einen Mengenrabatt. Machen wir 180 Euro draus.«

Ich schluckte.

»Ach, doch so viel?«

»Na ja, so eine Sitzung ist für den Therapeuten ja doch auch mit allerhand Risiken belegt. Da muss man auf der Hut sein, dass sich eins zum anderen harmonisch fügt.«

»Na, das haben Sie ja wirklich toll hingekriegt, Herr Mussorkski«, sagte Susanne und ging, ohne sich zu verabschieden.

»Herr Mussorkski, es tut mir leid. Nehmen Sie meine Verwandten bitte nicht allzu ernst. Die meinen das nicht so.«

»Natürlich, Frau Bundschuh. Das weiß ich doch. Was glauben Sie, was ich an anderen Tagen so erlebe.« Er lachte, und ich versuchte, mir seine schönen weißen Zähne hinter der Maske vorzustellen. »Und wissen Sie, was das Tolle an der heutigen Stunde ist?«

Ich horchte auf.

»Nein?«

»Ich kann Ihnen jetzt versichern, dass nicht Sie den Knall haben, sondern Ihre Familie.«

»Aber das sage ich Ihnen doch schon immer, Herr Mussorkski.«

13.
Kapitel

Der Tag unseres Umzugs war herangerückt. Irgendwie hatte ich doch noch rechtzeitig alle Kisten gepackt bekommen, hatte noch einen Großeinkauf im Discounter gemacht und sogar den Streit mit Gerald aus meinen Gedanken verbannt. Nun stand ich erschöpft, aber auch aufgeregt und zuversichtlich im Hof unseres neuen Zuhauses und betrachtete die Möbelpacker beim Entladen. Nie hätte ich gedacht, dass wir zehn Fuhren brauchen würden. Aber ich konnte mich einfach nicht von meinen lieb gewonnenen Erinnerungen aus unserer Zeit im Rotkehlchenweg trennen. Natürlich hätte ich sagen können, dass die drei Schlitten der Kinder besser auf dem Sperrmüll aufgehoben wären als in unserem neuen Heim. Aber beim Betrachten der alten Dinger überkam mich mit einem Mal so eine Sehnsucht nach der Zeit, als Rolfi, Ricki und Matz mich noch brauchten. Das war so eine tiefe, nie enden wollende Mutterliebe, dass ich es einfach nicht fertigbrachte, mich zu trennen. Dasselbe galt für die große Eisenbahn, die wir früher im Keller aufbewahrt hatten, das Kinderplanschbecken, das Schaukelpferd, Rickies Einkaufsladen, die Faschingskostüme, ganz zu schweigen von meinen alten, durchgebrannten Töpfen, die ich nicht mehr benutzen konnte, an denen aber mein Herz hing, weil ich mit ihnen gemeinsam meine ersten Schritte in mein Hausfrauendasein gemacht hatte. Ebenso meine erste Waschmaschine, die man vielleicht doch noch reparieren könnte, oder Geralds und mein erstes Ehebett, dessen Bretter über den Rand der Laderampe ragten. Nein, wenn ich schon wegen eines blöden Flughafens mein Zuhause verlassen musste, dann wollte ich wenigstens nicht allein sein und meine treuen Lebensbegleiter in meiner Nähe wissen. Der Abschied vom Rotkehlchenweg war schmerzhaft gewesen. Wir hatten alle einige Tränen verdrückt und sogar bei den Federbeins geklingelt, um uns zu verabschieden. Vergeblich.

Als Erstes versammelten sich meine Lieben in der Küche, um einen Kaffee im neuen Heim zu trinken. Obwohl wir natürlich schon alles bei unserer Besichtigung gesehen hatten, nahm die Begeisterung heute kein Ende. Wir waren uns einig, noch nie so eine große, schöne Küche gesehen zu haben. Sie hatte tatsächlich die Ausmaße einer mittelgroßen Turnhalle. In der Mitte stand ein riesiger alter Holztisch, der wahrscheinlich noch aus den Tagen stammte, als sich das Gesinde hier zum gemeinsamen Essen eingefunden hatte. Allein der Herd war mindestens viermal so groß wie der alte im Rotkehlchenweg. Da meine Kaffeemaschine noch verpackt war und ich meine Lieben deshalb noch nicht in den Genuss meines sagenhaften Kaffeekapselgroßeinkaufs vom Vortag kommen lassen konnte, mussten sie mit löslichem Pulverkaffee vorliebnehmen, was meiner Mutter gar nicht passte. Sie schnupperte an ihrer Tasse und murmelte: »Wenn ich nicht sowieso schon ein Magengeschwür habe, bekomme ich es spätestens nach diesem Kaffee.«

Ein Möbelpacker erschien in der Tür.

»Entschuldigung, könnte vielleicht jemand von den Herrschaften rauskommen und uns sagen, was wohin kommt?«

»Gleich«, sagte ich, als niemand reagierte. Der Möbelpacker brummte irgendwas und schob ab.

»So schlecht schmeckt der doch gar nicht, Ilse«, sagte Susanne. »Das ist jedenfalls nichts gegen unseren Muckefuck damals. Ach so, ich vergaß, entschuldige bitte. Wie ich dich kenne, warst du da ja noch nicht auf der Welt.«

»Zu viel Kaffee ist gar nicht gesund. Der Hadi trinkt nur noch Tee, weil er vom Kaffee so Herzrasen kriegt, und ich trink auch lieber keinen, weil ich dann immer so schnell schwitze«, mischte Rose sich ein.

»Sind vielleicht die Wechseljahre«, sagte meine Mutter und pustete in ihre Tasse.

»Aber ich bin doch erst fünfundvierzig.« Eine leichte Röte entflammte Roses Gesicht.

»Eben«, sagte meine Mutter.

»Mutti, in den Wechseljahren kann Rose noch nicht sein. Sie hat doch gerade erst den Eddie zur Welt gebracht.«

»Das heißt nichts«, sagte Susanne. »Bei einer Freundin von mir stellten sich die Wechseljahre sogar während der Schwangerschaft ein. Das war wirklich schauderhaft, das kann ich euch sagen.« Sie sprach nicht weiter.

Deshalb fragte ich: »Was ist denn dann passiert?«

»Nichts.«

»Wie nichts?«

»Na ja, hast du schon mal eine Frau in den Wechseljahren erlebt, die ein Kind bekommt?«

»Aber sie hatte doch eins im Bauch?« Meine Mutter war hellhörig geworden.

»Ja. Sie HATTE eins im Bauch. Aber es kam nicht mehr raus. Stattdessen wuchs Ingrid ein Bart, und sie ließ sich scheiden.« Susanne wiegte ihren Kopf, um ihrer Erzählung den nötigen Nachdruck zu verleihen. »Manche Menschen trifft es schon hart, das muss ich sagen. Da können wir froh sein, dass wir nur grauenvollen Pulverkaffee trinken müssen und nicht so ein schreckliches Schicksal wie Ingrid erleiden.«

»So ein Blödsinn«, sagte meine Mutter und setzte sich auf den einzigen Stuhl.

»Tante Rose hat auch einen Bart«, sagte Matz.

»Pscht!«, machte Gerald.

Aber Rose war schon zu meinem Bruder gelaufen und hielt ihm ihr Gesicht entgegen.

»Du, Hadi, stimmt das? Ich hab doch noch keinen Bart, oder?«

Hadi beugte sich zu ihr hinunter und stutzte. »Ach, das ist ja interessant!«

»Was denn?«, fragte Rose.

»Na, dass dir tatsächlich ein Bart wächst, Röschen! Das hatte ich noch gar nicht bemerkt!«

»Weil du mich nicht mehr anguckst«, wimmerte Rose und hielt sich eine Hand vor den Mund.

Ihre Augen glänzten verdächtig.

»Warum hat mir das denn keiner gesagt?«

»Zur Not kannst du deinen Bart epilieren«, sagte Susanne. »Ich kann dir mein Gerät leihen. Das ist wirklich praktisch. Ich benutze das immer für meine Beine. Aber im Gesicht müsste das auch funktionieren.«

»Ich hätte gern so einen Bart wie Tante Rose«, sagte Matz und betrachtete voller Neid Roses Kinn. »In meiner Klasse hat noch keiner so einen Bart. Da hätte ich dann den längsten.«

»Matz«, zischte ich, aber es war zu spät. Rose war schon nach draußen gerannt.

»Also so geht das nicht. Wenn wir hier alle zusammenleben wollen, müsst ihr euch in Zukunft ein bisschen zusammenreißen, sonst endet das hier in einer Katastrophe«, sagte ich.

»Nun mach nicht gleich wieder so ein Theater, Gundula. Wir sind gerade hier angekommen, und du bekommst schon wieder deine Zustände.« Meine Mutter verdrehte demonstrativ ihre Augen. Dann stand sie auf und schüttete ihren Kaffee in den Ausguss.

»Ich gehe jetzt auf mein Zimmer, da störe ich euch hoffentlich nicht weiter.«

Eddie Barack fing an zu quengeln, deswegen drückte ich ihn Gerald in den Arm. Der stöhnte zwar auf, tänzelte aber sogleich mit Eddie auf der Stelle und wiegte ihn in seinen Armen. Eddie fielen schlagartig die Augen zu.

»Du solltest dich mehr um Eddie kümmern«, sagte ich. »Er mag dich.« Ich hatte mir vorgenommen, in den nächsten Tagen ein paar nette Dinge zu Gerald zu sagen. Vielleicht würde sich die Stimmung zwischen uns dann wieder etwas bessern.

»Jedes Kind mag mich, hast du das vergessen, Gundula? Bei mir haben unsere Kinder immer sofort Ruhe gegeben.«

»Ja«, antwortete ich. »Nur schade, dass du nie da warst, wenn sie geschrien haben.«

»Das ist unfair, Gundula. Ich habe jede freie Minute im Rotkehlchenweg verbracht. Das einzige Problem war, dass ich ab und zu Geld verdienen musste und deswegen im Büro war. Hast du mal daran gedacht?«

Dann ging er mit Eddie nach draußen.

»Fängt ja gut an in unserer WG«, sagte ich zu Hadi, der am Fenster stand und die Aussicht genoss. Ich machte mich daran, die Kaffeetassen auszuspülen, spürte jedoch, dass ich irgendetwas anderes vorgehabt hatte, aber es wollte mir nicht einfallen.

»Gut, dass du das ansprichst, Gundula«, sagte er und drehte sich zu mir um. »Das liegt eventuell am Chi.« Er trat neben mich und sah mir beim Abwasch zu. »Verstehst du?«

»Nein.«

Was ich gerade wirklich am wenigsten brauchen konnte, waren Hadis Feng-Shui-Monologe.

Mein Bruder hatte im Vorfeld mehrere Ratgeber darüber gelesen, wie man als Dreigenerationenhaushalt so zusammenlebte, dass man sich nicht gleich in der ersten Woche gegenseitig umbrachte.

Nur einige Abende zuvor, noch in der Küche des Rotkehlchenwegs, hatte Hadi Gerald und mich ganz aufgeregt, mit einem kleinen Handbuch fuchtelnd, bei einer Diskussion unterbrochen.

»Schaut mal, ich habe gerade wirklich tiefgreifende Erkenntnisse über unser zukünftiges Zusammenleben gewonnen. Das solltet ihr euch mal durchlesen, dann könntet ihr vielleicht etwas optimistischer sein. Vor allem du, liebe Gundula.«

Gerald nahm ihm das Büchlein aus der Hand und las laut

den Titel vor: »Mein Dreigenerationenhaus. Ganz einfach – mit Feng-Shui.«

Ich trat hinter ihn und betrachtete den Umschlag. Darauf war eine Art aufgeschnittenes Puppenhaus abgebildet, und in jedem Stockwerk tummelten sich lachende Menschen im Alter von null bis hundert.

»Guck mal, Gundula, das sieht doch richtig nett aus«, sagte Gerald.

Ich schluckte, um dann zu sagen: »Es wäre schön, wenn ihr mich jetzt in meiner Küche allein lassen würdet, ich muss für unsere glückliche Großfamilie das Abendessen kochen, bevor sie mich häutet und ausweidet.« Gerald und Hadi zuckten unmerklich zusammen und machten sich aus dem Staub.

Jetzt stellte ich die Kaffeetassen zum Trocknen ins Zweitbecken. Ich hatte vorher noch nie ähnlich große Spülbecken gesehen. Mein Blick fiel aus dem Fenster und auf die Möbelpacker im Vorgarten. Sie standen in einem kleinen Pulk herum, rauchten und lachten sich über irgendetwas schlapp. Jetzt fiel mir ein, was ich vorgehabt hatte.

»Entschuldige, Hadi. Ich hab jetzt wirklich keine Zeit für dein Chi. Ich muss raus zu den Möbelpackern.«

Aber Hadi ließ nicht locker.

»Ich begleite dich, Gundula. Weißt du, es wäre ja auch schön, die Positionierung unserer Möbelstücke im Vorfeld zu besprechen, damit es hinterher nicht zu Verstimmtheiten kommt.«

Er setzte seine Maske auf und machte Anstalten, mir zu folgen.

Die Möbelpacker machten es sich gerade auf der Laderampe ihres Transporters gemütlich und packten ihre Butterbrote aus.

»Lass mal, Hadi. Ich mach das allein, ja?«

»Gundula, weißt du, ich habe mich diesem Sujet in letzter Zeit wirklich sehr intensiv gewidmet. Ich werde dafür kämpfen, dass sich hier in unserem wunderschönen neuen Heim nicht ein ähnliches Fluidum ausbreitet wie im Rotkehlchenweg.«

14.
Kapitel

Nach der ersten Nacht in unserem neuen Heim trafen wir uns wieder in der Küche. Gulliver und Othello hatten sich vor dem Kamin niedergelassen. Das schien ihr neuer Lieblingsplatz zu sein, und ich fand, sie machten sich davor ausnehmend gut. Nur ihre Aufregung konnte ich nicht nachvollziehen. Irgendetwas an dem Kamin schien ihnen nicht wirklich zu behagen. Immer wieder hoben sie die Köpfe, schnupperten und fiepsten vor sich hin.

Obwohl meine Lieben von sich behaupteten, gut geschlafen zu haben, sahen sie etwas mitgenommen aus, was ich den Strapazen des Umzugs zuschrieb. Susanne konnte kaum aus ihren Augen gucken. Außerdem hatte sie vergessen, ihre Perücke aufzusetzen, was besonders bei Matz für Aufregung sorgte, weil er seine Oma noch nie ohne ihre Haare gesehen hatte. Stirnrunzelnd stand er am Fenster und betrachtete seine Großmutter. Dann kam er zu mir und flüsterte in mein Ohr: »Mami, warum hat Oma Susanne auf einmal eine Glatze?«

Zum Glück waren die anderen in ein Gespräch vertieft und hörten uns hoffentlich nicht.

»Pscht, nicht so laut, Matz.«

»Warum?«

»Sie hat vergessen, ihre Perücke aufzusetzen.«

»Wieso hat sie eine Perücke?«

»Weil sie keine Haare hat.«

»Warum nicht?«

»Die sind ihr ausgefallen.«

»Warum?«
»Das ist manchmal so im Alter.«
»Fallen die bei mir dann auch aus?«
»Vielleicht.«
Matz betrachtete seinen Vater.
»Papi hat noch keine Glatze. Wenn ich nach ihm komme, müsste ich später zumindest noch ein paar Haare haben.«
»Papi ist noch lange nicht so alt wie Oma Susanne. Das kann alles noch kommen.«
Ich betrachtete Geralds flachen Hinterkopf und versuchte, ihn mir ohne Haare vorzustellen. Spontan entschied ich mich dagegen.
»Obwohl ... besser wäre, er würde seine Haare behalten.«
»Bei Oma Susanne sieht das auch scheiße aus.«
»Matz!«
»Ich will keine glatzköpfige Oma!«
Er schaute wieder zu seiner Großmutter hinüber. Sie saß am anderen Ende der Tafel und sah wirklich erbärmlich aus. Als sie unseren Blick bemerkte, winkte sie uns zu und rief: »Wie habt IHR denn so geschlafen? Wir hier drüben hatten ALLE die schlimmsten Albträume!«
»Ich hab' gut geschlafen«, sagte Matz. Dann wandte er sich mir zu und sagte: »Ich hab Hunger, Mami.«
»Wir müssen erst einkaufen.«
»Dann macht das.«
»Gerald?«
Gerald war in ein Gespräch mit Ilse vertieft.
»Gerald! Du hast doch heute frei, oder?«
»Warum?«
»Du musst mit mir zum Einkaufen fahren. Dein Sohn hat Hunger.«
»Nicht nur dein Sohn«, sagte Susanne.
»Ach, heute früh ist es ganz schlecht, Gundula. Ich wollte jetzt meine Schallplatten einsortieren. Das wird dauern. Aber gegen Abend könnte ich.«

»Ich muss auch einiges einräumen, Gerald. Essen müssen wir trotzdem.«

»Hast du nicht ein Fahrrad?«, fragte Gerald.

Ich atmete tief durch.

»Du verlangst jetzt nicht von mir, dass ich mit Matz' Fahrrad ins Dorf fahre, um für die ganze Familie einzukaufen.«

»Wenn es keine andere Lösung gibt.«

»Dann leih mir deine Ente.«

Gerald wand sich.

»In der Ente sind ja noch die Kartons mit meinen Erstpressungen. Die habe ich doch selbst hierhergefahren, damit die im Möbelwagen keinen Schaden nehmen. Und die muss ich nach Alphabet ausräumen und einsortieren.«

»Dann eben gegen Abend«, sagte ich resigniert und dachte an Herrn Mussorkskis Ratschlag.

Gerald nickte und wand sich wieder an meine Mutter.

»Und was ist dann passiert?«

»Dann ist der Mauervorsprung abgebrochen und weißt du, was zum Vorschein kam?«

»Das kleine weiße Händchen«, mischte sich Susanne ein.

»So ähnlich«, sagte meine Mutter. »Skelette.«

»Was denn für Skelette?«, fragte Rose und hielt sich die Augen zu.

»Hundeskelette. Und Skelette von Katzen.«

»Wie furchtbar!«, sagte Rose, und Hadi ergänzte: »Wenn das mal nicht wahr wird ...«

»Wovon sprecht ihr?«, schaltete ich mich ins Gespräch ein, weil jede weitere Diskussion mit Gerald sowieso fruchtlos sein würde.

»Wir erzählen uns unsere Träume«, sagte Susanne. »Du weißt schon, dass die Träume der ersten Nacht in einem neuen Haus in Erfüllung gehen?«

»Ich hab auch was geträumt!«, rief Matz. »Ich hab geträumt, dass das Dach einstürzt, und dann sind da Millionen kleine Meerschweinchen auf uns draufgefallen. Das war cool.«

»Wie man's nimmt«, sagte Susanne. »Also ICH habe so was Ähnliches geträumt wie Ilse. Dieser Kamin hat es in sich, sag ich euch. Ich hab geträumt, dass er Schränke gebiert.«

»Was?«, fragte Rose.

»Er hat in meinem Traum Schränke geboren.«

»Blödsinn«, sagte meine Mutter. »Also wirklich, so ein Blödsinn. Ein Kamin kann doch keine Schränke gebären.«

»Aber Skelette ausspucken kann er schon, ja?«, fragte Susanne und sah zu unserem Kamin hinüber. Wir folgten ihrem Blick.

Auf den ersten Blick sah der Kamin ganz normal aus. Er war, wie gewöhnliche andere Kamine auch, in die Wand eingelassen und über der Öffnung war ein steinernes Sims angebracht, auf dem man unter normalen Umständen Fotos und Nippes abstellen konnte. Was uns etwas nachdenklich stimmte, war die Wölbung über dem Kaminsims. Anstatt sich zu verjüngen und eins zu werden mit der restlichen Mauer, wuchs hier eine riesige Beule aus der Wand, die aussah wie ein wucherndes Krebsgeschwür.

Susanne humpelte zum Kamin und strich mit ihren knotigen Fingern über die Rundung.

»Vielleicht liege ich mit meinem Traum doch richtig«, sagte sie dann. »Fühlt sich an wie eine schwangere Auster.«

»Ihr spinnt doch alle«, sagte meine Mutter und nahm einen Schluck Kaffee. »Gundula, wenn du nachher zum Einkaufen fährst, bring doch bitte Kaffeesahne mit.«

»Schwarzer Kaffee macht schön, Ilse, vergiss das nicht!«, rief Susanne.

»Na, dann mal los, Liebes. Vielleicht regt das Koffein ja auch deinen Haarwuchs an.«

Susanne griff sich an den Kopf und erbleichte.

»Meine Güte! Wieso sagt mir denn keiner was? Wie sehe ich denn aus?«

»Guck in den Spiegel, dann weißt du's«, riet meine Mutter.

Der erste Morgen fing ja gut an.

»Und was hast du geträumt?«, fragte Rose mich, um uns auf andere Gedanken zu bringen.

Ich versuchte, mich an meinen Traum zu erinnern, was mir im ersten Moment nicht gelang, weil ich mit meinen Gedanken immer noch bei dem schwangeren Kamin war, aber dann fiel er mir wieder ein.

»Gulliver und Othello haben im Garten alte Knochen gefunden, auf denen sie wie verrückt rumgekaut haben. Und dann hat plötzlich jemand über den Zaun geguckt und gesagt: ›Nehmen Sie den Hunden die Knochen weg! Die gehören auf den Friedhof!‹«

»Ih!«, sagte Rose.

»Aber hier kommen doch nie Leute vorbei«, fügte meine Mutter hinzu.

»Darum geht es nicht, Mutti«, fügte Hadi hinzu. »Es geht um den tieferen Sinn.«

»Wie meinst du das?«

»Wir scheinen hier in einem Haus zu leben, wo die Toten noch ziemlich präsent sind.«

Rose packte Hadi am Ärmel. »Hör auf, Hadi. Ich hab schon total Gänsehaut!«

Aber Hadi sprach schon weiter.

»Normalerweise kann ich mich nicht an meine Träume erinnern. Das liegt daran, dass mein Schlaf so tief ist. Aber heute Nacht habe ich tatsächlich etwas geträumt, was mir noch vor meinem geistigen Auge schwebt.«

Er machte eine Pause.

»Und?«, fragte Susanne, nachdem längere Zeit nichts kam.

»Ich habe geträumt, dass die Betten gewachsen sind und nicht mehr in die Zimmer gepasst haben.«

»Verrückt«, sagte meine Mutter und stand auf.

»Ach je …«, sagte ich, weil ich mich an den gestrigen Abend erinnerte, als Gerald die Betten zusammengebaut hatte. Natürlich hatte er es nicht allein hinbekommen. Ich musste festhalten, und er hatte gehämmert und geschraubt. Am Ende hatte er nur noch gehämmert, weil die Schrauben und die Löcher nirgends zusammenpassten. Insgesamt waren die Betten etwas schief geraten.

»Ich wiederum«, ergriff Gerald das Wort, »hatte einen wirklich seltsamen Traum.«

Er hielt inne, und wir warteten. Wenn Gerald etwas zu erzählen hat, dauert es immer ewig, bis er mal zu Potte kommt. Nach unendlich scheinenden Minuten hob er den Kopf und sah zu mir herüber.

»Du wolltest nicht mehr neben mir schlafen.«

»Ich?«, sagte ich. »So ein Unsinn.«

Ich machte ein unschuldiges Gesicht, obwohl ich diese Idee schon länger mit mir herumschleppte, weil Gerald seit einiger Zeit so laut schnarcht, dass die Fetzen fliegen. Wer jemals versucht hat, sich bei so einem Lärm auch nur ein Fitzelchen der ersehnten Erholung zu holen, weiß, was ich meine.

»Und das war's?«, fragte ich, als Gerald nicht mit der Erzählung fortfuhr, sondern stattdessen tief ergriffen auf den Boden starrte.

»Nein, dann bist du ausgezogen.«

»Oh, là, là! Wenn das mal kein Zeichen ist!«, rief Susanne aus. »Reißt euch bloß zusammen, ihr zwei, damit es nicht so weit kommt.«

»Eine Scheidung können wir uns zur Zeit nicht leisten«, sagte meine Mutter. »Da müsst ihr euch noch ein bisschen gedulden.«

Gerald und ich murmelten undeutlich, dass wir das schon hinbekämen. Aber ganz sicher war ich mir in dem Moment nicht. Andere Paare hätten sich in unserer Situation wahrscheinlich schon längst getrennt. Aber bei uns ging das eben nicht so leicht, weil wir ja den Bundschuh-Rattenschwanz hinter uns herzogen. Außerdem bin ich mir sicher, dass wir nach einer Woche wieder zusammen wären, weil wir es ohneeinander ja auch nicht aushalten.

15.
Kapitel

Am Nachmittag überraschte ich Hadi in unserem Schlafzimmer. Er umklammerte sein Büchlein mit der einen Hand, während er mit der anderen versuchte, Geralds und mein Ehebett durchs Zimmer zu schieben. Dabei ächzte er wie eine hundertjährige Eiche.

»Was machst du da, Hadi?«

Ich war in der Tür stehen geblieben und sah ihm zu. Er schrak hoch und ließ sein Büchlein fallen.

»Gundula! Musst du mich so erschrecken?!«

»Entschuldige bitte, Hadi, aber du weißt schon, dass das Geralds und mein Schlafzimmer ist. Was machst du denn da mit unserem Bett?«

Er bückte sich, hob sein Büchlein auf und hielt mir die aufgeschlagene Seite vor die Nase. Da stand: »Kapitel 6. Schlafen wie ein Murmeltier«. Ich sah meinen Bruder an.

»Verstehe ich nicht.«

»Was verstehst du denn daran nicht, Gundula? Ich versuche nur, die Stimmung hier im Haus schön zu machen. Und heute Vormittag konnte ich mich intensiv mit der Frage beschäftigen, woran es liegen könnte, dass bei manchen hier in unserer Familie der Energiefluss stockt. Und bei dir hab ich da zum Beispiel ganz deutlich gespürt, dass du nicht durchlässig bist, weil du dich innerlich gegen unser Zusammensein stellst. Zumindest wirkst du so. Du bist immer ein bisschen angespannt, dabei müsstest du das gar nicht sein.«

»Ich bin nicht angespannter als sonst.«

»Eben.«

»Was ›eben‹?«

Hadi setzte sich auf den Bettrand. Er wirkte ziemlich niedergeschlagen. Er hatte rote Flecken im Gesicht, und die Haare standen ihm zu Berge.

»Es ist dir vielleicht nicht bewusst, aber du unterbrichst unsere Fluktuation und dem muss man von Anbeginn an entgegenarbeiten. Zumindest steht das in meinem Buch, und ich habe das auch von anderen Menschen schon mal gehört. Und deshalb mache ich mir hier die Arbeit und schiebe euer Bett woandershin, damit es dir besser geht.« Er verstummte und sah mich erwartungsvoll an.

»Und wieso unterbreche ich die Fluktuation? Ich bin doch nicht schlimmer als der Rest.«

»Natürlich nicht. Die anderen kommen auch noch dran. Ich dachte nur, ich fange bei euch hier oben an, damit ich das Schwerste hinter mir habe.«

»Wieso das Schwerste?«

»Na ja, das schwerste Bett. Ist ja ein Doppelbett. Aber wo du schon mal hier bist, könntest du auch gleich mit anpacken.«

»Nein.«

»Wie?«

»Hadi, du kannst doch nicht einfach unser Bett quer durchs Zimmer schieben, ohne uns um Erlaubnis zu fragen, nur weil du gerade einen Feng-Shui-Tick hast.«

»Doch, Gundula. Das kann ich. Das muss ich sogar. Weil es dem Gemeinwohl dient.«

Ich betrachtete unser Bett. Es stand mitten im Zimmer.

»Steht es jetzt besser?«

Hadi räusperte sich. »Ich bin ja noch nicht fertig, Gundula. Nach Feng-Shui sollte man nicht mit dem Kopf zum Fenster schlafen. Das wirkt belastend auf den Schlafenden. Ihr hattet das Bett aber mit dem Kopfende am Fenster. Und das ist einfach grundsätzlich falsch. Du schläfst schlechter und bist dann am Tag unausgeglichener, als du sein müsstest.«

»Hans-Dieter, ich schlafe gut, ich fühle mich wohl, und ich will da schlafen, wo ich schlafen will, also schieb unser Bett bitte wieder zurück.«

»Das würde ich mir aber gut überlegen, Gundula. Du tust dir damit keinen Gefallen. Ich meine es wirklich nur gut mit dir.« Er wedelte mir mit seinem Büchlein vor der Nase herum. »Du kannst das alles hier drin nachlesen. Ich mache das schließlich nicht zum Spaß, Gundula.«

Im Erdgeschoss fing Eddie Barack an zu schreien. Kurz darauf rief Rose: »HADI!«

»Rose ruft«, sagte ich.

»Ja«, sagte Hadi. Dann eilte er zur Tür. »Ich komme, meine Rose.«

In der Tür drehte er sich noch mal zu mir um. »Ich könnte dir das Büchlein auch leihweise dalassen, dann kannst du dich selbst von den Vorzügen überzeugen.«

Wie gern hätte ich meinem Bruder gesagt, dass die Stimmung im Haus von sich aus besser werden würde, wenn er sich mehr um seinen nicht leiblichen Sohn kümmern würde, aber ich biss mir auf die Zunge. Dann fiel mein Blick auf unser Bett und nach kurzer Überlegung machte ich mich daran, es an die Wand zu schieben. Ein Versuch konnte ja nicht schaden.

Als ich später in der Küche aufräumte, hörte ich Hadi mit Susanne diskutieren. Susanne wohnte, wie Sie wissen, im Erdgeschoss, weil sie mit ihrem dreifachen Schienbeinbruch die Treppen nicht mehr hochkam. Sie hatte sich das Zimmer neben dem großen Salon ausgesucht, wahrscheinlich, damit sie immer alles mitbekam.

»Hans-Dieter?«, hörte ich sie rufen. »Wie gut, dass du gerade vorbeikommst. Ich brauche Schränke und Regale. Sieh mal, ich bekomme hier überhaupt nichts unter.«

»Ach so, das müsstest du dann mit der Gundula besprechen, liebe Susanne, ich bin nur ganz kurz wegen der Anordnung deiner Möbel hier.«

»Was?«, fragte Susanne.
»Wegen des Betts, um genau zu sein. Ich habe in meinem Büchlein gerade das Kapitel gelesen, in dem steht, wie man sein Bett stellen muss, damit man besser schläft.«
»Ich schlafe gut.«
»Aber wenn wir dein Bett verschieben, schläfst du noch besser.«
Eine Pause entstand. Wahrscheinlich betrachteten beide das Bett und überlegten, ob es wirklich falsch stand.
»Sieh mal, es steht mit dem Kopf zum Fenster, da kannst du nicht gut schlafen, mit all den Strömungen.«
»Ich schlafe aber gut. Wer erzählt denn solch einen Blödsinn?«
»Das sind die Lehren des Feng-Shui.«
»FENG-SHUI! Ach, DAS ist was anderes. FENG-SHUI?!«, wiederholte sie. »Das ist eine ganz wunderbare Weisheit. Normalerweise habe ich IMMER nach Feng-Shui gelebt, aber im Rotkehlchenweg ging das ja nicht. DESHALB schlafe ich in letzter Zeit so schlecht. Was müssen wir tun?«
»Wir müssen das Bett verschieben, liebe Susanne.«
»Natürlich«, stimmte Susanne zu. »Fang gleich mal damit an, damit wir es hinter uns haben.«
Einen Augenblick herrschte Ruhe, dann krachte es, dicht gefolgt von einem martialischen Aufschrei. Ich ließ das dreckige Geschirr ins Spülwasser fallen und eilte durch die Eingangshalle zu Susannes Zimmer. Hadi kauerte neben dem Bett und hielt sich den Fuß. Vor ihm stand Susanne und sah auf ihn herunter. In einer Hand hielt sie ihre Perücke, mit der anderen stützte sie sich auf ihre Krücke. Das Bett hing in der Mitte stark durch.
»Was machst du denn um Himmels willen, Hans-Dieter?«, rief sie aus. »Das ist doch nicht zu fassen. Du hast mein Bett zerstört.«
Mein Bruder setzte sich wimmernd auf den Hintern, zog Hausschuh und den Wollsocken aus und betrachtete seinen Fuß. Dann heulte er auf und hielt ihn uns entgegen.

»Oh, er ist ganz dick. Und er wird schon blau. Einen Arzt, schnell, ich brauche einen Arzt!«

»Was wir brauchen, ist kein Arzt, sondern einen Schreiner. Sieh dir mal mein Bett an.« Dann drehte sie sich zu mir: »Ach Gundula, gut, dass du kommst. Hans-Dieter hat mein Bett zerstört. Und außerdem brauche ich Schränke. Wo soll ich denn meine Klamotten unterbringen?«

Sie deutete auf ihre drei Kartons, die neben der Tür standen.

»Ich habe fast achtzig Jahre auf dem Buckel. Glaubst du, solch ein Leben passt in einen einzigen jämmerlichen Wandschrank?«

Unser letzter Kontoauszug flatterte an meinem inneren Auge vorbei, und ich musste husten.

»Hast du dich etwa irgendwo angesteckt?«

»Nein.«

»Aua!«, stöhnte mein Bruder zu unseren Füßen.

»So schlimm ist es sicher nicht, Hadi«, sagte ich und besah mir seinen Fuß.

»Ja, siehst du das denn nicht, Gundula? Er wird schon ganz blau! Er ist bestimmt gebrochen.«

Hadis großer Zeh wies tatsächlich eine leichte Schwellung auf, und der Nagel färbte sich ein wenig rosa.

In der Tür erschien Rose mit dem schreienden Eddie auf dem Arm.

»Was ist denn ...« Weiter kam sie nicht. Sie drückte mir das schreiende Baby in den Arm und stürzte sich auf ihren Mann. »HADI! Was ist denn passiert?«

Hadi schrie auf. »Nicht anfassen! Er ist gebrochen!«

»O Gott!«, heulte Rose. »Helft ihm doch.«

Eddie Barrack schrie noch lauter. Meine Ohren begannen zu piepsen. Ich beugte mich wieder zu Hadi herunter und sah mir erneut seinen Zeh an. Zugegeben, er war etwas dick. Aber so genau hatte ich die Zehen meines Bruders auch noch nie betrachtet. Vielleicht sahen die ja immer so aus.

»Kannst du aufstehen?«, fragte Rose und zog an Hadis Arm.

»Aua! Nicht anfassen.«

Meine Mutter erschien in der Tür. »Was ist denn hier los?«

»Mein Fuß ist hinüber, Mutti«, jammerte Hadi.

»Der ist schon ganz arg dick«, sagte Rose und kämpfte mit den Tränen.

»Du lieber Himmel«, sagte meine Mutter. »Und deswegen macht ihr hier so ein Tamtam?« Dann ließ sie uns stehen und ging zurück in ihr Zimmer am Ende des Korridors, wo sie die Tür laut ins Schloss fallen ließ.

»Unser Bett wackelt auch schon ganz schlimm«, wandte sich Rose zu mir. »Der Gerald hat die Schrauben gar nicht richtig festgedreht. Das geht sicher bald kaputt.«

»Dann zieht die Schrauben nach«, sagte ich. »Im Hühnerstall ist der Werkzeugkasten.«

Rose sah mich an wie den Leibhaftigen, als ich mich zum Gehen wandte.

16.
Kapitel

In der Küche rührte Gerald sich gerade noch einen löslichen Kaffee an. Ich schaute auf die Uhr, es war schon spät, und wir hatten immer noch nichts gegessen.

»Gerald, machen wir jetzt noch den Einkauf? Du hattest ja gesagt, dass es dir abends besser passt. Oder kann ich mir die Ente leihen?«

Gerald erbleichte.

»Jetzt?«

»Ja, Gerald, hier schließen die Läden früher.«

»Jetzt wollte ich eigentlich meine Schallplatten weiter einordnen. Ich bin gerade so im Fluss.«

»Dann gib mir den Schlüssel.«

»Ich bin nämlich erst bei H...«

»Was?«

»Bei H. Genauer gesagt bei Heino. Da kommt noch einiges auf mich zu.«

»Nicht nur auf dich«, sagte ich. »Dann gib mir den Schlüssel.«

Gerald betrachtete mich abwägend, dann schritt er zum Schlüsselschränkchen.

»Ich fahre dich. Das ist mir lieber, du kennst dich mit den Straßenverhältnissen hier noch nicht so gut aus, das ist mir etwas zu unsicher.«

Auf dem Weg nach draußen fiel mir ein, dass wir wegen meines Kaffeekapselgroßeinkaufs, den ich noch im Discounter in Berlin getätigt hatte, kein Geld mehr auf dem Konto hatten, und ich setzte Gerald davon erneut in Kenntnis. Ich war am Tag vor dem Umzug auf dieses Supersonderangebot gestoßen, wo der Kaffee pro Päckchen nur 1,99 Euro gekostet hatte, obwohl in dem Päckchen sage und schreibe zehn Kapseln waren. Dieses Angebot hatte mich sehr gefreut, zumal ich ja künftig für eine Großfamilie zu sorgen hatte. Und deshalb hatte ich das ganze Lager leer gekauft. Gerald war natürlich ausgeflippt, als er es erfahren hatte, weil ich für die sechshundert Packungen 1194 Euro bezahlen musste, und wir jetzt kein Geld mehr für den Monat übrig hatten. Aber immerhin hatten wir aufgrund meiner Weitsicht in Zukunft sechstausend Tassen Kaffee. Das war in meinen Augen eine gute Ausgangslage für die neue Hausgemeinschaft.

»Ach, Gundula! Ich fasse es immer noch nicht, wie du vergessen konntest, dass wir von nun an vier Mäuler mehr zu füttern haben.«

»Hab ich aber«, sagte ich. Dann fiel mir unsere Kollektivkasse ein, in die jeder Familienangehörige von nun an wöchentlich fünfzig Euro einzahlen musste. Ich lief in die Küche und öffnete unsere alte Keksdose. Darin lagen fünfzig Euro und ein Zettel:

Bestellung:
250 Gramm Rinderhack
Leinsamenbrot (verpackt!)
Kaffeesahne
125 Gramm Butter
4 Kartoffeln
1 Dose Möhrchen (die kleine)

Untendrunter stand in Klammern:

Zusatz:
Wenn ich hier die Einzige bin, die für euer Wohl zahlen soll, könnt ihr sicher sein, dass damit bald Schluss sein wird. Ich bin schließlich nicht Krösus.

Die Handschrift war eindeutig meiner Mutter zuzuordnen.

Sie hatte in gewisser Weise recht. Aber da wir momentan alle recht pleite waren, blieb mir im Moment nichts anderes übrig, als mit den fünfzig Euro meiner Mutter einzukaufen. Ich würde ihr nichts davon erzählen, und das Geld zum Wohle der Gemeinschaft ausborgen. Gerald war einverstanden, und wir machten uns auf den Weg.

Merkwürdigerweise gibt es inzwischen in jedem noch so kleinen Dorf wenigstens einen Discounter. Und manchmal ist der dazugehörige Parkplatz größer als der Grundriss des ganzen Dorfs. Gerald umkreiste den Parkplatz mindestens dreimal, bis er einen geeigneten Stellplatz für unsere Ente gefunden hatte. Wir stiegen aus und blickten uns um.

Unsere Ente war das einzige Auto weit und breit.

»Ich glaube, hier stehen wir ganz gut. Da behindern wir niemanden beim Manövrieren und zum Haupteingang ist es auch nicht weit.«

Er deutete auf den erleuchteten Eingang.

Im Laden selbst war auch nicht viel los. Zwei alte Mütterchen standen bei den Konserven und unterhielten sich hinter ihren Masken. Als wir mit unserem Wägelchen bei ihnen hielten, um Ilses Dosenmöhrchen aus dem Regal zu fischen, verstummten sie schlagartig und beäugten uns skeptisch. Wir grüßten, bekamen aber keine Antwort. Als wir unseren Weg fortsetzten, bohrten sich die Blicke der beiden Alten förmlich in unseren Rücken.

»Schrecklich, wenn Menschen kein Benehmen haben«, sagte Gerald.

Ich erwiderte, dass die alten Damen wahrscheinlich keine Fremden gewohnt seien und aus purer Überraschung vergessen hätten zurückzugrüßen. Aber Gerald bestand auf seiner Meinung, und ich musste ihm insgeheim zustimmen.

»Gundula, was stehst du denn da wie eingemeißelt? Was brauchen wir noch?«

Ich zückte meine Liste, und wir setzten unseren Einkauf fort. Mit den fünfzig Euro meiner Mutter kamen wir nicht weit, deshalb liefen wir nach zehn Minuten wieder Richtung Ente. An der Windschutzscheibe prangte ein Strafzettel.

»Herrgott noch mal«, rief Gerald, während er den Wisch an sich riss, zerknüllte und auf den Boden warf. »Welches Arschloch war das?« Wir blickten uns um. Unsere Ente war immer noch das einzige Auto weit und breit. »Das kann doch nicht wahr sein!« Gerald bückte sich nach dem Zettel, entfaltete ihn, überflog den Text, schmiss ihn erneut auf den Boden und begann, wie wild darauf herumzutrampeln. »Dreißig Euro? Eine bodenlose Unverschämtheit ist das! Solche Idioten!«

Inzwischen standen auch die beiden alten Damen mit ihren Einkaufstaschen vor dem Eingang des Discounters. Gebannt verfolgten sie Geralds Wutausbruch.

»Gerald«, sagte ich deshalb und griff nach Geralds Arm. »Beruhig' dich, die gucken schon alle.«

»Wer guckt?« Gerald drehte sich ruckartig um und entdeckte die alten Tanten. Dann schrie er: »Ja! Guckt nur! Endlich mal was los in eurem Kaff!«

»GERALD!« Ich packte wieder seinen Arm. »Hör auf damit, was ist denn in dich gefahren?«

Aber Gerald riss sich los und stampfte mit dem Fuß auf. »Welcher Idiot war das? Dreißig Euro, Gundula! Dreißig Euro! Dafür, dass unsere Ente hier völlig allein steht? Welches Arschloch war das?« Wieder sah er sich wutschnaubend um.

»Ist doch jetzt egal, Gerald. Schließ mal auf, ich dachte, du hast es eilig.«

»Ich werde den jetzt suchen und zur Rede stellen.« Gerald lief Richtung Discounter, und die alten Damen suchten schleunigst das Weite.

Jetzt erst entdeckte ich die Schilder, die überall auf dem Parkplatz standen. Wir hätten eine Parkscheibe gebraucht, das war der Grund für das Knöllchen.

»Gerald!«, rief ich meinem Mann hinterher. »Wir haben unsere Parkscheibe vergessen.«

Aber Gerald war schon in den Tiefen des Discounters verschwunden. Als er nach fünf Minuten nicht zurück war, lief ich ebenfalls Richtung Eingang. Gerald war nicht über den Kassenbereich hinausgekommen. Er stand inmitten eines kleinen Mitarbeiterpulks und tobte. Anscheinend hatte man seine Personalien aufgenommen, denn als ich dazutrat, gab ihm ein junger Mann in schlecht sitzendem grauen Anzug gerade seinen Ausweis zurück. Gerald rannte an mir vorbei und lief wieder zu unserer Ente.

»Gerald, was war denn los? Wieso musstest du deinen Ausweis vorzeigen?«

»Hausverbot«, zischte Gerald mir im Gehen über seine Schulter zu.

»Was?«

»Ich habe in der Aufregung vergessen, wo ich meine Maske hingesteckt hatte, und jetzt haben wir Hausverbot in diesem jämmerlichen Laden.«

Als er so vor mir her zum Auto stapfte, entdeckte ich seine Maske. Sie hing ein Stück weit aus seiner Gesäßtasche, und ich zog sie hervor.

»Da ist sie doch, Gerald!«

Er blieb stehen und betrachtete seine Maske wie ein seltenes Tier.

»Das hättest du mir wirklich früher sagen können, Gundula. Jetzt ist es jedenfalls zu spät.«

17.
Kapitel

Der nächste Tag begann mit einem Vortrag meiner Mutter. Sie war der Meinung, dass ich prinzipiell zu viel Wasser zum Spülen unseres Geschirrs verwenden würde.

»Sieh mal, Gundula. Das ist doch nun wirklich nicht zu schwer. Du füllst ein Becken bis zu dieser Markierung hier«, sie deutete auf einen kleinen Kratzer im Beckenrand, der sich gerade mal eine Handbreit über dem Boden befand, »mit warmem Wasser, drehst den Wasserhahn zu, schüttest einen kleinen Spritzer Spüli dazu, rührst das Ganze um und legst das Geschirr dazu, um das Angetrocknete aufzuweichen. Dann nimmst du die Bürste und schrubbst den Schmutz ab. Dann lässt du das Wasser ab und drehst den Hahn nur kurz auf, um das Geschirr von der Seife und den Schmutzresten zu befreien, und trocknest es danach ab. So.« Sie drehte den Hahn auf und wieder zu. »Das sollte doch möglich sein.«

Sie warf mir einen vorwurfsvollen Blick zu.

»Das mache ich doch genau so«, antwortete ich und drehte den Hahn auf.

»Nein!«, rief meine Mutter aus. »Du machst es eben NICHT so. Du denkst einfach nicht mit, Gundula. Du drehst den Hahn auf und vergisst, ihn wieder zuzudrehen. Und du füllst das Becken bis zum Rand. Das ist die reinste Verschwendung. Wer soll das denn bezahlen?«

»Wenn ich das Becken nicht mit Wasser vollmache, bleibt das Geschirr schmutzig.«

»Unsinn«, sagte meine Mutter, zog einen Teller aus dem Becken und hielt ihn mir unter die Nase. An einer Ecke des Tellers klebte eine durchweichte Nudel. »Siehst du? Sauber.«

Sie griff nach einem Geschirrtuch und begann, den Teller abzurubbeln. Dann hielt sie ihn mir unter die Nase. Die Nudel war weg.

In diesem Moment wurden wir von Motorenlärm im Hof unterbrochen und sahen nach draußen. Ein Viehtransporter hatte gleich vor unserem Eingang geparkt.

»Gütiger Himmel!«, rief meine Mutter aus. »Gundula, hast du etwa Kühe bestellt?«

Ich wollte gerade erwidern, dass ich mich nicht daran erinnern könne, als jemand gegen die Eingangstür hämmerte.

Wir öffneten und sahen uns einem älteren, dürren Mann in schäbigen Klamotten gegenüber. Er trug keine Maske, weswegen Mutti gleich drei Meter zurück in den Raum sprang. »Sagen Sie mal, schon mal was von Maskenpflicht gehört?«, rief sie aus dem Hintergrund. Der alte Mann ignorierte sie jedoch, deutete kurz mit dem Kopf zu seinem Transporter und sagte: »Ich bring die Hühner.«

Sofort stand Mutti wieder neben mir, die Angst vor der Seuche wie weggeblasen. Jetzt warf sie mir einen Blick zu, der nichts Gutes verhieß.

»Gundula, was ist hier los?«

»Keine Ahnung.«

»Von welchen Hühnern redet der?«

»Keine Ahnung.«

»Gundula! Also wenn du hier schon Hühner bestellst, solltest du mich wenigstens vorher darüber informieren. Immerhin muss ich für das zusätzliche Futter aufkommen. Manchmal weiß ich einfach nicht, wo du deinen Kopf hast.«

»Ich hab' keine Hühner bestellt«, sagte ich und wiederholte zu dem Mann gewandt: »Ich habe nichts bestellt.«

»Die gehören zum Haus«, sagte der Alte lapidar. Er drückte mir einen Brief in die Hand, wandte sich seinem Wagen zu, öffnete den Verschlag und ließ eine Rampe herunter, über die nach und nach gut zwei Dutzend Hühner ins Freie trippelten. Dann verschwand er noch mal im Transporter und kam mit einem toten Hahn in der Hand zurück. Er hatte ihn am Hals gepackt, das arme Tier baumelte wild hin und her.

»Der hat die Reise nicht so gut vertragen, da sollten Sie sich einen neuen zulegen, sonst stehen Ihre Hühner Kopf.«

Er wedelte mit dem toten Hahn vor unseren Gesichtern. Eine Feder löste sich von dem schlaffen Körper und segelte zart zu Boden. Die Augen des Hahns waren weit geöffnet und schienen mich anzustarren. Mir wurde ein bisschen schlecht.

»Ach, du liebes bisschen«, sagte meine Mutter. Dann wandte sie sich mir zu. »Hast du das gewusst?«

»Was?«

»Dass wir die Viecherei hier mit eingekauft haben?«

In dem Moment raste Othello um die Ecke und sprang mitten in die Hühnerschar, die es sich inzwischen auf der Treppe zur Waschkammer gemütlich gemacht hatte. Die Hühner flatterten gackernd auseinander und brachten sich auf den unteren Ästen der Eiche und auf dem Treppengeländer in Sicherheit.

»Heiliger Strohsack«, sagte der Alte. »Ihren Kampfhund sollten Sie vielleicht in Zukunft an die Kette legen.«

Unser Dackel gebärdete sich, als hätte er den Verstand verloren. Er stellte sich auf die Hinterbeine und schnappte jaulend nach den Hühnerfüßen. Ich fragte mich, wo Gulliver abgeblieben war, aber da entdeckte ich seinen riesigen Doggenschädel neben der Hausmauer. Er starrte zu uns herüber, aber traute sich nicht weiter vor. Gulliver ist ein eher vorsichtiger Hund, und da er noch nie in seinem Leben Hühnern begegnet war, schien er es vorzuziehen, erst mal in Deckung zu bleiben.

Nachdem der Alte noch eine Ladung Strohballen und eimerweise Futter für unsere neuen Mitbewohner abgeladen hatte, ließ er den Motor an und fuhr ab, ohne auf unseren Protest einzugehen.

Benommen öffnete ich den Brief, den der Alte dagelassen

hatte. In schnörkeliger Handschrift stand dort unter einem Datum von vor einem Jahr:

»Liebe neue Besitzer unseres Dreiseitenhofs,

ich hoffe, Sie werden hier so glücklich sein, wie wir es unser Leben lang waren. Leider konnte ich meinen Hof aus gesundheitlichen Gründen nicht mehr halten, aber meine Hühner habe ich zumindest gerettet. Ich habe sie bei Bekannten untergebracht und ihnen gesagt, dass sie sie zurück nach Hause bringen sollen, sobald der Hof einen neuen Besitzer hat. Der Hahn heißt Emil und ist der Chef. Er ist ein bisschen bissig, passt aber gut auf seine Mädels auf. Lassen Sie sich nicht von ihm einschüchtern, er meint es nicht so, wenn er mal zubeißt. Ich hoffe, Sie kümmern sich gut um die Tiere.

Mit freundlichen Grüßen
Hans Bellmann.

P. S.: Die weiße Henne mit dem Punkt auf der Brust heißt Frau Müller. Sie ist die Klügste. Mit ihr kann man verhandeln, wenn es Probleme mit den anderen gibt. Die Braune, die immer zu spät kommt, heißt Glöckchen. Sie ist ein bisschen daneben, weswegen sie sich manchmal verirrt und nicht mehr heimfindet. Am besten hängen Sie ihr ein Glöckchen ans Bein, das ist sie schon von klein auf gewöhnt, dann findet man sie schnell wieder. Aber, wie gesagt, eigentlich passt Emil auf alle auf.

Ich sah zu dem toten Hahn hinüber, den der Alte auf die Treppe vor dem Haus gelegt hatte. Er sah mich immer noch an, und ich spürte einen Stich im Herzen. Othello schien ihn nicht wirklich zu bemerken, er war eher darauf aus, seinen Jagdtrieb auszuleben und hüpfte winselnd um die Hühnerfüße herum. Die Hühner hingegen legten ihre Köpfe schief und linsten sehnsüchtig zu ihrem toten Emil hinüber. Wahrscheinlich wunderten sie sich darüber, dass er nicht zu Hilfe eilte.

»Und jetzt?«, fragte meine Mutter neben mir.

»Packst du Othello in die Küche, damit die Hühner Abschied von Emil nehmen können.«

Meine Mutter schüttelte den Kopf.

»Also, so ein Quatsch. Das sind Hühner, Gundula. Wie sollen die denn Abschied nehmen?«

Wir sahen beide zu den Hühnern hinüber.

»Die sehen so aus, als ob ihnen das wichtig wäre«, sagte ich.

»Guter Gott, Gundula!«

»Und ich mach schon mal den Hühnerstall fertig.«

»Du willst sie behalten?«, rief meine Mutter hinter mir her, aber ich antwortete nicht, sondern schnappte mir einen Strohballen, der so schwer war, dass ich fast unter seinem Gewicht zusammenbrach, und schleppte ihn zum Hühnerstall.

Ich hatte unseren Hühnerstall bisher noch nicht bewusst wahrgenommen, weil ich keine Notwendigkeit darin gesehen hatte, ihn näher zu inspizieren. Aber als ich jetzt durch das kleine Holztürchen kletterte, wunderte ich mich über den relativ intensiven Geruch, der mir entgegenschlug. Irgendwie dumpf und abgestanden, in jedem Falle unangenehm. Ich habe zum Beispiel nichts gegen den Geruch von Kuhställen, der zumindest sehr charakteristisch ist. Ich bin mir instinktiv bewusst, was auf mich zukommt, wenn ich einen verwaisten Kuhstall betrete. Und obwohl es Schöneres gibt, als in einen Kuhfladen zu treten, weiß ich da zumindest, woran ich bin. Unser Hühnerstall hingegen roch irgendwie nach verfaulten Körnern und feuchten Federn und nicht so neutral, wie man sich es vielleicht bei diesen kleinen Vögeln vorstellen würde. Wobei ich persönlich nichts gegen Hühner habe. Ich finde sie recht possierlich und eigensinnig. Man denke nur an die Hähne, die man nur von ihrem allmorgendlichen Krähen abbringen kann, indem man sie erschießt. Hühnern wird zudem nachgesagt, dass sie ziemlich intelligent sind. Manche können sogar rechnen. Vielleicht würde sich so eine Hühnerschar doch als nützlich erweisen.

Ich verteilte das Stroh auf dem Boden und säuberte die Trinkschalen, als es hinter mir raschelte. Zwei Dutzend Hühneraugenpaare beobachtete mich bei der Arbeit. Anscheinend hatte Mutti Othello tatsächlich ins Haus gesperrt, sodass sich die Hühner von Emil hatten verabschieden können und sich dann auf den Weg zu ihrer Hütte gemacht hatten. Ich beobachtete, wie sie sich selbstbewusst an mir vorbeischoben und die Leiter zu den oberen Stockwerken erklommen. Dann plusterten sie sich auf, schüttelten ein paar Federn ab und betrachteten mich argwöhnisch. Ich verstand sofort. Ich sollte verschwinden, weil sie sich nach der langen Reise ein bisschen ausruhen wollten. Leise schloss ich die Tür.

Susanne fand die Vorstellung, eigene Hühner zu besitzen, geradezu fulminant. Sie klatschte in die Hände und rief: »Eigene Eier! Ach, wie schön! Das hatte ich mir schon immer gewünscht. Und Hühner sind ja so niedlich!«

Rose hatte Angst davor, den Hühnern zu begegnen, und blieb zunächst mit Eddie Barack im Haus, obwohl ich ihr versicherte, dass die Hühner gerade in ihrem Häuschen Mittagsschlaf hielten. Hadi schloss sich der Sorge seiner Frau, sich mit Hühnerkeimen oder gar der Vogelgrippe zu infizieren, an und verwies darauf, dass es besser sei, die Hühner einzuzäunen. Matz sprang vor Freude in die Luft, und ich konnte ihn nur mit Mühe davon abhalten, zum Stall zu rennen und die von der Reise erschöpften Tiere aufzuwecken.

Othello hatten wir an einem langen Seil im Hof befestigt. Es sah mitleiderregend aus, wie er da verloren neben der Treppe saß und vor sich hin winselte. Kettenhunde sind ja normalerweise auch ein paar Zentimeter größer. Irgendwann traute sich Gulliver aus dem Schatten der Hausmauer hervor, setzte sich neben unseren Dackel und blickte genauso verzweifelt drein, obwohl er mit Sicherheit nicht begriff, worin Othellos Verzweiflung bestand.

Als Gerald nachmittags nach Hause kam, nahm ich ihn bei der Hand und führte ihn, den Rest der Familie im Schlepptau, zum Hühnerstall. Ich hatte das Gefühl, dass meine Zöglinge mittlerweile genug geruht hatten.

Als ich das Törchen öffnete, stand Frau Müller schon auf der Schwelle und stakste augenblicklich ins Freie. Während Susanne und Matz hinter mir aufjauchzten, spürte ich Gerald neben mir ein bisschen zusammenzucken. Er hat es nicht so mit Tieren. Gulliver und Othello konnte er damals auch nur akzeptieren, weil sie plötzlich im Rotkehlchenweg im Wohnzimmer standen. Meine Devise ist, dass man manche Menschen eben zu ihrem Glück zwingen muss.

Hinter Frau Müller trippelte ein weiteres Huhn ins Freie, danach kam ein ganzer Schwung, und am Ende steckte ein braunes Huhn den Kopf aus der Tür, zog es dann aber vor, wieder in den Stall zurückzukehren.

»Ach, das muss Glöckchen sein«, sagte ich. Matz schlüpfte in den Stall und schubste Glöckchen nach draußen.

»Du hast ihnen schon Namen gegeben?«, fragte Gerald ungläubig.

»Die hatten sie schon vorher«, sagte ich.

»Wie? Dürfte ich eventuell erfahren, warum du uns diese Tiere ins Haus geholt hast, Gundula? Ich meine, wir hatten doch abgemacht, dass zwei Hunde nun wirklich genug sind. Und dass wir vor allen Dingen immer alles vorher gemeinsam besprechen?«

»Das stand wohl im Kaufvertrag, dass wir die Hühner gratis obendrauf bekommen«, mischte sich meine Mutter ein und fügte mit einem Blick auf Gerald hinzu: »Da hat wohl einer nicht richtig gelesen ...«

Gerald sah zu unserer Hühnerschar hinüber und schüttelte den Kopf. »Also im Kaufvertrag stand davon nichts, da bin ich mir ganz sicher. Den habe ich nun wirklich von vorn bis hinten durchgearbeitet.«

»Jetzt sind sie jedenfalls da«, sagte ich.

18.
Kapitel

Das nächste kleine Erdbeben in unserem Dreigenerationenhaus rief ausgerechnet meine Mutter hervor, als sie ein paar Tage später einem hübschen jungen Mann mit mehreren Ordnern unter dem Arm die Tür öffnete. Noch bevor wir ihn einer eingehenden Prüfung unterziehen konnten, zog sie ihn in ihr Zimmer und schlug uns die Tür vor der Nase zu. Alarmiert standen wir im Salon. Susanne regte sich furchtbar über Ilses Geheimniskrämerei auf und drückte ihr Ohr an die verschlossene Zimmertür, um auf diese Weise zu erfahren, was darin vor sich ging. Aber ihre Taubheit machte ihr einen Strich durch die Rechnung, und sie bekam daraufhin richtig schlechte Laune.

»Ich denke, wir sind ein Großfamilienhaushalt! Wo kommen wir denn da hin, wenn sie jetzt schon damit anfängt, wichtige Informationen vor uns geheim zu halten.«

»Was denn für Informationen?«, fragte Rose. Sie hatte sich ein peruanisches, buntes Dreieckstuch um Brust und Bauch gewickelt. Am oberen Ende blitzten Eddie Baracks schwarze Kringellöckchen hervor.

»Na, wen sie da in unser Haus einlädt. Das kann ja gefährlich werden. Immerhin haben wir das alle gemeinsam auszubaden, wenn das jetzt irgendein Krimineller ist, dem sie unsere Tür so freigiebig öffnet. Wir sind hier doch alle voneinander abhängig, da kann man ja wohl Rücksicht nehmen.«

»Wie ein Krimineller sah der jetzt aber nicht aus«, sagte ich.

Wir gingen in die Küche, um das Problem zu diskutieren.

Hadi kauerte in der Ecke und rührte selbstvergessen in einem Eimer herum.

»Kindchen«, sagte Susanne, »du weißt doch hoffentlich, dass man Kriminellen heutzutage das Kriminellsein nicht mehr ansieht, ja? Die Leute von der Russenmafia zum Beispiel kleiden sich so schick, dass man im ersten Moment glaubt, ein amerikanischer Superstar hätte sich in der Tür geirrt. Der Mann, den Ilse da gerade zu sich ins Zimmer gelassen hat, passt genau in dieses Schema. Oder aber«, setzte sie nach kurzem Zögern hinzu, »sie hat sich, ohne uns etwas davon zu sagen, bei einem Datingportal angemeldet. Das wäre aber ein starkes Stück.«

»Mutti«, versuchte Gerald, »ich glaube jetzt nicht, dass das ein Rendezvous ist. Und so kriminell sah er auch nicht aus, oder?« Er blickte fragend in die Runde.

»Find' ich auch«, sagte Rose. »Ich find', der war richtig hübsch.«

»Rose«, sagte Hadi, der kurz von seinem Eimer aufsah, »darum geht es jetzt gerade nicht. Es geht um die durchaus berechtigte Angst, dass Ilse hier Kriminelle in unser Haus schleust, ohne sich bewusst zu machen, was das für Konsequenzen hätte.«

»Ich finde, wir sollten mal bei ihr klopfen. Ich mache mir Sorgen«, sagte Susanne scheinheilig.

In dem Moment hörten wir ein zaghaftes Fiepsen vom anderen Ende der Küche. Gulliver und Othello hatten sich wieder vor dem Kamin niedergelassen und fixierten mit erhobenen Köpfen den Mauervorsprung, während ihre Ruten sacht auf den Steinboden klopften.

»Was haben sie denn?«, fragte ich.

»Wahrscheinlich Hunger«, sagte Matz.

Wie aufs Stichwort fing Eddie Barack an zu schreien.

»Du, Hadi, kannst du dem Eddie was zu essen geben? Ich würd gern mal Pause machen.« Rose begann, ihr Tuch aufzuknoten.

»Ich kann jetzt nicht, Rose«, sagte Hadi. »Ich muss hier weiterrühren, sonst beginnt das zu klumpen.«

»Was rührst du denn da?«, fragte ich und stellte mich neben meinen Bruder.

Hadi antwortete nicht, sondern drehte mir demonstrativ den Rücken zu. In dem Eimer waberte eine rötliche puddingartige Masse.

»Hadi«, versuchte ich es noch einmal, »was rührst du da?«

Matz schaute nun, neugierig geworden, auch in den Topf.

Hadi warf uns einen kurzen Blick über seine Schulter zu. Sein Gesicht war übersät mit roten Spritzern.

»Um Gottes willen«, rief Susanne aus. »Du siehst aus, als hättest du die Pest.«

»Danke, Susanne«, sagte Hadi und zog seinen Kopf ein. »Das hilft mir jetzt.«

Meine Schwiegermutter schnupperte in die Luft.

»Es riecht auch etwas streng.«

»Stimmt«, musste ich zugeben. »Irgendwie ein bisschen nach Klo. Könntest du das vielleicht woanders verrühren und nicht in der Küche, Hadi? Geh doch damit in den Kuhstall.«

»Finde ich auch«, sagte Susanne. »Das riecht wie Katzenpi.«

»Im Kuhstall ist es zu dunkel, da kriege ich die Farbe nicht genau hin.«

»Hadi, bitte nimm mir jetzt den Eddie ab«, heulte Rose hinter uns. »Ich kann nicht mehr, ehrlich. Meine Schultern sind schon ganz ausgeleiert. Ich rühr' auch weiter, wenn's keine Blutsuppe ist!«

»Nein«, kam Hadis Stimme aus den Tiefen seines Eimers.

»Bitte!«

»Gib ihn mir, ich mach das«, sagte ich und nahm Rose das schreiende Baby aus dem Arm. Eddie war so schwer, dass ich erschrocken aufstöhnte.

»Du, Rose, der Eddie wird immer dicker, deshalb tust du dich auch mit dem Tragen so schwer. Ich glaube, es wäre besser, ihn mal weniger zu füttern«, sagte ich.

»Das verstehst du nicht, Gundula«, entgegnete Rose. »Wenn ich ihn nicht füttere, schreit er. Und wenn er schreit, hat er

Hunger. Deswegen muss ich ihm dann was geben, damit er mit dem Schreien aufhört, verstehst du? Glaub nicht, dass das für mich so leicht ist, das ist der reinste Teufelskreis. Kaum hab ich ihn mir umgeschnallt, weil er mit dem Essen fertig ist, muss ich ihn mir wieder abschnallen, weil er wieder Hunger hat. Das ist ganz arg schlimm.«

»Also, so ein Blödsinn«, sagte Susanne. »Dein Eddie wird noch platzen, und dann haben wir den Salat.«

»Mutti, bitte«, sagte Gerald.

In dem Moment heulten die Hunde erneut auf.

Gerald lief zum Kamin und guckte in die leere Feuerstelle.

»Komisch«, sagte er. »Da ist nichts drin zu sehen. Was haben sie nur?«

»Wahrscheinlich hatten unsere Träume doch was zu bedeuten«, sagte Susanne.

Unser Dackel kläffte. Dann stellte er sich unvermittelt auf die Hinterbeine und sprang jaulend immer wieder an der Wand hoch wie ein batteriebetriebenes Aufziehhündchen.

Susanne schüttelte den Kopf.

»Er ist verrückt geworden.«

»Wahrscheinlich müssen sie mal«, sagte Gerald.

»Und deshalb schauen sie die Wand an?«, fragte ich.

Meine Mutter erschien im Türrahmen. Sie sah ein bisschen derangiert aus. Ihre Haare standen in alle Richtungen, das Strickjäckchen hatte sie ausgezogen, was sie sonst nie tat, weil sie leicht fröstelte und es zudem unangebracht fand, ihre Umwelt mit ihren erschlafften Armen zu konfrontieren.

»Ilse!« Susanne war stehen geblieben und starrte meine Mutter an. »Wie siehst DU denn aus?«

Meine Mutter überhörte sie und steuerte auf mich zu. »Gundula, könnte ich bitte einen Kaffee bekommen?«

Nach einer langen Pause, in der ich meiner Mutti ihren Kaffee bereitet hatte, raffte sich Susanne endlich auf und sagte:

»Ist dein Besuch noch da?«

Meine Mutter warf den Kopf in den Nacken und lachte auf.

»Ach, DESHALB steht ihr hier alle in der Küche herum. Weil ich Besuch hatte?«

»Natürlich. Wir leben hier immerhin alle unter einem Dach.«

»Natürlich. Es war mein Innendekorateur.«

Wir schluckten. Dann fragten wir gleichzeitig: »Dein WAS?«

»Mein Innendekorateur. Herr Louvrier. Aus Frankreich.«

»Ach ...«, sagte Susanne, »dein Innendekorateur! Na, das musst du mir aber erklären. Du gibst doch nie Geld aus. Du sitzt doch auf deinem Erbe wie die Henne auf dem Ei. Woher kommt dein plötzlicher Sinneswandel?«

»Ach, weißt du, Susanne, irgendwann kommt man an den Punkt, wo man es auch mal schön haben will. Was nützt mir mein Geld, wenn ich tot bin? Da gebe ich es lieber vorher aus, solange ich noch was davon habe.«

In Hadis Ecke rumpelte es, und wir zuckten zusammen. Mein Bruder war umgekippt. Er saß mit dem Po auf dem Boden und schwenkte seinen blutfarbenen Löffel in der Luft.

»Was machst du denn, Hans-Dieter?!«, rief ich und lief zu ihm, um ihm den Löffel zu entreißen. »Du kleckerst doch alles voll!«

»Tut mir leid, Gundula. Mir wurde plötzlich so schwummerig. Ich hab mit einem Mal nur noch Dunkelheit um mich erblickt.« Er richtete sich stöhnend auf und näherte sich dann langsam unserer Mutter. »Das ist ja schön, Mutti, dass du es dir im Alter noch ein bisschen gemütlich machst. Aber weißt du, ich beschäftige mich ja auch gerade eingehend mit Inneneinrichtung. Da musst du dein Geld gar nicht für einen Innendekorateur ausgeben, und ...«

Meine Mutter hob abwehrend die Hände. Dann betrachtete sie ihren Sohn und sagte statt einer Antwort: »So ein Quatsch. Wie siehst DU denn aus, Hans-Dieter? Du hast doch nicht etwa die Windpocken? Bleib bloß weg von mir, ich kann mir das wirklich nicht leisten, mich anzustecken.«

»Das sind keine Windpocken, Mutti, das ist die Wandfarbe für Roses und mein Zimmer. Die habe ich extra zusammengemischt.«

»Rot?«, fragte meine Mutter und schüttelte sich. Dann wiederholte sie: »Du streichst euer Zimmer in Rot? Ist ja ekelhaft.«

Aber Rose stürmte auf Hadi zu. »HADI! Aber Rot ist doch die Farbe der Liebe?«

»Eben, meine Rose. Das ist die Farbe unserer Liebe.«

Rose begann zu weinen: »Ach ... Hadi ...«

Hadi wandte sich zu uns: »Ich bin nämlich gerade dabei, für jeden von euch eine Farbe auszuwählen. Denn die individuell auf euch abgestimmte Farbe wirkt sich direkt positiv auf euer Innerstes aus. Aber ihr müsst euch noch ein wenig gedulden, ihr kommt erst nach Roses und meinem Zimmer dran.«

19.
Kapitel

Manchmal bemerkte ich in diesen ersten Tagen auf dem Land Menschen, die auf dem Feldweg standen und unverhohlen zu unserem Haus herüberstarrten. Von unserem Küchenfenster aus hatte ich eine ziemlich gute Aussicht und blieb selbst bestens verborgen, weil ich mich hinter meinen Kräuterkästchen auf der Fensterbank verstecken konnte. Sobald ich vor die Haustür trat, waren die Leute verschwunden. Wenn wir mit unseren Hunden durch die Wälder streiften, begegneten uns hin und wieder Menschen aus der Gegend, und wir grüßten höflich. Aber sie grüßten kaum zurück und musterten uns erst aus einiger Entfernung.

Trotzdem blieb uns nichts anderes übrig, als Kontakt aufzunehmen, weil wir Emil, den Hahn, ersetzen mussten. Die Hühnerdamen wirkten zunehmend frustriert. Mal saßen sie reglos in einer Ecke und starrten vor sich hin, dann wieder gingen sie aufeinander los und versuchten, sich gegenseitig die Federn auszureißen. So konnte es nicht weitergehen.

Ich beauftragte Matz damit, im Internet nach einer Hühnerverkaufsstelle in unserer Nähe zu suchen. Er wurde sofort fündig. Anscheinend war der Bedarf der Deutschen an sogenannten Familienhühnern in letzter Zeit gestiegen, man wollte es in der Isolation wohl gemütlich haben. Gemeinsam machten wir uns an einem sonnigen Morgen auf den Weg. Der Hof, den Matz ausgesucht hatte, lag nur ein paar Kilometer von unserem Grundstück entfernt, wir zogen es aber trotzdem vor, das alte Fahrrad, das wir in der Scheune entdeckt hatten, zu nehmen, um damit an unser Ziel zu gelangen. Das Fahrrad verfügte zwar weder über Licht noch über eine Gangschaltung, aber die Reifen hatten Luft, und die Bremsen funktionierten auch ganz gut. Ich trat in die Pedale, Matz hockte auf dem Gepäckträger und versuchte, das Gleichgewicht zu halten, während er auf seinem Handy den Weg verfolgte und mir die Richtung wies.

Bei jedem Schlagloch schrie er auf und krallte seine dünnen Finger in meine Hüften.

»Matz, hör auf, das tut weh!«

»Was meinst du wohl, wie schlimm das hier hinten wehtut, Mami. Ich hab' mir schon alle Arschknochen gebrochen.«

»Matz, bitte. Wer hat dich denn so erzogen?«

Der Hof, der lebendes Federvieh zum Verkauf anbot, war nicht sehr groß und ein bisschen heruntergekommen. Eine junge Frau begrüßte uns freundlich und führte uns auf eine Obstwiese. Hier tummelten sich unzählige Hühner.

»Oh, sind die süß!«, rief Matz aus und kniete sich hin, um Bekanntschaft zu schließen. Nachdem wir der jungen Frau erzählt hatten, warum wir einen Hahn brauchten, verpuffte ihre Freundlichkeit schlagartig.

»Sie wohnen aber nicht am Acker 1, oder?«

»Doch«, sagte ich, obwohl ich instinktiv spürte, dass ich mich auf dünnes Eis zubewegte.

»Ach so«, sagte sie. Dann hatte sie es plötzlich eilig, zeigte uns ihre jungen Hähne, und ich suchte uns einen aus, von dem ich das Gefühl hatte, dass er es mit zwei Dutzend Frauen aufnehmen könnte. Er hatte hellbraune, im Sonnenlicht nahezu goldene Federn und war größer und stolzer als alle anderen Hähne. Forsch schritt er auf uns zu und begann, auf Matz' Schuhe einzuhacken.

»Den nehmen wir«, sagte ich, und die Frau war schon dabei, sich zu dem Tier hinunterzubeugen, als Matz sagte: »Den will ich nicht. Der ist aggressiv.«

»Matz«, antwortete ich, »der muss so sein. Der muss ja mit den ganzen Frauen klarkommen.«
Aber Matz blieb standhaft.
»Ich mag den nicht. Der beißt.«
»Der beißt doch nicht. Der sagt Guten Tag«, sagte ich und hielt dem Hahn meine Hand hin, um Matz von seiner Harmlosigkeit zu überzeugen. Der Hahn hackte in meinen Zeigefinger, und ich schrie auf.
»Das mag er nicht«, sagte die Frau. »Er will selbst bestimmen, mit wem er Kontakt aufnimmt.«
Matz erwiderte, dass es in unserer Familie sicher keine so gute Idee sei, sich auch noch einen bissigen Hahn zuzulegen, weil wir ja schon genug Probleme untereinander hätten. Irgendwie musste ich ihm recht geben. Der Hahn ließ mich außerdem nicht mehr aus den Augen. Er schien mir meine Freundschaftsanfrage etwas übel genommen zu haben, verfolgte mich auf Schritt und Tritt und hackte mir in die Beine.
Matz lief zum hinteren Teil des Obstgartens und bückte sich über ein kleines, buntes Federhäufchen.
Dann winkte er mich zu sich.
»Guck mal, Mami, der ist schön!«
Der Hahn, den mein Sohn ausgewählt hatte, war winzig. Sein Gefieder war von unbestimmter Farbe, es changierte glanzlos zwischen erdbraun und schlammgrau. Auch schien er uns nicht wirklich wahrzunehmen. Stumpfsinnig saß er unter einer Himbeerhecke und starrte vor sich hin.
»Matz, DER doch nicht«, sagte ich und musste ein bisschen lachen. Immer schloss mein Sohn die kleinsten und hilflosesten Geschöpfe in sein Herz. »Der fällt tot um, wenn er Frau Müller sieht.«
Mein Verfolger stakste an uns vorbei und baute sich vor dem Zwerg auf. Er schüttelte sein Gefieder auf, hob den Kopf, duckte sich und ging zum Angriff über. Beherzt warf sich Matz vor den Angreifer und rettete das graue Hähnchen aus dessen Fängen, doch natürlich ging der Hahn jetzt auf Matz los. Eilig suchten

wir das Weite, zum Glück gelang es der jungen Frau, den Kampfhahn von uns abzulenken, indem sie ihm einen Ast vor die Füße warf. Er vergaß uns auf der Stelle und stürzte sich stattdessen auf das Holz.

Während ich der jungen Frau die geforderten acht Euro in die Hand drückte, versuchte ich es noch mit ein bisschen Small Talk, obwohl das nicht meine Stärke ist. Lachend sagte ich: »Ich wusste gar nicht, dass die so aggressiv sein können!« Die junge Frau warf mir einen Blick zu, den ich nicht recht deuten konnte. Dann sagte sie barsch: »So ist das eben, wenn man sich am Eigentum anderer vergreift.« Ich stutzte. Was hatte sie gegen uns? Immerhin bezahlten wir ihr gerade gutes Geld für den hässlichsten Hahn auf Erden. Den wäre sie ohne uns nie im Leben losgeworden. Aber ihr Blick blieb böse funkelnd.

Nach einer etwas steifen Verabschiedung radelten wir wieder nach Hause. Leider konnte Matz mir den Heimweg nicht mehr weisen, weil er mit beiden Händen das Hähnchen auf seinem Schoß halten musste. Aber nach einer guten halben Stunde erblickten wir unseren Dreiseitenhof am Horizont, und ich trat fest in die Pedale, weil mir einfiel, dass ich mich ums Abendbrot für meine Lieben kümmern musste. Vorher jedoch wollten wir noch die Hühnerfamilie zusammenführen.

Frau Müller war entgegen meiner Annahme begeistert von dem kleinen Neuzugang. Es schien beinah so, als würde sie vom ersten Augenblick an tiefe mütterliche Gefühle hegen. Aufgeregt rannte sie neben ihm her und jagte ihre Schwestern, die sich schüchtern näherten, um auch einen Blick auf den neuen Mann im Gehege zu erhaschen, gackernd zum Teufel. Das Hähnchen akzeptierte Frau Müllers Fürsorge spontan und wich nicht mehr von ihrer Seite.

»Wie wollen wir ihn nennen, Mami?«, fragte Matz.

Schweigend standen wir nebeneinander und dachten nach. Dann sagte Matz: »Ich fände Herr Nielsson ganz schön. Wie der Affe von Pippi Langstrumpf.«

Ich betrachtete das Hähnchen, konnte aber partout keine Ähnlichkeit zwischen ihm und einem Äffchen erkennen.

»Er sieht eher wie ein Hahn und nicht wie ein Affe aus«, sagte ich deshalb.

»Aber er ist auch klein, genau wie Herr Nielsson.«

Wieder schauten wir zu unserem kleinen Hahn hinüber.

Frau Müller war gerade damit beschäftigt, ihm die Nackenfedern zu zwirbeln, was ihm sehr gut zu gefallen schien. Er hatte die Augen geschlossen und kämpfte gegen den Schlaf an. In regelmäßigen Abständen sank sein Kopf auf seine Brust.

»Wie süß«, sagte Matz.

Er war wirklich sehr klein. Wie aus ihm jemals ein großer Hahn werden sollte, war mir schleierhaft.

»Vielleicht ist das gar kein normaler Hahn, sondern so eine Art Bonsai«, sagte ich deshalb. »Vielleicht hat uns die Frau angeschwindelt, und der bleibt so.«

»Das ist es!«, rief Matz und machte einen Luftsprung.

»Was?«

»Wir nennen ihn Bonsai!«

Der kleine Hahn zuckte ein bisschen zusammen und plusterte sich auf. Dann schlief er weiter.

»Ich glaube, das würde er mögen«, sagte ich und strubbelte meinem Sohn durch die Haare.

20.
Kapitel

In den folgenden Tagen herrschte ein einziges Kommen und Gehen. Herr Louvrier, Muttis Innendekorateur, war quasi unser Dauergast, schien uns aber nicht weiter zu bemerken. Frühmorgens stand er mit seinen Ordnern unterm Arm in unserer Eingangshalle, dirigierte Handwerker und Möbelpacker mit sparsamen Gesten und gab mit seiner eintönigen nasalen Stimme Anweisungen. Erst gegen Abend verließ er unser Haus mit seiner Mannschaft wieder. Dabei nickte er uns im Vorbeigehen kurz zu, als wären wir sein Personal und er der Hausherr.

Susanne regte sich fürchterlich über seine Hochnäsigkeit auf. In ihren Augen war Monsieur Louvrier auch gar kein echter Franzose, sondern bloß ein Nachfahre der Hugenotten. Sie war fest davon überzeugt, dass nur sein Name französisch war, und er nicht mit uns sprach, damit wir nicht mitbekämen, dass er gar kein Französisch konnte. Leider konnten wir das in Ermangelung unserer Französischkenntnisse nicht nachprüfen.

Meine Mutter hatte die Einrichtung ihres Zimmers erstaunlich rasch vorangetrieben und schon bald, an einem sonnigen Vormittag, gab es für uns alle den ersten offiziellen Besichtigungstermin.

Wir fielen fast in Ohnmacht, als sie ihre Pforten öffnete. Die Wände waren mit floralen Seidentapeten bezogen, das quietschende Gästebett aus unserem Rotkehlchen-Keller einem überdimensionalen Himmelbett gewichen. Auf dem alten Parkett lagerten flauschige Teppiche in Pastelltönen, am Fenster gab es eine Sitzecke à la Louis Quinze und zu allem Überfluss prangten an den Wänden riesige, auf alt getrimmte Kleiderschränke.

Wir waren so überwältigt, dass wir kein Wort herausbrachten, und das will bei unserer Familie schon was heißen. Mit offenen Mündern betrachteten wir die Pracht und kamen erst wieder zu uns, als meine Mutter in die Hände klatschte und rief, die Besichtigung sei jetzt zu Ende und wir könnten nun gehen.

Wieder im Salon suchten wir immer noch nach Worten. Als Erste fing sich Rose: »Du, Hadi, hast du das Himmelbett gesehen? So eins möchte ich auch gern. So was hab ich mir schon immer gewünscht. Dann wär ich dem Herrgott viel näher, vom Gefühl her, und müsste nicht immer so laut beten, damit er mich auch hört.«

»Ja, Rose, das würde dir auch wirklich gut zu Gesicht stehen, so ein Himmelbett«, sagte Hadi.

»Also ich persönlich finde das nicht in Ordnung, dass sich eure Mutter so von uns absetzt. Was hat denn das noch für einen Zusammenhalt?«, sagte Susanne.

»Wie jetzt?«, fragte Rose und drückte mir Eddie in den Arm.

»Na ja, meines Wissens funktioniert eine Wohngemeinschaft nur, wenn man auch bereit ist zu teilen. Das sagt ja schon der Name. WohnGEMEINSCHAFT!« Sie betonte das zweite Wort übertrieben, als fürchtete sie, wir hätten unser Gehirn an der Garderobe abgegeben. Dann sah sie uns vielsagend an und hob die Hände.

»Ja, versteht ihr denn nicht? Es muss doch ein Gleichgewicht herrschen zwischen uns. Es kann doch nicht der eine in Glanz und Gloria leben und der andere aus Kisten!«

Meine Mutter steckte den Kopf aus ihrem Zimmer. »Geht's vielleicht auch ein bisschen leiser?«

»Wie wär's mit einer Hochsicherheitstür zu deinem Gemach?«, fragte Susanne, aber da war Ilse zum Glück schon wieder in ihrem Zimmer verschwunden.

»Also, was machen wir?«, fuhr sie fort. Wir sahen uns an. Matz hob die Hand.

»Ja, Matz?«

»Wir könnten ja einen Kummerkasten aufhängen, den haben wir in der Schule auch.«

»Was denn für einen Kummerkasten?«, fragte Susanne.

»Ihr werft da immer Zettel rein, wenn ihr Kummer habt, und dann trefft ihr euch einmal in der Woche und erzählt euch euren Kummer. Und dann könnt ihr abstimmen«, erläuterte Matz.

»Kummerkasten ...«, sagte Susanne. »Das ist doch Quatsch. Ich habe euch meinen Kummer ja gerade eben erst erzählt.«

»Ich finde die Idee eines Kummerkastens an sich schön«, sagte Hadi.

»Ich auch«, stimmte Rose ihm zu. »Ich hätte auch schon das ein oder andere auf dem Herzen.«

Ich sah auf die Uhr.

»Gut, das können wir ja noch in Ruhe besprechen. Ich werd jetzt noch schnell im Dorf einkaufen.«

Ich lief in die Küche, um meinen Einkaufskorb zu holen, der aber wie vom Erdboden verschluckt war. Leider war die Küche so groß, dass ich circa eine halbe Stunde suchen musste, bis ich fündig wurde. Endlich war ich bereit zum Aufbruch und griff nach der Gemeinschaftskasse, doch der Blick hinein ließ mich ernüchtert auf einen Stuhl sinken. Bis auf zwei Zehn-Cent-Stücke und eine Hühnerfeder war sie leer. Also ging ich zurück zum Zimmer meiner Mutter, und weil auch sie einige Wünsche hatte, blieb ihr nichts anderes übrig, als mir wieder fünfzig Euro zuzustecken.

»Wie konntest du auch auf diese hirnrissige Idee kommen, dein ganzes Haushaltsgeld für Kaffeekapseln auszugeben? Ein normaler Mensch macht sich doch vor einem solchen Großeinkauf Gedanken darüber, ob diese Investition auch wirklich sinnvoll ist. Manchmal verstehe ich dich nicht, Gundula. Du bist doch sonst nicht so leichtfertig. Zumindest dachte ich das immer.« Sie sah mich vorwurfsvoll an. »Hast du denn nichts dazu zu sagen?«

Ich guckte kleinlaut auf den Geldschein in meiner Hand.

»Nein.«

»Na, dann tut es mir leid für dich. Man muss doch aus seinen Fehlern lernen.«

»Ja, Mutti. Ich habe auch nicht vor, den gleichen Kaffee noch mal zu kaufen.«

»Es geht gar nicht um den Kaffee, Gundula. Es geht schlicht und einfach darum, dass du in deinem Alter endlich einmal lernen musst, einen Haushalt zu führen. Ich meine, wie alt musst du denn noch werden, bis du verstehst, dass man nicht bei jedem Sonderangebot dermaßen unbeherrscht zugreifen muss? Und mit den Hühnern ist es das Gleiche. Man muss doch nicht immer alles im Übermaß anschaffen. Du lebst doch nicht im Krieg! Hast du meine Bestellung behalten, oder soll ich sie dir aufschreiben?«

»Nein.«

»Was nein?«

»Musst du nicht.«

»Wenn es die Dosenmöhrchen im Angebot gibt, bring mir bitte zehn Dosen mit. Es ist immer gut, ein bisschen Vorrat im Haus zu haben. Gerade in Zeiten wie diesen.«

Ich lief zu Susannes Zimmer und klopfte, um zu fragen, ob sie besondere Wünsche für meinen Einkauf habe.

Hinter der geschlossenen Tür brach ein kleiner Tumult los, ich vernahm aufgeregtes Gewisper und das Geräusch einer einrastenden Schublade. Dann öffnete sich die Tür einen Spaltbreit, und mein Sohn guckte mit einem unschuldigen Blick zu mir hoch. Er lächelte.

»Na?«

»Was, na?«, fragte ich. Dann versuchte ich, einen Blick in das Zimmer zu erhaschen. Susanne saß auf ihrem Bett. Sie hatte sehr viel Make-up aufgelegt und trug eine Art Nachthemd.

»Was macht ihr da?«, fragte ich und schob Matz zur Seite.
»Nichts«, sagte Matz und hopste neben Susanne aufs Bett.
Susanne überging meine Frage und säuselte: »Was gibt's denn?«
»Ich fahre einkaufen. Soll ich euch was mitbringen?«
»Ach, du kommst wie gerufen! Ich brauche tatsächlich eine neue Nachtcreme, meine ist nämlich alle. Du kennst ja die Marke. Aber nimm die reichhaltige für die Haut ab fünfzig, die kann was. Du weißt schon, welche.«
»Ja, aber ich hab nicht genug Geld dafür. Ich kaufe nur Lebensmittel.«
»Meine Güte. Ihr seid ja schlimmer als die Zwangspfänder. Wie sehe ich denn aus, wenn ich mich nicht ordentlich pflege?«
Ich zuckte die Schultern. »Tut mir leid ...«
»Kannst du mir nicht wenigstens ein bisschen Geld leihen. Du kriegst es auch bestimmt wieder!«
»Kann ich nicht, Susanne. Ich musste mir das Geld für den Einkauf gerade selbst schon von meiner Mutter leihen.«
»Ach so, stimmt ja!« Susanne schlug sich an die Stirn. »Deine Kaffeekapseln! Da hast du ja wirklich ganz schön danebengegriffen.« Sie betrachtete mich und schüttelte den Kopf.
»Na ja, hast es ja gut gemeint. Aber in deinem Alter solltest du allmählich mal ein bisschen besser mit eurem Geld haushalten, Gundula. Der Gerald rackert sich so ab, und du kaufst tonnenweise schlecht schmeckenden Kaffee.«
Ohne zu antworten, schloss ich die Tür, lehnte mich dagegen und versuchte, meine schlagartig aufkeimende, sehr schlechte Laune wegzuatmen.
Als ich mich einigermaßen beruhigt hatte, stieß ich mich von der Tür ab und lief Richtung Ausgang, was einem mittellangen Fußmarsch gleichkam. Unser Dreiseitenhof war so groß, dass man für den Weg vom Ost- zum Westflügel bei durchschnittlicher Schrittgeschwindigkeit ungefähr drei Minuten brauchte. Das hört sich zwar nicht sonderlich lang an, ist aber bei genauerem Nachdenken kolossal. Es ist, um genau zu sein,

die Hälfte der Kochzeit für ein weiches Ei. Und wer schon einmal, so wie ich, in Ermangelung einer Eieruhr neben einem Eiertopf darauf gewartet hat, dass die Eier fertig werden, der weiß, wie lang sechs Minuten sein können. Und drei Minuten, also die Hälfte, ist nicht weniger lang. Ich will damit sagen, dass unser Dreiseitenhof wirklich ziemlich weitläufig war. Und dass man die Durchquerung desselben unmöglich mehrmals am Tag angehen sollte. Auch deswegen waren einige Räume unbewohnt. Wir wussten schlicht nicht, was wir mit ihnen anfangen sollten.

Gerade wollte ich das Haus verlassen, als Hadi hinter mir vorbeihuschte.

»Hadi? Braucht ihr irgendwas zu essen? Ich fahr' einkaufen.«

»Ein bisschen Kuchen wär schön, Gundula.«

»Kuchen?«

»Ja, für die Seele. Oder Schokolade. Schokolade tut es eigentlich auch. Aber Kuchen wär schöner.«

»Und sonst?«

Hadi legte den Kopf schief und dachte nach.

»Brei im Gläschen für Eddie?«

»Da kann ich aber nicht mehr als fünf mitbringen. Ich hab nicht genug Geld und außerdem bin ich mit dem Fahrrad.«

»Wieso hast du kein Geld?«

»Wegen den Kaffeekapseln.«

»Stimmt.« Er verstummte, und ich sah ihn an. Sollte mein Bruder tatsächlich der Einzige in dieser Familie sein, der sich nicht weiter über meinen Kaffeekapseleinkauf mokierte? Aber dann fuhr er fort: »Das war schon eine blöde Idee mit dem Kaffee, Gundel. Das nächste Mal solltest du das vielleicht vorher mit allen durchsprechen. Ich meine, das wirft ja jetzt all unsere Haushaltsplanungen durcheinander.«

Vor der Scheune traf ich auf Gulliver und Othello. Sie standen sich gegenüber und knurrten sich an.

»Was macht ihr denn da?«, schimpfte ich. »Seid ihr jetzt völlig verrückt?«

Dann entdeckte ich den Grund ihrer Auseinandersetzung. Es war ein großer Knochen, der zwischen ihnen lag. Unweigerlich musste ich an meinen Traum in der ersten Nacht denken, aber dann riss ich mich zusammen. »So was Albernes«, sagte ich. »Als ob ihr nicht genug zum Fressen hättet.« Ich hob den Knochen auf und warf ihn ins Gebüsch, weil ich keine Lust hatte, bis zu den Mülltonnen am anderen Ende unseres Grundstücks zu laufen, und wo der Friedhof war, wusste ich sowieso nicht.

Othello sprang an meinen Beinen hoch und winselte erbärmlich. Gulliver guckte unverwandt in die Luft. »Was hast du denn, Gulli?«, fragte ich und strich ihm sein zurückgeklapptes Ohr wieder nach vorn. Er reagierte nicht. Wahrscheinlich träumte er noch von dem Knochen. Ich schüttelte den Kopf und wandte mich zur Scheune.

Da wir nun wegen Geralds Wutanfall Hausverbot im Discounter hatten, wollte ich mit dem alten Fahrrad zum Laden neben der Kirche fahren.

Ich hoffte, dass ich alle Einkäufe würde erledigen können. Außerdem hatte ich an den vergangenen Tagen in einem Anflug aus Heimweh nach den alten Zeiten in Berlin ein paar Zettel mit der Information beschriftet, dass ich eine Theatergruppe gründen würde und geeignete Schauspieler oder zumindest Menschen suchte, die am Spielen Spaß hätten. Vielleicht konnte ich meine Zettel im Laden auslegen.

Zuerst redete ich mir ein, dass Fahrradfahren tatsächlich den ultimativen Spaß bringt. Ich sauste die Landstraße hinab und sang aus voller Kehle »O sole mio«, weil mir nichts anderes einfiel. Die Sonne schien mir ins Gesicht, der Fahrtwind fuhr mir durchs Haar. Dann bog ich gut gelaunt um eine Kurve und stieß fast mit einem Traktor zusammen, der mitten auf der Straße stand. Zum Glück kam ich haarscharf vor dem Ungetüm zum Stehen, sah hoch zum Fahrerhäuschen und wartete. Aber

statt der, wie ich fand, mehr als angemessenen Entschuldigung zeigte mir der alte Bauer den Vogel und brüllte:
»Haste keene Augen in Kopf?«
»Wie bitte?«
»Ob de keene Augen in Kopf hast?«
»Was?«
Der Bauer schüttelte verärgert den Kopf und fluchte vor sich hin. Ich entschied mich, ihn darauf hinzuweisen, dass er sich im Unrecht befand. Dass er auf meiner Straßenseite stand, und ich deswegen beinah zu Tode gekommen oder zumindest schwer verletzt in einem Krankenhaus gelandet wäre, falls es so was hier überhaupt gab.

Ich holte tief Luft und hob zu einer Klarstellung an, als der Typ seinen Motor anwarf, den Gang einlegte und langsam auf mich zurollte. Zuerst rührte ich mich nicht vom Fleck, weil ich nicht damit rechnete, dass er mich tatsächlich platt fahren würde, aber er machte keine Anstalten, mir auszuweichen, sondern hielt weiter auf mich zu. Ich riss meinen Lenker herum und sprang in den Weggraben. Als der Traktor an mir vorbeidonnerte, tippte sich der Alte nochmal an die Stirn.

Ich brauchte einen Moment, bis ich die Kraft fand, mein Fahrrad wieder aus dem Graben zu hieven. Das Singen war mir vergangen, außerdem musste ich jetzt bergauf fahren.

Am Rande meiner Kräfte erreichte ich das Dorf und freute mich zuerst über die Ruhe und den Frieden, die die menschenleeren Gassen ausstrahlten. Ich stellte mein Fahrrad ab, erklomm die drei Stufen zum Laden und drückte die Türklinke. Die Tür war abgeschlossen.

»Verdammt«, kam es mir über die Lippen. Hinter mir ertönte eine Stimme. »Ist geschlossen!« Eine dicke Frau latschte mit ihrem Pudel über den Gehweg.
»Wieso?« antwortete ich.
»Steht doch dran!«
Sie lief weiter und zerrte den Pudel hinter sich her.
Jetzt las ich das Schild an der Tür.

> Öffnungszeiten:
> Mo–Fr 8 h–12 h und 15 h–18 h
> Sa 8 h–12 h

Ich hatte keine Ahnung, wie spät es war, weil die Uhr, die mir Gerald vor Ewigkeiten bei einem Kaffeediscounter gekauft hatte, auch nach dreimaliger Reparatur nicht funktionierte. Ich trug sie nur als Schmuck. Deshalb rief ich der Frau hinterher, ob sie mir sagen könne, wie viel Uhr es war, erhielt aber keine Antwort. Und nun? Ohne Einkäufe zurückfahren? Warten? Durchs Dorf spazieren? Ich betrachtete die verlassene Dorfstraße und auf einmal wirkte sie gar nicht mehr friedlich, sondern feindselig. Ich war hier nicht willkommen. Ermattet setzte ich mich auf die Stufen und legte den Kopf auf meine Arme. Wie sollte ich mich in dieser Gegend jemals heimisch fühlen? Wo alle Leute vor einem wegrannten. Wo man jeden Moment vom Traktor überfahren werden konnte. Wie sollte Matz hier Freunde finden? Wie sollte ich hier eine Theatertruppe zusammenstellen?

Nach ein paar Minuten beschloss ich, nach Hause zurückzukehren. Ich stand auf, streckte mich und versuchte, meine Kräfte für den Rückweg zu mobilisieren. In dem Moment schlug eine Kirchturmuhr. Ich hob den Kopf und schaute auf den riesengroßen Glockenturm direkt gegenüber. Drei Uhr.

Hinter mir wurde die Tür geöffnet, und eine Frau mittleren Alters trat heraus.

»Wollen Sie zu mir?«

Ich zog die Schutzmaske über und betrat den Laden.

»Die brauchen Sie hier nicht«, sagte die Frau und deutete auf meinen Mund.

»Wieso nicht?«

»Bei uns im Dorf ist keiner krank gewesen, und hier kommt von außerhalb auch keiner her.« Sie hielt einen Moment inne, dann fügte sie hinzu: »Außer Ihnen.«

»Also, ich bin gesund.«

Sie betrachtete mich skeptisch.

Keine zwei Minuten später betraten zwei weitere Kundinnen den Laden. Als sie mich bemerkten, verlangsamten sich ihre Bewegungen und ich hatte das Gefühl, sie würden mich aus den Augenwinkeln beobachten. Also drehte ich mich um und sah ihnen direkt ins Gesicht. Sie wandten sich ab. An der Kasse fragte ich die Verkäuferin leise, warum die Frauen sich so merkwürdig benähmen und sie antwortete eine Spur zu laut: »Die sind es nicht gewöhnt, jemanden wie Sie hier zu sehen, also ...« korrigierte sie sich »... jemanden mit 'ner Maske im Gesicht.«

»Nee, so was brauchen wir hier nicht!«, fiel ihr die jüngere der beiden Frauen ins Wort.

»Nee«, wiederholte die andere, ein altes zahnloses Mütterchen, »so was brauchen wir hier nicht.« Dann hielt sie inne, riss die Augen auf, warf den Kopf in den Nacken und nieste mir ins Gesicht. Mir wurde schlecht. Ich konnte von Glück sagen, dass ich meine Maske trug.

Hastig zog ich mein Portemonnaie aus der Tasche. Dabei fielen die Zettel, die ich zu Hause vorbereitet hatte, heraus. Ich bückte mich, um sie aufzusammeln. Während ich auf dem Boden herumkrabbelte, überlegte ich, dass es eventuell keine so gute Idee gewesen war, unter diesen Leuten nach Schauspieltalenten zu suchen. Ich legte die Zettel auf den Tresen und bezahlte.

Als ich mich zur Tür wandte, rief mir die Ladenbesitzerin in den Rücken: »Vergessen Sie Ihre Zettel nicht!« Also drehte ich mich wieder um und nahm ihr das Bündel ab.

»Danke! Die wollte ich eigentlich hier auslegen, aber ich glaube, das war keine so gute Idee ...«

»Wieso, was steht denn drauf?«, fragte die jüngere Kundin und sah mir über die Schulter.

»Na ja, ... ich suche Menschen, die Spaß daran hätten, ein bisschen Theater zu spielen.«

Die Frauen sahen mich an, als hätte ich den Verstand verloren. Dann prusteten sie los. Die Zahnlose haute der Jüngeren in die Rippen und schrie: »THEATER SPIELEN!!« als ob sie gerade den besten Witz ihres Lebens gehört hätte.

Mir schossen die Tränen in die Augen. Aber dann entsann ich mich, wo ich war und entschied mich dagegen, vor diesen ungebildeten ignoranten Weibern loszuheulen. Stattdessen straffte ich mich ein wenig, wartete, bis sich die Lachsalven gelegt hatten, und sagte:

»Ja, Theater spielen. Ich hatte eine kleine Theatergruppe in Berlin, als wir da noch gewohnt haben. Aber damit mussten wir während der Pandemie aufhören und außerdem ist der Probenweg jetzt zu weit für mich. Und deshalb hab ich gedacht, ich versuch' es mal hier. Aber ... ach, ist ja auch egal.«

Die Frauen betrachteten mich weiterhin mit äußerster Skepsis. Dann sagte die Verkäuferin: »Nee, ist ja vielleicht nett gemeint, aber so was brauchen wir hier wirklich nicht ...«

»Trotzdem danke«, sagte ich.

Ich fühlte mich erbärmlich. Was war das aber auch für eine Schnapsidee von mir gewesen, in einem solchen Kaff nach Schauspielern suchen zu wollen.

Im Hinausgehen hörte ich das alte Weiblein sagen: »Gibt's etwa keine Eier mehr, Hedi?«

»Nee, die sind aus, morgen wieder.«

»Ach, Mist, ich wollte dem Herbert doch ein paar Pfannekuchen machen ...«

Ich dachte an unsere vierundzwanzig Hühner und an meine vor Eiern überquellende Speisekammer und drehte mich um.

»Also, wenn Sie Eier brauchen, da könnte ich aushelfen! Wir haben die ganze Speisekammer voll und wissen nicht mehr, wohin damit.«

Die Frauen sahen mich an und schienen mein Angebot abzuwägen. Dann sagte die Ladenbesitzerin: »Echt? Wo wohnen Sie denn?«

»Gar nicht so weit von hier. Am Acker 1.«

Die Stille, die darauf folgte, senkte sich bleiern über mich. Erst etliche Sekunden später sagte die Alte: »Am Acker 1 ... der arme Hans ...«

Dann sagte die andere: »Sie könne's mit ihren Eiern ja mal auf dem Markt versuchen. Immer donnerstags.«

Mein Herz machte einen Sprung. Das war DIE Idee! Ich bedankte mich, lief nach draußen, riss mir meine Maske vom Gesicht und machte mich daran, mein Fahrrad aufzuschließen.

21.
Kapitel

Der Rückweg war ziemlich beschwerlich, weil er fast nur bergauf führte. Fix und fertig kam ich zu Hause an und traf im Hof auf Gerald, der gerade aus seiner Ente stieg.

»Na, mein Liebchen«, rief er mir entgegen, »wie war dein Tag?«

»Gut!«, sagte ich wahrheitsgetreu.

Ich lehnte mein Fahrrad an die Hauswand und nahm den Korb mit den Einkäufen ab.

Vor der Eingangstür warteten Susanne, meine Mutter, Rose und Hadi. Hadi hatte Eddie Barack im Arm, der schrie. Eddie Barack schrie eigentlich immer, was mich aber nicht weiter beunruhigte, weil Babys nun mal schreien, wenn sie ihre Zähnchen bekommen. Außerdem hatte ich gelesen, dass Babys, die viel schreien, einen höheren IQ-Wert haben als ihre ruhigen Altersgenossen.

Den besten Beweis hierfür bieten unsere drei Kinder. Sie haben, als sie klein waren, immer geschrien. Und sie sind in unseren Augen einfach über alle Maße intelligent. Wahre Intelligenz lässt sich nämlich nicht an Schulnoten ablesen. Im Gegenteil, gute oder sehr gute Schüler sind oft weniger intelligent als die, die ihren Abschluss nur mit Ach und Krach bestehen. Kurz gesagt, wenn Kinder in der Schule nicht zur Elite gehören, ist das ein gutes Zeichen. Das sind im besten Sinne junge Rebellen, die sich nicht alles sagen lassen, sondern ihr Leben autark und klug bestreiten wollen. Keine Herdentiere eben, sondern Individualisten.

Ich erinnere mich beispielsweise an meine eigene Schulzeit, in der die Angepassten in der Pause immer ganz allein oder bestenfalls mit Gleichgesinnten in der Ecke standen und sehr leise hinter vorgehaltenen Händen miteinander sprachen, um nicht negativ aufzufallen und damit den Unmut der Lehrer auf sich zu ziehen. Ich glaube nicht, dass aus diesen Schülern jemals etwas Anständiges geworden ist. Nachverfolgen konnte ich das leider nicht weiter, weil ich ja nach der 9. Klasse von der Schule abgegangen bin. Und an Geralds Seite hatte ich dann wirklich andere Sorgen.

All das schoss mir durch den Kopf, als ich die vier Erwachsenen mit dem schreienden Eddie vor der Tür stehen sah. Sie so im Pulk anzutreffen, war kein gutes Zeichen, weil meine Familie immer dann einen Herdentrieb entwickelt, wenn etwas passiert ist. Und noch dazu winkte Rose, als sie Geralds Ente erblickte. Sie rannte uns entgegen, was komisch aussah, weil Rose eigentlich nicht rennen kann. Sie bewegt sich dann eher wie ein Schaufelbagger auf Ecstasy.

»GUNDULA!«

Rose ergriff meinen Ärmel und zog mich Richtung Haus. Wir passierten unsere Mütter, die ganz blass waren und etwas riefen, das ich nicht verstand, und als wir Hadi, der im Weg stand, zur Seite schoben, bemerkte ich, dass er irgendwie anders aussah als sonst. Irgendetwas war mit seiner Nase. Sie war eindeutig dicker als gewöhnlich und hatte außerdem die Farbe einer reifen Aubergine. Ich setzte schon zu einer Frage an, aber er kam mir zuvor und näselte: »Sag jetzt bitte nichts, Gundula. Es ist wirklich schlimm.«

Rose zerrte mich ins Haus.

»Gundula, Gerald, kommt schnell. Die Decke stürzt ein.«

»Welche Decke denn?«

»Na, im Salon. Da ist ein Balken runtergekommen, ganz furchtbar. Der Hadi wär fast erschlagen worden, der ist direkt da druntergestanden.«

Wir erreichten den Salon, den wir als Wohnzimmer nutzen

wollten. Allerdings war er so groß, dass man sich darin verlor, und unsere Polstermöbel aus dem Rotkehlchenweg machten ihn auch nicht gemütlicher.

Etwa in der Mitte des Salons lag ein massives Stück Deckenbalken auf dem Boden. Daneben: ein Bohrer, eine kleine Kinderwippe und eine umgestürzte Leiter.

»Wie ist das denn passiert?«, fragte ich bestürzt.

»Seid froh, dass ihr nicht da wart. Das war vielleicht ein Krach. Ich dachte, eine Bombe hätte eingeschlagen. Mir ist im wahrsten Sinn des Wortes das Herz stehen geblieben!«, rief Susanne hinter mir.

»Mir auch«, sagte meine Mutter. »Und am schlimmsten war, als Hans-Dieter da auf dem Boden lag. Er sah aus wie tot.« Sie setzte sich auf einen der beiden Sessel und wischte sich mit ihrem Taschentuch über die Stirn. »Da zieht man extra aufs Land, um ein bisschen Ruhe zu haben, und dann passiert schon gleich die erste Katastrophe. Wäre ich bloß in München geblieben, da war ich wenigstens in Sicherheit.«

Ich strauchelte ein bisschen, weil Rose immer noch an meinem Arm hing. Wenn Rose an einem hängt, ist es am besten, man hat irgendetwas in der Nähe, an dem man sich seinerseits festhalten kann. Eine in die Mauer einzementierte Stange zum Beispiel. Oder ein Schiffstau. Aber ich hatte nichts und deshalb versuchte ich, sie abzuschütteln, bevor ich umkippen und gleich auf den Balken fallen würde.

Endlich ließ sie los und deutete zur Zimmerdecke, die sich ungefähr drei Meter über unseren Köpfen befand.

»Es war so schlimm, Gundula! Der Hadi und ich, wir wollten für den Eddie eine Wippe an der Decke befestigen, aber als der Hadi auf der Leiter gestanden ist und anfangen wollte zu bohren, hat das nicht geklappt, weil der Bohrer nicht funktioniert hat. Und dem Hadi ist auch schon ganz schlecht geworden, weil er es ja nicht so gut verträgt, wenn er von wo runterguckt. Ich hab dann im Kuhstall nach einem Hammer gesucht, aber nur den Vorschlaghammer gefunden. Und als der Hadi versucht hat, den Nagel einzuhämmern, hat er irgendwie danebengehauen, weil der Vorschlaghammer ja auch viel zu schwer für ihn ist, und dann hat es so komisch gekracht, und er ist furchtbar erschrocken und von der Leiter gefallen, und kurz danach ist der ganze Deckenbalken runtergekommen. Einfach so. Und ich und der Eddie sind da auch druntergestanden, weil ich ja die Füße vom Hadi halten musste, damit er nicht abrutscht, aber eigentlich bin ich gar nicht an die Füße rangekommen, und dann ist der Hadi wie gesagt neben uns abgestürzt, und ich bin mit dem Eddie ganz schnell weggelaufen, damit der Hadi nicht auf uns drauffällt. Und dann kam eben der Balken. Also war es schon richtig, dass ich mit dem Eddie weg bin. Aber jetzt mach ich mir solche Vorwürfe, dass ich den Hadi da hab liegen lassen, und er dann im Ernstfall allein gestorben wär.«

»Jetzt lass mal, Rose«, sagte ich. »Der Hadi lebt ja noch, und der Eddie auch. Jetzt müssen wir nur sehen, wie wir das wieder repariert kriegen. Das sieht ganz schön übel aus.« Wir legten die Köpfe in den Nacken und betrachteten den hässlichen Krater in der Decke.

Hadi sagte: »Was ist ein Holzbalken gegen mein Leben? Ich hätte tot sein können. Da hat nicht viel gefehlt.«

Dann drückte er mir Eddie Barack in den Arm.

»Nimm ihn mal, Gundula. Meine Nase tut sehr weh, ich werde sie wohl mal ein bisschen kühlen müssen.«

»Mach das, Hadi, das ist eine gute Idee«, sagte ich. »Im Eisfach sind Kühlpacks.«

In der Tür drehte sich Hadi noch mal um und wiederholte: »Ich hätte tot sein können.« Dann wankte er davon.

»Wie seid ihr denn auf die Idee gekommen, eine Kinderwippe mit einem einzigen Nagel zu befestigen?«, fragte Gerald.

»Na ja, der Bohrer war doch kaputt«, sagte Rose und zuckte mit den Schultern. »Und weil der Eddie immer so weint, haben wir gedacht, vielleicht wird er ruhiger, wenn er ein bisschen schaukeln kann.«

»Seid froh, dass der Eddie noch nicht in seiner Wippe saß«, sagte meine Mutter. »Also wirklich, Rosi«, wandte sie sich an ihre Schwiegertochter. Manchmal frage ich mich schon, ob ihr außer Stroh noch was anderes in euren Schädeln habt.«

Sie schüttelte den Kopf und ging aus dem Zimmer.

Roses Lippen zuckten.

»Die Ilse ist immer so gemein. Was haben wir ihr eigentlich getan?«

Gerald hatte sich indessen gebückt und versuchte nun, den Dachbalken beiseitezuziehen, was ihm aber nicht gelang. Vorwurfsvoll sah er in die Runde.

»Kann mir vielleicht mal jemand helfen? Oder wollen wir den hier mitten im Salon liegen lassen?«

»Ist wahrscheinlich besser«, sagte ich. »Du musst auch an deinen Rücken denken, Gerald. Ruf lieber einen Handwerker an.«

»Wieso ich?«, fragte Gerald.

Eddie Barack wimmerte auf meinem Arm, weswegen Susanne zu uns kam und ihm ihren Finger in den Mund steckte. Sofort verstummte Eddie und riss die Augen auf.

»Eididei, kleiner Reginald, sei froh, dass es nur deinen Papa erwischt hat.« Dann wandte sie sich zu mir. »Wir können nur hoffen, dass die Nase von selbst wieder abschwillt, ich glaube nicht, dass es hier irgendwo ein Krankenhaus gibt.«

Rose schluchzte auf. »Es war alles meine Schuld! Und jetzt ist dem Hadi seine Nase schief. Die Nase war immer das Schönste an ihm. Die hab ich so geliebt!«

»Rose, jetzt reiß dich mal zusammen«, sagte ich. »Das ist nur halb so schlimm, wie es aussieht. Das wird schon wieder.«

»Und wenn nicht?«

»Also ich«, erwiderte Susanne, »fände so eine krumme Nase schick. Das zeugt von Kraft. Meine Männer hatten immer krumme Nasen. Die mit den geraden hab ich gleich wieder weggeschickt, da war mir zu wenig Potenz dahinter.«

»Was du nicht sagst, Mutti«, sagte Gerald. Dann wandte er

sich zu mir: »Gundula, wann gibt es denn was zu essen? Ich bin nach den ganzen Aufregungen wirklich hungrig.«

Ich drückte ihm Eddie Barack in die Arme.

»Halt mal. Ich gehe noch ein paar Eier holen.«

»Warst du nicht vorhin einkaufen?«, fragte Rose. Dann verzog sie ihr Gesicht. »Ich will nicht wieder Rühreier essen. Ich kann keine Eier mehr sehen. Jeden Tag gibt es hier nur noch Eier.«

»Sei froh, dass du überhaupt was zu essen bekommst, Rose«, sagte Susanne. Manchmal sprach sie uns direkt aus der Seele. »Zu meiner Zeit hätte man für ein Hühnerei seine Mutter verkauft.«

»Ich hab aber schon lauter Pusteln, und der Hadi sagt auch, dass sich bei mir eine Eierallergie anbahnt. Das geht schleichend, hat er gesagt, und irgendwann ist man ganz voll mit den Pusteln.«

Sie knöpfte ihre Bluse auf und zeigte uns ihr Dekolleté. Gerald zuckte zurück: »Schon gut, Rose, wir glauben dir ja.«

»Glauben«, heulte Rose auf. »Glauben nützt mir in dem Fall GAR nichts!« Dann lief sie nach draußen.

Wir blieben etwas überrascht zurück.

»Tja«, Susanne unterbrach die Stille. »Ich meine, ich mag Eier wirklich ... aber jeden Tag? Irgendwann wird mir das vielleicht auch zu viel. Ich denke dabei vor allem an meine erhöhten Cholesterinwerte, das kann nicht gesund sein auf Dauer.«

»Und deine Schokolade ist da kein Problem?«, fragte ich.

»Aber die ess' ich doch nicht kiloweise.«

»Wenn wir die Eier nicht essen, werden sie schlecht«, sagte ich. »Es bleibt uns nichts anderes übrig.«

»Könnte man vielleicht nicht doch überlegen«, sagte Gerald jetzt, »das ein oder andere Hühnchen –«, als er meinen Blick sah, verstummte er.

»Was, Gerald? Was ist mit dem ein oder anderen Hühnchen?«

»Na ja, ich meine, wir haben vierundzwanzig Hühner, Bonsai nicht dazugerechnet. Das ist eine ganz schöne Menge, Gundula. Und wenn wir irgendwann die ganzen Eier nicht mehr schaffen, müssen wir uns eventuell überlegen, was wir in Zukunft damit machen. Ich beobachte das schon die letzten Tage, und es macht mir, ehrlich gesagt, große Sorgen.«

»Mir auch«, sagte Susanne.

»Mutti, lass mich bitte mal ausreden. Also, meine Idee wäre, das ein oder andere Hühnchen vielleicht doch –«

»Nein«, sagte ich. »Wag es nicht, Gerald. Ich habe eine Verantwortung für meine Hühner.«

»Ja natürlich, Liebes, wir verstehen dich ja«, sagte Susanne und zupfte sich einen Fussel von der Hose, »aber letztendlich musst du dich auch mal fragen, was dir wichtiger ist. Die Hühner oder deine Familie. Wenn wir hier bald der Reihe nach in Rollstühlen sitzen, weil wir aufgrund unserer erhöhten Cholesterinwerte Schlaganfälle erlitten haben, hast du auch nichts davon. Oder?«

Sie sah mich an und wartete auf eine Antwort.

»So ein Blödsinn, Susanne«, antwortete ich. »Außerdem sind das Zierhühner.«

»Was?«

»Zierhühner. Das ist eine spezielle Rasse, die kann man überhaupt nicht essen, da ist ja kaum Fleisch dran.«

Damit ließ ich die beiden stehen und lief in die Küche, um meinen Eierkorb zu holen. Doch der quoll schon über mit Eiern. Die ganze Speisekammer quoll über. Die Eier stapelten sich nicht nur in den Regalen, sie lagen inzwischen auch auf dem Boden, weil sonst kein Platz mehr war. Irgendwas musste sich ändern. Vielleicht sollte ich tatsächlich einmal zum Wochenmarkt fahren, wenn ich Zeit fand.

22.
Kapitel

Der Balken im Salon blieb also an Ort und Stelle liegen, jedes Mal, wenn ich ihn sah, wurde ich unruhig. Natürlich musste ich mich allein um die Handwerkersuche kümmern. Gerald war wie immer im Finanzamt, Rose kümmerte sich angeblich um Eddie Barack, Hadi pflegte seine Nase, unsere Mutter ruhte, und Susanne verschanzte sich in jeder freien Minute mit Matz in ihrem Zimmer.

Ich hatte noch nie einen abgestürzten Deckenbalken wieder andübeln lassen, deshalb wusste ich zunächst auch nicht, an welchen Handwerker man sich bei solch einem Problem wenden musste.

Zuerst rief ich bei einem Schreiner an, der sich nicht für solch eine Aufgabe verantwortlich fühlte. Dem zweiten sprach ich auf den Anrufbeantworter, aber er rief nicht zurück. Der dritte behauptete, kein Handwerker zu sein. Dann rief ich aus Versehen einen Glaser an, der mich für verrückt erklärte. Der vierte Schreiner sagte, ich solle es mal bei einem Dachdecker versuchen. Beim ersten Dachdecker ging keiner ran. Der zweite verstand nicht, was ich meinte, und der dritte sagte, er könne frühestens in zwei Wochen vorbeischauen. Obwohl der Mann alles andere als freundlich war, blieb mir nichts anderes übrig, als einen Termin mit ihm auszumachen.

Als Gerald am Abend aus dem Finanzamt kam, wartete ich schon in der Haustür, um ihm von den unfreundlichen Handwerkern zu erzählen. Aber er ging geradewegs an mir vorbei und griff nach seiner Schirmmütze, die auf der Kommode lag. Ich blieb stehen.

»Was machst du?«

»Ich muss ein bisschen frische Luft schnappen.«

»Wieso?«

»Wieso nicht? Also wirklich, Liebes. Ich brauche auch mal frische Luft. Ich sitze den ganzen Tag in meinem vermieften Büro und arbeite, da muss ich doch wohl nach Feierabend mal an die frische Luft dürfen?«

»Natürlich, Gerald. Aber du könntest dabei das Schöne mit dem Nützlichen verbinden und zum Beispiel im Hühnerstall die Eier einsammeln.«

»Ich kann jetzt nicht, Gundula. Es wird bald dunkel, ich brauche noch etwas Licht. Dahinten ist Hans-Dieter. Frag den doch, ob er dir hilft.«

Ich drehte mich um. Mein Bruder stand neben der großen Eingangstreppe und hielt sich den Kopf. Susannes Stimme schallte zu uns herüber: »HANS-DIETER!«

»Was hat Susanne denn schon wieder?«, fragte ich.

»Sie ist verrückt geworden«, sagte Hadi. Mein Bruder beugte sich vor und betrachtete seine Hausschuhe.

»Ist dir schlecht?«

»Nein.«

»Hast du Kopfschmerzen, Hadi? Vielleicht sollten wir doch zum Arzt mit deiner Nase. Nachher hast du noch eine Gehirnerschütterung, und wir haben es nicht bemerkt.«

Hadi sah auf und sagte: »Was?«

Eventuell waren seine Ohren bei dem Sturz auch in Mitleidenschaft gezogen worden, dachte ich. Ich ging auf ihn zu und sagte laut: »Kannst du mich hören?«

Er zuckte zusammen. »Wieso schreist du mich denn so an? Müssen hier eigentlich alle unentwegt schreien?« Dann hielt er sich wieder die Ohren zu.

Mit seiner Pflaumennase sah er aus wie ein sehr trauriger Clown.

Wieder schallte Susannes Stimme durchs Haus. Plötzlich rannte Matz auf uns zu.

»Onkel Hadi, wieso bist du denn weggelaufen? Wir brauchen dich.«

»Wofür?«, fragte ich.

»Ich mache für Oma Susanne einen YouTube-Kanal. Sie muss ja endlich mal Geld verdienen. Wenn wir das richtig anstellen, sind wir in ein paar Monaten Millionäre.«

»Wer sagt denn so was?«, fragte ich.

»Oma Susanne. Sie hat angeblich eine ganz tolle Idee.«

»Versteh' ich nicht«, sagte ich. »Wer sollte sich denn Youtube-Videos einer alten Frau ansehen?«

»Es sind Ratgeber«, sagte Hadi.

»Ratgeber? Wofür denn?«

»Mann, Onkel Hadi«, sagte Matz, »das war doch geheim!«

»Solange ich keinen Vertrag von ihr für meine Mitarbeit bekomme, muss ich auch den Mund nicht halten. Schöne Grüße.«

Damit ließ er uns stehen und lief davon.

Nachdem ich erfolglos versucht hatte, meinen Bruder wiederzufinden, um ihn zu Susannes Ratgebern zu befragen, ging ich stattdessen zu unseren Hühnern. Matz und ich hatten einen kleinen Bereich im Garten für sie eingezäunt, damit Othello nicht in Versuchung geriet, ihnen wie dem Kaninchen Knubbel, das unsern ehemaligen Nachbarn, den Federbeins, gehört hatte, die Kehle durchzubeißen. Auf halbem Weg kam er mir entgegen. Er hatte den Schwanz zwischen seine Hinterbeine geklemmt und ließ den Kopf hängen. Hinter ihm trottete Gulliver.

Ich beugte mich zu Othello hinunter und streichelte ihn am Kinn. »Was ist mit dir, kleiner Krieger?« Aber er beachtete mich nicht weiter. Sorgenvoll dreinblickend machte er sich los und verschwand mit Gulliver im Schlepptau hinter der Hausmauer. Ich sah zu den Hühnern hinüber und traute meinen

Augen kaum. Sie hatten es irgendwie geschafft, sich aus ihrer Umzäunung zu befreien und liefen munter gackernd kreuz und quer über die Wiese, wo sie fröhlich im Gras herumpickten. Als Frau Müller mich entdeckte, gackerte sie kurz auf und kam, dicht gefolgt von Bonsai, auf mich zugelaufen. Die restlichen Hühner schlossen sich ebenfalls an. Sie wirkten äußerst entspannt, und ich hatte die naheliegende Vermutung, dass Othello seinen ersten und einzigen Kampf gegen unsere Hühnerschar verloren hatte.

23.
Kapitel

In der Nacht standen Rose und Hadi plötzlich an unserem Ehebett. Hadi hielt den schlafenden Eddie Barack im Arm. Zuerst dachte ich, es handle sich um einen Albtraum und versuchte, an etwas Schönes zu denken, um wieder einzuschlafen. Aber dann stupste mich Rose an der Schulter und flüsterte: »Gundula.« Es konnte sich also um keinen Albtraum handeln. Es war grausame Realität.

Ich richtete mich auf. Gerald drehte sich auf die andere Seite und schnarchte weiter.

»Rose, was macht ihr hier?«

Rose und Hadi sahen aus, als hätten sie die Pest oder wenigstens die Röteln. Ihre Gesichter waren übersät mit roten Farbspritzern, da sie tagsüber immer noch damit beschäftigt waren, ihr Schlafzimmer rot zu streichen, was ihnen aber nicht recht gelingen wollte. Die Wände waren scheckig, und die Farbe trocknete nur langsam, weil Hadi sie so stark verdünnt hatte. Jetzt sagte Rose mit gedämpfter Stimme:

»Es ist ein Einbrecher im Haus.«

Kalt lief es über meinen Rücken.

»Was?«

»Ein Einbrecher«, wiederholte Hadi. »Mach schnell!«

»Was soll ich denn machen?«

»Ruf die Polizei«, sagte Hadi.

»Wieso ich?«

»Die Rose und ich haben kein Telefon, schon vergessen?«

Ich rüttelte Gerald wach. »Gerald!«

»Hmmm?«

»Ruf die Polizei! Es ist ein Einbrecher im Haus.«

Gerald war augenblicklich hellwach.

»Was?«

»Ja«, flüsterte Rose. »Er tapst im Haus herum.«

Gerald und ich sahen uns an.

»Wo denn?«, fragte er.

»Also ...« Rose blickte zu Hadi, der mit den Schultern zuckte. »Schwer zu sagen, mal hier, mal da ...«

Hadi fügte hinzu: »Ja, also eigentlich überall. Es ist schwer einzugrenzen.«

Ich sah zu Gerald. Sein Gesicht war aschfahl.

»Verdammt. Auch das noch. Was machen wir denn bloß? Wo sind unsere Mütter?«

Rose stieß einen Laut des Entsetzens hervor.

»Oh, lieber Herr Jesus, die haben wir ganz vergessen! Schnell! Die schlafen da ja mittendrin!«

Wir liefen zur Tür, aber Gerald hielt uns zurück.

»Wartet.« Er zog die Stecker unserer Nachttischlampen und hielt Rose und mir je eine hin.

»Was sollen wir denn damit?«, fragte ich.

»Ich nehme die da«, sagte Gerald und deutete auf Uroma Sieglindes massive Porzellanuhr. »Falls wir uns verteidigen müssen.«

»Und wenn sie kaputtgeht?«, fragte ich. »Meine Mutter bringt mich um.«

»Besser das, als von einem Einbrecher überwältigt zu werden«, sagte Gerald und setzte sich in Bewegung.

Rose sah zu ihrem Mann. »Und der Hadi?«

»Was?«, fragte Gerald.

»Der braucht doch auch was zur Verteidigung?«

»Der Hadi muss den Eddie halten.«

»Du hast recht«, sagte Rose, und Hadi nickte dankbar, als er uns hinterherlief. Bis auf das Knarzen der alten Dielen unter unseren Füßen war es totenstill im Haus. Alle paar Schritte machte Gerald »Pscht«, und wir blieben stehen und lauschten.

Plötzlich hörten wir vom Erdgeschoss her rhythmische, schabende Geräusche.

Rose erstarrte. »Das ist er! Jetzt tapst er nicht mehr, jetzt sägt er schon.«

»Bleib lieber hier, Rose«, sagte ich und versuchte, sie am Nachthemd zu packen. Aber sie war schon am Treppenabsatz und schlich die Stufen hinunter. Vor sich hielt sie die kleine Nachttischlampe. Sie schien zu allem bereit. Gerald und mir blieb nichts anderes übrig, als ihr zu folgen. Auf halbem Wege drehte ich mich zu Hadi um, der immer noch oben stand.

»Hadi? Komm! Lass uns zusammenbleiben!«

»Ich kann nicht«, flüsterte er. »Ich muss doch auf den Eddie aufpassen.« Dann ließ er sich auf die oberste Stufe sinken. »Mir ist auch schon ganz eng um die Brust, Gundula. Ich finde, wir sollten uns lieber verstecken ...«

»Und was ist mit unseren Müttern?«, flüsterte ich zurück.

»Stimmt«, sagte er, blieb aber sitzen.

»Was ist jetzt?«, fragte ich. Mein Bruder war noch nie der Mutigste gewesen.

»Ich halte hier die Stellung, falls er beschließt, in Matz' Zimmer vorzudringen.«

Matz hatte ich ganz vergessen.

»Gute Idee!«

Gerald und ich hatten Rose eingeholt und schlichen hinter ihr her Richtung Küche. Das Schabegeräusch schwoll an.

Gerald flüsterte: »Es klingt, als würde er versuchen, die Gitterstäbe vor dem Fenster durchzusägen. Da sind wir gerade noch rechtzeitig gekommen.«

»Wieso sollte er die Gitterstäbe durchsägen? Ich denke, er ist schon längst drin?«, fragte ich.

»Vielleicht warten draußen noch mehr und kommen jetzt nach?«, flüsterte Rose.

»Pscht!«, machte Gerald.

Wir hielten den Atem an. Das Schaben hatte aufgehört.

»Ich hab' Angst«, sagte Rose.

Vom oberen Ende der Eingangstreppe hallte Hadis Stimme: »Alles okay?«

»Pscht!«, machten wir wieder. Dann schlich Gerald voran zur Küchentür. Das Schaben setzte wieder ein. Gerald winkte hektisch mit seiner freien Hand und bedeutete uns, zu ihm aufzuschließen. Zu dritt quetschten wir uns in den Türrahmen und lauschten erneut. Es war stockfinster. Das Schaben kam nicht, wie erwartet, vom Fenster, sondern vom Kamin. Wir verharrten noch einen letzten Augenblick, dann knipste Gerald das Licht an, und Rose schrie auf.

Vor dem Kamin lagen Gulliver und Othello. Othello öffnete ein Auge, schaute uns kurz verächtlich an und schlief dann weiter. Gulliver wachte gar nicht erst auf. Die Schnauze fest auf Othellos Po gebettet und alle viere von sich gestreckt, schnarchte er selig vor sich hin.

Gerald stellte Uroma Sieglindes Porzellanuhr auf den Küchentisch, ließ sich auf einen Stuhl fallen, fasste sich ans Herz und stammelte: »Meine Güte, Rose. Mach das nicht noch mal. Uns so zu erschrecken wegen nichts und wieder nichts.«

Rose lehnte an der Wand und schloss die Augen. »Guter Gott«, sagte sie, »danke, dass du uns errettet hast.«

»Was soll das denn nun wieder?«, fragte ich, bekam aber keine Antwort, weil uns ein schriller Schrei aus der Eingangshalle zusammenzucken ließ. Kurz darauf hörten wir Mutters Stimme:

»Sag mal, Hans-Dieter, bist du verrückt geworden, hier mitten in der Nacht auf der Treppe herumzulungern?«

»Ich wollte nur –«

»Was du wolltest, ist mir egal. Du hast mich zu Tode erschreckt. Kannst du nicht woanders mit deinem Kind spazieren gehen und nicht ausgerechnet da, wo eventuell Familienmitglieder vorbeikommen? Mir ist fast das Herz stehen geblieben ...« Laut vor sich hin schimpfend erreichte sie die

Küche, steckte den Kopf durch die Tür und erstarrte, als sie uns erblickte. Dann sagte sie: »Grundgütiger! Seid ihr jetzt alle verrückt geworden? Wisst ihr eigentlich, wie spät es ist?«

»Wir haben einen Einbrecher gejagt, Ilse«, setzte Rose an, aber meine Mutter wischte die Erklärung mit einer Handbewegung beiseite und lief Richtung Spüle, um sich ein Glas Wasser zu nehmen. Dabei murmelte sie: »Einbrecher! Wer's glaubt, wird selig. Wann seid ihr endlich mal aus dem Alter raus, euch immer so einen Blödsinn auszudenken. Einbrecher! Als ob es hier bei uns was zu holen gäbe.«

Dann erblickte sie Oma Sieglindes Porzellanuhr.

»Wo kommt die denn plötzlich her? Jahrelang hab ich die gesucht.«

»Die hast du mir mal zu Weihnachten geschenkt«, sagte ich.

Mutti betrachtete mich skeptisch.

»Bist du sicher? Ich kann mich nicht daran erinnern.«

»Glaub mir, du hast sie mir –«

»Und wieso steht sie hier mitten in der Küche? Weißt du nicht, was die wert ist? Das ist unverantwortlich, Kind.« Sie trat an die Uhr heran und versuchte, sie hochzuheben.

»Hans-Dieter, hilf mir mal. Ich bewahre die lieber in meinem Zimmer auf, da ist sie sicher. Ihr könnt sie euch dann ja wieder holen, wenn ich unter der Erde liege.«

Hadi übergab mir Eddie Barack und trug Oma Sieglindes Uhr ächzend hinter Mutter her.

»Toll, Rose«, sagte ich, »das ist ja mal wieder super gelaufen.«

24.
Kapitel

Mutti hatte bei ihren Spaziergängen entdeckt, dass die Vorbesitzer unseres Dreiseitenhofs leidenschaftliche Gärtner gewesen sein mussten, einige Sträucher mit Beeren hatten überlebt. Deshalb machten wir uns am nächsten Tag auf den Weg zur Ernte. Der Schreck aus der vorherigen Nacht saß uns noch in den Gliedern, und es tat gut, an der frischen Luft zu sein. In einer Hand hielt ich ein Eimerchen, mit der anderen stützte ich meine Mutter, die lautstark mit den Unebenheiten des Bodens kämpfte. »Ist doch nicht zu fassen, dass Gerald es einfach nicht schafft, mal einen Rasenmäher zur Hand zu nehmen. Will er, dass wir uns hier alle die Beine brechen.« Sie blieb stehen, sah mich an und schien eine Antwort zu erwarten.

»Ich weiß es nicht, Mutti. Ich hab dich ja gewarnt. Der Boden hier hat es in sich.«

»Das meine ich ja. Da muss man doch was machen.«

»Wir haben aber keinen Rasenmäher.«

»Hab' ich euch nicht damals zur Hochzeit einen geschenkt? Wo ist der denn hingekommen?«

»Mutti, der ist schon lang kaputt. Die Hochzeit ist dreißig Jahre her.«

»Na und? Müsst ihr immer gleich alles wegschmeißen, nur weil es nicht mehr up to date ist.«

»Nicht mehr up to date« war die neue Lieblingsformulierung meiner Mutter, wenn sie uns unsere Verschwendungssucht vorwerfen wollte. Was meiner Meinung nach völlig unfair war. Schließlich hebe ich wirklich alles auf. Sogar beim

Umzug hatte ich nichts weggeschmissen. Sodass nun zwei leer stehende Zimmer unserer neuen Bleibe bis obenhin vollgestopft waren mit dem ganzen Sperrmüll, der seit Jahrzehnten im Keller und in der Garage des Rotkehlchenwegs gelagert worden war.

Aber mit Mutters Rasenmäher hatte man selbst im Rotkehlchenweg bloß den Vorgarten mähen können. Das war nämlich kein elektrischer, sondern so einer mit Rollen dran, den man hin und her ratschen musste. Zehnmal über eine dreißig mal dreißig Zentimeter große Fläche, bis endlich alle Grashalme geköpft waren.

Ich hatte dann irgendwann heimlich einen Elektrorasenmäher bei meinem Discounter gekauft, den ich aber bei Mutters Besuchen in der hintersten Ecke des Schuppens versteckte. Wo er beim Umzug abgeblieben war, konnte ich nicht mit Sicherheit sagen.

Jetzt beschirmten Mutter und ich uns mit den Händen die Augen und betrachteten unser Land, das in der Morgensonne vor uns lag.

»Schau mal, Mutti. Wie soll man denn so ein riesiges Grundstück mähen? Das schafft doch keiner. Das würde man noch nicht mal mit so einem Rasenmäherauto schaffen.«

Sie sah von unten zu mir hoch und schien zu überlegen, was ich mit einem Rasenmäherauto meinte: »Natürlich. Es reicht ja nicht, dass ihr ein Auto für die Straße in der Garage stehen habt. Da braucht man natürlich auch noch eins für den Rasen.«

»Nicht zum Fahren, Mutti. Zum Mähen.«

»Was denn nun noch alles?«

Sie lief weiter. Ich holte auf und fasste sie unterm Ellbogen.

»Früher haben wir die Wiesen noch mit der Sense geschnitten. Ritsch, ratsch ging das! Den ganzen Tag lang. Vati hat sich das nicht nehmen lassen. Der ist alle zwei Wochen raus auf die Wiese. Ritsch, Ratsch. Ich hör's noch ganz deutlich.« Sie blieb stehen. »Ich werde das mal unserem lieben Gerald erzählen.

Das könnte was für ihn sein. Er geht ja abends immer spazieren, um frische Luft zu schnappen, da kann er auch genauso gut eine Sense mitnehmen. Ein paar Meter wird er pro Abend schon schaffen, meinst du nicht?«

Ich sah Gerald in einem grünen Overall in der Abenddämmerung über die Hügel unseres Anwesens schreiten. Ritsch, ratsch, einen großen Sonnenhut auf dem Kopf, die behandschuhten Hände fest um den Griff seiner Sense gelegt, ein fröhliches Liedchen auf den Lippen. Von Weitem sah er noch relativ fit aus, aber dann erlahmten seine Bewegungen mit einem Mal, und er kam ins Schlingern. Ich ging näher. Zuerst erkannte ich ihn gar nicht wieder. Sein Gesicht war so angeschwollen, dass es richtiggehend unscharf wirkte. Die Kinnpartie hing weit über den Hals hinab, und schwabbelte bei jeder Bewegung unkontrolliert hin und her. Die Augen standen glasig und glubschig hervor und glichen exakt denen unseres toten Karpfens Emilio, den Matz letzten Winter erfolgreich aus der Badewanne gerettet hatte, um ihm das Schicksal eines Weihnachtskarpfens zu ersparen. Leider hatte er ihn in seinem Versteck, nämlich einem Eimer mit zu wenig Wasser, auf dem Dachboden vergessen. Die stierenden Fischaugen sehe ich noch heute oft vor mir und in Geralds Gesicht waren sie ein wahr gewordener Albtraum. Er hielt in seiner Bewegung inne, drehte sich in meine Richtung, erspähte und fixierte mich, öffnete seinen Mund zu einem Schrei, taumelte, versuchte, sich in letzter Sekunde an seiner Sense festzuklammern und kippte dann lang gestreckt vornüber. Kurz vor dem Aufprall rief er noch: »Gundula! Du hast es so gewollt!«

Ich schüttelte die Vorstellung ab, ließ meine Mutter los und hielt mir die Hand vor den Mund, um nicht laut aufzuschreien.

»Was ist denn jetzt schon wieder?« Meine Mutter war stehen geblieben und sah mich an.

»O Gott«, stieß ich hervor. Dann sammelte ich mich. »Mutti, versprich mir, dass du Gerald nicht dazu überreden wirst, sich im Garten nützlich zu machen.«

»Nein, das ist eine Sache, die du selbst mit ihm klären musst. Da misch' ich mich nicht ein.«

»Dann ist es ja gut.«

»Wenn du meinst. Können wir jetzt weiter?« Sie hielt mir ihren Ellbogen hin.

Endlich erreichten wir die unzähligen Johannisbeersträucher und eine Himbeerhecke, die sich am Ende der großen Wiese am Waldrand ausgebreitet hatte. Die Beeren leuchteten purpurrot, und meine Mutter rief entzückt aus: »Hach, das lohnt sich doch. Da müssen wir die nächsten Monate keine Marmelade mehr kaufen.«

Nach zehn Minuten war unser Eimerchen gefüllt, und meine Mutter beschwerte sich über meine mangelnde Weitsicht.

»Was wolltest du denn mit so einem Eimerchen ausrichten, Gundula? Da kriegen wir ja nicht mal ein halbes Gläschen Marmelade raus.«

»Ich wusste ja nicht, dass hier so viel wächst, Mutti.«

»Das hatte ich dir doch gesagt. Dass du auch nie zuhörst.« Sie setzte sich auf einen Baumstumpf.

»Gut. Ich warte hier, und du holst noch ein paar Körbe, damit sich die Ernte auch rentiert.«

Gehorsam nahm ich mein volles Eimerchen und machte mich auf den Weg zurück zum Haus.

Als ich an Susannes Zimmer vorbeikam, hörte ich durch das geöffnete Fenster Hadis Stimme. Ich schlich mich heran und linste durch die Vorhänge.

Susanne saß auf ihrem Bett. Sie hatte das Haar zu Locken gedreht und war geschminkt, als müsse sie demnächst zum Wiener Opernball aufbrechen. Ihre Lippen leuchteten blutrot und sündig in ihrem blassen Gesicht. Ihr karmesinrotes Nachthemd mit dem etwas zu tief sitzenden Spitzendekolleté war aufreizend über ihren übereinandergeschlagenen Knien drapiert. Sie saß kerzengerade, wobei sie sich mit einer Hand hinter dem Rücken abstützte und mit den Fingern der anderen ihre Locken zwirbelte.

»Und«, hörte ich wieder die Stimme meines Bruders, »das ist natürlich ein großes Problem, nicht wahr?«

Er klang merkwürdig. Irgendwie sprach er langsamer und stockender als gewöhnlich. So, als würde er etwas ablesen. Im Vorlesen war mein Bruder noch nie besonders gut gewesen.

»Natüüürlich«, seufzte Susanne. »Aber sei mal ganz beruhigt, lieber Pascal. Das Problem haben GANZ, GANZ viele. Habt ihr es denn schon mal mit Ginkgo und zusätzlicher Meditation versucht?«

Ich stutzte. Wieso nannte Susanne meinen Bruder Pascal?

»Ja, das haben wir schon alles durch. Hat aber nicht geholfen.«

Ich beugte mich etwas weiter vor und entdeckte Hadi am anderen Ende des Zimmers. Er hielt tatsächlich einen Zettel in der Hand, von dem er ablas. Nicht weit entfernt von meinem Bruder stand Matz. Er hielt sein Handy auf Susanne gerichtet und filmte sie.

»Wenn das alles nichts hilft, hilft nur Reden«, sagte Susanne in diesem Moment.

»Aha«, antwortete Hadi. »Reden?«

»Ja. Reden, mein Lieber. Sprecht über das, was euch fehlt. Seid offen miteinander. Ich zum Beispiel habe bis zum heutigen Tag immer allen gesagt, was mir fehlt, und ich hatte auch immer ein offenes Ohr für die Bedürfnisse meiner Partner. Da gab es zum Beispiel mal einen, wie hieß er doch gleich, Bernard, glaube ich, der bat mich immer vor dem Zubettgehen, eine Runde zu schaukeln.«

Hadi sah von seinem Zettel auf und hob die Hand, aber Susanne war in ihrem Element und ließ sich nicht unterbrechen.

»Er hatte ein riesiges Anwesen in Südafrika, im Garten hing an einem Mangrovenbaum besagte Schaukel. Ich glaub, er hatte einen sehr verantwortungsvollen Job, er war Chef über Tausende Leute, ihm gehörte sowieso der halbe Kontinent, zumindest was die Weinberge betraf. Aber sein Erfolg schlug sich auf seine Libido nieder, das ist ja oft so. Und so fragte ich ihn eines Tages, was er sich denn wünschen würde, um sich mal so richtig zu entspannen. Und er sagte unter Tränen – ich sehe ihn bis heute vor mir, und es bricht mir jedes Mal wieder das Herz –, also er sagte unter Tränen, er würde mich so gern mal auf der Schaukel sehen. In einem kurzen Rock und den Blick in den Himmel gerichtet. Und das habe ich dann für ihn gemacht. Das hat Wunder bewirkt, lieber François.«

Sie verstummte und sah Hadi erwartungsvoll an.

»Ich dachte, ich heiße Pascal?«

»Das ist jetzt egal. Das kann man rausschneiden. Also?«

Matz' Handy klingelte, sofort ließ er die Hände sinken und schaltete die Kamera aus.

»Okay, ich muss los.«

»Aber wir waren doch mittendrin!«, rief Susanne aus. »So werden wir ja nie damit fertig.«

Hadi guckte auf seinen Zettel und schien etwas zu suchen.

»Also ich weiß jetzt auch nicht, Susanne. Das steht da alles gar nicht drauf. Da steht nur: ›Es hilft nur Reden.‹ Dann sage ich: ›Ach.‹ Und du guckst in die Kamera und sagst: ›Jawoll, ihr dürft gespannt sein. Jeden Donnerstag neu. Ginas Blog (lässt Träume wahr werden).‹«

»Ja«, sagte Susanne. »Das steht da auf deinem Zettel. Aber hast du schon mal was von künstlerischer Freiheit gehört? Gerade für dich sollte das doch kein Fremdwort sein!«

»Nein, das meine ich auch nicht. Es geht darum, dass ich ja gar nicht weiß, was ich dann antworten soll. Also nicht ich, sondern Pascal.«

»Dann sag doch irgendwas, Hans-Dieter. Du bist ein freier Mensch!«

»Ich habe aber nichts zu sagen, zu deinen Geschichten mit Bernard.«

»Du brauchst ja auch nichts sagen. Das ist ja meine Geschichte und nicht deine.«

»Oma Susanne«, sagte Matz. »Das Problem ist, dass wir viel zu lang werden.«

»Nenn mich nicht Oma!«

»Sorry. Wir werden aber trotzdem zu lang. Das ist ja nur die Ankündigung und nicht der Blog.«

»Gut, dann fangen wir noch mal von vorn an. Wie seh ich aus?«

Susanne warf sich in Pose.

Matz ging zur Tür. »Ich muss los.«

»Ich auch«, sagte Hadi. »Ich muss die Rose ablösen.«

»Mit euch kann man wahrlich keine Geschäfte machen«, rief Susanne unwillig aus. »So wird das nichts.«

»Ich brauch' eigentlich auch erst mal den Vertrag, Susanne. Ich komm' in Teufels Küche, wenn die Rose erfährt, dass ich hier ohne angemessene Bezahlung mitmache.«

»Nichts ist umsonst, Hans-Dieter. Außerdem arbeitest du auf Rückstellung.«

»Ja, aber wann krieg ich denn das Geld?«

»Wenn die ersten Kunden anbeißen. Die wichtigste Regel in diesem Metier heißt Geduld. Das kannst du dir jetzt endlich mal merken.«

Jemand tippte an meine Schulter, und ich fuhr herum. Hinter mir stand meine Mutter.

»Wie lang soll ich denn noch in der Hitze herumsitzen?«

»Oh, entschuldige, Mutti, das hatte ich ganz –«

»Natürlich hast du das vergessen. Du vergisst ja immer alles, was mit deiner Mutter zu tun hat.«

Sie reckte den Kopf und versuchte, einen Blick in Susannes Zimmer zu erhaschen.

»Was macht sie da schon wieder?«

»Frag lieber nicht, Mutti.«

Damit nahm ich ihren Arm und zog sie Richtung Haustür.

»Komm, ich mach uns mal was zu trinken.«

25.
Kapitel

Langsam begann der Balken im Wohnzimmer, mein tägliches Leben zu stören, mit dem Staubsauger hatte ich ihn umfahren können, aber das nasse Wischen wurde zum Problem, weil ich Sorge hatte, dass das Wasser das Holz zum Aufquellen bringen würde. Weil sich der Handwerker nicht mehr zurückgemeldet hatte, rief ich ihn selbst noch einmal an. Barsch wurde ich darauf hingewiesen, dass wir schon von ihm hören würden, wenn es ein Zeitfenster gäbe. Was jedoch nicht der Fall sei, und somit müsste ich mich eben noch ein wenig gedulden. Auf meinen Einwand hin, dass der Balken nun schon geraume Zeit im Salon herumliegen würde und wir auch gern den Grund für seinen plötzlichen Absturz erfahren würden, sagte man mir, man werde sich in den nächsten Tagen wieder melden. Ein abgestürzter Balken sei ja immerhin schon abgestürzt und berge somit keine akute Gefahr mehr.

Als Gerald am Abend endlich vom Finanzamt nach Hause kam, erzählte ich ihm sogleich von meinem unerfreulichen Telefonat. Sein einziger Kommentar war, dass das eben leider einer meiner Schwachpunkte sei, immer würde ich so schnell aufgeben und hinschmeißen.

»Und was soll ich deiner Meinung nach antworten, wenn man mir sagt, es gäbe kein Zeitfenster?«

»Dann sagst du, dass es sich um einen Notfall handelt und dass wir uns, falls diese Leute nicht sofort am nächsten Tag herkommen, nach einer neuen Firma umsehen.«

»Ach, Gerald«, sagte ich. »Man merkt, dass du dich noch nie

in deinem Leben mit irgendwelchen Handwerkern auseinandergesetzt hast.«

Gerald stutzte.

»Was soll das denn heißen? Wer hat denn dieses Haus hier aufgetan? Wer hat denn den Umzug mitorganisiert und Kisten gepackt?«

»Tu nicht so, als hättest du irgendeine Kiste gepackt, Gerald. Das war ich. Du hast nur deine Schallplatten sortiert, und das auch nur, weil die außer dir keiner anfassen darf.« Ich holte kurz Luft. »Es geht auch nicht um die Kisten, Gerald. Damit kann ich leben. Es geht darum, Handwerker zu bestellen, wenn im Haus was kaputtgegangen ist, so wie jetzt. Oder«, setzte ich unvorsichtigerweise hinzu, »so wie damals, als wir den Wasserschaden im Rotkehlchenweg hatten, und du es nicht geschafft hast, die Gebläseleute einzubestellen.«

»Das ist nicht richtig, Gundula. Ich habe dort mehrfach angerufen.«

»Ja, Gerald. Du hast angerufen, es ist aber keiner gekommen. Der Keller war bei unserem Auszug immer noch feucht. Das wird den Kaufpreis ganz schön senken.«

»Ich finde, ich biete unseren Rotkehlchenweg gerade zu einem ziemlich anständigen Preis feil und bisher warst du da der gleichen Meinung wie ich. Wenn dir die Verkaufssumme zu gering ist, hättest du das gleich sagen müssen, jetzt würden wir alle Interessenten nur durcheinanderbringen. Und dann musst du dir auch mal klar darüber werden, dass kein normaler Mensch gutes Geld für ein Haus mit feuchtem Keller bezahlen wird.«

»Das meine ich doch, Gerald.«

»Was?«

»Dass du nicht teurer verkaufen kannst, weil du es nicht geschafft hast, die Gebläseleute zu bestellen und –«

»Darum wollte sich meine Mutter kümmern, erinnerst du dich? Ich hab ihr nur unter die Arme gegriffen.«

»Eben«, sagte ich.

»Was eben?«

»Ist egal, Gerald.«

Wir schwiegen einen Augenblick, und ich hatte das Gefühl, dass die Luft zwischen uns irgendwie raus war. Dann sagte ich: »Jedenfalls hast du es damals nicht geschafft, die Gebläseleute zu bestellen, und ich schaffe es jetzt eben nicht, die Handwerker für den abgestürzten Dachbalken herzuholen. Also sind wir eigentlich quitt.«

»Also, Gundula!« Gerald lachte auf und schüttelte amüsiert den Kopf. »Mit dir zu debattieren ist in etwa so, als würde man einen Esel am Schwanz ziehen, um ihn zum Gehen zu bewegen.«

»Was?«

»Na ja, Liebes, es ist wirklich schwierig, sich mit dir konstruktiv auseinanderzusetzen, weil du immer vom Wesentlichen abschweifst. Man verliert das Eigentliche dann irgendwann völlig aus den Augen. Aber«, er strich mir über die Wange, »sei beruhigt, ich habe mich inzwischen daran gewöhnt. So«, er zog seine Jacke aus, »jetzt werde ich mir mal meinen kleinen Abendspaziergang gönnen. Ich bin zum Abendbrot zurück.«

Ich betrachtete ihn, während er gemessenen Schrittes über die Auffahrt lief. Auf dem Kopf trug er seinen zerknautschten Sonnenhut von unserem ersten und einzigen Italienurlaub. Kurz kam mir der Gedanke, dass man Gerald, hätte er einen Spazierstock in Händen gehalten, auch mit einem in die Jahre gekommenen und aus der Form geratenen Grafen hätte halten können, der sein Land abschreitet. Aber dann wischte ich den Gedanken beiseite und schämte mich ein bisschen über meinen unfairen Vergleich. Immerhin hatte ich mich in Ernstfällen immer auf Gerald verlassen können. Sie mussten nur eben wirklich ernst sein. Mit Kleinigkeiten wie Handwerkern oder Einkaufslisten brauchte man von Gerald keine Hilfe erwarten. Und das weiß ich ja nicht erst seit heute.

Als ich ihn geheiratet habe, hatten sich seine Eigenarten ja auch schon abgezeichnet. Gerald ist im Gegensatz zu seiner Mutter zum Beispiel ziemlich altmodisch. Für ihn gilt die eiserne Regel: Der Mann geht einem ordentlichen Beruf nach, und die Frau kümmert sich um Haus und Hof und die Kindererziehung. Im Grunde wundere ich mich schon hin und wieder, wie Gerald es damals geschafft hat, mein Herz zu erobern. Gut, er konnte immer schon mitreißend erzählen, seine Sprache ist ziemlich bildgewaltig. Ich mochte seine Geschichten, als sie noch neu waren. Er sah auch nicht schlecht aus, er war damals ja auch noch ein bisschen schlanker. Und es gab bestimmt einige Mädchen, die wer weiß was dafür gegeben hätten, mit ihm auszugehen. Er war ein guter Tänzer, und er konnte alle Schlager und alle Lieder, die gerade »in« waren, mitsingen.

Dummerweise mag er die Musik von damals immer noch, was mittlerweile leider ein weiterer Grund für unsere erbitterten Schlachten ist. Weil Gerald einfach nicht versteht, dass ich keine Schlager hören mag. Aber das ist, wie Sie wissen, nicht unser einziger Konfliktpunkt. Im Grunde hätten wir genügend Themen, um mindestens fünfmal am Tag einen Streit vom Zaun zu brechen. Aber dafür sehen wir uns ja zum Glück zu selten, weil Gerald tagsüber im Finanzamt sitzt.

Manchmal quält mich das Gefühl, etwas verpasst zu haben. Etwas Großes. Etwas, das mir ganz allein gehört hätte: mein Leben.

Mein Leben hat den Zenit überschritten. Ich gehe auf die sechzig zu. Die Kinder sind beinah aus dem Haus, und was ist mir geblieben? Nicht etwa ein wohlverdientes letztes Aufatmen mit einem Buch in der Hand oder beglückende Yogastunden oder Wanderungen mit Freundinnen im Elsass oder am Rhein entlang. Nein. Meinen Lebensabend werde ich mit unseren Müttern, meinem Bruder und seiner Frau verbringen. Und mit Gerald, der in ein paar Jahren in Rente gehen und dann auch mit uns in der Küche sitzen wird.

Ich hatte ja gleich gewusst, dass ich in diesem Haus im

Grunde noch isolierter sein würde als im Rotkehlchenweg. Unser Gut lag schließlich inmitten eines riesigen Waldgebiets. Mit dem Fahrrad war man, wie ich ja selbst erlebt hatte, ziemlich lang unterwegs, um in den Ortskern zu kommen. Die einzigen Beinahe-Nachbarn, die in einiger Entfernung einen Hof an der Ostseite unseres Grundstücks bewohnten, hatten uns immer noch keinen Besuch abgestattet. Das fand ich schon etwas unhöflich. Man möchte doch wissen, wer nebenan wohnt.

Andererseits mochte ich unsere neue Behausung, wenn man einen fast tausend Quadratmeter großen Dreiseitenhof denn Behausung nennen kann, inzwischen wirklich gern. Das Gebäude ist hell und großzügig geschnitten, der Garten mit dem angrenzenden Wald ein Paradies. Und trotzdem sehnte ich mich manchmal zurück in unser kleines Häuschen im Rotkehlchenweg, wo keine Balken aus der Decke wegbrachen. Ich vermisste sogar Familie Federbein, obwohl die uns das Leben wirklich schwer gemacht hatten. Und wenn man bedenkt, dass sie nicht mal die Tür geöffnet hatten, als wir uns verabschieden wollten, waren sie es eigentlich auch nicht wirklich wert, dass ich sie vermisste.

Aber am meisten fehlte mir Herr Mussorkski. Seine Männlichkeit, seine Fürsorge, seine weisen Ratschläge. Seine Atemübungen, seine Nähe. Seine Hände, sein verhaltenes Lächeln, seine blauen Augen. Für ihn machte ich mir die Haare schön, weil er der Einzige war, der das überhaupt wahrnahm. Geralds und Herrn Mussorkskis Aufmerksamkeitsradius, was schöne Haare betrifft, könnte nicht weiter auseinanderliegen. Wenn Gerald zum Beispiel am Abend von der Arbeit kommt, ist seine erste Frage: »Wann gibt es Essen?« Herr Mussorkski sagte bei jeder Begegnung grundsätzlich: »Sie haben die Haare schön.« Das hilft einem enorm, wenn man auf die sechzig zugeht. In dieser Lebensphase brauchen Frauen Komplimente wie andere Menschen ihr täglich Brot. Das scheint Gerald noch immer nicht begriffen zu haben. Seine einzige Reaktion auf schöne

Haare wäre höchstens die Frage: »Warst du schon wieder beim Friseur?«

Aber ich wollte mich nicht weiter beklagen. Wir hatten einen Dreiseitenhof. Die Mütter hatten ihre eigenen Zimmer und liefen einem nicht immer in die Quere. Gerald war noch nicht in Rente. Rose und Hadi bekamen wir irgendwann sicherlich in den Griff, die Hunde freuten sich über den Garten, unsere Hühner legten ein Ei nach dem anderen und fühlten sich wohl, und Matz, mein Sonnenschein, freute sich darauf, seinen besten Freund in Berlin besuchen zu können.

Trotzdem lief ich, nachdem Gerald sich auf den Weg zu seinem Rundgang gemacht hatte, ins Haus, um Herrn Mussorkski anzurufen.

Ich erwischte ihn sofort und war so überrascht darüber, dass ich anfangs gar nicht wusste, warum ich ihn ursprünglich angerufen hatte.

»Herr Mussorkski! Sie sind da?«

»Ja, liebe Frau Bundschuh! Wie geht es Ihnen da draußen?«

Ich überlegte.

»Na ja, es ist ein bisschen einsam. Und, ehrlich gesagt, fehlen mir unsere Stunden.«

»Ja, das hätte ich Ihnen gleich sagen können, Sie brauchen ein Auto, um ab und zu unter Leute zu kommen! Kein erwachsener Mensch hält das lange aus, in einem Dorf zu leben. Zumindest kein Mensch, der noch zwei Beine zum Laufen und einen Kopf zum Denken hat.«

»Danke. Nur haben wir kein Geld für einen Zweitwagen.«

»U-Bahn?«

»Nein.«

»Bus?«

»Nur einmal am Tag.«

»Tja, dann wird das wohl erst mal nichts mit unserer nächsten Stunde.«

Ich überlegte.

»Ginge es vielleicht telefonisch?«

»Liebe Frau Bundschuh, ich würde jetzt sehr gern sagen: Ja! Natürlich! Lassen Sie uns am Telefon plaudern! Aber wie Sie wissen, nehme ich meine Stunden sehr ernst. Ich brauche Ihre Gegenwart, um mich in Sie einfühlen zu können. Ich muss Sie bei mir wissen und fühlen. Nur dann kann ich mich mit voller Empathie auf Sie und Ihr Inneres einlassen.«

Meine Beine wurden schwach. Ach, hatte er das gerade schön gesagt!

»Sie haben vollkommen recht, Herr Mussorkski.«

»Na sehen Sie, liebe Frau Bundschuh. Alles wird gut. Wenn erst mal die S-Bahn wieder fährt, sind Sie in einer Stunde bei mir.«

»Ich brauche zwei Stunden und vierundzwanzig Minuten zu Ihnen, Herr Mussorkski.«

»Oje. Ich weiß, es ist schwer für Sie so ganz allein da draußen. Und dabei waren wir dem Ziel schon so –«

»Wir haben jetzt Hühner«, unterbrach ich ihn.

»Sie haben was?«

»Hühner.«

»Aha. Und warum, wenn ich fragen darf?«

»Die waren im Kaufpreis mit inbegriffen, aber Gerald hatte das wohl überlesen.«

»Na, das ist doch schön, liebe Frau Bundschuh, dann sind Sie ja zumindest nicht allein.«

»Ich wollte Sie etwas fragen.«

»Nur zu, liebe Frau Bundschuh, drei Minütchen hab ich noch.«

»Ich habe mir überlegt, ob ich nicht vielleicht eine Eierfarm aufmachen sollte.«

»Eine was?«

»Eine Eierfarm. Also mit den Eiern von den Hühnern.«

Kurz wurde es am anderen Ende der Leitung still. Dann sagte Herr Mussorkski:

»Ach, das ist ja mal was ganz Neues.«

»Finden Sie die Idee nicht gut?«

»Doch, doch, sie ist auf jeden Fall exotisch.«

»Ich könnte mit den Eiern zum Markt fahren und sie dort verkaufen. Damit könnte ich auch meine Schüchternheit überwinden, wissen Sie?«

»Mit den Eiern?«

»Ja, ich muss ja dann unweigerlich mit den Leuten hier ins Gespräch kommen.«

»Ja, das ist eine wirklich schöne Idee, liebe Frau Bundschuh. Eierfarm ... Sie sind ein Fuchs!«

Ich lächelte geschmeichelt.

»Das habe ich nur Ihnen zu verdanken. Danke.«

»Gern geschehen.« Nach einer Weile fuhr er fort: »Gut, liebe Frau Bundschuh, dann werde ich mal wieder hinter meinen Schreibtisch tigern. Ich mache heute meine Abrechnungen –«

Ich unterbrach ihn: »Wenn Sie mal irgendwann Eier brauchen sollten, melden Sie sich einfach, wir haben genug.«

»Ja, natürlich. Eier kann man immer brauchen.«

Wieder entstand eine Pause, in der ich überlegte, wie ich zum eigentlichen Thema gelangen sollte, ohne Herrn Mussorkski allzu sehr zu ermüden. Dann sagte ich:

»Mit Gerald läuft es gerade nicht so gut.«

»Ach.«

»Ja, leider. Dabei halte ich mich strikt an unser Vorhaben. Also an das, was ich bei Ihnen gelernt habe.«

»Nein, Frau Bundschuh. Sie haben nichts bei mir gelernt. Sie haben bei sich gelernt. Ich habe Ihnen nur den Weg geebnet.« Leise fügte er hinzu: »Aber anscheinend nicht genug.«

»Aber wissen Sie was?«, fuhr er nach einer kleinen Pause fort. »Wie wäre es, wenn ich Sie an einen Kollegen von mir überweise? Der müsste ganz in Ihrer Nähe wohnen. Heinz Zuckowski.«

Meine Begeisterung hielt sich in Grenzen.

»So gut wie Sie ist keiner, Herr Mussorkski.«

»Ich weiß. Äh, liebe Frau Bundschuh, jetzt hat es geklingelt, die nächste Patientin steht schon vor der Tür, wenn Sie mich jetzt bitte entschuldigen würden?«

Sein plötzlich so geschäftiger Ton versetzte mir einen Stich.

»Ach, eine Patientin ...«

»Ja. So, liebe Frau Bundschuh. Leben Sie wohl und melden Sie sich, wenn es mit dem Schienenverkehr wieder passt, und ich schicke Ihnen auf jeden Fall den Kontakt von Herrn Zuckowski.«

Damit legte er auf.

26.
Kapitel

Nach dem Telefonat ging ich zurück ins Haus und schnibbelte Radieschen in unserer riesigen Gesindeküche. Die Hunde lagen wieder auf ihrem Stammplatz vor dem Kamin und starrten auf den Mauervorsprung über ihren Köpfen. Während ich darüber nachgrübelte, hörte ich die quietschenden Reifen von Matz' Fahrrad im Vorhof. Ich öffnete ihm die Tür.

»Sag mal, Matz, was ich dich schon den ganzen Tag fragen wollte, was habt ihr denn heute eigentlich in Oma Susannes Zimmer gemacht?«

»Hm?«

»In Oma Susannes Zimmer. Heute früh.«

»Weiß nicht. Nichts Besonderes.« Er lief an mir vorbei zur Treppe.

»Matz!«

»Ja?« Er drehte sich widerwillig zu mir um. »Mama, ich muss meinen Rucksack packen. Morgen fahre ich doch nach Berlin.«

Das Wort Berlin klang in meinen Ohren wie New York, irgendwie schillernd.

»Erst will ich eine Antwort. Was habt ihr da gemacht? Ich hab euch gesehen.«

»Mann, Mama. Das sind Sachen, die dich nichts angehen.«

»Du hast Geheimnisse vor deiner Mutter?«

»Und wenn?«

»Vor Müttern hat man keine Geheimnisse.«

»Aber du erzählst mir doch auch nicht alles.«

»Das wäre ja auch noch schöner. Ich bin schließlich deine Mutter.«

»Und ich bin bald dreizehn. Wenn du so neugierig bist, frag doch Oma Susanne oder Onkel Hadi.«

»Du sollst mich nicht Oma nennen!«, schallte Susannes Stimme aus ihrem Zimmer. Natürlich hatte sie ihre Tür aufgelassen, um nur ja nichts zu verpassen. Jetzt humpelte sie auf ihre Krücken gestützt auf uns zu, und Matz nutzte die Gelegenheit, um sich aus dem Staub zu machen. Susanne schien im Laufe des Tages ein Nickerchen gehalten zu haben, ihre Löckchen waren auf einer Seite etwas eingedrückt. Ihre roten Lippen hingegen hatten nichts von ihrer Farbkraft eingebüßt. Mit blitzenden Augen baute sie sich vor mir auf.

»Also, wo drückt der Schuh?«

»Ich muss wissen, was ihr heute früh in deinem Zimmer gemacht habt, du und Matz und Hadi.«

»Musst du das wirklich?«

»Ja.«

»Wieso denn?«

»Weil ich nicht möchte, dass du Matz in irgendwas reinziehst, was vielleicht...«, ich suchte nach den passenden Worten, »... gefährlich für seine Entwicklung sein könnte.«

»Verstehe nicht, was du meinst, Gundula.«

»Sie meint euren Erotikblog, Herrgott noch mal«, ertönte die Stimme meiner Mutter hinter mir. Ich drehte mich um und blickte in undurchdringliche Dunkelheit. Gegen Abend waren manche Winkel in unserer Eingangshalle ziemlich düster, aber jetzt entdeckte ich die Silhouette eines Lehnstuhls im Schatten der Treppe, die zum ersten Stock führte. Und in dem Lehnstuhl saß eine menschliche Gestalt.

»Mutti? Bist du's?«

»Nein. Ich bin das kleine Gespenst.«

Susanne kam näher.

»Was machst du da?«

»Ich sitze in einem Sessel. Ist das etwa verboten?«

»Aber wieso denn im Dunkeln?«, fragte ich.

»Damit mich niemand stört. Zumindest hatte ich das gehofft, aber diese Familie ist ja überall.«

»Und warum sitzt du dann hier draußen in der Zugluft und nicht in deinem Zimmer?«, fragte Susanne.

»Weil es mir da zu laut ist.«

»Das kann nicht sein, Mutti«, sagte ich. »Dein Zimmer geht zum Garten raus.«

»Ja, auf der einen Seite. Aber die andere grenzt an Susannes Zimmer. Und der Lärm, der aus ihrem Zimmer durch die Wand zu mir herüberdringt, ist, entschuldigt bitte, schwer zu ertragen.«

»Wieso?«, fragte ich.

»Was wieso? Na, weil sie übt?!« Die Stimme meiner Mutter rutschte eine Oktave höher. »Weil sie von morgens bis abends übt! Sie übt vom Sonnenaufgang an. Ihre geschmacklosen Texte! Und ich sitze mittendrin. Und nicht genug damit, sie spricht ja auch die Menschen, die bei ihr anrufen. Mit verstellten Stimmen! Wenn du mich fragst, ist sie kurz davor, endgültig überzuschnappen.«

»Das stimmt doch gar nicht«, erwiderte meine Schwiegermutter gekränkt. »Die Aufnahmen finden immer nur vormittags statt, länger hat Matz ja gar keine Zeit!«

»Wie bitte?«, fragte ich.

»Er möchte sich ein bisschen Taschengeld dazuverdienen, ist das so schlimm?«, fragte Susanne.

»Wovon zahlst du ihm denn Taschengeld?«, fragte meine Mutter und lachte laut auf. »Du lebst doch hier bei allen auf Pump.«

»Noch, liebe Ilse, noch! Lass uns mal machen –«

»Susanne«, fuhr ich dazwischen, »mir ist das gar nicht recht, dass du Matz in so was reinziehst. Matz ist erst zwölf. Und auch wenn er älter wäre«, fuhr ich nach kurzem Zögern fort, »fände ich diese Art des Geldverdienens etwas unpassend für einen Heranwachsenden.«

»Susanne kann sich die Zeit nicht mit was anderem vertreiben«, sagte meine Mutter und richtete sich auf. »Früher hat sie ihre Wäsche verkauft, und jetzt verkauft sie sich selbst. Ist übrigens meiner Meinung nach die falsche Reihenfolge, falls es hier jemanden interessiert.«

»Ach, Ilse, du bist doch nur neidisch«, sagte meine Schwiegermutter und humpelte Richtung Küche. »Gibt's schon Abendbrot?«

»Gleich«, sagte ich. Aber dann lief ich zu meiner Mutter und fragte leise: »Also stimmt das mit dem Erotikblog?«

»Aber Gundula, das fragst du mich? Hast du denn keine Ohren?«

»Ja schon, aber –«

»Das ist doch wirklich nicht zu überhören.«

»Und was ist das genau?«, fragte ich.

»Was ist was?«

»Ein Erotikblog?«

»Was fragst du mich das? Sehe ich etwa aus, als hätte ich mit solchem Schmuddelkram etwas am Hut? Das ist ja wohl der Gipfel der Geschmacklosigkeit. Frag deine Schwiegermutter. Oder frag deinen Sohn.«

»Der antwortet mir nicht.«

»Dann kann ich dir auch nicht helfen, Gundula. Das liegt meiner Meinung nach an deiner laxen Erziehung. Immer lässt du euren Kindern alles durchgehen, und dann wunderst du dich, dass sie nicht auf dich hören.«

Die Haustür knarzte, und das Licht in der Eingangshalle ging an. Hadi stand mit Eddie auf dem Arm vor uns.

»Was macht ihr denn hier im Dunkeln?«

»Hans-Dieter, du kommst gerade recht. Erklär deiner Schwester mal, was ein Erotikblog ist.«

»Ach je, jetzt hat der Eddie die Windeln schon wieder voll, ich weiß gar nicht mehr, was ich machen soll. Wo ist denn meine Rose?«, wich Hadi aus.

»Wahrscheinlich schläft sie in eurem Zimmer«, sagte meine

Mutter und erhob sich stöhnend. Dann wandte sie sich mir zu. »Na ja, wäre ja auch was völlig Neues, wenn sich die Mitglieder dieser Familie irgendwann mal mit sinnvollen Tätigkeiten die Zeit vertreiben würden.«

27.
Kapitel

Am Abend, als Gerald und ich nebeneinander im Bett lagen und auf den Schlaf warteten, versuchte ich die Zeit zu nutzen und ihm von den Aktivitäten seiner Mutter zu erzählen. Seine Reaktion war – wie immer – nicht die, die ich mir erhofft hatte.

»Gundula, das musst du mit ihr selbst besprechen, da halte ich mich raus. Ich habe, wie du vielleicht weißt, schon x-mal versucht, mit meiner Mutter über ihre Abgründe zu sprechen, weil mir das ja von Kindesbeinen an schwer zugesetzt hat. Aber jetzt habe ich endlich verstanden, dass ich mit diesen Nachfragen weder ihr noch mir einen Gefallen tue. Sie regt sich auf und ich, ich rege mich letztendlich noch mehr auf als sie. Weil es mich dann wieder in meine Kindheit zurückwirft, die ich erst seit Beendigung meiner Gesprächstherapie erfolgreich abschließen konnte. Das weißt du doch inzwischen.«

Er seufzte und drehte mir den Rücken zu.

»Du meinst die Therapie, die wir immer noch jeden Monat abbezahlen?«

»Natürlich meine ich die«, murmelte er. »Oder ist dir noch eine andere Gesprächstherapie bekannt, die ich in den letzten Jahren gemacht habe?«

»Nein, Gerald. Aber hier geht es jetzt darum, dass Susanne Matz Geld dafür versprochen hat, dass er sie für ihren Blog filmt.«

»Das ist doch schön. Dann macht er in seinen Ferien endlich was Nützliches.«

»Gerald, verstehst du denn nicht? Da geht es um ... äh ... erotische Fragen.«

Gerald drehte sich schlagartig wieder zu mir um.

»Woher weißt du das?«

»Vom Hadi. Er spielt die Anrufer, Susanne gibt Tipps, und Matz filmt alles und stellt das dann ins Netz. Es gab wohl früher mal so eine Art Erotiksprechstunde bei einem Privatsender. Und die Moderatorin war Susannes großes Vorbild. Wie hieß die doch gleich, Erika ... Erika ...?«

»Woher soll ich das wissen, Gundula? Ich habe diese Sendungen sicher nicht angeschaut. Ich war da schon mit dir verheiratet und hatte andere Sorgen.«

»Vielen Dank.«

»Lass mich doch mal ausreden. Immerhin hatten wir da gerade den Rotkehlchenweg gekauft, der hat sich ja nicht von selbst bezahlt.«

»Das weiß ich auch. Aber es geht doch jetzt um was anderes.« Gerald wartete mit gerunzelter Stirn darauf, dass ich fortfuhr. »Wie können wir Susanne stoppen, bevor sie ihren Plot eventuell wirklich in die Öffentlichkeit stellt?«

»Das heißt Blog, nicht Plot. Und man stellt Blogs nicht in die Öffentlichkeit, sondern online.«

»Umso schlimmer«, sagte ich. »Dann ist das ruckzuck in der ganzen Welt.«

»Gundula, ich würde mir da nicht allzu große Gedanken machen. Dazu ist der Markt doch viel zu groß, und außerdem glaube ich noch nicht daran, dass sie es wirklich schafft, ein Video zu produzieren.«

»Trotzdem«, sagte ich. Gerald schien sich der Gefahr, in der sich Matz befand, nicht bewusst zu sein. »Wir müssen Matz vor ihr schützen.«

»Mmhmhm«, sagte Gerald und schloss die Augen.

»Also, was machen wir?«

Gerald gähnte. Dann sagte er: »Hast du schon mit unserem Sohn darüber gesprochen?«

»Natürlich. Also, ich habe es zumindest versucht. Aber er will da unbedingt mitmachen, weil sie ihm Geld dafür versprochen hat.«

»Was für Geld?«

»Eben Geld, das sie mit ihrem Blog verdienen will.«

Gerald schwieg. Dann lachte er leise und sagte: »Ach, Mutti ... immer wieder für Überraschungen gut.«

»Gerald! Hörst du mir überhaupt zu?«

»Ja, Liebes. Aber jetzt muss ich wirklich schlafen. Ich habe morgen einen anstrengenden Tag.«

»Versprich mir, dass du mit deiner Mutter darüber sprechen und sie dazu bringen wirst, damit aufzuhören.«

»Ja.«

»Wirklich?«

»Ja. Aber ich weiß jetzt eigentlich nicht, warum du dich schon wieder so über meine Mutter aufregst. Auf die Art und Weise ist sie wenigstens beschäftigt. Und vielleicht verdient sie ja wirklich eines Tages Geld damit.«

»Gerald, das glaubst du doch selbst nicht.«

»Ist ja gut. Ich werde mit ihr sprechen. Und jetzt wird geschlafen.«

In der Nacht zwickte mich etwas in die Wade. Zuerst dachte ich, es sei der Ausläufer eines unangenehmen Traums. Aber dann zwickte es mich wieder, und ich stand senkrecht im Bett.

»Gerald!«

Gerald schnarchte laut auf und schlief weiter.

»Wir sind's bloß, Gundula!«, sagte eine Stimme am Ende des Betts.

»Wer?«

»Wir! Die Rose und der Hadi und der Eddie Barack!«

Ich stöhnte auf, ließ mich zurückfallen und knipste meine Nachttischlampe an. Rose und Hadi standen am Ende des Bettes. Rose trug ein rosafarbenes Spitzennachthemd mit Puffärmelchen und Hadi Vatis hellblaues Flanellschlafhemd.

Gerald grunzte.

»Gundula«, sagte Hadi jetzt, »er ist wieder da. Und ich habe es dieses Mal auch ganz deutlich gehört. Letztes Mal dachte ich noch, Rose neige zur Übertreibung, aber heute bin ich sogar davon aufgewacht.«

»Wovon?«, fragte ich.

»Er sägt und klopft«, sagte Rose.

»Wer?«

»Der Einbrecher.« Rose zog mir die Decke weg und sagte: »Komm mit, ich zeig's dir. Aber sei leise, vielleicht hat er ein Messer.«

»Nimm Gerald mit«, sagte Hadi. Wir betrachteten Geralds Gesicht. Er hatte die Augen fest geschlossen und den Mund weit geöffnet, als warte er auf den Leib Christi. Ich stupste ihn ein bisschen, doch er seufzte bloß tief, schmatzte, schloss den Mund und drehte sich zur Seite.

»Wird nicht viel bringen«, sagte ich. »Bis Gerald einsatzbereit ist, sind wir längst tot.«

»O Gott!«, sagte Rose und hielt sich die Hand vor den Mund.

Eddie Barack wimmerte in Hadis Armen.

»Pass auf, dass Eddie Barack uns nicht verrät, Hadi«, sagte ich, während ich mir meinen Morgenmantel überzog. »Das wäre nicht hilfreich, wenn er plötzlich losbrüllt.«

Während ich zur Tür schlich, hörte ich Rose und Hadi in meinem Rücken darüber debattieren, ob es sinnvoll sei, Eddie Barack mitzunehmen. Es dauerte eine gefühlte Ewigkeit, bis sie sich endlich einigen konnten.

»Du, Gundula!«, rief Rose.

»Pscht! Nicht so laut«, zischte ich zurück.

»Meinst du, es würde den Gerald stören, wenn wir den Eddie Barack bei ihm lassen würden? Da wäre er erst mal in Sicherheit und verrät uns auch nicht, falls er schreit.«

»Ist gut.« Ich deutete mit dem Kopf zu den Nachttischlämpchen. »Nehmt die Lampen mit. Ich nehm wieder Oma Sieglindes –« Da fiel mir ein, dass meine Mutter Oma Sieglindes Porzellanuhr beim letzten Mal beschlagnahmt hatte.

»Mist«, sagte ich. Auf meinem Nachttischchen entdeckte ich meine »Kochschule für (fast) Fortgeschrittene«, einen dicken Wälzer, den mir meine Lieben zu meinem letzten Geburtstag geschenkt hatten. Der würde es auch tun.

Zu dritt schlichen wir zum Flur des Treppenhauses, von dem aus die Zimmer im ersten Stock abgingen. Ein ringsum angebrachter Balkon schützte einen vor dem Absturz. Am Treppenabsatz blieben wir stehen und schauten in die Eingangshalle hinab. Matt ergoss sich das Mondlicht auf die Fliesen, und die wenigen Möbel warfen lange Schatten.

»O weh«, wimmerte Rose. »Das ist so unheimlich.«

»Pscht«, machte Hadi. »Da ist es wieder. Hört ihr's?«

Wir hielten die Luft an. Und wirklich. Obwohl mein Herz bis zum Anschlag pochte, und mein Blut in den Ohren rauschte, hörte ich aus der Ferne ein leises Klopfen.

»Er hämmert wieder«, sagte Rose, hob ihre Nachttischlampe in die Luft und sagte: »Bereit zum Angriff?«

»Ich weiß nicht«, sagte Hadi. »Und wenn er nur auf uns wartet?«

»Glaub ich nicht«, sagte ich. »Dann würde er nicht klopfen.«

»Ablenkungsmanöver«, sagte Hadi.

»Hä?«

»Das macht er, damit wir denken, dass er beschäftigt ist. In Wirklichkeit steht er mit einem Messer hinter der Tür.«

»Daran habe ich gar nicht gedacht!«, rief Rose, ließ die Lampe sinken und wurde augenblicklich zehn Zentimeter kleiner.

»Jetzt seid doch mal still«, sagte ich. »Wenn ihr mich schon geweckt habt, will ich jetzt auch wenigstens wissen, wer da klopft.«

Wir tappten im Gänsemarsch los. Als wir etwa die Hälfte der

Stufen nach unten genommen hatten, ging plötzlich das Licht an. Am anderen Ende der Eingangshalle standen Ilse und Susanne.

»Uaaah!!«, schrien Rose und Hadi gleichzeitig, Rose verlor das Gleichgewicht und purzelte an mir vorbei den Rest der Treppe hinab. Nach dem Aufprall am Boden blieb sie erst mal liegen und regte sich nicht mehr.

»Rose?«, schrie Hadi und packte meine Schulter.

»Aua! Hadi, bist du verrückt?« Ich schüttelte ihn ab und rannte die Stufen hinunter zu Rose, die immer noch auf dem Rücken lag und in die Luft starrte. Neben ihr unser zerbrochenes Nachttischlämpchen.

Inzwischen waren auch unsere Mütter zu uns gerannt und betrachteten erschüttert Roses lebloses, blasses Gesicht.

»Ist sie tot?«, rief Hadi von der Treppe her. Er hatte sich auf eine Stufe gesetzt und hielt sich die Augen zu.

Ich wusste nicht, was ich antworten sollte, und auch unsere Mütter waren wohl zum ersten Mal in ihrem Leben sprachlos. Aber dann hob Rose den Blick, sah zu uns auf und fragte: »Bin ich tot?«

»Sag du es uns«, flüsterte meine Mutter. »Sprechen kannst du anscheinend noch.«

Susanne sah zu Hadi hinüber. »Du kannst runterkommen.«

»Ist sie verletzt?«, fragte Hadi.

Rose richtete sich auf.

»Das war gerade völlig verrückt. Ich hab direkt in den Himmel reingeschaut. Aber dann hat der liebe Gott mit dem Kopf gewackelt, und ich hab gewusst, dass ich noch zu früh bin.«

Wir sahen uns an.

»Vielleicht eine Gehirnerschütterung«, sagte Susanne.

»Wäre ja offensichtlich nicht ihre erste«, sagte meine Mutter und setzte sich auf eine Treppenstufe.

»Was macht ihr beiden hier eigentlich mitten in der Nacht?«, fragte ich, und meine Mutter antwortete: »Dasselbe könnten wir euch auch fragen.«

»Er klopft wieder«, sagte Rose und betastete ihren Kopf. »Aua ...«

»Wer?«, fragte Susanne.

»Der Einbrecher von letzter Woche. Den wir dann aber nicht geschnappt haben.«

Unsere Mütter sahen sich an und schüttelten unmerklich den Kopf, als wollten sie sagen: »Heidewitzka, da hat es ja wirklich gewaltig gescheppert im Stübchen.«

»Moment mal«, sagte Susanne. »Was meinst du mit klopfen, Rose?«

Bevor Rose antworten konnte, sagte Hadi: »Also das verlief nach dem gleichen Schema wie in der vergangenen Woche. Rose und Eddie und ich hatten uns früh schlafen gelegt, weil wir als junge Eltern ja nachts ein bisschen zur Ruhe kommen müssen, um dann tagsüber –«

»Komm doch mal zur Sache, Hans-Dieter. Das ist ja nicht zum Aushalten«, sagte unsere Mutter.

Hadi schluckte. »Na gut. Wir sind dann rasch eingeschlafen und wurden nachts von Klopfgeräuschen geweckt, wobei wir nicht mit Sicherheit sagen konnten, woher diese Klopfgeräusche resultierten. Zuerst dachten wir –«

»Mach's doch nicht so kompliziert«, fuhr Rose dazwischen. »Es hat überall geklopft. Über uns, unter uns und neben uns. Dann sind wir raus in die Eingangshalle, und da hat es auch geklopft und im Salon war's am schlimmsten, gell, Hadi? Im Salon war's so schlimm, dass wir dann gleich zu Gerald und Gundula hoch sind, um die aufzuwecken. Aber den Gerald haben wir gar nicht erst wach gekriegt. Den Gerald kriegt keiner so schnell wach, deswegen haben wir ihn dann auch liegen gelassen, weil das zu lang gedauert hätte und –«

»Jedenfalls suchen wir jetzt nach dem Ursprung des Geräuschs«, fuhr ich dazwischen. Wenn Rose einmal Fahrt aufnimmt, ist sie nicht mehr zu bremsen.

»Wir haben es auch gehört!«, sagte Susanne.

»Wirklich?«, fragte ich.

»Ja, wir sind auch davon aufgewacht.«

Wir verstummten und hielten den Atem an. Aus dem Südflügel drangen zarte Klopfgeräusche zu uns herüber.

»Er ist im Salon«, sagte ich.

»Das hört sich aber eher an wie Kindergetrippel«, sagte meine Mutter.

Rose hielt sich die Ohren zu. »Hör auf! O Gott, das hab ich gewusst. Das hab ich gleich gewusst. Das ist ein Zeichen.«

»Was denn jetzt wieder für ein Zeichen?«

»Vom lieben Gott. Das sind die Hilferufe von denen, die früher hier gelebt haben.«

»Das Klopfen?«, fragte Susanne. Sie wirkte etwas ratlos.

»Sie meint das Getrippel«, sagte meine Mutter.

»Kleine Füße ...«, sagte Hadi. »Das macht Sinn. Wirklich, Mutti. Es ist gar kein Klopfen, hör doch mal, es klingt wirklich eher so, als würden im Salon Kinder spielen.«

Mir fuhr ein kalter Schauer über den Rücken.

»Wo sollen hier denn Kinder herkommen? Und auch noch mitten in der Nacht?«

»Die Toten kommen nur nachts«, sagte Rose, als sie sich langsam in Bewegung setzte.

Stumm folgten wir ihr.

Der Salon hatte, wie gesagt, die Ausmaße einer Bowlinghalle. Durch die Fenster flutete das Mondlicht und tauchte alles in ein unheimliches Silber. Atemlos standen wir im Türrahmen und lauschten. Es klopfte und trippelte über unseren Köpfen, aber auch neben uns und zu unseren Füßen.

»Also, ich weiß nicht, wie es euch geht, aber ich sehe hier keine Kinder«, sagte meine Mutter.

Mein Bruder stimmte zu, machte das Licht an und suchte die Ecken ab, was etwas überflüssig war, weil der Salon bis auf die Couchgarnitur aus dem Rotkehlchenweg leer stand.

»Also hier ist nichts«, sagte er, als er wieder zu uns trat.

»Dann können wir ja wieder ins Bett gehen«, sagte Susanne. Wir nickten und verabschiedeten uns. Ich nahm Hadi mein

Nachttischlämpchen ab, sammelte die Scherben von Geralds zerbrochener Lampe am Treppenabsatz auf und legte sie erst mal zur Seite.

Im Schlafzimmer empfing mich Geralds Schnarchen, und ich wunderte mich einmal mehr, wie er es schaffte, auch in den haarsträubendsten Situationen einfach weiterzuschlafen.

Später in der Nacht wachte ich davon auf, dass sich etwas auf mein Gesicht legte. Es war klein und warm und schien etwas zu suchen. An meiner Nase kam es zum Stillstand und erschlaffte. Zuerst hielt ich nur die Luft an und wartete darauf, aufzuwachen. Aber augenscheinlich war ich wach, weil Geralds Schnarchen, wie ich aus Erfahrung weiß, im Traum anders klingt als in der Realität. Ich träume ziemlich oft von meinem schnarchenden Mann, und wenn ich mich ihm dann zuwende, um ihn dazu zu ermahnen, leise zu atmen, ist der Mann, der neben mir liegt, plötzlich gar nicht mehr Gerald, sondern ein junger Prinz, der in Wirklichkeit Herr Mussorkski ist. Dafür muss ich aber weiterschlafen, diese Erkenntnis kommt immer erst etwas später. Ich mag den Traum ziemlich gern. Und auch heute hoffte ich, dass mir der verkleidete Prinz erscheinen würde, aber es war stockdunkel, und ich hätte sowieso nichts erkannt. Nicht mal meinen Prinzen. Nach einigen Augenblicken, in denen die Panik mich lähmte, nahm ich all meinen Mut zusammen und befühlte das Ding. Es war eine kleine Kinderhand.

Ich schrie auf.

»Gundula!«, stöhnte Gerald. »Bist du von allen guten Geistern verlassen, hier so rumzuschreien?«

Eddie Barack wimmerte. Ich nahm ihn in den Arm und entschuldigte mich für den Lärm, den ich verursacht hatte. Und insgeheim verfluchte ich Rose und Hadi dafür, dass sie es tatsächlich geschafft hatten, ihr Kind in unserem Ehebett zu vergessen.

28.
Kapitel

Am nächsten Morgen saßen wir am Frühstückstisch und versuchten, unsere Müdigkeit in Kaffee zu ertränken. Gerald war schon ins Finanzamt gefahren.

»Gut, dass der Kaffee für die nächsten zehn Jahre reichen wird«, sagte meine Mutter jetzt. »Manchmal bist du in der ein oder anderen Sache ja doch vorausschauend.«

Eddie Barack saß in seinem Kinderstühlchen und patschte mit beiden Händen in seinem Brei herum.

»Rose, kannst du ihm das nicht mal abgewöhnen? Guck mal, der spritzt seinen Brei bis in die Eingangshalle.«

Rose sah von ihrem Marmeladenbrot auf.

»Was?«

»Der Eddie macht hier eine Riesenferkelei«, sagte meine Mutter. »Und du sollst was dagegen tun.«

»Was denn?«, fragte Rose.

Meine Mutter verdrehte die Augen. Susanne, deren Gesicht nach der schlaflosen Nacht völlig in sich zusammengefallen war, ignorierte unsere Unterhaltung und sagte plötzlich: »Ich wundere mich ja immer noch, dass der Gerald heute Nacht von dem Lärm nicht wach geworden ist. Ich meine, das war doch nicht zu überhören.«

Sie blickte fragend in die Runde.

»Oder?«

Als niemand reagierte, fuhr sie fort: »Manchmal mache ich mir schon Sorgen um ihn. Er ist so überlastet. Das Finanzamt frisst ihn noch auf.«

»Andere arbeiten auch und überleben das«, sagte meine Mutter.

»Andere müssen auch nicht für das Wohl einer Großfamilie aufkommen. Das ist ein Unterschied, Ilse.«

»Also für mich muss Gerald nicht aufkommen, ich komme ganz gut allein zurecht.«

»Von dir redet ja auch keiner.«

»Vielleicht verdienst du ja bald dein eigenes Geld, Susanne, dann sitzt du dem Gerald nicht mehr auf der Tasche. So lang wird er es schon noch schaffen«, sagte Hadi.

»Wie bitte?«

»Na, dann muss er dich bald nicht mehr unterstützen.«

»Ich verstehe jetzt überhaupt nicht, was du meinst.«

»Na, dass du dir keine Sorgen machen musst.«

»Ich mache mir keine Sorgen um mich. Ich bin ein altes Stahlross. Ich mache mir Sorgen um meinen Sohn.«

»Der Gerald ist hart im Nehmen, das sagst du doch selbst immer, Susanne. Den wirft so schnell nichts aus der Bahn«, sagte meine Mutter und stand auf. »Aber jetzt mal Spaß beiseite. Ich finde es schon merkwürdig, dass diese Geräusche immer nur nachts auftreten.«

»Stimmt«, sagte Rose. »Das ist mir auch schon aufgefallen. Gell, Hadi?«

»Ja, Rose. Jetzt, wo du es sagst, fällt es mir auch auf. Immer nachts«, sagte Hadi. Dann verstummte er, weil Eddie Barack ihm eine Ladung Karottenbrei ins Gesicht spuckte.

»Rose?«, rief ich aus. »Nimm dem Eddie endlich mal sein Tellerchen weg. Der hat doch gar keinen Hunger mehr!«

»Also normalerweise schafft der Eddie schon immer so eine Portion«, sagte Rose. »Ich weiß auch nicht, warum er heute so wählerisch ist. Hoffentlich wird er nicht krank.« Sie fasste Eddie an die Stirn, der daraufhin sofort losbrüllte.

»Könnte mir mal bitte jemand eine Serviette geben?«, rief Hadi. »Ich kann nichts mehr sehen.«

»Hoffentlich ist da nichts auf deinem Pulli gelandet. Den

hab ich dir erst letztes Weihnachten geschenkt. Karotte geht nicht mehr raus«, sagte meine Mutter.

»Danke, dass du dir solche Sorgen um meinen Pulli machst«, sagte Hadi. »Ich hätte blind werden können, bei der Wucht, mit der Eddie mir den Brei in die Augen geschleudert hat.«

»Karotte ist gut für die Augen, Hans-Dieter, also mach nicht so ein Theater. Gundula, vielleicht könntest du deinem Bruder mal eine Serviette holen, das tropft ihm jetzt alles auf den Kragen.«

»Als ob der Pulli jetzt wichtig wäre«, sagte Rose und versuchte, Eddie daran zu hindern, auch noch sein Trinkfläschchen an Hadis Kopf zu schmeißen. Dann stand sie auf und hob den schreienden Eddie aus seinem Kinderstühlchen.

»Ganz schön energisch, der Kleine«, lachte Susanne. »Von wem er das wohl hat?«

Rose und Hadi erstarrten.

»Vielleicht wird er mal Baseballspieler!«, rief Susanne aus. »Treffsicher ist er ja schon! Genau wie sein Vater.«

Eddie Barack verstummte, Rose sah auf den Boden, und Hadi befreite seine Augen mit den Ärmeln seines Weihnachtspullis von dem Karottenbrei.

»Susanne!«, rief meine Mutter aus. »Kannst du nicht EINMAL deine Klappe halten?«

»Was habt ihr denn? Ich hab doch gar nichts gemacht.«

»Nein, du machst nie was«, sagte meine Mutter. Dann reichte sie Hadi ein Geschirrtuch.

»Brauche ich nicht mehr. Danke«, sagte Hadi, stand auf und ging nach draußen.

Meine Mutter drehte sich fassungslos zu uns um.

»Jetzt hat der seinen Karottenbrei in meinen Weihnachtspulli geschmiert.«

»Gibt Schlimmeres ...«, schniefte Rose und stand ebenfalls auf. »Wenn die Susanne nicht immer so garstig wär, wär das alles gar nicht passiert.«

»Ich hab doch gar nichts gemacht!?«

»Doch, hast du«, sagte meine Mutter und begann, den Tisch abzuräumen. »Du kannst es einfach nicht lassen, auf dem Hadi herumzureiten.«

»Was mache ich? Ich reite doch nicht auf dem Hadi rum.«

»Sie meint das nur bildlich«, sagte ich, um die Situation zu entschärfen. Aber Susanne geriet zusehends in Rage.

»Na eben. Das meine ich ja. Was ist denn das bitte für ein unerhörtes Bild?« Sie erhob sich und humpelte empört zur Tür.

»Nimm dich nicht immer so wichtig, Susanne. Hier geht's ausnahmsweise mal um die Kinder«, rief ihr meine Mutter hinterher.

»Ich weiß, ich hab dem Eddie auch nur ein Kompliment machen wollen. Aber das darf man jetzt anscheinend auch nicht mehr.«

Eddie Barack betrachtete uns mit aufgerissenen Augen. Dann quietschte er fröhlich auf und patschte mit seinen Karottenbreihändchen in Roses Gesicht. Rose hielt ihn mir hin.

»Kannst du ihn mal nehmen, Gundula? Ich muss mir was anderes anziehen. Ich bin auch ganz voll mit dem Brei.«

»Und wer räumt den Tisch ab?«

»Was meinst du, was ich gerade mache?«, fragte meine Mutter und ließ Wasser bis zu der von ihr vorgeschriebenen Markierung ins Becken laufen.

»Ich komm ja gleich wieder, dann kannst du der Ilse helfen«, sagte Rose, schon auf halbem Weg zu ihrem Zimmer.

Eddie klammerte sich mit seinen Patschhändchen an mir fest und wischte sein Karottengesicht an meiner Bluse ab.

Meine Mutter deutete auf den fleckigen Boden: »Den solltest du schnell wischen. So ein Brei ist hartnäckig. Der klebt nach dem Eintrocknen wie Beton auf den Fliesen.«

29.
Kapitel

Auf dem Weg zu den Mülltonnen – meine Bluse war nicht mehr zu retten gewesen – hielt mich Susanne auf.

»Sag mal, Gundula, der Matz sagt, wir haben hier kaum Internet.«

»Keine Ahnung«, antwortete ich. »Ich brauche das nie.«

»Ja, aber wie sollen wir denn dann meinen Blog da reinstellen?«

»Gute Frage.« Darüber hatte ich mir noch gar keine Gedanken gemacht. Den Blog konnte Susanne ohne Internet natürlich vergessen. Was für eine schöne Fügung der Natur.

»Das wäre mein Ende«, sagte Susanne jetzt.

»Ach je, das wäre ja wirklich schade«, sagte ich und machte ein ernstes Gesicht.

»Wann kommt Gerald?«

»Keine Ahnung. Wahrscheinlich gegen Abend.«

»Wieso kommt Gerald eigentlich neuerdings immer so spät? Als wir noch in Berlin gewohnt haben, war er doch immer viel früher fertig.«

»Ja, weil wir da noch in Berlin gewohnt haben«, sagte ich.

»Aber er braucht doch nicht zwei Stunden vom Finanzamt hierher.«

»Er sagt, es sei immer so ein Stau auf der A11.«

»Sag ihm bitte, dass ich ihn sofort sprechen möchte, sobald er zurück ist.«

»Okay.«

Ich wandte mich dem Gartenzaun zu und schrak zusammen.

Zwei menschliche Köpfe. Sie ragten starr aus unserem Gartenzaun hervor, als hätte sie jemand dahinter auf Stangen gespießt.

»Susanne, siehst du das auch?« Ich drehte mich zu meiner Schwiegermutter um, aber sie war nicht mehr da. Als ich mich wieder umwandte, waren die Köpfe verschwunden. Ich kniff mehrmals die Augen zusammen, um klarer zu sehen.

»Mami?« Ich schrak zusammen.

Hinter mir stand Matz.

»Meine Güte, Matz! Musst du dich immer so anschleichen?«

»Ich hab mich nicht angeschlichen. Ich bin ganz normal gelaufen. Wieso guckst du so komisch?«

»Ich glaube, ich habe gerade unsere Nachbarn gesehen. Also die vom nächsten Hof.«

»Ich dachte, die sind tot.«

Die Härchen an meinen Armen stellten sich auf.

»Wieso das denn?«

»Weil man die nie sieht oder hört.«

»Deshalb müssen sie ja nicht gleich tot sein.«

»Und was wollten sie?«

»Sie waren gleich wieder weg.« Ich schaute noch einmal zurück zum Zaun.

»Du, Mami, was ich sagen wollte: Wir haben kein Internet. So kann ich Oma Susannes Blog nicht hochladen.«

»Ist auch besser so.«

»Nein, das ist eine Katastrophe. Sie hat mir echt viel Kohle versprochen, und jetzt hab ich die letzten Tage umsonst gearbeitet.«

»Das ist natürlich blöd.«

»Kannst du mir einen Vorschuss geben?«

»Wofür?«

»Fürs Leben.«

»Du hast doch hier alles, was du brauchst, Matz.«

»Ich will mein eigenes Geld, Mami. Ich will nicht immer fragen, ob ich mir was kaufen darf. Ich brauche ein Konto bei der Bank, mit Geld natürlich. Ich bin fast dreizehn.«

»Stimmt«, sagte ich. »Fehlt nicht mehr viel, und du bist volljährig.«

»Mann, das ist nicht lustig.«

»Wenn du achtzehn bist, bekommst du vielleicht ein Konto, Matz. Jetzt ist es noch zu früh.«

»Wieso?«

Matz hatte die zermürbende Angewohnheit, so lang auf einem Thema herumzureiten, bis man die Segel strich und aufgab.

»Weil es zu früh ist. Keine Bank der Welt gibt einem Dreizehnjährigen ein eigenes Konto.«

»Stimmt nicht. Rafael hat schon längst eins.«

»Rafael ist ein verzogener Dummkopf.«

»Mami!«

»Außerdem gibt es hier in der Nähe gar keine Bank.«

»Oder du kaufst mir unseren Blog einfach ab. Dann hast du schon ein Weihnachtsgeschenk für Papi.«

»Wie kommst du denn auf die Idee?«

»Dann hat er was zur Erinnerung.«

»Wieso Erinnerung?«

»Na ja, Oma Susanne wird ja nicht ewig leben, und dann könnte er sich den Blog immer anschauen, wenn er mal traurig ist.«

»Aber Matz. Erstens stirbt Oma Susanne jetzt noch nicht, und zweitens will Papi als Andenken an sie sicher keinen Erotikblog.«

»Ich brauch' aber Geld.«

»Ich werde mir was einfallen lassen.«

»Tust du ja doch nicht.«

»Doch, versprochen.«

Dann drückte ich Matz die Mülltüten in die Arme.

»Kannst schon mal anfangen.«

Matz verdrehte die Augen. »So was mein ich doch nicht. Ich

brauch richtige Arbeit. Das ist Frauenscheiß. Außerdem holt Steffen mich gleich ab. Oder hast du etwa vergessen, dass ich die nächsten Wochen nicht hier bin?«

Dann zog er mit meinen Mülltüten ab.

Als Matz später tatsächlich von der Mutter seines Freundes abgeholt wurde, zog sich mir mein Herz zusammen. Ich halte es schlecht aus, dass meine Kinder mich nach und nach verlassen. Am schlimmsten finde ich, dass es ihnen anscheinend gar nichts ausmacht, mich zurückzulassen.

Steffens Mutter Beate sah sich in unserem Hof um und machte große Augen. Zugegebenermaßen ist unser Dreiseitenhof auf den ersten Blick wirklich eine kleine Sensation, und ich konnte nicht umhin, sie mit einem Gefühl aufkeimenden Stolzes durch das weitläufige Erdgeschoss zu führen, um ihr den Ausblick in unseren Park zu zeigen. Sie schwieg beeindruckt. Zumindest vermutete ich das im ersten Moment, aber dann wandte sie sich mir zu und sagte mit gerunzelter Stirn:

»Und wie haltet ihr es hier draußen aus? Ist ja schon ganz schön weitab vom Schuss, oder?«

»Ach, man gewöhnt sich dran. Wir genießen die Ruhe sogar. In der Stadt ist immer so viel Trubel, und die Leute hier in der Gegend sind auch viel netter! Und außerdem freuen wir uns jeden Tag über den Platz, den wir haben. Das war im alten Haus schon ein Problem, besonders während des Lockdowns, als Großfamilie braucht man eben ein paar Zimmer mehr ...«

»Ach, habt ihr vor, hier alle wohnen zu bleiben?«

»Natürlich!«

»Mit euren Müttern und allem?«

Ich vermutete, dass sie mit »mit allem« Rose und Hadi meinte, die gerade in einiger Entfernung mit Eddie Baracks Kinderwagen am Waldrand entlangspazierten.

»Natürlich, wir sind doch eine Familie!«

»Also das könnte ich nicht«, sagte Beate und zündete sich eine E-Zigarette an.

»Mir reicht schon Weihnachten, wenn die ganze Verwandtschaft zu uns nach Grunewald kommt.«

»Ach je«, sagte ich. »Das tut mir leid. Also wir können gar nicht ohneeinander. Wir hängen zusammen wie Pech und Schwefel.«

Aus den geöffneten Fenstern im Erdgeschoss drang die Stimme meiner Mutter.

»Susanne, hör endlich auf mit deinem Gequatsche, du machst mich noch verrückt. Hast du immer noch nicht begriffen, dass du nicht mehr üben musst?«

»Ich übe trotzdem, Ilse. Ob es dir passt oder nicht. Es macht mir Spaß, und ich trainiere mein Gedächtnis damit.«

»Dann lies lieber ein Buch! Dann fällst du den anderen hier auch nicht mehr auf die Nerven!«

»Ich lese keine Bücher mehr. Wozu soll das in meinem Alter noch gut sein?«

»Aber mit über siebzig einen Erotikblog ins Leben zu rufen ist in deinen Augen sinnvoll, ja? Wer soll sich denn so was ansehen? Deine Zielgruppe sitzt doch schon im Rollstuhl!«

Ich schwitzte. Beate hatte ihre E-Zigarette vergessen und starrte mit offenem Mund zu den Fenstern hinüber.

»Und wenn schon! Ich habe erst neulich wieder gelesen, dass ein bisschen Spaß lebensverlängernd wirken kann. Da muss man einfach die Libido in Schwung bringen und schon –«

»Du lieber Himmel ...«

»Ja, Ilse, deine Libido ist ja auch schon etwas –«

Ich räusperte mich laut, um uns den Höhepunkt der Erzählung zu ersparen, und sagte dann:

»Sie üben nur.«

Beate wandte mir ihr Gesicht zu. Sie war etwas blass.

»Wer?«

»Unsere Mütter«, sagte ich leichthin.

»Und was?«

»Ein Theaterstück. Meine Schwiegermutter hat das selbst geschrieben, sie macht das beruflich.«

»Ach ...«

»Ja. Sie ist ziemlich kreativ. Und sie braucht meine Mutter, damit sie den Text dann mal laut hören kann.«

»Und«, setzte ich hinzu, als Beate nicht antwortete, »wie es scheint, hat sie den richtigen Ton getroffen. Zumindest hast du ja geglaubt, dass unsere Mütter tatsächlich streiten, oder?«

»Ja.«

»Würden sie nie. Sie sind ein Herz und eine Seele. Wundert mich, dass sie nicht sogar in einem Bett schlafen. Unzertrennlich, die beiden.«

»Hast du ein Glück«, sagte Beate. »Unsere Mütter sind zwei richtige alte Keifzangen.«

»Oh, das ist schlimm. Das könnte ich nicht ertragen, glaube ich.«

Im Haus knallte eine Tür, weshalb ich schnell sagte:

»Ich glaube, die Kinder warten im Hof, wollen wir?«

Im Hof hatten sich schon Frau Müller, Bonsai und die restliche Hühnerclique versammelt und beäugten Matz' Freund skeptisch aus einiger Entfernung. Sie verhielten sich Fremden gegenüber grundsätzlich eher zurückhaltend. Wahrscheinlich musste die Idee einer neuen Kontaktaufnahme erst intern im Hühnerrat ausdiskutiert werden. Zudem nahm Frau Müller ihren Job als Wachhuhn außerordentlich ernst. Übertrat jemand Fremdes unaufgefordert den Sicherheitsabstand zu ihrer Hühnerschar, spreizte sie fauchend ihre Flügel und stob dann in halsbrecherischem Tempo auf den Eindringling zu, um ihm ordentlich in die Füße zu hacken.

»Ach Gott, was habt ihr euch denn da eingefangen?«, fragte Beate und deutete lachend auf unsere Hühnerschar.

»Hühner«, sagte ich lapidar. Aber während ich mich über Beates Sarkasmus ärgerte, kam mir eine Idee.

»Braucht ihr eventuell frische Hühnereier? Ich hätte da welche übrig.«

30.
Kapitel

Die Verabschiedung von Matz war mir schwergefallen, und so ließ ich mich betrübt auf die Stufen zu unserem Eingangsportal sinken, um dem kleiner werdenden Auto nachzuschauen. Kurze Zeit später baute sich Rose vor mir auf. Sie hatte rote Wangen und war ziemlich aufgeregt.

»Du, Gundula, weißt du, was uns gerade ein anderer Spaziergänger erzählt hat? Heute ist ein großes Fest im Dorf, können wir da nicht alle hin? Ich glaub, wir haben ein bisschen Spaß verdient. Du weißt schon. Wegen dem Balken und den Einbrechern und so weiter.«

»Was denn für ein Fest?«, fragte ich.

»Von der Freiwilligen Feuerwehr!«

Rose sah mich an, als hätte sie gerade erfahren, dass wir einen Sechser im Lotto gewonnen hatten.

»Ach, das ist doch nichts für uns, Rose. Wir kennen da doch niemanden.«

»Aber wir können die Menschen auf so einem Fest doch kennenlernen! Das wär unsere Chance. Und da gibt es auch bestimmt Musik, und vielleicht kann man sogar tanzen. Das fänd ich ganz arg schön!«

Ich sah den winzigen Dorfplatz vor der Kirche vor mir. Davor übten zehn Leute den Schuhplattler und tranken literweise Bier.

»Ich weiß nicht.«

»Bitte, Gundel! Dir wird das auch Spaß machen, glaub mir!«

Sie packte meinen Ärmel und zog daran. Ich zog meinen Arm zurück.

»Lass mal, Rose, das leiert aus, wenn du da so dran rumziehst.«

»Bitte!«

»Du kannst doch mit dem Hadi da hingehen!«

»Ja schon, aber das ist ja zu weit. Wir bräuchten halt schon jemand mit einem Auto!«

»Ich hab kein Auto.«

»Du nicht, aber der Gerald. Der kommt doch bald von der Arbeit, dann könntest du das Auto nehmen und mit uns fahren. Der Gerald will ja bestimmt nicht mit, er geht ja abends immer spazieren.«

In dem Moment fuhr Gerald auf den Hof.

»Siehst du, da ist er schon. Jetzt könnten wir eigentlich direkt los.«

Gerald hatte wie vermutet keine Lust auf ein Fest der Freiwilligen Feuerwehr, aber das Auto wollte er uns ausnahmsweise tatsächlich leihen. Ilse und Susanne schlossen sich den Plänen begeistert an, was zur Folge hatte, dass wir uns zu fünft in die kleine Ente quetschen mussten. Aber die Vorfreude meiner Lieben war so groß, dass sie sogar vergaßen, sich über den mangelnden Platz zu beschweren.

Susanne hatte sich zur Feier des Tages ein sehr buntes Tuch von Hermès um den Kopf gewickelt, und meine Mutter versuchte im Auto vergeblich, sie davon zu überzeugen, es abzunehmen.

»Du wirst sie bloß erschrecken, Susanne! Denk doch mal, das sind Leute vom Dorf, die haben noch nie eine Frau mit einem bunten Turban gesehen. Die denken dann gleich, du kommst aus Anatolien.«

»Das ist kein Turban, Ilse. Das ist Hermès.«

»Das ist egal. Es sieht aus wie ein Turban. So wirst du dort niemanden kennenlernen. Die nehmen Reißaus, wenn sie dich sehen. Oder sie sperren uns ein.«

»Quatsch, Ilse. Gönn ihnen doch mal was Schönes!«

»Schön ist was anderes.«

»Trag du nur weiter deine Faltenröckchen, wenn es dich glücklich macht, Ilse, und lass mir meinen Spaß. Ich bin, im Gegensatz zu dir, ein bisschen in der Welt herumgekommen, und wenn es den Leuten hier nicht passt, wie ich mich anziehe, können sie ja wegsehen.«

»Ich glaub«, schaltete Rose sich ein, »die Ilse hat nur Angst, dass wir dann eben auffallen, weil wir ja eine Familie sind, und wenn die Leute dich nicht mögen, mögen sie uns vielleicht auch von Anfang an nicht.«

Insgeheim musste ich Rose zustimmen.

An der Dorfeinfahrt stand ein junger Mann in orangefarbener Weste und leitete uns um. Wir parkten unsere Ente auf einem brachliegenden Acker, auf dem schon unzählige andere Autos standen.

»Scheint was Größeres zu sein«, sagte Susanne zufrieden, während sie sich aus der Ente schälte.

»Ich geh' schon mal vor und guck mir das an«, sagte meine Mutter, aber Hadi hielt sie zurück.

»Mutti, das geht nicht, dass du vorläufst. Was machen wir denn, wenn wir Durst bekommen?«

»Oder Hunger«, sagte Rose.

»Genau«, fuhr mein Bruder fort. »Du bist doch die Einzige mit Geld hier.«

»Ach, dafür bin ich gut genug, ja?«, sagte unsere Mutter, aber dann blieb sie bei uns.

Die Luft war erfüllt von lauter Musik, Gelächter und Stimmengewirr. Als wir auf dem Dorfplatz ankamen, deutete Rose auf ein paar Leute, die miteinander tanzten. »Guck mal, Hadi, ich hab's gewusst! Die tanzen! Komm, ich will auch!«

Sie zog Hadi am Ärmel, aber der stellte sich quer.

»Da geh ich nicht hin, Rose. Da gucken alle. Außerdem tragen die keine Masken.«

»Es gab ja auch keinen einzigen Fall hier im Dorf. Hast du das vergessen, Hadi? Komm! Jetzt haben wir den Eddie extra beim Gerald gelassen, damit wir tanzen können, und jetzt traust du dich wieder nicht.«

»Ich traue mich, Rose. Aber ich habe keine Lust, gleich zu Beginn alle Blicke auf mich zu ziehen. Ich muss mich erst akklimatisieren.«

Dann zuckte er zusammen, weil ein älterer Mann ihm überschwänglich auf die Schulter haute.

»Na, neu hier bei uns?«

»Äh, ja.«

»Na dann mal los, holt euch was zu trinken!«

»Wo gibt's denn was?«, fragte meine Schwiegermutter. Ihre Augen blitzen übermütig.

»Kommen Sie mit, junge Frau, ich führ' Sie zur Quelle!«

Susanne warf uns einen triumphierenden Blick zu, der wohl so viel heißen sollte wie: »Seht ihr? So macht man Bekanntschaft!«

Meine Mutter betrachtete die bunten Girlanden, die von den Straßenlaternen baumelten.

»Da haben die sich aber richtig ins Zeug gelegt, was?«

»Mutti«, sagte ich, »schrei doch nicht so.«

»Ich muss schreien, sonst hört ihr mich nicht. Und außerdem finde ich die wirklich hübsch. Hätte gar nicht gedacht, dass die hier draußen tatsächlich Sinn fürs Feiern haben.«

»Du, Mutti«, rief Hadi über den Lärm hinweg, »könntest du uns ein bisschen Geld für Getränke borgen?«

Meine Mutter hob die Augenbrauen.

»Na gut. Aber nichts Alkoholisches für deine Frau, die macht sonst wieder Blödsinn.«

Zum Glück war Rose schon vorausgelaufen und außer Hörweite. Wir folgten ihr durch die Menge. Tatsächlich feierten hier alle ohne Masken. Aber das hatte ich ja schon im kleinen Laden erlebt, dass sie sich hier im Dorf für immun hielten.

Susannes Turban leuchtete schon von Weitem, und als wir am Getränketresen ankamen, erkannten wir, dass sie es tatsächlich geschafft hatte, ein paar männliche Zuhörer, die wahrscheinlich der Freiwilligen Feuerwehr angehörten, um sich zu scharen.

»O Gott«, sagte meine Mutter. »Hoffentlich blamiert sie uns nicht.«

In dem Moment brachen die Männer in ohrenbetäubendes Gelächter aus, und der ältere Herr schenkte Susanne das Glas erneut voll.

»Das kann ja heiter werden«, sagte ich.

Neben mir begannen Hadi und Rose sich leise zu streiten.

»Du weißt doch, was Mutti gesagt hat. Kein Alkohol in der Öffentlichkeit, Rose. Damit machst du dir keine Freunde, das wissen wir doch langsam aus Erfahrung.«

»Hadi, ich bin eine erwachsene Frau und Mutter, und ich bestehe darauf, für mich allein entscheiden zu können, wann ich was trinken will. Und außerdem bin ich zum Tanzen hergekommen. Aber wenn du jetzt wieder auf langweilige Leberwurst machst, kann ich mir das alles auch selber organisieren.«

Damit wandte sie sich ab und lief zu Susannes Pulk, wo sie mit großem Hallo empfangen wurde.

»Glückwunsch, Hans-Dieter«, sagte Mutti, »jetzt sieh mal zu, wie du sie da wieder heile rausholst.«

Hadi ließ die Schultern hängen.

»Los, Hadi«, sagte ich. »Geh ihr nach und kauf ihr einen Sekt.«

Hadi sah flehend zu unserer Mutter hinüber.

»Nur für ein Gläschen, Mutti, sonst ist der Tag für mich gelaufen.«

Unsere Mutter stöhnte auf und rollte mit den Augen.

Dann nahm sie einen 20-Euro-Schein aus ihrer Geldbörse und hielt ihn meinem Bruder hin.

»Das muss reichen.«

Als mein Bruder Rose erreichte, wurde sie gerade von einem jungen Mann auf die Tanzfläche gezogen. Sie winkte uns übermütig zu und begann dann ausgelassen, mehr oder weniger im Takt der Musik, mit den Armen und Beinen zu schlenkern.

»Hoffentlich zieht sie sich nicht wieder aus«, stöhnte meine Mutter.
Ein junges Mädchen blieb vor uns stehen und hielt uns einen Korb mit Losen hin.
»Wollen Sie Lose kaufen?«
»Wofür denn?«, fragte meine Mutter.
»Gegen das Bienensterben. Wir erweitern mit dem Gewinn unsere Bienenstöcke.«
Ich betrachtete meine Mutter argwöhnisch und hoffte, dass sie sich ausnahmsweise mal zusammenreißen und höflich bleiben würde. Entgegen meiner Erwartung verzog sich ihr Mund plötzlich zu einem Lächeln. Sie hielt dem Mädchen ein paar Münzen hin.
»Was für eine schöne Idee! Ich habe erst neulich wieder einen Artikel über das Bienensterben gelesen. Es ist eine Schande, dass die Menschen alles zerstören müssen.«
Anstatt sich zu bedanken, musterte uns das Mädchen mit unverhohlener Neugier und wich auf 1,50 Meter Abstand zurück. Dann sagte sie:
»Sie sind aber nicht von hier, oder?«
Und ich antwortete: »Nein, wir leben erst seit ein paar Wochen hier in der Gegend.«
»Ach, echt? Wo denn?«
»Nicht weit von hier«, sagte meine Mutter und fügte dann nicht ganz ohne Stolz hinzu: »In einem Dreiseitenhof, am Acker 1, weißt du –«
»Ach so«, sagte das Mädchen und ließ uns stehen. Warum unsere Adresse jedes Mal diese Reaktion hervorrief, verstand ich einfach nicht. Schließlich hatten wir den Hühnern unseres Vorbesitzers ein Dach über dem Kopf gegeben. Aber die Dorfbewohner schienen an ihrem Hans zu hängen. Bevor ich mir weiter den Kopf zerbrechen konnte, trat eine Frau auf uns zu, und ich erkannte in ihr die Besitzerin des Dorfladens.
»Ach, das ist ja schön, dass Sie hierhergefunden haben!« Dann wandte sie sich an meine Mutter: »Hallo, ich bin die

Luise Schmidtke. Ich hab den Laden im Dorf.« Sie deutete in die Richtung des Kirchturms. »Wünsche Ihnen viel Spaß!«

Sie lächelte uns zu und war so schnell, wie sie aufgetaucht war, auch schon wieder in der Menschenmenge verschwunden.

»So schlimm sind die hier gar nicht«, stellte meine Mutter fest und nickte zufrieden.

Nachdem ich Hadi Mut zugesprochen hatte, machte er sich auf den Weg zur Tanzfläche und entzog seine Frau dem jungen Mann und zu sich heran. Ungelenk drehten die beiden sich im Kreis, Hadi stolperte über seine eigenen und Roses Füße, aber Rose war nicht zu bremsen in ihrer Freude und ihrem Stolz. Ihre begeisterten Ausrufe waren nicht zu überhören.

»Energie hat sie ja, wenn sie will«, konstatierte meine Mutter und nippte an ihrem Sekt. »Wär halt schön, wenn sie die auch mal anderweitig einsetzen könnte.«

Auf dem Rückweg schwirrten uns die Ohren von der Musik und dem Gelächter. Unisono kamen wir darin überein, dass sich die Fahrt zum Dorffest durchaus gelohnt hatte. Für eine kurze Zeit hatte ich sogar den Balken in unserem Wohnzimmer vergessen können.

»Wisst ihr, was mich am meisten beeindruckt hat?«, sagte meine Mutter. »Die Herzlichkeit dieser Menschen! Wenn man mal davon absieht, dass die ja sonst kaum Fremde zu Gesicht bekommen, waren sie doch ganz schön zutraulich uns gegenüber.«

»Du redest über sie wie über Außerirdische, Ilse. Sind auch nur Menschen!«, sagte meine Schwiegermutter. Ihre Zunge war ein bisschen schwer, was daran liegen mochte, dass sie von ihrem neuen Verehrer ordentlich abgefüllt worden war.

»Ach, wie schade, dass der Klausi schon verheiratet ist. Der hat mir doch recht gut gefallen und außerdem gehören ihm ein paar Ländereien.«

»Die Bauern haben's momentan aber nicht leicht, Susanne.

Vergiss das nicht. Ich bin ganz froh, dass dein Klausi schon vergeben ist. Noch ein Maul kann ich beim besten Willen nicht stopfen.«

»Mutti!«, warf ich ein.

»Na, ist doch wahr!«

»Rose, lass mal bitte, du machst mir meine ganze Frisur kaputt«, sagte Hadi jetzt, und ich sah in den Rückspiegel. Rose saß auf Hadis Schoß und kraulte ihm das Haar.

»Ich lieb dich so, du Guter, du Bester!«, schnurrte sie und zog an seinem Ohr.

»Aua, Rose. Das tut mir weh!«

»Du bist mein Superman, Hadi. Ich hab das immer gewusst, dass du ein ganz Wilder bist. Du hast so schön getanzt, dass alle ganz neidisch auf dich waren.«

»Na ja, so viel Auswahl gab's ja auch nicht«, sagte meine Mutter.

»Das hat er von Vati, der Hadi. Der Vati war auch ein guter Tänzer«, warf ich ein, damit die Stimmung nicht kippte.

»Das stimmt«, sagte meine Mutter und versank in ihren Erinnerungen.

Gemeinsam beschlossen wir, uns irgendwann mal bei den Dörflern für das schöne Fest zu revanchieren, wenn es der Zustand unseres Dreiseitenhofs und vor allem unser Geldbeutel zulassen würden.

31.
Kapitel

Am Tag nach dem Fest kam endlich Herr Mutzke, der unfreundliche Handwerker vom Telefonat, mit seinem Transporter auf unseren Hof gefahren. Gleich nachdem er ausgestiegen war, rannte Frau Müller auf ihn zu und jagte ihn zurück in seinen Wagen. Er kurbelte die Scheibe herunter und bat mit außergewöhnlich kleinlauter Stimme darum, die Hühner einzusperren, solange er sich auf unserem Gelände aufhielte. Ich scheuchte unsere Schar in den Obstgarten und gab Herrn Mutzke ein Zeichen, dass die Luft rein sei. Vorsichtig kletterte er aus seinem Wagen, rannte wie von der Tarantel gestochen über unseren Hof und ins Haus und knallte die schwere Eingangstür hinter sich zu. Ganz außer Atem schloss er kurz die Augen und stammelte: »Guter Gott ...«

Ich wartete und betrachtete sein schwitzendes rotes Gesicht.

»Möchten Sie vielleicht ein Glas Wasser?«

Augenblicklich öffnete er die Augen wieder, schüttelte den Kopf und betrachtete stattdessen die Eingangshalle.

»Na, da haben Sie sich ja ne bescheidene Hütte ausgesucht.«

Ich führte ihn in den Salon, damit er sich den abgestürzten Balken ansehen konnte. Er klopfte ein bisschen darauf herum und fuhr sich mit der Hand durch die Haare. Kopfschüttelnd sah er mich an.

»Tja ...«

»Was denn?«

»Na ja, ich will ja nichts sagen, aber ... das sieht nicht gut aus ...«

»Was denn?«, fragte ich wieder.

Er blickte zur Decke und dann zu den Stützbalken in den Ecken des Raums.

»Ganz schön viel Holz ...«

Ich schwieg und wartete.

»Ich frag jetzt mal so«, er räusperte sich und hielt inne.

»Ja?«

»Hören Sie manchmal Geräusche? Also, wie soll ich sagen, eine Art Kratzen, so'n Klopfen?«

Ich erstarrte.

»Wieso?«

»Weil Sie dann den Holzbock im Haus hätten.«

»Den was?« Ich sah eine Art männliches Schaf vor mir und verstand nicht.

»Einen Holzwurm«, artikulierte er überdeutlich. »Das ist ein kleines Tierchen, das es sich in Ihrem Holz gemütlich macht und nach und nach alles auffrisst, bis Ihnen die Decke auf den Kopf fällt.«

»Oh«, sagte ich. »Meinen Sie?«

»Ich meine gar nichts. Ich sage nur, wie es ist. Also: Hören Sie manchmal ein Klopfen?«

Sein Telefon läutete, und er ging ran.

»Ja, Fidi, ich kümmer' mich, ich bin jetzt gerade bei den Neuen im alten Dreiseitenhof, weißt du? Am Acker 1, genau. Ja, denen der Deckenbalken auf den Kopf gefallen ist ... ja, genau ... weiß ich noch nicht genau, aber ich nehm's mal stark an ... ja, seh ich auch so ... ja, übel das ... jao, bis denne ...«

Er legte auf und sah mich an.

»Wo klopft's denn noch so?«

Ich schluckte.

»Überall eigentlich. Und vor allem nachts.«

»Na, dann haben wir ihn doch schon, den kleinen Übeltäter. Da haben Sie sich ja ein richtig schönes Willkommensgeschenk zum Einzug gemacht.«

Ich hoffte, er würde bald mit seinen Witzen aufhören. Mir

war schon ganz übel bei dem Gedanken, dass wir Wand an Wand mit gefräßigen Würmern lebten.

»Haben Sie sich denn das Haus nicht vorher angesehen?«, fragte er weiter.

»Doch«, sagte ich. Fügte dann aber wahrheitsgemäß hinzu: »Von außen.«

Nachdem Herr Mutzke gegangen war, setzte ich mich in die Küche, machte eine Flasche Wein auf und wartete auf Gerald. Zum Glück war Matz nicht da. Nichts ist traumatisierender für ein Kind als eine Mutter, die mit ihrer Flasche am Küchentisch sitzt und auf den Vater wartet, um ihn zur Schnecke zu machen.

Rose lugte um die Ecke. »Ach, Gundel, gut, dass ich dich seh', könntest du mir … Du trinkst? Und das nach gestern Abend?«

»Ja.«

»Aber …«

Sie kam näher, und ich hätte ihr gern gesagt, dass sie verschwinden solle, aber das ging ja nicht, weil wir ein Dreigenerationenhaus waren.

Sie blieb stehen und betrachtete mich neugierig. Nach einiger Zeit, in der sich keiner von uns bewegte und Rose mich beäugte wie ein seltenes Tier, platzte mir dann doch der Kragen.

»Rose, entweder du sagst mir, was du wolltest, oder du gehst wieder.«

»Ja«, sagte Rose. »Äh … es ist nur so, ich wollte gern ein bisschen für mich sein und da wollt ich dich fragen, ob du vielleicht auf den Eddie aufpassen könntest, aber wenn du trinkst, geht das natürlich nicht.«

»Sieht so aus«, sagte ich und schenkte mir nach.

Hinter Rose erschien Hadi, mit Eddie auf seinem Arm. »Du, Rose, könntest du den Eddie vielleicht wieder –«, er stockte. Rose drehte sich zu ihm um und sagte leise: »Du, die Gundula trinkt.« Sie klang einigermaßen betroffen.

Hadi trat neben sie. Dann kam er zu mir an den Tisch, hob die Flasche hoch und betrachtete das Etikett.

»Gundula, du weißt schon, dass das der Wein ist, den ich bei meiner Podiumsdiskussion in Sigmaringen über die weibliche Indifferenz vom Altertum bis zur Neuzeit geschenkt bekommen habe?«

»Nein, Hadi, das ist der Wein, von dem ich eine Kiste beim Discounter in Berlin gekauft habe. Der war im Sonderangebot.«

»Du täuschst dich. Mein Wein hieß Pudlinger Zweiglein, und der hier heißt genauso.«

Ich nahm ihm die Flasche aus der Hand und studierte das Etikett.

»Da steht nichts von Zweiglein! Da steht Pullinger. Also ist es meiner.«

Hadi riss die Flasche wieder an sich.

»Nein, hier steht ... pardon, du hast recht. Bist du sicher, dass meiner auch wirklich Pudlinger Zweiglein geheißen hat? Vielleicht ist es ja doch meiner, und ich hab mich nur verlesen –«

»Hadi, das hast DU gesagt. Ich hab die Flasche gerade aus dem Karton genommen, in dem noch fünf weitere Pullinger warten, und die werd' ich auch brauchen.«

Rose und Hadi standen da wie Salzsäulen und betrachteten mich ehrfürchtig. Ich prostete ihnen zu und nahm einen großen Schluck.

»Gundula!«, sagte Rose endlich. »Ich will dir ja nicht zu nahetreten, aber so kennen wir dich gar nicht.«

»Ich finde auch, Gundula.« Hadi hatte ein bisschen Mut gefasst, nachdem seine Frau das Wort ergriffen hatte. »Du solltest vielleicht mit uns darüber sprechen, was dich quält. Alkohol ist keine Lösung, weißt du?«

»Heute schon«, sagte ich.

»Ja, aber doch nicht schon am Nachmittag«, sagte Rose.

Hinter den beiden erschien Susanne. Konnte man in diesem Haus eigentlich nie für sich sein?

»Habt ihr Kaffee?«, fragte sie und humpelte näher. Irgendwie wuchs ihr Schienbein nicht mehr richtig zusammen, aber wir hatten ihr bis auf Weiteres untersagt, einen Arzt aufzusuchen, um es zu richten. Das konnten wir uns wirklich nicht mehr leisten. Und Susanne schien die Humpelei ohnehin nicht weiter zu stören, sie bemerkte kaum, dass sie humpelte wie ein angeschossener Ochse.

Jetzt erblickte Susanne meine Flasche.

»Was ist denn hier los?«

»Gundula trinkt«, sagte Rose.

»Ach, du liebes bisschen.« Sie kam näher und griff nach der Flasche.

»Was ist das denn für ein Gesöff? Kannst du, wenn schon, nicht wenigstens was Richtiges trinken?«

»Schmeckt nicht so schlecht«, sagte ich. »Und für den Anlass reicht es allemal.«

»Ach, du liebes bisschen.«

Zu dritt standen sie vor mir und musterten mich.

»Ist es ganz arg schlimm?«, begann Rose.

»Ja.«

»Ist es wegen dir?«, fragte Hadi.

Ich blickte auf. »Wie, wegen mir?«

»Na ja, ist es psychisch?«

»Nein.«

»Ist es wegen eurer Ehe?«, fragte Susanne.

»Unter anderem«, sagte ich.

»Ach, dann kann's ja nicht so schlimm sein«, sagte Rose.

»Wieso?«

»Weil es bei euch ja immer schlimm ist«, sagte Rose.

»Wie meinst du das?«

»Sie meint«, sagte Susanne, »dass ihr es dafür, dass eine Ehe auf Dauer erwiesenermaßen sowieso nicht funktionieren kann, bis jetzt ganz gut hinbekommen habt.«

»Wieso kann eine Ehe nicht funktionieren?«, fragte Rose.

»Also unsere Ehe funktioniert schon sehr gut, gell, Hadi?«

»Ja«, sagte Hadi.
Eddie wimmerte ein bisschen und begann zu strampeln.
»Na ja, wie man's nimmt«, ergriff Susanne wieder das Wort. »Eigentlich ist jede Ehe zum Scheitern verurteilt. Das liegt in der Natur der Sache. Das habe ich dem Gerald immer schon gesagt, aber er wollte ja nicht hören. Die Ehe ist ein monogames Gefängnis.«
»Echt?«, sagte Rose.
»Unsinn ... Aber das Trinken bringt dich nicht weiter«, sagte Hadi.
»Find' ich auch«, sagte Rose.
»Ich habe nur ein kleines Glas getrunken, und ihr tut so, als würde ich gleich unter den Tisch rutschen«, sagte ich.
»Klein fängt's immer an«, sagte Rose.
Hadi horchte auf.
»Das stimmt, meine Rose. Das hast du schön gesagt. Alles fängt immer erst klein an. Woher hast du das?«
»Das ist von mir«, sagte Rose.
Eddie schrie auf.
»Jetzt geht das wieder los. Dann gehe ich zurück auf mein Zimmer, das Gebrülle halte ich auf Dauer nicht aus.« Susanne humpelte los. »Nicht mal einen Kaffee kriegt man hier, nur weil in diesem Haus immer aus jeder Fliege ein Elefant gemacht werden muss.«
»Es ist keine Fliege. Es ist ein ausgewachsener Elefant«, sagte ich.

32.
Kapitel

Als Gerald endlich nach Hause kam, wurde es draußen schon dunkel. Ich hörte die Ente die Einfahrt herauffahren, kurz danach kam Gerald pfeifend zur Tür herein.

Ich hatte das Trinken inzwischen aufgegeben, weil es mich nicht wirklich weitergebracht hatte, und ich es außerdem für besser hielt, bei unserem Gespräch klar im Kopf zu sein.

Ich muss gestehen, ich hatte das mal in irgendeinem Film gesehen, das Bild mit der Frau und der Flasche am Küchentisch. Das hatte mich nie wieder losgelassen, in dieser überdimensionalen Tragik, die es ausstrahlte. Aber in dem Film ging es darum, dass die Frau den Mann zur Rede stellen musste, weil sie erfahren hatte, dass er sie mit einer Jüngeren betrog. Und das konnte bei Gerald nicht wirklich passieren. Das war das einzig Gute an Gerald, dass ich hundertprozentig sicher sein konnte, dass er mich niemals verlassen würde. Denn – wo sollte er schon hin?

Als ich sein Pfeifen hörte, stand ich also an der Spüle und schälte Möhren. Ich erinnere mich noch ganz genau daran, weil es mich ungemein beruhigte, den Möhren mit meinem kleinen Hobelmesser die Haut abzuziehen.

Als Gerald in die Küche kam, sah ich mich nicht zu ihm um, sondern sagte nur: »Ach, da bist du ja schon.«

»Ja, da bin ich schon. Mmh, was gibt es denn heute Feines zum Abendessen?«

Er trat hinter mich und sah mir über die Schulter.

»Möhren. Wie aufregend.«

Ich drehte mich zu ihm um.
»Wir müssen reden.«

Gerald fiel aus allen Wolken, als ich ihm von Herrn Mutzkes Vermutung erzählte. Aber gleichzeitig wies er jegliche Schuld weit von sich. Er redete sich damit heraus, dass es bei Zwangsversteigerungen nun mal Usus sei, das Objekt nur von außen zu besichtigen.
»Gerald«, sagte ich, »verstehst du denn nicht? Wir haben uns von meiner Mutter das Geld für den Dreiseitenhof geliehen. Das müssen wir ihr irgendwann zurückzahlen. Aber erst mal müssen wir den Hof renovieren oder gleich woanders hinziehen. Und außerdem müssen wir die Schulden deiner Mutter begleichen. Und den Rotkehlchenweg kriegen wir auch nicht los. Wie stellst du dir das alles vor?«
Gerald schwitzte.
»Ich weiß doch, Gundula. Ich bin da dran, glaub mir. Es ist nicht fair, mir jetzt die alleinige Schuld an dem ganzen Schlamassel zu geben. Ich habe es ja nur gut gemeint.«
»Gerald, ich habe gleich gesagt, dass die Idee mit diesem Hof hier Quatsch ist. Meine Mutter hat immer gesagt, dass sie das Haus nicht kauft, bevor sie es nicht von innen gesehen hat, erinnerst du dich? Und du hast sie überredet. Jetzt stehen wir vor der absoluten Katastrophe. Was ist eigentlich in dich gefahren, Gerald? Du warst doch immer gut im Rechnen und Haushalten. Weißt du, was das jetzt für uns bedeutet? Hätten wir das verdammte Haus doch nie gesehen.«
»Gundula, vielleicht erinnerst du dich daran, dass wir im Rotkehlchenweg nicht mehr bleiben konnten?«
»Ja, aber warum musstest du uns einen verwurmten Dreiseitenhof an den Hals schaffen?«
»Weil ich nicht wusste, dass er verwurmt ist.«
»Das MEINE ich doch.«
»Ich kann es aber jetzt nicht mehr ändern, Gundula!«

»Eins sag ich dir, Gerald. Ich geh bestimmt nicht zu meiner Mutter und erzähl ihr von den Würmern.«

»Was denn für Würmer?«, ertönte die Stimme meiner Mutter hinter mir. Sie hatte sich irgendwie in die Küche geschlichen. Ich setzte mich auf einen Stuhl.

»Auch DAS noch.«

»Darf man erfahren, worum es hier geht?«

Ich deutete mit dem Kinn zu Gerald hinüber.

»Frag Gerald.«

»Wieso?«

»Weil ich für heute genug habe.«

»Also«, wandte sich Mutti an Gerald. »Ich soll dich fragen, worum es hier geht. So was Albernes hab ich auch schon lange nicht mehr erlebt.«

»Gut«, sagte Gerald. »Ich fasse mich kurz. Wir stehen vor dem finanziellen Ruin, Ilse.«

»Übertreib doch nicht so furchtbar, Gerald«, sagte ich. »Musst du immer gleich alles so dramatisieren?«

»Also was soll denn das jetzt, Gundula? Wer kommt denn hier an und macht allen die Hölle heiß, weil irgendein Herr Mutzke erzählt, dass das Haus verwurmt ist. Wer hat denn hier die Mundwinkel meterweit im Schlepptau, weil alles ganz furchtbar ist und der liebe Gerald wieder Mist gebaut hat?«

»Spinnst du?«, fragte ich.

»Natürlich, Gundula. Ich spinne auch noch. Ich kann nicht nur nicht rechnen, bin blind und kognitiv eingeschränkt, komme abends grundsätzlich zu spät nach Hause, sondern spinne zu allem Überfluss. Das ist doch mal was. Ach ja, und ›ich kann mich mal‹, wenn ich mich richtig an deine Worte erinnere.«

»Du hast doch echt nicht alle Tassen im Schrank, Gerald.«

»Und ich schnarche.«

»Ja. Das kannst du mir ja wohl nicht zum Vorwurf machen, dass du schnarchst.«

»Mache ich doch gar nicht.«

»Doch, Gerald. Du bist voller Vorwürfe. Immer. Allein schon wenn ich dich bitte, den Tisch zu decken, wirst du fast ohnmächtig, weil du meine Bitte anmaßend findest. Das Einzige, was dich interessiert, ist das Abendessen, und ob es auch pünktlich auf dem Tisch steht. Aber wehe, ich koche zweimal hintereinander dasselbe –«

»Das Gleiche –«

»Was?«

»Du kannst nicht zweimal hintereinander dasselbe Essen kochen, nur das Gleiche«, sagte Gerald.

Ich atmete tief durch.

»Darum geht es jetzt nicht, Gerald. Es geht um dich. Und ich bin noch nicht fertig. Zum Beispiel würdest du niemals von selbst darauf kommen, mal für mich einkaufen zu gehen.«

»Wann soll ich denn jetzt auch noch einkaufen gehen, Gundula? Ich bin berufstätig. Außerdem musst du doch gar nicht mehr einkaufen gehen, es gibt doch sowieso jeden Tag das Gleiche, nämlich deine Eier!« Er lachte ein bisschen, als ob er gerade einen wirklich guten Witz gerissen hätte.

»Für die Eier kann ich nichts, Gerald. Die Hühner hast schließlich du überlesen.«

»Die Hühner standen nicht im Vertrag, wie oft soll ich das noch –«

»Das ist jetzt auch egal, Gerald. Fakt ist: Du leihst mir nicht mal unsere Ente und lässt mich stattdessen mit einem abgeschabten, alten Sperrmüllfahrrad durch die Gegend fahren, bis ich verschwitzt in diesem lächerlichen Dorfladen ankomme. Das ist so ernie–«

Ich konnte meine Tränen nicht mehr zurückhalten und heulte los.

»Was?«, sagte Gerald.

»Sei still!«, rief ich aus und heulte weiter.

»Du hast mich nie –«, wandte Gerald ein.

»Sei still!«, wiederholte ich. »Ich will nichts mehr von dir hören, Gerald, es reicht!«

»Also Gundula, das ist jetzt aber nicht ... ich meine ... ich hab doch jetzt gar nichts ... und von dem Fahrrad weiß ich auch nichts und –«

»Lass mich in Ruhe!«

Meine Stimme brach. Während mir die Tränen übers Gesicht strömten, dachte ich kurz darüber nach, dass das eigentlich der falsche Zeitpunkt dafür war, mit Gerald einen Grundsatzstreit vom Zaun zu brechen. Wenn einem das Wasser bis zum Hals steht, sollte man vielleicht besser zurückschwimmen, anstatt noch ein anderes Fass aufzumachen. Aber jetzt war es sowieso schon zu spät. Ich sah durch meinen Tränenschleier hindurch kurz zu Mutti und Gerald hinüber. Sie waren käseweiß.

Dann erhob sich meine Mutter.

»Das ist mir jetzt etwas zu viel. Ihr könnt mich ja rufen, wenn ihr euch wieder wie normale Menschen benehmt.«

»Mutti, setz dich bitte wieder hin, wir haben dir was zu sagen«, schluchzte ich.

Gerald ließ sich auf einen Stuhl fallen und verbarg sein Gesicht in den Händen. Wie dramatisch, dachte ich und wunderte mich darüber, dass er mir kein bisschen leidtat.

Weil er keine Anstalten machte, das Wort zu ergreifen, begann ich zu sprechen.

Ich erzählte meiner Mutter von Herrn Mutzkes Diagnose. Davon, dass das ganze Haus vom Dachboden bis zum Keller voller Holzwürmer sei und dass er uns nahegelegt hatte, lieber auszuziehen, bevor wir vom nächsten abstürzenden Dachbalken erschlagen würden. Davon, dass er auf meine kleinlaute Frage, wie viel denn wohl eine Renovierung kosten würde, nur herzlich gelacht und den Kopf geschüttelt hatte.

»So ein Haus kann man nur abreißen, das ist keinen Pfifferling wert. Da haben Sie sich ein richtiges Ei gelegt.« Womit er gewissermaßen nicht unrecht hatte. Auf meine erneute Frage, wie viel denn eine Entwurmung kosten würde, setzte er hinzu:

»Gute Frau, Sie haben's nicht verstanden, was? Das Haus kann man nicht renovieren. Das Problem sitzt in jedem Balken. Sie müssen vom Keller bis zum Dach das Holz rausreißen und erneuern. Der Wurm hat es sich, wie es scheint, nicht erst seit gestern hier gemütlich gemacht. Der hat ganze Arbeit geleistet. Ich kann natürlich mit dem Kammerjäger kommen, der kann ein bisschen Gift verteilen, aber glauben Sie mir, das wird nichts bringen, weil die Substanz bereits zerfressen ist.«

Als ich alles erzählt hatte, sah ich meine Mutter an und wartete.

»Der Holzbock. Du lieber Himmel! Was hast du uns denn da eingebrockt, Gerald?«

Gerald hob den Kopf.

»Liebe Ilse, ich kann mich da nur noch mal wiederholen. Genau betrachtet, war das ja nicht vorherzusehen. Das Gutachten haben wir ja alle gelesen, das sah ja eigentlich ganz manierlich aus, wenn ihr euch erinnert –«

»Es geht nicht um das Gutachten, Gerald«, fuhr ich dazwischen. »Es geht darum, dass ich von Anfang an ein schlechtes Gefühl hatte und dich immer davor gewarnt habe, so ein Riesenhaus mitten in der Pampa für uns zu kaufen.«

»Jetzt lass mich doch mal –«, sagte Gerald.

»Gekauft hab immer noch ich es«, sagte meine Mutter. »Ich hab mich einlullen lassen. Wäre nur Edgar noch am Leben, dem wäre das nicht passiert.«

»Nein, Vati wäre das nicht passiert«, pflichtete ich meiner Mutter bei.

»Hier fehlt eben einfach ein Mann im Haus«, sagte meine Mutter und wischte sich die Augen.

Gerald senkte den Kopf. Nach einer Weile sagte ich: »Und was machen wir jetzt?«

Ich blickte mich um und musste mir eingestehen, dass ich unseren Dreiseitenhof inzwischen ziemlich lieb gewonnen hatte. Aber das würde ich Gerald gegenüber nicht zugeben. Zumindest jetzt nicht.

»Also ausziehen kommt für mich nicht infrage«, sagte meine Mutter jetzt. »Wisst ihr, was mich allein die Renovierung meines Zimmers gekostet hat? Das Geld werf ich doch jetzt nicht auch noch zum Fenster raus!«

»Nein«, sagte Gerald. »Ausziehen kommt nicht infrage. Noch einen Umzug können wir uns nicht leisten, der letzte hat ja schon ein Vermögen gekostet.«

»Gut«, sagte meine Mutter. »Ich würde mal vorschlagen, wir beraumen eine Familienkonferenz ein. Den Bundschuhs ist in Krisenzeiten immer noch was eingefallen. Wir lassen uns nicht unterkriegen. Selbst ohne Mann im Haus.«

33.
Kapitel

Gerald und ich waren uns den restlichen Nachmittag aus dem Weg gegangen. Einer stillen Übereinkunft folgend hatten wir wohl insgeheim beschlossen, unseren Ehestreit zu einem späteren Termin fortzusetzen und uns jetzt erst mal auf den Erhalt unseres Dreigenerationenhauses zu konzentrieren. Herr Mussorkski hätte es sicher gutgeheißen, dass ich nicht wieder sofort den Kopf in den Sand steckte.

Außerdem hatte ich nochmals den Versuch gewagt, einen Kuchen zu backen, ganz wie Herr Mussorkski es mir geraten hatte. Damit konnte ich auch fünf Eier auf einmal verbrauchen, was angesichts der überquellenden Speisekammer zwar nicht viel änderte, aber mir zumindest das Gefühl gab, ein Problem anzugehen. Nur hatte ein plötzlicher Stromausfall ein zufriedenstellendes Ergebnis verhindert. Der Kuchen war halb gar in den Mülleimer gewandert.

Am späten Abend saßen wir alle am Küchentisch und versuchten, ein Konzept gegen unsere drohende Verarmung zu entwickeln, eine kaum zu lösende Aufgabe. Was vielleicht daran lag, dass wir in Ermangelung einer wirklich guten Strategie schon den vierten Pullinger geköpft hatten. Sogar meine Mutter hatte sich dazu hinreißen lassen, sich ein zweites Gläschen zu genehmigen.

»In schweren Stunden muss man der Seele Flügel verleihen«, sagte sie. »Prost.«

Gott sei Dank war Matz nicht da.

Ich sah durch die geöffneten Fenster nach draußen. Die

Sonne war beinah untergegangen, die Grillen hielten ihr letztes Ständchen. Eine duftende Brise drang in die Küche und kühlte unsere erhitzten Gesichter. Gulliver und Othello saßen wie üblich vor dem Kamin und betrachteten das Mäuerchen darüber.

Meine ersten Versuche, meine Lieben zu einem konstruktiven Gespräch zu ermuntern, waren letztlich kläglich daran gescheitert, dass alle durcheinanderredeten.

Dann gab Gerald sich einen Ruck.

»Liebe Bundschuhs, noch mal von vorn. Was können wir jetzt in dieser misslichen Lage tun?«

»Du meinst projektbezogen oder finanziell?«, fragte meine Mutter.

»Wie? Gute Frage. Ich meinte eigentlich beides, denn es gehört ja zusammen.«

»Gut, also zur ersten Frage könnte ich sagen: Das kann ich euch jetzt auch nicht sagen und zur zweiten Frage …« Sie lehnte sich in ihrem Stuhl zurück und sah lange vor sich hin. »… also, da kann ich nur sagen, es wäre sehr schön, wenn du langsam mal den Rotkehlchenweg verkaufen würdest. Dann hätte man zumindest schon mal das Geld für die Entwurmung, oder? Und meine 150 000 Euro, also das Geld, mit dem ich unseren Dreiseitenhof finanziert habe, die kann ich noch ein bisschen stunden. Will heißen, wir gucken den Vertrag noch mal gemeinsam durch und schieben die Rückzahlung plus Zinsen ein bisschen auf. Wie lang werdet ihr für die brauchen?«

»Für wen jetzt?«, fragte Rose.

»Für die Rückzahlung eurer Schulden an mich, Rosi. Hör doch einfach mal zu.«

»Ich heiß –«

»Ach, die hast du uns nur geliehen?«, fragte Hadi.

Meine Mutter erbleichte. »Was ist denn das für eine dämliche Frage, Hans-Dieter? Natürlich habe ich euch das Geld für den Dreiseitenhof nur geliehen. Bin ich Krösus? Aber nur zu, ihr könnt mich auch vergiften, dann könnt ihr das Erbe antreten und seid erst mal schuldenfrei. Ob ihr allerdings damit durchkommt, weiß ich nicht. Außerdem könnte ich euch dann nicht mehr beratend zur Seite stehen. Also ich würde mir das an eurer Stelle gut überlegen.«

»Was jetzt?«, fragte mein Bruder.

»Die Ilse zu vergiften«, sagte Rose.

»Guter Gott, Ilse. Wieso sollten wir dich vergiften? Doch wohl nicht wegen dem läppischen Geld«, sagte Susanne.

»Ach, läppisch, ja?«, sagte meine Mutter.

»Jetzt lasst uns doch mal beim Thema bleiben«, sagte ich.

»Also, ich denke, das ist wahrscheinlich die beste Lösung, die wir haben.«

Rose riss die Augen auf.

»Die Ilse zu vergiften?«

»Nein, den Rotkehlchenweg zu verkaufen und die Schulden bei Mutti zu stunden.«

»Sag ich doch«, sagte meine Mutter.

»Gut«, sagte Gerald. »Wer dafür ist, hebt die Hand.«

Der Plan wurde einstimmig verabschiedet.

»Gut, dann hätten wir dieses Problem ja schon mal beseitigt.«

»Aber wie sollen wir den Rotkehlchenweg verkaufen, wenn den keiner kaufen will?«, fragte ich.

»Ja«, sagte Gerald, »das wäre dann das nächste Problem.«

»Nicht zu vergessen die 50 000 Euro, die Susanne euch noch schuldet. Die könnte man nämlich jetzt auch sehr gut für die Renovierung brauchen«, sagte meine Mutter und sah demonstrativ an Susanne vorbei.

»Ich hab's ja versucht, Ilse. Wenn das mit dem Internet funktioniert hätte, also mit dem Blog, ja, dann wäre ich jetzt schon meine Schulden bei euch los. Und nicht nur das«, setzte sie hinzu und hob die Augenbrauen, »da wäre nach meinen Berechnungen sogar noch was übrig geblieben.«

»Ist das so?«, sagte meine Mutter.

»Ja, stell dir vor. Aber ohne Internet geht das eben nicht.«

»Dann denk dir doch was Neues aus, hast ja Zeit«, sagte meine Mutter.

»Bin schon dabei, liebe Ilse, da kannst du beruhigt sein.« Susanne nahm noch ein Schlückchen Pullinger.

»Mach langsam mit dem Alkohol, Mutti, ja?«, sagte Gerald. »Du weißt ja, dass du –«

»Ja, Gerald, ich weiß. Aber heute ist ein besonderer Tag, das habe ich im Gefühl.«

»Das kann man so oder so sehen«, sagte Gerald.

34.
Kapitel

In der darauffolgenden Nacht schliefen wir alle sehr schlecht. Ich sah mich schon unter irgendeiner Brücke, und den anderen schien es nicht besser ergangen zu sein, zumindest hatten alle Bundschuhs am nächsten Morgen winzig kleine Augen. Die Stimmung war ungewöhnlich gedämpft.

Am frühen Vormittag fragte mich Rose, ob sie sich das Fahrrad ausleihen dürfe, um ins Dorf zu fahren. Auf meine Frage hin, was sie denn im Dorf zu erledigen habe, antwortete sie, es sei etwas sehr Wichtiges, aber das würde ich früher oder später schon sehen.

Wenn Rose eine in ihren Augen wichtige Idee hat, ist Vorsicht geboten. Deshalb hakte ich nach: »Erzähl doch mal, was ist das für eine Idee, Rose?«

»Das darf ich dir leider jetzt noch nicht sagen, Gundula.«

Sie fuchtelte mit einem Stapel handbeschriebener Zettel vor meinem Gesicht herum.

»Was ist das?«

»Geheim.«

»Aber was steht da drauf?«

Rose kam ein bisschen ins Schwanken.

»Na ja, ich hab mir halt schon auch so meine Gedanken gemacht, wie ich euch ein bisschen helfen kann in dieser blöden Situation. Und ich glaube, meine Idee ist sehr schön. Also, es muss halt jemand anbeißen. Aber wenn jemand anbeißt, also so fünf vielleicht, dann wär's schon klasse.«

Mir wurde etwas mulmig.

»Wer soll wozu anbeißen?«

»Das ist ja das Geheimnis ...«

»Und was hast du dann mit denen vor, also mit denen, die angebissen haben?«

»Gundula! Du bist ja eine ganz Schlimme. Darauf falle ich nicht herein, dann wär's ja kein Geheimnis mehr.«

»Stimmt schon, Rose, aber hat dein Geheimnis denn mit uns allen zu tun?«

»Ja, klar.« Sie schüttelte den Kopf und lachte. »Ich würd euch doch jetzt nicht im Stich lassen.«

»Aha«, sagte ich und fröstelte ein bisschen.

»Okay, dann fahr ich jetzt mal los. Hast du vielleicht Kleber?«

»Was?«

»Kleber? Oder Nägel oder so.«

»Wofür denn?«

Sie hob den Zeigefinger.

»Geheim ...«

Ich suchte ihr eine Rolle Tesafilm und ein paar Reißzwecken aus der Küchenschublade. Rose steckte alles in ihre viel zu große Trachtenjacke. Dann sah sie mich an. »Na gut, Gundula. Ein bisschen kann ich ja verraten. Ich mache einen Rundruf.«

Später rief Gerald von der Arbeit an. Was ungewöhnlich für ihn ist, weil er sich im Büro ausschließlich auf die das Büro betreffenden Dinge konzentriert. Er klang ziemlich sachlich.

»Gundula, wir haben eventuell einen Käufer für den Rotkehlchenweg. Ich komme heute etwas später nach Hause, ich muss die Leute zur Besichtigung reinlassen.«

»Gut«, sagte ich.

»Ich rufe nur an, damit es nicht wieder heißt, ich hätte nicht Bescheid gesagt, dass ich später nach Hause komme.«

»Okay«, sagte ich.

»Was ich damit sagen möchte: Ihr müsst mit dem Essen nicht auf mich warten.«

»Alles klar.«

Es folgte eine Pause. Dann sagte ich: »Und wer ist es?«
»Wer?«
»Der Käufer?«
»Das weiß ich doch jetzt noch nicht. Das kann ich dir vielleicht heute Abend sagen, falls wir uns noch sehen.«
Er legte auf. Ich muss zugeben, dass mich unser Zerwürfnis nicht so tief traf, wie ich es immer befürchtet hatte. Ich hatte sogar das Gefühl, dass es uns ganz guttat, mal ein bisschen Abstand voneinander zu gewinnen.

Auf dem Weg nach draußen stieß ich auf Susanne. Sie stand im Hof und telefonierte.
»Ja, wunderbar, dann bis morgen.« Sie legte auf und strahlte mich an. »Gundula, ich habe eine Überraschung für dich.«
»Ach ja? Was denn für eine?«
»Das kann ich dir leider nicht sagen, dann wär's ja keine mehr.«
Auf dem Weg zurück in die Küche kam mir meine Mutter entgegen. Sie telefonierte ebenfalls. Mir fiel ein, dass ich sie ja fragen wollte, ob ich Herrn Mutzke um einen Kostenvoranschlag für die Holzwurmbeseitigung bitten sollte.
»Mutti?«
»Gundula, ich telefoniere«, zischte sie. »Wann sagten Sie genau? Na, das ist doch wunderbar. Danke Ihnen. Auf Wiederhören.« Sie sah mich an und drückte mir das Telefon in die Hand. »Musst du auch telefonieren? Hier, bitte schön.«
»Ja, danke, Mutti. Du, bevor ich telefoniere, müsste ich noch was mit dir besprechen.«
»Schieß los.«
»Es geht noch mal um unseren Hof.«
»Um was auch sonst?«
»Stimmt.«
»Gundula, ich hab nicht ewig Zeit. Ist was passiert? Du siehst aus, als hättest du schon wieder was auf der Leber.«
»Nein, ich –«

Sie hob die Hand.

»Stop! Ich möchte in der nächsten Zeit keine schlechten Nachrichten mehr erhalten. Ich für mein Teil habe erst mal genug.«

Wenn ich spüre, dass meine Mutter keine Lust hat zu reden, fällt es mir immer schwer, mich bei Fragen oder Erzählungen auf das Wesentliche zu konzentrieren. Das muss ein Überbleibsel aus meiner Kindheit sein. Ich erinnere mich, dass meine Mutter, als ich ein kleines Mädchen war, immer wenn ich ihr etwas erzählen wollte, schon im Vorfeld mit den Augen gerollt und gesagt hatte: »Jetzt komm doch mal zum Punkt, Gundula. Das ist ja nicht zum Aushalten. Du redest mal wieder ohne Hirn und Verstand.«

Die Angst, meine Mutter zu langweilen oder gar zu verärgern, ist mir bis heute geblieben. Wenn man Mutti verärgert, kann es schon passieren, dass sie ein paar Tage nicht mehr mit einem spricht. Trotzdem gab ich mir jetzt einen Ruck und versuchte, ihr meine Idee möglichst schonend zu unterbreiten.

»Es ist keine schlechte Nachricht, Mutti, es ist eigentlich eher eine gute. Zumindest würde sie sich in eine gute Nachricht verwandeln, wenn du zustimmst, denn dann hätten wir den ersten Schritt gemacht.«

»Versteh' ich nicht.«

»Es geht ja jetzt in erster Linie darum, wie wir das Haus von den Würmern befreien können, damit es uns nicht irgendwann auf den Kopf fällt. Und ich hatte ja auch schon mit Herrn Mutzke darüber gesprochen, obwohl er meinte, das würde trotzdem schlecht aussehen, weil –«

»Wer ist denn jetzt Herr Mutzke?«

»Der Handwerker.«

»Ja, und?« Meine Mutter fing an, auf der Stelle zu trippeln. Schlechtes Zeichen. »Gundula! Soll ich hier Wurzeln schlagen?«

»Gut. Könnte ich bei Herrn Mutzke einen Kostenvoranschlag für die Entwurmung in Auftrag geben?«

»Natürlich, was spricht dagegen? Dann wisst ihr wenigstens, was auf euch zukommt.«

»Es geht nur darum, ob du, wenn wir den Kostenvoranschlag dann haben sollten, uns eventuell, falls wir den Rotkehlchenweg bis dahin noch nicht verkauft haben sollten, noch mal –«

»Nein, Gundula, und noch mal nein. Ich habe euch das jetzt schon mehrfach erläutert. Ich gebe euch nichts mehr. Zumindest nicht mit warmen Händen. Mein Kontingent ist erschöpft. Da müsst ihr schon warten, bis ich unter der Erde liege.«

»Mutti ...«

»Nein, Gundula. Ich kann das nicht mehr mit ansehen, wie ihr das Geld zum Fenster rausschmeißt. Und nicht nur du und dein Bruder, sondern die ganze Mischpoke hier im Haus. Ihr könnt einfach nicht haushalten. Und deshalb gibt es ab jetzt keinen Cent mehr von mir.«

»Aber Mutti, wir müssen doch mit der Renovierung anfangen, bevor alles zusammenbricht.«

»Dann fangt an, ihr seid erwachsen. Und jetzt entschuldige mich bitte.«

In dem Moment schlich Hadi an uns vorbei.

»Hans-Dieter?«, rief meine Mutter. »Wieso schleichst du hier so rum?«

»Ich ... äh ... bin gleich wieder zurück. Gundula, könnte ich mir wohl das Fahrrad ausleihen?«

»Warum?«

»Ich habe eine wichtige Besprechung.«

»Du?«, fragte meine Mutter.

Hadi trat ins Licht und erst jetzt sahen wir, dass er einen Anzug und eine Krawatte trug.

»Willst du zur Kirche?«, fragte meine Mutter.

»Nein, wieso?«

»Weil du so aussiehst.«

Hadi sah an sich herunter.

»Wirklich?« Dann sah er uns an. »Ist das schlecht? Ich meine, glaubt ihr, ich wirke auf fremde Menschen eher befremdlich?«

»Das liegt im Auge des Betrachters«, sagte meine Mutter.

»Ich ziehe mich jetzt mal zurück. Fahr vorsichtig, Hans-Dieter, hier auf dem Land gelten andere Verkehrsregeln, und du bist im Fahrradfahren eher ungeübt, vergiss das nicht.«

Als sie gegangen war, fragte ich: »Wo willst du denn hin?«

»Das ist ein Geheimnis. Aber wenn es klappt, wird alles gut. Also: Wo ist das Fahrrad?«

»Das hat Rose.«

»Wie soll ich denn dann ins Dorf kommen?«

»Es gibt noch das kleine Fahrrad von Matz.«

»Das mit den Stützrädern?«

»Die hab ich abmontiert. Man kommt eigentlich ganz gut damit voran, wenn man die Beine ein bisschen einzieht. Wobei«, ich betrachtete meinen Bruder, der sein Wachstum erst kurz vor der 2-Meter-Marke beendet hatte, »ob du da draufpasst, ist fraglich.«

»Zeig es mir mal.«

Das Fahrrad ging Hadi bis zu den Knien, das funktionierte beim besten Willen nicht. Weil er so unter Zeitdruck stand, probierte er auch das alte Skateboard von Matz aus, machte aber nach den ersten Metern einen doppelten Rittberger und landete auf dem Hintern.

»Gundula!«, rief er mit schmerzverzerrtem Gesicht. »Was mach' ich denn jetzt bloß? Ich hab einen Termin. Ich darf nicht zu spät kommen.«

Das Gartentörchen quietschte, und Rose erschien mit geröteten Wangen. Sie schob das Hausfahrrad. Hadi sprang auf und rannte seiner Frau entgegen: »Rose! Na endlich!«

Als Hadi weg war, sagte Rose: »Du, Gundel, ich hab vielleicht was ganz Tolles für uns organisiert. Jetzt muss ich nur immer das Haustelefon bei mir haben, damit mir kein Anruf durch die Lappen geht.«

Sie nahm mir das Telefon aus der Hand.

»Wie meinst du das, Rose?«

»Ich muss das immer in meiner Nähe haben. Ihr könnt mir dann ja sagen, wenn ihr es braucht.«

Erst jetzt fiel mir auf, dass Eddie Barack fehlte.

»Wo ist eigentlich Eddie?«, fragte ich.

»Beim Hadi«, sagte Rose. Dann sah sie zum Gartentörchen, durch das Hadi soeben entschwunden war. »Du, Gundula, hat der Hadi jetzt den Eddie dabeigehabt, als er losgefahren ist? Ich hab' gar nicht richtig hingeschaut.«

Ich dachte nach, konnte mich aber beim besten Willen nicht an Eddie erinnern.

»Ich glaube nicht.«

»So ein Mist.« Rose erbleichte. »Jetzt hab ich den Eddie vergessen.«

»Das wäre ja nicht das erste Mal«, sagte ich.

»Hilfst du mir beim Suchen, Gundula?«

»Wieso suchen? Der Eddie kann doch noch gar nicht laufen, der liegt bestimmt in seinem Gitterbettchen.«

»Nein, ich hab den vorhin mit ins Arbeitszimmer vom Gerald genommen, weißt du, als ich das Rundschreiben gemacht hab. Also, da war er ganz sicher noch dabei und dann ... dann kann ich mich jetzt gar nicht mehr richtig erinnern, weil ich mich so über meine Idee gefreut hab, und da muss ich den Eddie dann einfach vergessen haben.«

Wir liefen ins Arbeitszimmer.

»Wie kannst du den Eddie immer irgendwo liegen lassen, Rose? Ich meine, das ist doch nicht normal! Der Eddie ist doch dein Kind.«

»Ja, ich weiß. So was ist mir früher nie passiert, dass ich so schludrig war. Das muss direkt mit dem Eddie zusammenhängen. Das hat irgendwas mit postnatal zu tun. Da vergisst man manchmal alles. Das hat mir der Hadi gesagt. Und dass ich manchmal so traurig bin, das ist auch postnatal, hat er gesagt.«

Das Arbeitszimmer war leer, und Rose schlug die Hände vors Gesicht und begann zu weinen.

»Oh, ich bin eine Rabenmutter.«

»Jetzt hör auf zu heulen, Rose. Denk mal nach. Hast du ihn danach noch irgendwohin mitgenommen? Er kann ja nicht vom Erdboden verschluckt worden sein.«

Aus dem Erdgeschoss ertönte Susannes Stimme. Voller Inbrunst sang sie ein Kinderlied. Wir rannten nach unten und entdeckten Susanne, die in der Küche saß, auf ihrem Schoß trohnte Eddie. Er strampelte mit den Füßchen und lachte.

»Susanne?«, rief Rose, eilte auf meine Schwiegermutter zu und entriss ihr das Kind. »Wo hast du denn den Eddie her?«

»Gefunden«, sagte Susanne und stand auf. »Wurde auch Zeit, dass hier mal jemand vorbeikommt, um ihn mir abzunehmen. Ich bin schließlich aus dem Alter raus. Aber süß ist er schon, der Kleine. Das wird mal ein ganz Hübscher, genau wie sein ...«

Unsere Blicke trafen sich und sie humpelte nach draußen.

35.
Kapitel

Abends saßen wir alle vor dem Haus im Hof und warteten auf Gerald. Schon von Weitem konnten wir das Knattern der kleinen Ente hören und sprangen auf. Gerald stieg aus und winkte. Susanne fragte: »Sieht so ein Mann aus, der gute Nachrichten nach Hause bringt?«

»Ich find' schon«, sagte Rose. »Und er lacht auch, glaub ich.«

»Es ist doch stockdunkel«, sagte meine Mutter. »Wie willst du denn da ein Lachen erkennen?«

»Also, ich seh' schon noch so was wie ein Lachen«, sagte Rose. Dann wandte sie sich an ihren Mann.

»Sag doch auch mal was, Hadi. Der Gerald lacht doch, oder?«

Gerald schloss seine Ente ab und kam auf uns zu. Er hielt einen Stapel Papier in Händen und rief: »Gute Neuigkeiten! Ich habe den Rotkehlchenweg verkauft!«

Da wir den Pullinger am Vorabend ausgetrunken hatten, opferte Hadi schweren Herzens seine Flasche Pudlinger Zweiglein. Während ich Gläser aus dem Schrank holte, trat er zu mir und sagte leise: »Eigentlich wollte ich den aufheben. Aber vielleicht können wir ja alle zusammenlegen, damit ich eine Ersatzflasche kaufen kann. Ich hab ja sonst kein Geschenk für Susannes Geburtstag.«

»Wir kaufen euch eine neue Flasche, Hans-Dieter. Aber jetzt komm mal in die Pötte, damit wir anstoßen können.«

Als wir auf den erfolgreichen Verkauf unseres Rotkehlchenwegs angestoßen hatten, ergriff Gerald das Wort: »Wie ihr ja wisst, war das ein ziemlich schweres Stück, dieses Haus zu veräußern. Umso mehr freue ich mich, dass es nun doch noch geklappt hat und vom Tisch ist. Allerdings«, er hielt inne und sah an die Decke, »gibt es noch einen kleinen Wermutstropfen bei der ganzen Sache, den ich euch nicht vorenthalten möchte.«

Gerald senkte den Blick und räusperte sich. Dann erzählte er lang und breit, was wir sowieso schon wussten, nämlich, dass es eine enorme Anstrengung gewesen sei, für den Rotkehlchenweg überhaupt einen Käufer zu finden, und dass er die Hoffnung schon aufgegeben hatte, das Haus loszukriegen. Und dass dann aber in letzter Sekunde ein Mann angerufen hätte, der das Haus unbedingt sehen wollte. Und als Gerald ihm unseren Rotkehlchenweg gezeigt hatte, war er in Tränen ausgebrochen, was, wie sich hinterher herausstellte, nicht nur seiner Begeisterung für unser Haus geschuldet war, sondern vor allem der Tatsache, dass er nicht genug Geld hatte. Hier stockte Gerald und betrachtete seine Hände.

»Bist du fertig?«, fragte meine Mutter.

»Und die Pointe?«, fragte Susanne.

»Die willst du nicht hören, Susanne, das kann ich dir versichern«, sagte meine Mutter und stand auf.

»Woher weißt du das?«, fragte Rose.

»Mutti hat für so was einen siebten Sinn«, sagte Hadi. »Nicht wahr, Mutti?«

»Nenn es, wie du willst, Hans-Dieter. Ich gehe jetzt ins Bett. Vergesst nicht, das Licht auszuschalten, wir müssen sparen.« Dann war sie weg.

»Das find ich jetzt aber nicht so toll, dass die Ilse einfach weggeht«, sagte Rose.

»Die ist nur eingeschnappt«, sagte Susanne. »Also sag schon, Geraldchen. Was ist dann passiert?«

»Na ja, in Anbetracht dessen, dass ich die Hoffnung darauf, überhaupt noch einen Käufer zu finden, innerlich bereits beinah aufgegeben hatte, habe ich mir natürlich den Vorschlag des Mannes angehört.« Er sprach nicht weiter.

»Gerald, wir haben jetzt nicht ewig Zeit. Sag's halt einfach«, sagte ich.

»Gut, Gundula. Wie du willst. Dann sag ich es eben einfach. Dann sage ich euch eben, wie es ist. Und zwar ohne Vorbereitung und ohne Sicherheitsnetz.«

Wir warteten. Dann sagte er: »95 000.«

Es war totenstill, und wir versuchten zu verstehen, was er damit meinte.

»Was?«, fragte Hadi.

»Der Rotkehlchenweg«, sagte Gerald.

»Versteh' ich nicht«, sagte Susanne.

»Ich habe dem Mann den Zuschlag für den Rotkehlchenweg für 95 000 Euro gegeben.«

»Bist du verrückt geworden?«, platzte es aus mir heraus.

»Nein, Gundula. Ich bin nicht verrückt geworden. Es blieb mir schlicht und ergreifend nichts anderes übrig.«

»Schade, dass Ilse jetzt nicht mehr da ist«, sagte Susanne. »Das hätte sie bestimmt interessiert.«

»Worauf du dich verlassen kannst«, sagte ich. »Aber Gerald wird es ihr bestimmt noch sagen.«

36.
Kapitel

Ursprünglich hatte ich gar nicht vorgehabt, schon wieder mit Gerald zu streiten. Am liebsten hätte ich für ein paar Tage gar nicht mit ihm gesprochen. Aber dann kam eins zum andern. Angefangen hatte es damit, dass sich die alte Tapete über meiner Seite des Ehebettes abgelöst hatte. Ein mindestens drei Meter langes Stück vermodertes Papier lag quer über meinem Kopfkissen, als ich mich schlafen legen wollte. Ich hob es mit spitzen Fingern hoch und versuchte, die Tapete in der Mitte durchzureißen, sodass sie mir im Schlaf nicht aufs Gesicht fallen würde. Tapeten lassen sich aber nicht einfach reißen. Ich stand also etwas ratlos neben meinem Bett und wagte nicht, die Tapete wieder loszulassen, weil sie dann wieder in meinem Bett landen würde. Und hinter der Tapete, also an der Wand, an der sie ursprünglich geklebt hatte, entdeckte ich wieder unzählige schwarze Punkte, von denen ich immer noch nicht wusste, wo sie eigentlich herkamen. Deshalb rief ich nach Gerald, der sich im Bad nebenan die Zähne putzte und nichts hörte. Ich rief noch einmal lauter, und zwar just in dem Moment, als Gerald seine elektrische Zahnbürste ausschaltete, um sich den Mund zu spülen. Er streckte seinen Kopf ins Schlafzimmer und nuschelte: »Was schreist du denn so?« Er hatte den Mund voller Zahnpasta. Dann sah er die Tapete in meiner Hand und nuschelte weiter: »Was hast du denn jetzt wieder gemacht?«

»Was soll ich schon gemacht haben, Gerald? Nichts. Ich habe nur die Tapete aufgefangen. Die löst sich von der Wand,

weil hier alles feucht ist. Könntest du mir bitte mal ein Teppichmesser holen?«
»Ein was?«
»Ein Teppichmesser oder eine große Schere.«
»Wofür?«
»Um die Tapete abzuschneiden.«
Gerald kam näher.
»Die können wir doch wieder ankleben, Gundula. Wenn du sie abschneidest, machst du sie kaputt.«
»Ja, das hatte ich auch vor, Gerald. Ich möchte sie kaputtmachen.«
»Wieso denn?«
»Weil sie auf meinem Kopfkissen liegt.«
»Dann musst du sie wieder ankleben.«
Damit ging er zurück ins Bad, um sich den Mund auszuspülen. Ich rief hinter ihm her: »Hast du die schwarzen Punkte dahinter an der Wand gesehen? Das liegt sicher an der Nässe. Wenn das Schimmel ist, bekommen wir alle Krebs. Da reicht schon eine Nacht.«

Das hatte ich zumindest mal in einer Zeitschrift gelesen: Die Sporen der Schimmelpunkte fliegen, wenn sie sich ausbreiten, überall umher. Selbst wenn eine Tapete noch an einer kontaminierten Wand befestigt ist, wenn man also noch gar nicht sicher wissen kann, was sich tatsächlich hinter der Tapete befindet, sind die kleinen Sporen in der Lage, sich einen Weg nach draußen zu bahnen. Will heißen: Auch in der Zeit, in der ich noch gar nichts von dem Schimmel wusste – vorausgesetzt, dass es sich überhaupt um einen Schimmelbefall handelte –, hatten die Sporen aller Voraussicht nach nicht eine Sekunde gezögert, sich ihren Weg in die Freiheit zu bahnen und mich, die ich ja notgedrungen nachts in ihrem Territorium lag und schlief, zu vergiften.

Das erzählte ich Gerald, der wieder ins Schlafzimmer gekommen war und sich anschickte, die Pantoffeln auszuziehen. Statt einer Antwort streckte er sich und gähnte.

»Gut, das können wir ja morgen in aller Ruhe besprechen.«

»Nein, Gerald. Können wir nicht.«

»Ja, aber ich wollte jetzt schlafen. Klemm die Tapete doch einfach hinters Bett.«

»Dann hilf mir, das Bett von der Wand zu ziehen.«

Gerald stellte sich ans Fußende und zog an dem Bett, während ich die Tapete in die Luft hielt. Dann krachte es, und das Bett neigte sich zur Seite.

»Gerald! Was MACHST du denn?«

»Ich ziehe das Bett von der Wand, so wie du es wolltest.«

»Aber jetzt ist es kaputt.«

Gerald bückte sich und sagte: »Ist noch alles ganz. Aber dein Füßchen ist ab.«

»Was?«

»Das Füßchen auf deiner Seite vorn ist ab. Heb mal das Bett an, damit ich es wieder richtig drunterschieben kann.«

»Wie stellst du dir das vor, Gerald? Ich halte doch die Tapete.«

»Dann lass sie los.«

»Dann fällt sie auf mein Kopfkissen.«

»Herrgott noch mal! Dann tu dein Kopfkissen doch auf die Seite. Dann fällt die Tapete nur auf dein Bett.«

»Schrei mich nicht an.«

»Wer schreit denn hier?«

»Du, Gerald. Und das, obwohl du nach dem heutigen Tag nicht den geringsten Grund dazu hast.«

»Was soll denn das jetzt wieder heißen?«

»Das soll heißen, dass du nicht nur den Rotkehlchenweg verschleudert hast, sondern jetzt auch noch schuld daran bist, wenn ich demnächst an Krebs sterbe, weil unser Dreiseitenhof nicht nur Würmer hat, sondern wahrscheinlich auch noch verschimmelte Wände.«

Gerald fuhr sich durchs Haar und schüttelte den Kopf.

»Gut, Gundula. Danke für diese Zusammenfassung. Ich muss jetzt schlafen. Entweder schläfst du jetzt mit der Tapete im Gesicht oder nicht. Es ist mir egal. Ich kann nicht mehr.«

»Dann schlaf du doch auf meiner Seite«, sagte ich.

Gerald sah mich an, als hätte ich soeben von ihm verlangt, im Handstand den Mount Everest zu besteigen. Aber dann sagte er: »Weißt du was? Ich hab' es mir anders überlegt. Ich nehme mein Bettzeug und lege mich in den Salon.«

»Und wenn dir der nächste Balken auf den Kopf fliegt?«

Er dachte nach.

»Dann lege ich mich eben auf das Kanapee in der Eingangshalle.«

»Das ist zu klein, da passt du nicht drauf«, sagte ich. Dann fiel mir etwas ein. »Geh doch in den Kuhstall. Da haben wir die Luftmatratzen deponiert. Da könntest du dir eine aufblasen.«

Gerald stand mit seinem Bettzeug im Arm vor mir und sah mich an.

»Aufblasen?«

»Ja, aufblasen, Gerald.«

»Ja«, sagte Gerald und setzte sich auf seine Seite des Bettes.

Nach einer Weile fragte ich: »Was ist? Wolltest du nicht los?«

Gerald vergrub den Kopf in den Händen und sagte: »Was ist nur aus uns geworden?«

Nach einer Weile, in der nichts geschah, sagte ich: »Pass auf, Gerald. Ich gehe in den Kuhstall. War ja meine Seite mit der Tapete.«

»Stimmt eigentlich«, sagte Gerald und legte sich ins Bett. Dann zog er sich die Decke bis ans Kinn und sah mich an. »Irgendwie haben wir uns festgefahren.«

»Ja, oder?«, sagte ich. »Und dabei sind wir doch jetzt schon so lang zusammen.«

»Vielleicht sind wir einfach zu verschieden«, sagte Gerald und gähnte.

»Wieso gähnst du jetzt?«

»Weil ich müde bin.«

Ich betrachtete ihn, während er die Augen schloss und langsam wegdämmerte. Meine Kehle brannte und meinem Herzen wurde es plötzlich ganz eng in meiner Brust. Deshalb stand ich auf, zog mein Bettzeug unter der verkeimten Tapete hervor und lief nach draußen.

Jetzt lag ich auf der Luftmatratze und grübelte darüber nach, wann das mit uns angefangen hatte. Denn es musste ja einen Anfang gegeben haben, an dem wir bemerkt haben mussten, dass irgendetwas mit uns nicht stimmt. Also mit unserer Ehe. Ich dachte an unsere erste wirkliche Begegnung bei meinen Eltern im Wohnzimmer, als Gerald und Susanne uns das erste Mal besuchten. Ich hatte damals nichts gegen Gerald. Ich fand ihn weder besonders langweilig noch besonders aufregend.

Vielleicht hätte ich nach dem Kinobesuch noch ein bisschen warten sollen? Aber dann bin ich ja zum zweiten Mal sitzen geblieben und war sowieso kurz davor, mein Leben an den Nagel zu hängen. Also bildlich gesprochen. Oder lieber nicht bildlich. Also was ich damit sagen will, ist, ich wollte mich nicht gleich umbringen, weil ich keinen Schulabschluss hatte. Und trotzdem noch was erleben, was sich aber ohne Schulabschluss vielleicht etwas schwierig gestalten würde. Und dann kam Gerald. Und ich dachte, dass ich mit ihm an meiner Seite vielleicht aus meinem Einerlei flüchten könne. Aus unserem Reihenhaus mit Vorgärtchen, weg von Mutti, die mir das Leben zur Hölle machte, weil sie alles an mir nicht gut genug fand, weg von Vati, der sich aus der Kindererziehung heraushielt, solange Mutti ihn nicht darum bat, ein Machtwort zu sprechen. Weg von Hans-Dieter, der mich verpetzte, wo er nur konnte. Hin zu Gerald, der damals für mich tatsächlich die große Freiheit bedeutete. Und der mir zur Hochzeit eine Italienreise schenkte. Und die Italienreise war das Schönste, was ich je in meinem Leben erlebt habe. Es war wildromantisch, und Gerald entpuppte sich als richtiger Abenteurer. Wir schliefen in Geralds alter gelber Ente, weil wir nicht genug Geld für ein Hotel hatten, wir kauften Brot, Käse und Wein auf dem Markt und schwammen sogar nackt im Meer.

Irgendwas krabbelte über mein Gesicht. Ich griff danach und hielt es fest, was keine gute Idee war, weil es ziemlich groß war und in meiner Hand weiterkrabbelte oder es zumindest versuchte. Wahrscheinlich war es eine hundert Jahre alte Riesenspinne, die mal kurz gucken wollte, wer da zu Besuch gekommen war. Ich schleuderte das Tier in eine Ecke und fragte mich gleichzeitig, ob es zurückkommen würde, um mich noch mal genauer zu inspizieren. Ich mag Spinnen eigentlich schon ganz gern. Ich mag an ihnen, dass sie Mücken fressen. Aber ich mag nicht, wenn sie mir nachts übers Gesicht krabbeln. Wenn es mir sowieso schon alles andere als gut geht.

Ich drehte mich auf die andere Seite. Vielleicht könnte ich Gerald dazu überreden, doch noch mal gemeinsam einen Therapeuten aufzusuchen. Ohne Hilfe von außen und umgeben von unserer verrückten Familie würden wir es jedenfalls nicht mehr lange miteinander aushalten.

37.
Kapitel

Am nächsten Tag wachte ich schon im Morgengrauen auf, mein Rücken schmerzte von den unruhigen Stunden auf der halb aufgeblasenen Matratze. In der Küche traf ich auf Susanne. Sie saß mit geschlossenen Augen auf einem Stuhl und hatte sich irgendetwas Weißes ins Gesicht geschmiert.
»Was machst du denn da, Susanne?«
Susanne riss die Augen auf.
»Gott! Hast DU mich erschreckt!«
Sie hatte ihr Gebiss noch nicht im Mund und war schlecht zu verstehen.
»Was machst du denn hier in aller Herrgottsfrühe?«
Dasselbe hätte ich sie auch fragen können.
»Und du? Was hast du da in deinem Gesicht?«
»Quark mit Honig.«
Ein dicker Tropfen des Gemischs löste sich von ihrem Kinn und landete auf ihrem seidenen Nachthemd.
»Wozu soll das gut sein?«, fragte ich.
»Schönheit.«
»Was?«
»Für die Schönheit. Wie du weißt, wird mir ja momentan der Zugang zu meiner Nachtpflege verwehrt, da muss man sich eben anderweitig zu helfen wissen, wenn man nicht binnen kürzester Zeit aussehen will wie eine Schildkröte im Kleid.«
»Du siehst doch nicht aus wie eine Schildkröte im Kleid.«
Ich schaltete die Kaffeemaschine an. Im Kuhstall hatte der Wind durch die Wände gepfiffen, weswegen ich kaum geschla-

fen hatte und nun sehr dringend eine ordentliche Dosis Koffein brauchte.

»Ich stehe kurz davor, Gundula. Gib mir noch zwei Wochen, und ihr könnt für mich ein Terrarium besorgen. Kein Mensch wird mich mehr erkennen. Ihr werdet mich euren Besuchern als Suzanne, eure alte Schildkrötenomi aus Puerto Rico vorstellen, und sie werden mir Salatblätter und alte Bananen ins Maul stopfen, bis mir das alles aus den Ohren rauskommt. Man wird sagen, ach, für ihre hundert Jahre sieht sie doch noch ganz frisch aus, und ich werde nicht sagen können, dass ich erst fünfundsechzig bin und nur aussehe wie eine alte Schildkröte, weil mir meine Familie meine Gesichtspflege verweigert hat, und weil mir auch noch mein Gebiss auf dem Weg von meinem Zimmer zu meinem Gehege aus dem Mund gefallen ist.«

»Wieso denn jetzt dein Gebiss?«, fragte ich.

»Weil ich neben meiner Hautsubstanz auch noch ein Problem mit meinem Gebiss habe. Oder meinst du, ich sitze hier freiwillig ohne Zähne?«

»Na ja«, sagte ich. Es war jetzt nicht das erste Mal, dass Susanne morgens ohne ihre Zähne durchs Haus schlich, weil sie nicht mehr wusste, wo sie sie am Vorabend hingelegt hatte.

»Jedenfalls gibt es neben meiner erschlafften Haut noch dieses andere Problem«, fuhr sie fort. Ein weiterer Klecks Honigquark landete auf ihrer Brust.

»Welches?« Susanne wollte es mal wieder spannend machen.

»Hörst du denn nie zu? Hab' ich doch gerade gesagt. Meine Zähne ... ich habe mich heute Nacht auf meine Zähne gelegt, und jetzt passen sie nicht mehr.«

Guter Gott, dachte ich. Das hatte uns gerade noch gefehlt.

»Und jetzt?«, fragte ich.

»Muss ich einen Spezialisten aufsuchen.« Aufgrund des Nuschelns, das in Ermangelung ihrer Zähne zutage getreten war, war sie wirklich schlecht zu verstehen. Deshalb fragte ich: »Einen was?«

»Einen Spezialisten! Einen Prothesenmacher.«

Unsere Kontoauszüge flatterten vor mein geistiges Auge, und ich musste mich an der Spüle festhalten. Dann sagte ich: »Das geht nicht, Susanne. Du bist ja nicht versichert.«

Sie öffnete ein Auge und sah mir damit ins Gesicht.

»Dann versichert mich eben! Ich für mein Teil finde sowieso, dass ich schon viel zu lang unterversichert bin. Da hättet ihr euch einiges sparen können, wenn wir das gleich in Angriff genommen hätten.«

Sie erhob sich, und ein Schwall geschmolzener Honigquark ergoss sich auf die Fliesen.

»Susanne, du tropfst!«

»Jaja, ich komm gleich wieder und mach das weg, ich muss mir das mal eben aus dem Gesicht waschen. Aber siehst du, Gundula, genau DAS meine ich. Ihr spart am falschen Ende. Hätte ich ordentliche Zähne, würden die sich nicht gleich verbiegen, wenn ich mich mal draufsetze. Hätte ich meine Gesichtscreme, würde ich unsere Küche nicht mit meinem Quark vollkleckern. DAS meine ich. Ihr denkt von hinten, statt von vorn!« Sie hielt inne und kam näher. »Wieso hast du denn Staubflusen in den Haaren?«

»Ich war unterwegs.«

»So früh schon?«

»Ja.«

»Und was ist mit deinem Gesicht?«

»Was ist denn mit meinem Gesicht?«

»Es sieht aus wie das von Oma Annemarie.«

»Was?«

»Ich musste gerade wirklich zweimal hingucken. Ich habe dich gar nicht mehr erkannt.«

Ich dachte an meine Nacht auf der Luftmatratze.

»Machst du denn GAR nichts?«

»Was soll ich denn machen?«

»Na ja, mit deinem Gesicht. Sieh dich mal im Spiegel an.«

»Ich habe keinen.«

»Deshalb siehst du so aus! Da ist es ja kein Wunder. Ich hol' dir mal meinen Vergrößerungsspiegel.«

»Lieber nicht«, sagte ich.

Susanne betrachtete mich, und ich glaubte, eine winzig kleine Spur Mitleid in ihrem Gesicht zu erkennen. »Ach, Liebes, ich verstehe dich so gut. Es ist schwer, sich mit dem Älterwerden abzufinden. Aber du musst beizeiten lernen, der Realität ins Auge zu blicken. Und außerdem musst du auch an die anderen denken. Ich meine, die müssen dich ja auch weiterhin ansehen.«

»Welche anderen?«

»Deine Mitmenschen? Oder zumindest deine Familie. Und vor allem – dein Mann. Gerald war schon immer so empfindsam. Und er ist der größte Ästhet, der mir je unter die Augen gekommen ist. Was meinst du wohl, warum ich so auf mein Äußeres achtgebe?«

»Warum?«

»Weil ich weiß, wie sensibel Gerald reagieren kann, wenn man sich gehen lässt.«

Ich antwortete nicht, sondern trank meinen Kaffee. Dann dachte ich darüber nach, dass das doch ein ganz gutes Zeichen war, dass Gerald wenigstens noch seine Mutter anschaute.

38.
Kapitel

Weil es immer noch ziemlich früh war und ich mich von dem Streit mit Gerald ablenken wollte, befestigte ich einen kleinen Leiterwagen, den ich gestern Nacht im Kuhstall entdeckt hatte, an unserem alten Fahrrad, holte daraufhin nach und nach unsere Eier aus der Speisekammer und schichtete sie in den Wagen. Ich würde endlich zum Markt fahren, wie es mir Frau Schmidtke, die Chefin des kleinen Gemischtwarenladens, vorgeschlagen hatte.

Zum Glück ging es auf dem Hinweg zum Dorf größtenteils bergab, mein Eierwagen war ziemlich schwer und irgendwas stimmte nicht mit der Achse. Bei jeder Kurve wurde ich ausgebremst und kam ins Schlingern, woraufhin einige Eier über den Rand des Wägelchens purzelten und auf den Feldweg klatschten. Aber ich war so in Fahrt, dass ich keinen weiteren Gedanken daran verschwendete und weiter in die Pedale trat.

Auf dem Dorfplatz hatten sich schon einige Verkäufer eingefunden. Ich lehnte mein Fahrrad an die Kirchenmauer, löste den Draht, mit dem ich den Leiterwagen an meinem Fahrrad befestigt hatte, und zog ihn hinter mir her, während ich Ausschau nach einem ruhigen Plätzchen hielt, an dem ich mich mit den Eiern niederlassen konnte. Die Leute auf dem Platz beobachteten mich und steckten die Köpfe zusammen.

Als ich mich endlich für ein Fleckchen am anderen Ende des Dorfplatzes entschieden hatte, kam ein bärtiger Mann auf mich zu und erklärte mir, dass ich ohne Verkaufsschein nicht dazu berechtigt sei, meine Eier auf dem Markt feilzubieten. Und dass man außerdem nicht noch mehr Leute brauche, die Eier verkauften. Ich blickte mich um. Tatsächlich war ich bei Weitem nicht die einzige Eierverkäuferin. An mindestens drei weiteren Ständen entdeckte ich aufgestapelte Kartons. Ich fluchte innerlich, aber was blieb mir anderes übrig, als meinen Eierwagen zurück zum Fahrrad zu ziehen und mich wieder auf den Rückweg zu machen?

Auf halbem Weg traf ich auf Frau Schmidtke.

Sie stand vor einem Blumenstand und winkte mich heran.

»Na, haben Sie ein Plätzchen gefunden?«

Ich stellte mein Wägelchen ab und wischte mir den Schweiß von der Stirn. In den letzten Tagen war es ungewöhnlich heiß gewesen, und auch heute brannte die Sonne erbarmungslos auf den Platz, obwohl es noch nicht mal acht Uhr war.

»Ich hab vergessen, mir den Schein zu besorgen. Aber«, ich deutete auf den bärtigen Mann, der in einer kleinen Menschengruppe stand und zu uns herüberzeigte, »ich glaube, ich bin hier sowieso nicht erwünscht.«

»Wieso?«, fragte Frau Schmidtke.

»Weil es hier schon genug Eier zu kaufen gibt.«

»Ach, so ein Quatsch. Eier kann man nie genug haben«, sagte sie.

»Aber wenn sie keinen Schein hat«, mischte sich die Blumenverkäuferin ein. »Ohne Schein geht hier gar nichts, da sind die hier eigen.«

Dann musterte sie mich und sagte: »Ich hab Sie doch auf dem Fest der Feuerwehr schon mal gesehen, woher kommen Sie noch mal?«

»Sie wohnt im Acker 1, und wenn ich das richtig sehe, hat ihr der Hans seine Hühner vermacht.«

»Ach je, der Hans«, sagte die Blumenverkäuferin. »Gott hab ihn selig. Wissen Sie, der Hans war bei allen hier sehr beliebt, und es war schon ein schwerer Schlag, als er von seinem Hof ins Heim ziehen musste. Nach zwei Monaten ist er gestorben. Vor Kummer. Wenigstens haben seine Hühner überlebt.« Nach einer Pause, in der sie mich ungeniert musterte, fügte sie hinzu: »Und jetzt? Wollen Sie Ihre Eier etwa wieder heimschleppen?«

»Na ja«, sagte ich, »was bleibt mir anderes übrig?«

Die Frauen warfen sich einen Blick zu. Dann sagte die Blumenfrau: »Wissen Sie was? Geben Sie mal her, ich stell die zu meinen Blumen. Die werd ich schon los. Und wenn der Micha Ärger macht deswegen, kriegt er was zu hören.« Wieder deutete sie zu der kleinen Gruppe hinüber.

»Micha! Das ist die Frau vom Acker 1. Die Eier sind von den Hühnern vom Hans, also mach hier keinen Wind!«

Die Gruppe wandte sich ab. Ich brauchte ein bisschen, um mein Glück zu fassen.

»Wirklich?«

»Was wirklich?«

»Ich meine, Sie wollen das wirklich für mich machen?«

»Für Sie vielleicht nicht direkt. Aber für den Hans.«

Dann fügte sie mit einem Seitenblick auf mich hinzu:

»Sie können sie natürlich auch wieder mitnehmen.«

»Eher ungern«, sagte ich, und wir begannen gemeinsam, die Eier neben den Blumen aufzustapeln.

Als ich vom Markt zurückkam, wollte ich den Salon wischen, aber daraus wurde nichts. Rose stieß fast meinen vollen Wassereimer um, als sie in den Raum stürmte.

»Gundula! Es hat geklappt!«

»Was denn?«

»Ich hatte dir doch von meiner Überraschung erzählt, und jetzt haben sich schon drei angemeldet.«

»Wie, drei?«, fragte ich alarmiert und ließ meinen Wischmopp in den Eimer sinken.

»Menschen!«

»Wofür denn?«

»Für meine Universumgruppe! Ich hab den Zettel ja erst gestern im Dorf aufgehängt, und jetzt haben sich schon drei angemeldet!«

»Universumgruppe?«, fragte ich. »Was ist das?«
Rose versteifte sich ein bisschen.
»Du weißt nicht, was eine Universumgruppe ist?«
»Nicht wirklich. Und wo soll die stattfinden?«
»Na, hier! Bei uns!«, rief Rose beinah empört aus. »Wir haben doch genügend Platz!«
»Aha«, sagte ich. »Und wann ist das dann immer?«
»Wir fangen nächste Woche am Freitagvormittag damit an, wenn es passt. So um zehn. Und danach machen wir ein Frühstück in der Küche. So bis zwölf vielleicht. Ich weiß noch nicht so ganz genau, wie lang es alles dauert, ich hab so was ja auch noch nie gemacht, weißt du?«
»Ihr wollt den ganzen Vormittag hier in der Küche sitzen?«
»Nein, nur den halben. Den Rest der Zeit sitzen wir im Salon.«
»Und was macht ihr dann so?«
»Wir reden über den Weltfrieden.«
»Wie bitte?«
»Freust du dich denn gar nicht? Ich mach das ja auch für dich, Gundula!«
»Wieso für mich?«
»Du dürftest zum Beispiel kostenlos mitmachen. Das würde ich dir sozusagen schenken.«
Ich dachte an meinen Ehefrieden und befand, dass der die Notwendigkeit des Weltfriedens zurzeit eindeutig überlagerte.
»Ich glaub, das ist nichts für mich, Rose«, sagte ich deshalb.
»Schade, es hätte dich bestimmt irgendwie weitergebracht ...« Rose verstummte und schien über irgendetwas nachzudenken. Dann platzte es aus ihr heraus: »Das Problem ist nur, dass das Frühstück ... also ... das Frühstück im Anschluss, das wäre im Preis inbegriffen. Das hab ich mir so ausgedacht, damit mehr Leute zusagen. Aber das müsste dann schon ich besorgen.« Sie sprach nicht weiter. Ich wartete. Dann sagte sie: »Da wäre es wirklich nett, wenn du oder der Gerald, also, wenn ihr mir vielleicht noch mal ein bisschen Geld leihen

könntet, damit ich das Frühstück für die drei Leute einkaufen kann. Weil ... das wär halt schon blöd, wenn die morgen kommen und nach der Arbeit das Frühstück wollen und dann gibt es gar keins.«

»Was für Arbeit?«

»Die Universumstunde, Gundula. Wobei Universumstunde nicht der richtige Ausdruck dafür ist. Es ist eher noch mehr. Also noch viel größer. Und es basiert auf Nächstenliebe.«

»Aha«, sagte ich, obwohl ich langsam überhaupt nichts mehr verstand.

»Wann könnte ich denn mit dir zum Einkaufen fahren?«

»Wieso mit mir?«

»Ich hab' doch keinen Führerschein, Gundula. Und auf das Fahrrad passen die Einkäufe nicht alle drauf.«

»Aber Gerald hat doch das Auto.«

»Ja, deshalb müsstest du das mit ihm absprechen. Das wird er schon erlauben, oder? Wir sind ja eine Familie.«

Später huschte Hadi an mir vorbei. Er hatte sich wieder schick gemacht, trug seine Krawatte und ein hellblaues Hemd. Auch das Haar hatte er gescheitelt und gegelt.

»Gundula, findest du, ich sehe ordentlich aus?«

Ich betrachtete ihn. Ordentlich war mehr als treffend, deshalb sagte ich: »Ja. Sieht toll aus! Vor allem deine neue Frisur.«

Hadi strich sich übers Haar und lächelte glücklich.

»Das freut mich. Danke. Besonders, weil es ja etwas Neues ist. Also etwas, worüber ich mir lang Gedanken gemacht habe. Ich hatte auch andere Frisuren ausprobiert, aber diese hier fand ich am passendsten.«

»Ja, steht dir wirklich gut«, sagte ich. Dann fragte ich: »Wo musst du denn hin?«

»Das ist eine Überraschung, Gundula. Aber ein bisschen was kann ich dir verraten. Es geht um eine neue Idee, wie ich eventuell ein bisschen Geld zu unserem Haushalt beisteuern kann. Damit ihr nicht immer alles allein bezahlen müsst. Und mit dem Schreiben ist das ja doch schwerer, als ich gedacht habe. Und deshalb ...« Er stockte.

»Was?«

»Deshalb hab ich etwas vor, das kann ich dir aber erst verraten, wenn es wirklich geklappt hat.«

»Ich bin gespannt!«, sagte ich. Irgendwie hatte ich bei meiner Familie langsam das Gefühl, von einer Überraschung in die nächste zu stolpern.

»Ja«, sagte Hadi.

»Ich geh dann mal los. Beziehungsweise ... braucht jemand das Fahrrad?«

»Ich nicht.«

»Gut. Dann bis später!«

»Bis später, Hadi, und fahr vorsichtig, du hast keinen Helm auf.«

»Ach, das macht nichts, die Haare halten, die hab ich richtig festgetackert!«

»Das meine ich nicht!«, rief ich ihm hinterher, aber da war er schon aus der Tür.

Kurze Zeit später klingelte das Telefon. Die Blumenverkäuferin war am Apparat. Sie habe meine Telefonnummer von Frau Schmidtke, erklärte sie mir. Und alle Eier seien verkauft. Wann und wie sie mir das Geld zukommen lassen könne, es seien immerhin fast fünfzig Euro.

»Fünfzig Euro?«, rief ich aus.

»Ich hab pro Ei dreißig Cent verlangt.« Sie verstummte und fügte dann etwas unsicher hinzu: »War Ihnen das zu wenig?«

»Nein!«, rief ich aus. »Das ist wundervoll!«

»Ach, dann bin ich ja beruhigt. Es war nämlich nicht so leicht, der Micha hat mir ganz schön die Hölle heißgemacht, weil ich Ihnen Ihre Eier abgenommen habe.« Sie lachte leise. »Aber das tut dem mal ganz gut, den muss man manchmal ein bisschen ausbremsen. Und dass Sie die Hühner vom Hans übernommen haben, hat ihn auch schon ein bisschen milder gestimmt. Den Hans haben sie hier alle sehr gemocht. Und ehrlich gesagt, hätten Sie die Hühner ja auch zum Schlachter geben können. Kann ja nicht jeder mit so Federvieh.«

»Nie im Leben würde ich meine Hühner schlachten lassen«, rief ich aus. »Die gehören zu unserer Familie.«

Als ich aufgelegt hatte, ging ich zu unserer Hühnerschar, um ihnen von meinem erfolgreichen Vormittag zu erzählen. Sie nahmen die Information, dass ich mich so gut um ihre wertvollen Eier gekümmert hatte, freudig auf, wie mir schien. Noch erfreuter waren sie allerdings, als ich ihnen zur Belohnung ein paar geschnittene Bananen in die Schnäbel stopfte.

39.
Kapitel

Am Mittag parkte ein Lastwagen auf unserem Hof. Während ich aus dem Küchenfenster sah und überlegte, was das wohl zu bedeuten hätte, stupste mich jemand in den Rücken. Sofort legte meine Mutter los: »Gundula, die Susanne kann ihre Zähne nicht mehr einsetzen, die sind vorerst hinüber, wir müssen nachher mal sehen, ob wir die wieder einigermaßen hingebogen bekommen. Vielleicht hat Matz eine Idee, der kennt sich ja auch mit Meerschweinchenrutschen aus.«

»Matz ist nicht da«, sagte ich.

»Stimmt ja!«

»Und außerdem«, fuhr ich fort, »was haben denn Susannes Zähne mit Meerschweinchenrutschen zu tun?«

»Eigentlich nichts«, sagte meine Mutter. »Aber sie müssen ja in gewisser Weise auch eine Zeit lang halten.«

»Ach so, klar«, sagte ich.

»Jedenfalls hat sie mich deshalb gebeten, dafür zu sorgen, dass das Zeug da draußen ordnungsgemäß gelagert wird.«

»Weil sie keine Zähne mehr hat?«

»Natürlich. Man kann sie gerade nicht so gut verstehen. Außerdem schämt sie sich vor dem Mann da.«

Sie deutete nach draußen. Der Fahrer, ein übergewichtiger Mittfünfziger, hatte es sich auf der Stufe zu seiner Fahrerkabine bequem gemacht und rauchte eine Zigarette.

»Vor dem muss sie sich garantiert nicht schämen«, sagte ich. »Der kann wahrscheinlich selbst nicht richtig sprechen.«

»Solche Typen sind die schlimmsten«, sagte meine Mutter.

»Die hässlichen mit den dicken Bäuchen machen sich am meisten über uns Frauen lustig.« Sie sah mich an. »Ist dir das etwa noch nie aufgefallen?«

Ich dachte nach und musste meiner Mutter zustimmen.

»Am unerträglichsten ist es allerdings«, fuhr meine Mutter fort, »wenn sie in Gruppen auftreten. Wenn sie allein sind, trauen sie sich nicht.«

Wieder sahen wir nach draußen und beobachteten den rauchenden, dicken Mann. Irgendwann bemerkte er uns, machte aber keine Anstalten, sich zu erheben.

»Siehst du«, sagte meine Mutter. »Er wartet darauf, dass wir zu ihm kommen. Er würde nicht den Anfang machen, weil er sieht, dass wir Frauen sind. Wenn hier drei Männer stehen würden, wäre der schon längst aufgesprungen, um zu fragen, wohin er das Zeug packen soll.«

Was war nur mit meiner Mutter los? So kämpferisch und emanzipiert kannte ich sie gar nicht.

»Woher hast du das, Mutti?«

»Was?«

»Deine neue Meinung über Männer?«

Sie sah mich triumphierend an.

»Schon mal was von MeToo gehört?«

»Was?«

»MeToo.«

»Ja, schon –«

»Unsere Zeit ist gekommen, Gundula. Jetzt müssen wir nur noch alle zusammenhalten, dann bekommen wir die Krise schon noch in den Griff.«

»Welche Krise?«, fragte ich.

»Die Geschlechterkrise«, sagte meine Mutter und sah mich an, als sei damit schon alles gesagt.

»Sie hat ein Buch gelesen«, nuschelte Susanne und trat neben Mutti.

Meine Mutter räusperte sich.

»Nun, so pauschal würde ich das jetzt nicht abtun, liebe Susanne. Ich befasse mich schon seit Längerem mit dieser Bewegung. Und ich habe nicht nur ein Buch darüber gelesen, ich bin sozusagen mittendrin, also up to date, wie die Amerikanerin sagen würde. Aber ich habe dir nur von meinem letzten Buch erzählt, ich wollte dich schließlich nicht überfordern, da dir diese Materie ja noch fremd ist.«

Susanne zuckte die Schultern. Jetzt erst fiel mir auf, dass sie ganz anders aussah als sonst. Anscheinend hatte ihr Gesicht schon damit begonnen, ihren Mund in Ermangelung der Zähne zu eliminieren. Zumindest waren die Lippen nicht mehr da, wo man sie erwarten würde. Sie hatten sich eigenmächtig nach innen gestülpt, sodass Kinn und Nase wirkten, als würden sie sich allmählich aufeinander zubewegen, um das Fehlen des Mundes nicht so offensichtlich erscheinen zu lassen. Wir mussten schnellstmöglich an neue Zähne kommen, so konnte Susanne unmöglich unter Leute. Sie sah auch schon ganz traurig aus. Was bei näherer Betrachtung logisch erschien. Ohne Mund sieht wahrscheinlich jeder Mensch irgendwie traurig aus. Aber dass sie nicht mal ihren grünen Lidschatten aufgetragen hatte, war mehr als bedenklich. Das war eventuell schon der erste Vorbote zu einer mittelschweren Depression.

Dann schauten wir wieder nach draußen und betrachteten den dicken Mann, der wiederum uns nicht aus den Augen ließ.

»Bin mal gespannt, wann er aufgibt«, sagte meine Mutter.

Ich öffnete das Fenster und rief hinaus: »Wollen Sie zu uns?«

»Hä?«

»Ob Sie zu uns wollen?«

»Am Acker 1, oder? Oder sehen Sie hier noch einen anderen Acker 1?«

»Siehst du, das meine ich«, sagte meine Mutter. »Diese Typen haben uns Frauen gegenüber keinen Respekt.«

Meine Schwiegermutter zog ein Kopftuch aus ihrer Jackentasche und wickelte es sich um den unteren Teil ihres Gesichts.

»Also, der Lastwagen wird da jetzt Kisten ausladen und die soll der Lieferant bitte in den Kuhstall packen«, nuschelte sie.

»Und was ist da drin?«, fragte ich.
»Das ist eine Überraschung. Das merkst du dann noch früh genug.«
Damit traten die beiden ans Fenster und sahen hinaus.
»Du musst dich beeilen, Gundula, sonst fährt der wieder ab«, sagte meine Mutter.
»Okay.« Ich verstand nicht ganz, warum ich mich plötzlich um die Lieferung kümmern sollte. Auf halbem Wege drehte ich mich zu den beiden um.
»Und wer zahlt das?«
Meine Mutter sah kurz zu Susanne herüber. Dann sagte sie: »Wir haben ein Abkommen, Susanne und ich. Das heißt, ich habe ihr einen Kredit gegeben, damit sie das Geschäft aufnehmen kann.«
»Was denn für ein Geschäft?«
»Das ist eine Überraschung, Gundula. Wie schon gesagt. Wenn ich ehrlich bin, ist es auch eine Überraschung für mich selbst. Will heißen, ich weiß es selbst nicht so genau. Aber wir müssen jetzt zusammenhalten. Und außerdem«, fuhr sie fort, »war für mich wichtig, dass Susanne in Zukunft nicht die ganze Zeit in ihrem Zimmer herumächzt und ihre Texte übt. Das hatte in meinen Augen sowieso von Anfang an keine Zukunft. Wir haben jetzt gemeinsam etwas anderes in Angriff genommen. Sozusagen ein Familienarrangement. Aber davon werden wir dir erst erzählen, wenn alles Hand und Fuß hat.«

40. Kapitel

Die nächsten Tage dachte ich immer wieder darüber nach, Gerald noch einmal um eine Aussprache zu bitten. So konnte es nicht weitergehen. Zwar warfen wir noch nicht mit Geschirr um uns, aber sobald wir uns begegneten, schien es, als hätte sich eine Wolke vor die Sonne geschoben.

Gerald war von meiner Idee nicht sonderlich angetan. Ich hatte ihm angeboten, ihn bei seiner allabendlichen Luftschnapptour zu begleiten, und so liefen wir mit Gulli und Othello durch das hüfthohe Gras.

»Schau mal, Gerald«, sagte ich. »Irgendwie hat sich da doch was bei uns verschoben. Ich meine, kaum treffen wir aufeinander, fangen wir an zu streiten. Das halte ich nicht mehr lange aus.«

»Das war doch schon immer so«, sagte Gerald.

»War es nicht«, sagte ich. »Zumindest haben wir uns nicht wegen jedem Fitzelchen die Haare ausgerissen.«

»Na ja«, sagte Gerald und lächelte schief. »Das ist ja jetzt auch ein bisschen übertrieben.«

»Ist es nicht, Gerald. Ich traue mich manchmal gar nicht zu sagen, was mich bedrückt, weil du so empfindlich bist und sofort losschreist.«

»Das machst du doch auch, Gundula!«

»Was mache ich?«

»Du schreist auch.«

»Aber nicht so laut wie du!«

»Na ja, du solltest dich mal hören ...«

»Es reicht mir schon, wenn ich dich höre«, sagte ich.

Nach einer Pause, in der wir missmutig durchs Gras stapften, sagte Gerald: »Weißt du was? Ich traue mich manchmal kaum noch nach Hause, weil ich fürchte, dass du dann wieder einen Streit vom Zaun brichst.«

Ich sah ihn an.

»So ein Quatsch«, sagte ich.

Gerald blieb stehen.

»Gut.«

»Was, gut?«

»Also, so jedenfalls kommen wir nicht weiter, Gundula. Entweder beenden wir das Gespräch hiermit oder wir fangen noch mal von vorn an.«

»Gut, wir fangen noch mal von vorn an«, sagte ich. »Wer fängt an?«

»Wie du willst.«

»Nein, ich frage dich ja, Gerald.«

»Es ist mir aber egal.«

»So kommen wir wirklich nicht weiter.«

Nach einer weiteren Pause, in der uns die Sonne ins Hirn brannte und auch nicht wirklich dazu beitrug, einen klaren Gedanken zu fassen, sagte Gerald: »Was meinst du wohl, warum ich immer erst so spät nach Hause komme? Ich traue mich nicht mehr heim.«

»Mir kommen die Tränen, Gerald.«

»Jetzt lass mich doch mal ausreden ... ich war noch gar nicht fertig!«

»Dann mach ...«

»Was ich sagen wollte, ist: Also die Angst vor dem Nachhausekommen ist gar nicht unbedingt ausschließlich deiner Anwesenheit geschuldet.«

»Da bin ich aber froh.«

Gerald blieb stehen.

»Gundula, entweder hältst du dich jetzt mal zurück oder ich gehe.«

»Siehst du, jetzt ist es wie immer«, sagte ich.
»Was?«
»Immer, wenn ich was sagen will, soll ich mich zurückhalten.«
»Was du selten genug tust«, sagte Gerald.
»Aber DU schaffst es, ja?«
»Was?«
»Dich zurückzuhalten.«
Schweigend liefen wir weiter.
Dann sagte ich: »Herr Mussorkski hat uns einen Therapeuten empfohlen.«

41.
Kapitel

Das Haus von Herrn Zuckowski, unserem neuen Therapeuten, stand am Dorfeingang. Es war recht klein und grau, die Blumen im Vorgarten wuchsen in akkurat angelegten Vierecken und sahen aus, als wären sie einzeln mit der Nagelschere gestutzt worden. Hinter den blank geputzten Fenstern leuchteten weiße Spitzengardinen. Herr Zuckowski freute sich anscheinend, uns zu sehen.

»Ach, da SIND Sie ja!«, rief er uns von der Haustür entgegen. Dann führte er uns durch den Garten zu einer Hintertür, die ins Souterrain führte.

»Herr Mussorkski hat mich vorab schon ein bisschen über Ihr Problem informiert.«

Gerald warf mir einen Blick zu: »Darf der das denn?«

»Keine Sorge, lieber Herr Bundschuh, er hat nichts erzählt, was nicht jedem Ehetherapeuten sowieso hinlänglich bekannt wäre. Kommen Sie rein!«

Als wir gerade eintreten wollten, hielt er uns zurück.

»Ach, wenn Sie bitte so freundlich wären, die Überschuhe überzustreifen?«

Augenblicklich ertönte eine weibliche Stimme aus dem oberen Stockwerk: »Schatz? Denkst du an die Überschuhe?«

»Ja natürlich, Liebes. Wir ziehen sie gerade an!«

Als wir auf unseren Stühlen im Therapieraum Platz genommen hatten, wussten wir erst mal nicht weiter. Herr Zuckowski saß uns gegenüber und musterte uns freundlich durch seine

Gleitsichtbrille, mit der er anscheinend nicht so gut zurechtkam, weil er immer den Kopf hoch und runter und zur Seite schwenkte, um uns auch wirklich scharf im Visier zu haben.

»Gut, dann legen wir mal los.« Er lächelte uns aufmunternd zu. »Wo wollen wir anfangen?«

Gerald und ich sahen uns an. Dann sahen wir Herrn Zuckowski an und zuckten mit den Schultern.

»Verstehe«, sagte Herr Zuckowski. »Ist ja auch beileibe kein einfaches Thema.«

»Das können Sie laut sagen«, sagte Gerald und lachte ein bisschen, was ich wirklich unpassend fand. Deshalb schaute ich ihn an, bis er verstummte. Dann sagte er mit einem komplizenhaften Blick zu Herrn Zuckowski: »Lachen verboten.«

»Sehr schön.« Herr Zuckowski lehnte sich zurück und betrachtete uns wohlwollend.

»Sehen wir es mal so: Eine Ehe ist ja im besten Falle ein Geben und Nehmen. Ein Für und Wider, kurz gesagt: ein Geschenk.«

Er hielt inne und suchte uns durch seine Brillengläser. Ich sah zu Gerald hinüber. Er wirkte angestrengt, der Fuß seines übergeschlagenen Beines wippte unruhig. Wir schwiegen. Dann sagte ich: »Ja«, weil wir ja irgendetwas sagen mussten und Gerald das anscheinend nicht tun würde.

»Schön! Dann lassen Sie uns doch vorsichtig versuchen, uns an dieses zarte Gewächs heranzutasten.«

Wieder hielt er inne. Gerald hörte auf, mit dem Fuß zu wippen, und sagte: »Was?«

Ich warf ihm einen Blick zu. Immer machte er blöde Bemerkungen, weil er nie richtig zuhörte.

Aber Herr Zuckowski hatte ihn gar nicht gehört und fuhr fort.

»Ich versuche mal einen kleinen Vorstoß, sozusagen eine Art Sichtung: Wann ist Ihnen denn das erste Mal aufgefallen, dass etwas mit Ihrer Ehe nicht stimmt?«

Wir begannen zu rechnen. Nach einer Weile sagte Herr Zuckowski in die Stille: »Oder lassen Sie mich so fragen: Wann hatten Sie, wenn Sie Ihre Ehe mit einer anderen verglichen haben, das Gefühl, dass Sie gern eine Ehe hätten wie die andere, die Sie da vor Augen hatten?«

»Wie bitte?«, fragte Gerald. »Das habe ich jetzt nicht genau verstanden.«

Ich wollte gerade entgegnen: »Weil du nie zuhörst«, als das Telefon auf Herrn Zuckowskis Schreibtisch zu läuten begann. Doch Herr Zuckowski schien es nicht zu bemerken und wandte sich an Gerald: »Na ja –«

»Wann wir das erste Mal das Gefühl hatten, dass andere Ehen glücklicher sind als unsere«, unterbrach ich ihn, um etwas Tempo in die Sache zu bringen.

Gerald dachte nach.

»Eigentlich nie.«

»Ich auch nicht«, sagte ich und dachte ein bisschen an Herrn Mussorkski.

Das Telefon klingelte weiter.

»Entschuldigung«, sagte Gerald, »Ihr Telefon klingelt.«

»Wie? Ach ja, das hat nichts zu bedeuten. Das ist das interne Haustelefon.«

Das Läuten erstarb. Stattdessen erklang von oben wieder die Stimme der Frau: »Schatz?«

Herr Zuckowski lächelte, erhob sich und lief zur Tür.

»Verzeihen Sie, meine Frau geht bald in Kur und ist ein bisschen nervös.«

Gerald drehte sich zu mir: »Was soll das denn jetzt?«

»Keine Ahnung«, antwortete ich.

Hinter uns nahm das Gespräch seinen Lauf.

»Schatz, du solltest doch den Koffer zum Schuster bringen. Der ist ja immer noch kaputt!«

»Ach herrje, Sigrid, das habe ich doch tatsächlich vergessen. Lass uns das später besprechen, ja? Ich bin mitten in einer Sitz–«

»Aber wo soll ich denn jetzt meine Sachen reinpacken? Morgen früh geht mein Zug!«

»Wir kaufen nachher einen neuen Koffer für dich, Sigrid.«
»Ich will keinen neuen Koffer. Ich will meinen alten. Ein neuer Koffer ist rausgeschmissenes Geld. Wenn du den Koffer zum Schuster gebracht hättest, bräuchte ich jetzt keinen neuen.«
»Ja.«
»Ja. Und nun?«
Die Stimme kam näher, und Gerald verzog das Gesicht zu einer ängstlichen Fratze.
»Vielleicht sollten wir uns besser aus dem Staub machen«, flüsterte er.
»Wir verstecken uns unterm Sofa«, sagte ich.
»Da werde ich nicht drunterpassen, fürchte ich«, sagte Gerald, und als wir den schmalen Spalt zwischen Sofa und Boden betrachteten, mussten wir beide lachen.
»Einen Augenblick bitte noch!«, rief Herr Zuckowski jetzt in unsere Richtung. Dann schloss er die Tür hinter sich, und wir versuchten, dem Wortlaut der gedämpften Stimmen, die aus der Diele zu uns in den kleinen Raum sickerten, zu folgen. Es fiel uns nicht weiter schwer, den Inhalt der Auseinandersetzung zu analysieren. Anscheinend steckte das Ehepaar Zuckowski auch in einer Krise. Gab es eigentlich irgendwo auf der Welt eine Ehe, die funktionierte?
Nach einer Weile erreichte der Streit seinen akustischen Höhepunkt. Dann war es plötzlich still.
Hinter uns klappte die Tür, Herr Zuckowski ging um uns herum und ließ sich auf seinen Stuhl fallen. Er lächelte und schwitzte.
»Verzeihen Sie die Unterbrechung. Wo waren wir stehen geblieben?«
»Am Anfang«, sagte Gerald und sah mich an. »Oder, Liebes?« Ich lächelte schief.
»Wahrscheinlich.« Er betrachtete mich weiter. »Warum siehst du mich jetzt so an, Gerald?«
»Ich darf dich doch wohl ansehen?«

»Genau!«, rief Herr Zuckowski. »Das ist der richtige Ansatz! Solange Sie sich noch ansehen, ist noch nicht alles verloren!«

»Meinen Sie?«, sagte ich und guckte zu Gerald hinüber.

»Es geht ja bei uns nicht darum, ob wir uns ansehen, sondern darum, dass wir nicht mehr miteinander sprechen«, versuchte ich unser Problem zu umschreiben.

»Na ja, Gundula, so ist es ja auch nicht.«

»Natürlich ist es so.«

»Nein, wir sprechen ja noch miteinander.«

»Ja. Aber der Inhalt fehlt.«

Gerald überlegte.

»Findest du?«

Ich stöhnte auf, und Herr Zuckowski hob den Zeigefinger.

»Ganz schlecht!«

»Was?«, fragte ich.

»Das Geräusch, das Sie da eben gemacht haben. Es nimmt dem Gegenüber die Luft aus den Segeln.«

»Siehst du?«, sagte Gerald und wechselte seine Beinstellung.

»Deshalb mach ich es ja«, sagte ich.

»Was genau?«, fragte Herr Zuckowski.

»Um meinem Mann zu zeigen, dass seine Bemerkungen unangebracht sind.«

»Soso«, sagte Herr Zuckowski und runzelte gedankenverloren die Stirn. »Und jetzt ... versuchen Sie doch mal, daran zu denken, wie Sie sich kennengelernt haben. Die Leidenschaft, die Sehnsucht, das zarte Bäumchen, welches nach Wasser dürstete, Ihre Chance, daraus eine hundertjährige Eiche zu machen ...«

»Was?«, fragte Gerald.

»Jetzt hör halt mal zu«, sagte ich.

»Ich hab zugehört, Gundula. Aber ich komm trotzdem nicht mit.«

»Unsere Ehe war eine Pflanze, und wir haben sie vertrocknen lassen. Meine Güte, als ob du das nicht selbst siehst.«

»Ich sehe es, Gundula. Aber nicht so dermaßen kompliziert.«

Draußen, vor dem geöffneten Fenster, begann jemand, das Blumenbeet mit einem Gartenschlauch zu gießen. Ein Schwall Wasser ergoss sich in unser Zimmer, und Herr Zuckowski sprang auf.

»Sigrid?«
»Ja?«
»Was machst du da?«
»Ich gieße.«
»Aber doch nicht jetzt!«
»Ich gieße das zarte Bäumchen unserer Ehe, Schatz.«
»Aber doch nicht so!«
»Wie denn sonst?«
»Lass uns später darüber sprechen, ich habe gerade Stunde!«
»Später muss ich den Koffer zur Reparatur bringen, Schatz.«
»Ich kaufe dir einen neuen Ko–«

Ein Wasserschwall traf ihn mitten ins Gesicht.

Gerald und ich flohen in eine Ecke, aber Frau Zuckowski hatte das Wasser schon abgedreht. Ihr gerötetes Gesicht erschien im Fenster. Herr Zuckowski wischte sich das Wasser aus den Augen.

»Was ist in dich gefahren, Sigrid?«
»Einer muss ja gießen.«
»Ich gieße doch heute Abend, nach der Stunde.«
»Das sagst du immer.«
»Stimmt doch gar nicht.«
»Wie dem auch sei, Hans-Peter. Wir müssen reden.«
»Ja, Sigrid«, sagte Herr Zuckowski und wischte über sein Jackett. »Später. Ich habe jetzt keine Zeit.«

Gerald und ich sahen uns an. Dann nahm Gerald meine Hand und zog mich zur Tür.

»Ich glaube, wir machen das lieber unter vier Augen, Herr Zuckowski. Aber haben Sie vielen Dank.«

Wir fuhren schweigend nach Hause. Ich glaube, wir waren richtig ergriffen von diesem Vorfall, und Herr Zuckowski tat mir nachhaltig leid. Merkwürdig, dass jemand, dem die Schieflage der eigenen Ehe beinah den Verstand raubt, glaubt, anderen als Eheberater zur Seite stehen zu können.

Zu Hause angekommen pfiffen wir nach unseren Hunden und machten uns auf den Weg durch unseren Park, um unser Gespräch allein fortzusetzen. Gerald nahm meine Hand. Während wir über unser Grundstück auf das Wäldchen zuschritten, sagte er: »So schlimm wie bei Herrn Zuckowski ist es bei uns aber nicht, oder, Gundula?«

»Nein.«

»Und so ein Weichei wie Herr Zuckowski bin ich auch nicht, oder?«

»Nein. Und so eine Hexe wie seine Frau bin ich auch nicht, oder?«

»Nein ... obwohl ... manchmal schon.«

»Was?«

»Na ja ... nicht wirklich eine Hexe, aber schon zum Fürchten.«

»Wirklich?«

»Ja, ich meine, manchmal traue ich mich gar nicht mehr nach Hause.«

»Wegen mir?«

Gerald sah mich an. »Nein, eigentlich ist es komplizierter. Es liegt nicht an dir, sondern an meiner fehlenden Selbstachtung.«

»Wie?«

»Weil ich in Anbetracht unseres Dreiseitenhofs ... wie soll ich es sagen ... sofort ein schlechtes Gewissen bekomme.«

Das hatte ich so noch gar nicht bemerkt. »Wirklich?«

»Ja. Weißt du, du glaubst mir das vielleicht nicht, aber es ist auch für mich nicht einfach zurzeit, Gundula. Ich habe das Gefühl, ich habe alles, aber wirklich ALLES falsch gemacht und dabei wollte ich doch so gern alles richtig schön für unsere Familie machen.«

»Hast du doch auch.«

»Nein, ich hab mich da vielleicht doch verhoben, weißt du? Ich schlafe auch schon ganz schlecht.«

Davon hatte ich noch nichts gemerkt.

»Ach ja?«

»Ja.«

»Aber es klappt doch insgesamt schon ganz gut, Gerald. Und weißt du, was mich am meisten freut? Es klappt sogar mit unserer Familie.«

»Ja, mit der klappt es beinah besser als mit uns.«

»Ach, Gerald, ich will nicht mehr immer mit dir streiten.«

»Ich doch auch nicht. Du bist doch meine Frau. Mein Ein und Alles. Ich meine, wir haben doch mal geheiratet, weil wir das Gefühl hatten, nicht ohneeinander zu können. Wo ist das hin?«

Ich senkte den Kopf und zuckte mit den Schultern. Gerald fuhr fort: »Aber du nimmst mich nicht mehr ernst.«

»Das stimmt nicht, Gerald. Ich nehme dich sehr wohl ernst. Das Problem ist meiner Meinung nach, dass du DICH ernster nimmst, als du MICH ernst nehmen solltest.«

»Kannst du das noch mal wiederholen?«, fragte Gerald. »Das hab ich gerade nicht verstanden.«

Wir mussten beide ein bisschen lachen.

»Weißt du«, sagte ich, »mir tut das weh, wenn du mir nie zuhörst, und wenn ich dann gegen Wände rede. Ich meine, wenn Susanne was sagt, hörst du immer gleich hin, was sie auf dem Herzen hat, und wenn ich mal was habe, hörst du weg.«

Gerald überlegte.

»Das kann sein, Gundula. Gut, dass du das ansprichst. Es ist schon so, dass ihr mich überfordert, wenn ihr zeitgleich auftaucht.«

»Aber ich bin deine Frau, Gerald. Und Susanne ist nur deine Mutter.«

Gerald zuckte ein bisschen zusammen.

»Also, so würde ich das jetzt nicht sagen. Also mit dem ›nur‹. Denn als Mutter ist sie ja kein ›nur‹. Das würde dich auch stören, wenn unsere Kinder später mal sagen würden, sie ist ›nur‹ unsere Mutter.«

»Natürlich würde mich das stören, es würde mir wehtun. Aber so ist der Lauf der Welt. Die Kinder gehen aus dem Haus und leben ihr eigenes Leben, und deshalb sind wir irgendwann ›nur‹ noch die Eltern.«

Gerald schwieg. Nach einer längeren Pause sagte er: »Vielleicht stimmt mit mir wirklich was nicht, Gundula. Also das mit Mutti ist schon komisch. Das liegt aber auch daran, dass sie allein einfach nicht zurechtkommt. Ich meine, ich kann sie ja tatsächlich nicht auf die Straße setzen, und ein Altenheim können wir uns nicht leisten.«

»Susanne würde nur über ihre Leiche in ein Altenheim ziehen.«

Gerald lachte.

»Das stimmt allerdings. Da ist sie eigen.«

»Ja, sie ist ein Dickkopf«, sagte ich.

Ich betrachtete sein erhitztes Gesicht, seine tiefen Falten auf der Stirn, die Fältchen unter seinen Augen, die früher mal Lachfältchen gewesen waren und jetzt nur noch runzlig und verlebt wirkten. Plötzlich fühlte ich mich ihm so nah wie lange nicht, und irgendwie hatte ich das Gefühl, unserem Problem eventuell ein bisschen nähergekommen zu sein. Ich hatte Gerald für mein Leben verantwortlich gemacht, ohne ihm etwas entgegenzusetzen. Ich hatte ihm meine sicher nicht unberechtigte Unzufriedenheit entgegengeschleudert, wann es nur ging. Aber ich hatte mich nie gefragt, wie sich Gerald im Grunde seines Herzens fühlte und was ich falsch gemacht hatte. Und heißt es nicht, dass man andere Menschen nur dann verstehen kann, wenn man sich in ihre Lage versetzt? Das hatte ich nicht getan. Ich hob meine Hand und drückte Geralds Mundwinkel sanft ein bisschen nach oben. Er wich zurück.

»Was machst du?«

»Ich möchte, dass du mal wieder lächelst. Du lächelst nicht mehr, Gerald.«

»Du auch nicht, Gundula.«
Er machte das Gleiche bei mir.
»Jetzt sind wir quitt.«
»Ja«, sagte ich.
Auf dem Rückweg hielten wir uns an den Händen, von Weitem betrachteten wir unseren Dreiseitenhof, hinter dem die Sonne langsam unterging.
»Sieht schön aus«, sagte ich.
»Sag ich doch«, sagte Gerald.
Dann blieb er stehen.
»Gundula, wenn du an mich glaubst, schaffe ich das.«
»Ich weiß«, sagte ich. »Wir müssen zusammenhalten, dann kriegen wir das schon hin.«
»Ich werde auch mit dem Handwerker sprechen«, sagte Gerald. Er lächelte. »Es sieht ja so aus, als ob da ein richtiger Mann ranmuss.«
»Vorsicht!«, sagte ich noch, und dann bekam ich den schönsten Kuss meines Lebens.

42.
Kapitel

Am nächsten Morgen klopfte es um Viertel vor zehn an der Eingangstür. Ich lief nach unten, um zu öffnen. Vor mir standen drei schwarz gekleidete Frauen mittleren Alters, und ich zuckte unweigerlich zusammen, weil ich dachte, jemand sei gestorben. Dann fiel mir auf, dass die drei Frauen völlig identisch aussahen. Ihre Gesichter glichen sich wie ein Ei dem anderen. Sie musterten mich schweigend, bis eine von ihnen sagte: »Sind Sie die Rosemarie?«

»Wer?«

»Die Rosemarie Schulze-Seemann?«

»Nein.«

»Könnten Sie die vielleicht mal rufen?«

Aber da hörte ich Rose schon hinter mir durch die Eingangshalle kommen. Rose hört man immer schon lange vor ihrem Eintreffen, weil sie die Füße nicht anhebt, sondern über den Boden schlappt.

Ich trat zur Seite, und die Frauen stellten sich etwas steif als Sabine, Jutta und Gabi vor. Nachdem sie sich gegenseitig versichert hatten, dass sie keine Masken würden tragen brauchen, weil es im Dorf nun mal keine Fälle gäbe, verschwanden sie im Salon, wo Rose mehrere Stühle im Halbkreis aufgestellt hatte.

Ein paar Minuten später machte ich mich daran, den Küchenboden zu wischen, als Rose hereinstürmte.

»Gundula?! Hast du das gesehen? Das sind echte Drillinge!

So was hab ich noch nie in meinem ganzen Leben gesehen! Toll, oder?«

»Ja.«

»Du, wir fangen jetzt an!«

»Super.«

»Weißt du womit?«

»Wahrscheinlich mit deinem Kurs.«

»Nein. Mit der Sensibilisierung.«

Ich hob den Kopf.

»Mit was?«

»Damit fängt eben alles an, weißt du?«

»Ach so, klar«, sagte ich.

»Es darf übrigens ab jetzt niemand mehr in den Salon kommen. Kannst du darauf achten?«

»Wie soll ich das machen, Rose? Ich kann mich ja nicht wie ein Zinnsoldat vor die Tür stellen.«

»Es gibt ja keine Tür«, sagte Rose. »Das ist das Problem!«

Im Erdgeschoss unseres Anwesens gab es bis auf wenige Ausnahmen tatsächlich kaum Türen, was mich persönlich nicht störte, weil man so ungehindert von A nach B laufen kann, ohne den Staubsauger oder den Wischeimer fünfmal zwischendurch abstellen zu müssen.

»Ja, dann geht doch in euer Zimmer, also in Hadis und deins. Da gibt's eine Tür.«

»Da ist es zu unordentlich. Wir brauchen ja Ordnung von außen, um unsere innere Ordnung zu finden.«

Das leuchtete mir irgendwie ein.

»Gut, ich werde aufpassen.«

»Versprichst du es?«

»Ja.«

»Gut. Dann fangen wir jetzt an.«

In der Tür drehte sie sich noch mal zu mir um.

»Du darfst aber nicht lauschen. Wenn du nämlich lauschst, merken sie das sofort, und dann werden wir ausgeschlossen.«

»WER merkt das?«, fragte ich.

»Na, die anderen!«, rief Rose empört aus.

»Natürlich«, sagte ich, weil ich ohnehin keine sinnvolle Antwort erhalten würde. Rose ist ja schon immer etwas komisch. Deshalb ist sie auch mit meinem Bruder zusammen.

»Und, Gundula, wegen dem Frühstück, das hab ich ganz vergessen.«

»Und jetzt? Wir haben nichts im Haus«, sagte ich.

»Kannst du nicht schnell mit dem Fahrrad zum Bäcker fahren für uns?«

»Nein, Rose, das geht nicht, ich muss putzen.«

»Das kannst du doch später machen«, schlug Rose vor.

»Nein, Rose, ich putze jetzt. Später kommt Matz zurück, da will ich da sein.«

»Bitte, bitte, das ist der Höhepunkt meiner Sitzung!«

In dem Moment kam mir eine Idee.

»Ich könnte euch ein Omelett machen.«

»Schon wieder Eier?«, seufzte Rose theatralisch auf. »Die essen wir doch eh schon jeden Tag!«

»Wir schon, Rose, aber deine Gäste nicht.«

Rose horchte auf.

»Du hast recht, Gundel. Das ist ja eine großartige Idee! Die freuen sich bestimmt über ein paar Omeletts. Die kann man schon zum Frühstück essen, oder? Ist halt eher ein Jägerfrühstück.«

Obwohl ich nicht recht wusste, was sie damit meinte, freute ich mich über ihre Zustimmung, holte zwei Dutzend Eier aus der Speisekammer, weil ich davon ausging, dass die Drillinge hungrig waren, und machte mich ans Werk.

Minuten später trug ich die dampfende Pfanne in den Salon, und die Frauen stürzten sich auf mein Omelett, als hätten sie seit Wochen nichts zu essen bekommen.

Nachdem sie aufgegessen hatten, leckten sie sich ihre Finger und lächelten mich selig an.

»Das war vielleicht gut!«, sagte Sabine. »So ein Omelett hab' ich mein ganzes Leben noch nicht gegessen.«

»Kann ich vielleicht das Rezept haben?«, fragte Gabi.
»Das Rezept ist ganz einfach«, sagte ich. »Aber vielleicht liegt es an unseren frischen Eiern. Wir füttern unsere Hühner nur mit ausgewähltem Futter, und außerdem sind sie immer draußen auf der Wiese.«
»Das stimmt«, sagte Sabine. »Daran könnte es liegen. Wir kaufen die Eier immer im Zehnerpack.«
»Alles andere ist uns zu teuer«, fügte Jutta hinzu. »Aber so schmeckt's wirklich irgendwie besser ...«
Ich sah durch die Terrassentür nach draußen und entdeckte Frau Müller und Bonsai auf den unteren Ästen eines Apfelbaums. Eng aneinandergeschmiegt hielten sie ein Vormittagsschläfchen. Zu ihren Füßen pickte die übrige Hühnerschar eifrig im Gras herum.
Während ich die Teller zusammenräumte, weil Rose in ihren Unterlagen blätterte und zu beschäftigt dafür war, sich in die Niederungen des Hausfrauendaseins herabzulassen, sagte Gabi: »Ich hab einen schrecklichen Durst, kann ich vielleicht was zu trinken bekommen?«
»Ja, gleich«, sagte Rose. Sie war etwas aus ihrem Konzept gebracht. Dann schien ihr einzufallen, dass ich auch noch im Raum war: »Gundula? Wir brauchen Getränke. Wärst du so lieb?«
»Was?«
»Was zum Trinken«, wiederholte Rose ungeduldig. »Ich muss hier schon mal weiterarbeiten, sonst vergeht zu viel Zeit.«
Im Hinausgehen hörte ich Rose sagen: »Sie braucht manchmal ein bisschen, aber eigentlich ist sie eine ganz Liebe.«
»Wie heißt sie noch mal?«
»Gundula.«
»Lustiger Name!«
»Stimmt.«
»Aber Eier machen kann sie wirklich ...«
Dann hörte ich Rose mit bedeutungsschwerer Stimme sa-

gen: »Also, ich hab den Universumkurs gegründet, weil ich es wichtig finde, dass wir etwas unternehmen, also, gegen den Weltuntergang, meine ich.«

In der Küche traf ich auf Hadi. Er war mindestens ebenso aufgeregt wie Rose. Eine Strähne seines zurückgelegten Haars hatte sich gelöst und stand keck nach oben wie eine kleine Antenne.
»Gundula! Gute Neuigkeiten!«
»Was denn?«
»Ich hab den Job!«
»Ach?«
Ich war tatsächlich mehr als erstaunt, weil mein Bruder sich noch nie zuvor in seinem Leben um Arbeit bemüht hatte.
»Was ist es denn?«
»Das kann ich dir noch nicht sagen. Aber ganz bald dann.«
»Ach schön, Hadi.«
Dann fiel mir auf, dass Eddie Barack schon wieder fehlte.
»Wo ist eigentlich Eddie Barack?«
»Bei der Rose«, sagte Hadi.
»Das kann nicht sein, bei Rose ist er nicht. Die hat ja heute ihre Universumgruppe.«
»Heute schon? Das ist ja interessant, da wollte ich auch mal vorbeischauen. Ich finde das ganz großartig, was sich die Rose da hat einfallen lassen.«
»Die lassen aber niemanden rein«, sagte ich.
»Was?«
Ich stellte die Wassergläser auf ein Tablett und lief, mit Hadi im Schlepptau, zurück zum Salon. An der Tür blieben wir stehen und lauschten ein bisschen. Rose und ihre neuen Freundinnen unterhielten sich gerade über den Unterschied zwischen dem Leben auf dem Land und dem in der Stadt. Die drei Frauen hatten sich selbst gebastelte Namensschildchen an die Brust geheftet, wahrscheinlich damit man sie unterscheiden konnte.

Jutta sagte: »In der Stadt hat man keine Freundinnen, da sind immer alle für sich und gestresst, das würde mich schon stören.«

Rose dachte nach.

»Stimmt. Echte Freundinnen hatte ich da eher weniger. Aber ich hab's auch nicht so mit Frauen.«

»Echt?«, fragte Jutta.

»Und auf der Straße kennt man sich auch überhaupt nicht«, fügte Gabi hinzu. »Also hier bei uns kennt sich jeder.«

Sie sah zu Rose hinüber.

»Das muss ja schon schlimm sein für euch, dass ihr jetzt hier draußen lebt und niemanden kennt.«

»Wir haben ja uns«, sagte Rose.

»Na ja, schon, aber manchmal will man ja auch mal was anderes sehen, oder?«

Rose dachte nach.

»Ich eigentlich weniger. Und wenn ich morgens nur einen von der Familie seh', reicht das meistens schon für den ganzen Tag.«

»Wahnsinn.«

»Und«, setzte Rose hinzu, »ich hätte gerade auch keine Zeit für so viele andere Begegnungen. Weil: Ich bin ja Mutter, das nimmt mich schon immer für den ganzen Tag ein. Ich will das ja richtig gut machen.«

»Und wo ist das Baby jetzt?«, fragte Gabi.

»Bei meinem Mann. Der kümmert sich, wenn ich arbeiten muss.« Hadi drehte sich zu mir und machte große Augen. »Was?«

»Toll«, sagte Gabi.

»Und warum seid ihr jetzt eigentlich hierhergekommen?«

»Wegen den Flugzeugen.«

»Echt jetzt?«, fragte Sabine. Die Schwestern sahen sich etwas ratlos an.

»Aber hier gibt's doch gar keine«, sagte Jutta schließlich.

»Eben«, sagte Rose.

Eine Pause entstand. Dann sagte Rose:
»Aber ich find's hier schon schön, das muss ich schon sagen. Auf dem Dorffest konnte ich endlich mal wieder tanzen.«
»Ja, die Feste sind immer schön. Aber früher war's noch schöner. Als nicht immer irgendwelche Leute von außerhalb hierhergezogen sind«, sagte Jutta. Gabi kniff sie in die Seite.
»Aua...«
Rose schien nichts bemerkt zu haben und ging dazu über, irgendwelche Lockerungsübungen anzuleiten.
Neben mir flüsterte Hadi: »Komisch, dass die Rose denkt, dass ich den Eddie Barack habe.«
»Pscht, sei doch leise!«, machte ich.
Aber Sabine hatte uns schon entdeckt und stupste Rose an: »Da stehen welche. Die Gundula, glaub ich.«
Rose und die anderen folgten ihrem Blick.
»Gundula? Hadi? Was macht ihr denn da, ihr könnt nicht heimlich zugucken.«
Etwas beschämt traten wir aus unserem Versteck hervor, und ich stellte das Tablett mit den Gläsern auf den Tisch.
»Ich wollte euch nur die Getränke bringen.«
»Dann ist ja gut«, sagte Rose. »Das lenkt uns nämlich ab. Wir müssen ganz privat sein für unsere Session. Da ist total viel Privatsphäre drin.«
»Wir sind schon wieder weg«, sagte ich.
Hadi war schon vorgelaufen. Als ich in die Küche trat, stand er vor dem Fenster und sah hinaus. Ich griff nach meinem Wischmopp, um meine Arbeit fortzusetzen.
»Ich freu mich so für die Rose, weißt du? Die Rose hatte ja immer ein Problem damit, Freundinnen zu finden, und jetzt hat sie gleich drei.«
»Die sind doch nicht freiwillig hier«, sagte ich.
»Wie meinst du das?«
»Na ja, die hat sie doch gefunden, weil sie Zettel im Dorf verteilt hat. Ich meine, die sind ja nur hier, weil Rose so eine Gruppe gegründet hat.«

»Ja, da hast du recht«, sagte Hadi. »Ich finde es aber nicht schlimm, wenn einer neuen Freundschaft eine gemeinsame Vision zugrunde liegt. Dann hat man gleich eine Basis, auf der man aufbauen kann, weißt du?«

»Hm«, sagte ich.

»Deshalb tue ich mich ja zum Beispiel mit Freundschaften eher schwer«, fuhr Hadi fort. »Weil ich niemanden finde, der meine Interessen mit mir teilen möchte. Und weißt du was? Ich MÖCHTE sie auch gar nicht teilen. Ich bin ganz froh, wenn meine Erkenntnisse nur mir ganz allein gehören. Also zumindest bis zu dem Moment, wo ich meine Büchlein veröffentliche und bereit bin, meine Erkenntnisse mit anderen zu teilen. Und außerdem habe ich ja auch meine Rose, die ist ja wie meine beste Freundin. Du hast ja nicht mal Gerald an deiner Seite, das stell' ich mir schon sehr schwer vor.«

Ich sah Geralds Gesicht vor mir, wie wir am Vortag durch unseren verwilderten Garten gelaufen waren und ich ihm die Mundwinkel nach oben gezogen hatte. Irgendwann, dachte ich bei mir, werden wir es euch schon noch zeigen, der Gerald und ich. Manche Paare brauchen eben etwas länger, bis sie zusammenwachsen.

»Was ist denn jetzt mit dem Eddie?«, rief ich Hadi hinterher, als er gerade die Küche verlassen wollte. Ich hatte langsam keine Lust mehr, immer nach Roses und Hadis Kind suchen zu müssen.

»Ich guck mal bei unseren Müttern!«, rief Hadi.

Als ich mit der Küche fertig war, schlich ich vorsichtig um die Ecke und linste wieder in den Salon.

»Und«, sagte Rose. »Was mich auch interessieren würde: Warum seid ihr denn jetzt zu meiner Gruppe gekommen?«

»Also bei mir ist es so, dass ich gern mal mit so Verschiedenen reden würde«, sagte Jutta.

Die anderen stimmten zu. Rose reckte den Kopf, als hätte sie gerade nicht richtig gehört.

»Mit was?«

»Mit so Verschiedenen.«

»Mit verschiedenen Menschen?«

»Auch«, sagte Sabine und begann, ihre Brille zu putzen.

»Aber hier geht es doch um die Weltrettung und nicht darum, mit verschiedenen Menschen zu reden«, sagte Rose.

»Das gehört aber doch zusammen«, sagte Jutta.

»Das ist eigentlich doch der Hauptgrund, warum wir hier sind«, fügte Sabine hinzu.

»Was jetzt?«, fragte Rose.

»Na ja, du hast doch gesagt, dass wir mit dem Universum in Kontakt treten können, und da müssen die ja auch irgendwo sein.«

»Wer?«, fragte Rose.

»Die Toten!«

Rose schwieg. Ich beugte mich ein wenig weiter vor, um ihr Gesicht zu sehen. Sie schwitzte jetzt noch mehr, ihr rotes Gesicht floss regelrecht davon. Nach einer Weile hatte sie sich so weit gefasst, dass sie wieder sprechen konnte.

»Äh...«

Die Drillinge blickten auf.

»Ja?«

»Also, äh... das weiß ich jetzt gar nicht, ob wir die denn zum Reden bekommen, weil in erster Linie geht's ja schon um die Rettung vom Universum, und das ist ja die Zukunft. Da weiß ich jetzt auch nicht so recht, wo wir die anderen treffen könnten oder ob wir denen einfach so begegnen.«

»Wir können es ja versuchen«, schlug Jutta vor.

»Also, wie machen wir es?«, fragte Gabi.

»Wir... äh...« Rose war völlig durcheinander. »Wir... ähm, also ich hab' gedacht, dass wir jetzt erst mal das ›Vaterunser‹ beten, damit der Herrgott auch mithören kann, und dann les' ich vielleicht das erste Kapitel, und dann können wir darüber diskutieren.«

»Echt?«, fragten alle wie aus einem Mund.

»Diskutieren?«, fragte Sabine.

»Ja, damit es sich einprägt sozusagen«, sagte Rose.

»Ich kann das ›Vaterunser‹ aber gar nicht auswendig«, sagte Gabi.

»Das ist nicht schwer«, sagte Rose. Sie faltete die Hände und begann: »Vater unser im Himmel ...«

Sabine und Jutta taten es ihr gleich und schlossen dabei sogar die Augen. Nur Gabi saß verloren auf ihrem Stuhl und popelte in der Nase.

Als sie mit dem Beten fertig waren, wirkten Jutta und Sabine irgendwie ganz beseelt. Ihre Augen glänzten, und sie strahlten eine Ruhe aus, die ich ihnen gar nicht zugetraut hätte. Gabi sagte: »Und jetzt? Geht es jetzt los?«

Rose griff wortlos nach ihrem Büchlein und begann zu lesen.

43.
Kapitel

Am Nachmittag kam mein geliebter kleiner Matz von seinem Urlaub in der Stadt zurück. Leider hatte er keine Zeit für eine ausführliche Begrüßung, sondern rannte gleich mit Steffen hinters Haus, weil sie mit den Hühnern spielen wollten. Fünf Minuten später standen die beiden wieder auf der Matte. Steffen war sehr blass. Er sah so aus, als dächte er gerade darüber nach, dass es eventuell keine so gute Idee gewesen war, die Familie Bundschuh zu besuchen.

»Mami? Oma Ilse schimpft ganz furchtbar mit Oma Susanne.«

»Ach, tatsächlich?«, fragte ich. »Wo denn?«

»Im Kuhstall.«

Was machten unsere Mütter im Kuhstall? Dann fielen mir Susannes Kisten ein, die der lahme Lieferant mit letzten Kräften in den Kuhstall befördert hatte, während meine Mutter ihm von MeToo erzählt hatte.

Schon auf dem Weg hinters Haus hörte ich Muttis ohrenbetäubendes Geschrei.

»Und DAFÜR hab ich dir Geld gegeben, Susanne? Schäm dich! Kannst du in deinem Leben vielleicht EINMAL was Richtiges auf die Beine stellen? Jetzt hattest du eine Chance! Und du hast sie wieder verpulvert! Du hast mich ausgebeutet für deinen schlechten Geschmack!«

»Aber Ilse, ich hab dir das doch gesagt, was da in den Kisten ist! Du fandest die Idee sehr schön!«

»ICH? Niemals, Susanne! Unerhört, was du da redest!«

»Das sei eine wunderbare Idee, das hast du wortwörtlich gesagt!«

»Hab ich NICHT!«

»Toys wären eine schöne Idee und dafür würdest du mir gern Geld geben. Du HAST gesagt, ein Toy-Handel käme dir entgegen –«

»Ja, TOYS!«, rief meine Mutter. »Puppen! DAS hab ich gedacht! Dass du mit Puppen handeln würdest.«

»Toys heißt aber gar nicht Puppen übersetzt«, sagte Susanne.

»Was denn sonst?«

»Spielzeug heißt das.«

»Na, und? Spielzeug ist Spielzeug! Da denkt ein normaler Mensch doch nicht an Gummipenisse?«

Aus dem Mund meiner Mutter klang das Wort Gummipenisse etwas fremd.

»Es sind nicht nur Gummipenisse, Ilse. Es sind auch noch andere Spielsachen dabei –«

»Igitt, hör auf, ich übergebe mich auf der Stelle!«

»Aber Ilse, so schlimm –«

»Es ist MEHR als schlimm, Susanne! Es ist das Schlimmste. Und weißt du, was das Allerschlimmste ist? Ich bin MeToo!«

Matz und Steffen, die neben mir gestanden und mit offenen Mündern zugehört hatten, drehten sich zu mir um.

»Wieso heißt Oma Ilse auf einmal Mitu?«, fragte Matz.

»Erklär ich dir später«, sagte ich und lief zu unseren Müttern.

»Was ist denn passiert?«, fragte ich, aber da hielt mir meine Mutter schon einen pinkfarbenen Gummischwanz ins Gesicht.

»Sieh dir das an, Gundula! Hinter unserem Rücken!«

»Was ist das?«, fragte Steffen, der hinter mir hergekommen war.

»Ein Gummischwanz«, sagte Matz. Dann lief er zu den geöffneten Kisten.

»Guck mal, Steffen, da sind noch mehr!«

»Ich glaub, ich will lieber nach Hause!«

»Na bravo, Susanne, jetzt haben wir den Salat. Du Kinderschreck!«, rief meine Mutter.

»Matz! Geh mal mit Steffen woandershin, du kannst ihm doch dein Zimmer zeigen«, sagte ich. »Ich würde vorschlagen, wir machen jetzt mal die Kisten zu, damit die Kinder sich nicht noch mehr erschrecken, und gehen in die Küche, um in Ruhe über alles zu reden.«

»Ich muss nicht reden«, sagte meine Mutter, »ich hab' alles gesagt, was ich zu sagen habe.«

»Ich könnte einen Kaffee gebrauchen, ich komme mit«, sagte Susanne.

»Komm schon, Mutti«, bat ich meine Mutter. »Ihr müsst euch ja irgendwie wieder vertragen.«

»Nur über meine Leiche«, sagte meine Mutter. Aber dann kam sie doch mit. Auf halbem Wege trafen wir auf Rose und Hadi, die gerade darüber zankten, wer von ihnen sich in letzter Zeit öfter um Eddie Barack gekümmert hatte. Eddie weinte, deshalb nahm ich ihn kurzerhand auf den Arm und folgte meiner Familie in die Küche.

Zuerst klärten mich meine Mütter darüber auf, wie es kommen konnte, dass sie plötzlich Gummischwänze im Kuhstall horteten. Wobei meine Mutter nach wie vor darauf bestand, dass sie nur von Puppen und nicht von Gummischwänzen gewusst hatte. Dann berichteten auch Rose und Hadi über ihre tiefgreifenden Veränderungen, die ich ja nur am Rande mitbekommen hatte.

Entgegen meiner Einschätzung war keinem meiner Lieben entgangen, wie sehr mich unsere finanzielle Schieflage, der Umzug in unseren Dreiseitenhof insgesamt und der leidige Wurmbefall belastete. Deshalb hatten sie sich in einer ruhigen Minute zusammengesetzt und einen Plan geschmiedet, um meine Sorgen ein wenig zu mindern.

Susanne hatte vorgeschlagen, einen Onlinehandel aufzumachen, nachdem die Idee mit dem Erotikblog ja gescheitert war,

Rose hob den Weltrettungskurs aus der Taufe. Dummerweise bewarben sich statt der zwanzig angestrebten Besucher nur die Drillinge. Aber Rose hoffte auf Mund-zu-Mund-Propaganda, wie sie mir eifrig erzählte, und dass damit im Lauf der Zeit bestimmt immer mehr Kunden zu ihr kämen. Und irgendwann, wenn sie genug beisammenhätte und richtig berühmt wäre, würde sie Eintritt für den Universumkurs verlangen, und dann würden wir richtig reich werden. Allerdings, fügte sie etwas kleinlaut hinzu, hätten die Drillinge nach der Session gesagt, das Beste seien die Omeletts gewesen. Mir kam eine Idee.

»Ich kann ja einfach immer, wenn Besuch kommt, was zu essen machen. Also irgendwas mit Eiern. Dann kommen vielleicht auch automatisch mehr Leute ...«

»Meinst du, die Weltrettung allein reicht denen nicht?«

»Ich weiß nicht, Rose, aber wenn man was zu essen bekommt, fällt einem vieles leichter.«

»Aber der Kurs ist doch ganz leicht«, erwiderte Rose, und ihr Gesicht verfinsterte sich ein wenig.

»Schon ...«, sagte ich wahrheitsgemäß. »Aber vielleicht muss man die Leute trotzdem ein bisschen ködern, und so eine Weltrettung ist ja jetzt auch nicht jedermanns Sache ...«

»Ja, oder?«, stimmte Rose zu. »Das Gefühl hab ich auch gehabt. Irgendwie haben die sich gar nicht richtig auf meine Séance eingelassen.«

»Die was?«, fragte Susanne.

»Das nennt man so. Das ist das, womit man dann weiterkommt.«

»Wohin denn weiterkommen?«, fragte Ilse.

»Ins Nirwana.«

Meine Mutter sagte: »Kollektivsuizid?«

»Was?«, fragte Rose.

»Ob sich dann alle zusammen umbringen wollen, meint sie«, erklärte mein Bruder und fügte gleich hinzu: »Nein, Mutti, das hast du jetzt missverstanden. Es geht ja bei Roses Idee um Erweiterung, also um Seelenheil, also darum, dass wir Kontakt mit dem Universum aufnehmen, um als großes Ganzes die Welt retten zu können.«

»Grundgütiger«, sagte meine Mutter. »So einen Käse hab ich schon lange nicht mehr gehört. Da find ich den Kollektivsuizid konsequenter.«

»Das wär ja noch schöner«, sagte ich und stellte mir die ganzen Leichen im Salon vor. Wo hätte man die hinschaffen sollen? In den Kuhstall vielleicht? Neben die Gummischwänze?

»Aber, Mutti, das hätte ja gar keinen Sinn, wenn die sich alle umbringen würden, denn dann könnte Rose ja nichts mehr an ihnen verdienen.«

»Stimmt«, sagte Rose. »Das wär schon ganz arg blöd. Wobei ... bis jetzt haben die ja auch nichts bezahlt. Ich freu' mich schon drauf, wenn mehr Leute kommen, so zwanzig vielleicht, weil dann könnt' ich der Gundula in einem Monat einen ganzen Batzen geben, das wär' schon schön, oder, Gundula?«

Ich muss zugeben, dass ich ziemlich gerührt war.

»Ja, das wär' schön, Rose. Das kriegen wir schon noch hin. Vielleicht finden wir ja auch noch etwas anderes für dich?«

»Du könntest mich zum Beispiel auch als Putzhilfe anstellen«, schlug Rose vor.

»Du lieber Himmel, bloß nicht!«, rief meine Mutter aus. »Dazu bist du doch viel zu ungeschickt, Rosi. Lass das mal lieber die Gundula machen, die hat da mehr Übung drin, die macht das jetzt schon ein paar Jahrzehnte.«

»Und du, Hadi?«, fragte ich, um dem Gespräch eine neue Wendung zu geben.

»Ich hatte ursprünglich vor, mich beim Hotel ›Zur Krone‹ als Nachtportier zu bewerben, aber sie fanden mein Englisch nicht gut genug.«

»Was? Sind die verrückt?«, rief meine Mutter aus. »Dein Englisch ist doch gut. Und mehr als Hello und Goodbye musst du doch nachts sowieso nicht sagen. Abgesehen davon: Wo sollen denn hier Engländer herkommen?« Suchend sah sie aus dem Fenster. »Also, ich seh hier weit und breit keine.«

»Amis auch nicht«, sagte Rose.
»Schade eigentlich«, sagte Susanne.
»Und was hast du jetzt vor?«, fragte ich meinen Bruder, bevor das Gespräch entgleisen konnte.
»Ich arbeite jetzt an der Rezeption von ›Bines Kamm Together‹.«
»Das ist doch auch Englisch?«, fragte meine Mutter.
»Das ist ein Friseur«, sagte Rose. »Richtig schick.« Sie strahlte ihren Mann an. »Deswegen hat er auch die neue Frisur.«
»Ach, daher weht der Wind«, rief Susanne aus. »Ich hatte mich schon über Hans-Dieters –«
»Wollen wir jetzt nicht mal darüber sprechen, was wir mit deinen Puffrequisiten anfangen sollen?«, fragte meine Mutter.

Doch bevor irgendjemand eine Idee hervorbringen konnte, hörten wir durch das geöffnete Fenster Geralds Ente auf den Hof fahren. Susanne sah auf ihre Uhr. »So früh? Es ist gerade mal fünf. Was ist denn mit Gerald los? Hoffentlich ist nichts passiert.«

»Ich glaube eher, er wollte gern heim zu uns«, sagte ich und stand auf, um aus dem Fenster gucken zu können.

Gerald schälte sich ungeschickt aus seiner viel zu kleinen Ente. Dann lief er zum Kofferraum und entnahm ihm einen riesengroßen Blumenstrauß. Ich sah zu Susanne, die erwartungsvoll nach draußen blickte. Hatte ich ihren Geburtstag vergessen? Nein, der war doch erst in ein paar Wochen. Was um alles in der Welt machte Gerald mit diesen Blumen?

Als er wenige Minuten später in die Küche trat, hielten meine Lieben die Luft an. Ich glaube, keiner von uns hat Gerald jemals mit einem solch großen Blumenstrauß gesehen, was zuletzt auch daran liegt, dass er normalerweise viel zu sparsam ist, um Geld für solchen Schnickschnack auszugeben. Die einzigen Blumensträuße, die ich jemals von ihm bekommen habe, waren entweder aus dem Supermarkt oder von der Tankstelle. Last minute, sozusagen. Wenn er meinen Geburtstag wieder mal vergessen hatte und es sich nicht völlig mit mir verscherzen wollte.

Susanne sprang von ihrem Stuhl. »Geraldchen, wo hast du denn die schönen Blumen her? Hast du im Lotto gewonnen?«

Gerald hatte rote Wangen und strahlte wie ein Lebkuchenpferd.

»So ähnlich, Mutti. Aber jetzt muss ich erst mal meine Frau begrüßen.«

Susanne fiel auf ihren Stuhl zurück.

»Gundula!«, sagte Gerald jetzt. »Ich möchte dir dafür danken, dass es dich gibt, und außerdem habe ich eine Überraschung, die dich freuen wird.«

»Noch eine?«, fragte ich. Langsam kam ich aus den Überraschungen wirklich nicht mehr raus.

Nach einer angemessenen Pause, in der die Luft zu knistern schien, verkündete Gerald:

»Ich bin befördert worden!«

»WAS?«, riefen wir.

»Und was ist das Schönste an einer Beförderung?«, fragte Gerald in die Runde.

»Das Geld!«, riefen wir aus.

»Um genau zu sein 769 Euro pro Monat«, sagte Gerald.

»Das ist ja WUNDERBAR!«, rief Susanne.

»Wir sind REICH!«, rief Rose und umarmte Hadi.

»Na ja, sooo dolle ist das jetzt auch nicht«, sagte meine Mutter. Aber dann stand sie doch auf und lief zum Kühlschrank. »Gut, dass ich Gundula beauftragt habe, Nachschub zu organisieren. Irgendwie habe ich das geahnt.« Dann hielt sie eine Flasche Rotkehlchen-Sekt in die Höhe. »Heute gibt es zur Feier des Tages sogar einen Rosé.«

»Was ist denn mit dir los?«, fragte Susanne. »Ich muss zugeben, Ilse, du wirst mir immer sympathischer.«

»Warte ab, Susanne. Bevor wir deine Gummischwänze nicht unter Dach und Fach haben, kann ich für nichts garantieren.«

»Was?«, fragte Gerald. »Mutti, du hast doch hoffentlich nicht wieder –«

»Hat sie«, sagte Ilse. »Deine Mutter hat nichts als Flausen im Kopf. Andererseits muss man ihr zugutehalten, dass das Leben so wenigstens nicht langweilig wird.«

»Find' ich auch«, sagte Rose. »Du Susanne, kann ich die dann mal in Ruhe anschauen?«

»Wen?«, fragte Ilse.

»Die Gummischwänze.«

»Also Rose, ich ... äh ...«, versuchte Hadi seine Frau zu bremsen, »äh ... ich persönlich würde vorschlagen, dass wir erst mal eine Lösung dafür finden, dann kannst du ja immer noch einen raschen Blick darauf werfen.«

»Ihr könntet mir auch gleich einen abkaufen, was haltet ihr davon?«, fragte Susanne.

Hadi erbleichte.

»Au ja!«, rief Rose aus und fügte hinzu: »Ich hab noch nie in meinem Leben echte Gummischwänze gesehen.«

»Ja, Kindchen, das soll's geben«, sagte Susanne. »In Memmingen wachsen die ja jetzt auch nicht direkt von den Bäumen.«

»Mutti, bitte«, sagte Gerald.

»Ich bin ja so froh, dass wir jetzt alle zusammenwohnen. Hier ist immer was los. Gell, Hadi?«

Mein Bruder stand kurz vor einer Ohnmacht.

»Dürfte ich als Hinzugekommener eventuell erfahren, was es mit diesen Gummi... äh ... auf sich hat?«, fragte Gerald.

»Erst, wenn du die Flasche geköpft hast«, sagte Ilse.

44.
Kapitel

Zum Glück hatte ich den Sechserkarton Rotkehlchen Rosé, den ich vor unserem Umzug noch rasch beim Discounter in Berlin gekauft hatte, vor meiner Familie verstecken können. Wir hatten ihn bitter nötig, als wir uns wenig später die Köpfe wegen Susannes Erotikspielzeug heißredeten.

Ich erinnere mich dunkel daran, dass Matz und Steffen zwischendurch in der Küche vorbeischauten, um sich als Ersatz für das ausgefallene Abendessen ein paar Brote zu machen. Matz war so rücksichtsvoll, seinen Freund so schnell wie möglich wieder nach draußen außer Hörweite zu bugsieren.

Zunächst klärte Susanne uns darüber auf, wie sie auf die Idee mit ihren Sextoys gekommen war. Nachdem sie bitterlich hatte erfahren müssen, dass das Internet in unserem Dreiseitenhof nicht für einen geregelten Youtube-Kanal ausreichen würde, war sie auf die Idee gekommen, ihre Kunden anstatt mit Reden mit Tatsachen zu beglücken. Gemeinsam mit Matz hatte sie nach einem günstigen Sextoy-Versand gesucht und war ziemlich schnell fündig geworden. Danach hatte sie nur noch Ilse dazu überreden müssen, ihr Geld zu borgen und eine Lastwagenladung voller Toys zu bestellen. Das Missverständnis hatte ihr dabei in die Karten gespielt.

»Und jetzt?«, fragte ich, als Susanne endlich eine Pause machte.

»Jetzt müssen wir das Zeug loswerden, damit ich mein Geld wiederkriege«, sagte meine Mutter.

»Wir sollten Zettel verteilen«, rief Rose aus. »Das hab ich auch gemacht, das wirkt!«

»Ja, Rosi, Drillinge hast du damit angeschleppt. Das genügt uns nicht. Wir brauchen mindestens dreißig potente Kunden bei den Unmengen, die Susanne da gekauft hat.«

»Jetzt sei doch nicht so biestig«, sagte Susanne.

»Ich sage nur, wie es ist«, sagte meine Mutter.

»Das mit den Zetteln ist vielleicht gar keine so schlechte Idee«, fuhr Susanne fort.

»Bist du verrückt? Was sollen denn die Leute von uns denken?«, rief Mutti aus. »Wir werden hier sowieso schon schief angeguckt. Am Ende kommst du noch auf die Idee, dass wir uns beim nächsten Fest der Feuerwehr Bauchläden mit deinem Gummikäse umschnallen. Dann sperren die uns gleich ein.«

»Das müsste man dann schon ein bisschen eleganter angehen«, sagte Susanne.

»Kann man die ... äh ... Ware denn nicht vielleicht einfach zurückschicken?«, fragte Gerald. »Ich meine, mit meiner Gehaltserhöhung stehen wir doch schon mal auf festerem Boden. Da können wir ab nächstem Monat eventuell schon die ersten Balken entwurmen. Und dann sehen wir weiter.«

»Nein, nein und noch mal nein. Ich WILL mein eigenes Geld verdienen. Ich habe noch niemals ohne mein eigenes Geld gelebt. Das geht gegen meinen Stolz.«

»Na, das ›noch nie‹ würde ich jetzt mal ein bisschen eingrenzen«, sagte meine Mutter, aber Susanne hatte zum Glück nichts gehört, weil sie damit beschäftigt war, Zahlen auf ein Blatt Papier zu kritzeln.

»Ich habe also Toys im Wert von 895 Euro im Kuhstall. Wenn ich jedes Teil mit einer Preiserhöhung von 20 Prozent verkaufe, bleiben mir am Schluss wie viel Euro Guthaben?« Sie hob den Kopf und sah uns abwartend an.

Meine Mutter sagte: »Bin ich Einstein?«

»179,20 Euro«, sagte Gerald jetzt.

»Was?«, fragten meine Lieben.

»Das wäre dann dein Guthaben, Mutti. 179,20 Euro.«

»Wie gut!«, rief Rose aus, aber Mutti schüttelte den Kopf.

»Das reicht bei Weitem nicht. Da müsstest du noch ungefähr hundert Jahre leben, bis du deine Schulden bei den Kindern abbezahlt hättest. Das schaffst nicht mal du.«

»Dann müsste man eventuell in größeren Mengen auf den Markt gehen«, sagte Hadi jetzt.

»Stimmt«, sagte ich. »Aber das wird nicht funktionieren. Wer soll uns das denn abkaufen?«

Wir sahen uns an und überlegten. Dann rief Susanne: »Ich hab's! Wir tun uns mit ›Bines Kamm Together‹ zusammen. Leute, die zum Friseur gehen, kaufen auch erotisches Spielzeug!«

»Wie kommst du denn auf den Blödsinn?«, fragte Ilse.

»Menschen, die noch auf ihr Äußeres achten, machen das ja bekanntlich nicht nur für sich allein, und einige sind im Laufe ihres Lebens vielleicht doch zu der Erkenntnis gelangt, dass schöne Haare nicht unbedingt ausreichen, um den Partner ein bisschen wachzurütteln.« Susanne strahlte uns an. »Ich schwöre euch, das funktioniert!«

»Und wie stellst du dir das vor, Mutti?«, fragte Gerald jetzt. »Ich meine, sollen wir unsere ... also ... diese Sachen ins Schaufenster von ›Bines Kamm Together‹ legen?«

»Nein, ich habe eine viel bessere Idee«, rief Susanne aus. Dann machte sie eine denkwürdige Pause, bis unserer Mutter der Kragen platzte.

»Dann sag's halt, Herrgott noch mal!«

»Wir geben Hans-Dieter was mit, und der bringt es dann unter die Kundschaft.«

»WAS?« Hadi war aufgesprungen. »Das kannst du nicht von mir verlangen, Susanne. Ich habe nun wirklich schon einiges für dich getan. Auch bei dem Erotikblog war ich nicht untätig, wie du dich vielleicht erinnerst. Und dabei warte ich bis heute auf meinen Vertrag. Aber was du da jetzt von mir verlangst, ist eindeutig zu viel für mich. Die Gäste in meinem Friseursalon sind alle gut situiert, da kann ich nicht plötzlich mit einem Paket reinschneien, und Kai aus der Kiste spielen.«

Ich glaube, wir dachten alle darüber nach, was unsere Gummitiere mit Kai aus der Kiste zu tun hatten, bis Rose schließlich sagte: »Du musst es auch mal als Chance sehen, Hadi.«

»Was?«, fragte Hadi.

»Das ist deine Chance, Hadi. Chancen liegen ja nicht immer und überall rum. Aber das, was die Susanne da vorgeschlagen hat, ist eine echte Chance. Für uns alle. Und wir brauchen dich dafür.«

45.
Kapitel

Am nächsten Tag lief Herr Mutzke, nachdem ich Frau Müller, Bonsai und die restlichen Hühner in die Umzäunung gesperrt hatte und auf Mutters Hinweis wegen der Aerosole alle Fenster geöffnet hatte, mit zwei Handwerkern durch unser Anwesen und begutachtete mit mürrischem Gesicht und zusammengebissenen Zähnen Wände und Balken. Nach nicht mal einer Stunde rief uns das Team in die Küche, um uns den Stand der Dinge mitzuteilen. Sie bestätigten, was wir sowieso schon geahnt hatten. Herr Mutzke ging sogar so weit, uns einen bleibenden Eindruck des Schadens zu verschaffen. Im Eingangsbereich klopfte er gegen einen Stützbalken, dessen oberste Holzschicht daraufhin einbrach, als sei sie bloße Zuckerglasur. Er sah uns an, verzog seinen Mund zu einem gequälten Lächeln und sagte dann in meine Richtung: »Was hab ich Ihnen gesagt, junge Frau? Da ist nichts mehr zu machen.«

Wie um seinem Satz den gehörigen Nachdruck zu verleihen, haute er auf den nächsten Balken. Das Holz splitterte.

»Vorsicht!«, rief Susanne. »Sie machen ja alles kaputt!«

»Ich mache nichts kaputt, was nicht schon vorher hinüber gewesen wäre.«

»Trotzdem können Sie sich doch ein bisschen zusammenreißen. Hier leben immerhin Menschen!«, empörte sich Susanne.

»Nicht mehr lange«, sagte Herr Mutzke.

»Was meinen Sie damit?«, fragte Mutti irritiert.

»Na ja, irgendwann fällt Ihnen die Decke auf den Kopf. Das ist schon mal klar.«

»Deshalb haben wir Sie ja auch einbestellt«, sagte Gerald. »Damit Sie sich darum kümmern, dass uns die Decke eben nicht auf den Kopf fällt.«

»Und wie soll ich das machen, Ihrer Meinung nach?«, fragte Herr Mutzke und breitete resigniert die Arme aus. »Der Wurm sitzt in jedem Winkel.«

Wieder haute er gegen einen Balken, dass die Holzsplitter nur so zu Boden stieben. Dann kramte er in seiner Hose nach einem Taschentuch, schnäuzte sich heftig und wandte sich schließlich zu seinen Kollegen: »Das ist eben das Problem, wenn man sich was anschafft, nur weil es von außen ganz nett aussieht. Das kapieren die Leute nicht, dass es auf den Kern ankommt. Da hören sie, dass es irgendwo billig was zu schießen gibt, rennen los und wundern sich dann darüber, wenn sie Wochen später in der Scheiße sitzen.«

Die Kollegen nickten zustimmend.

»Ich verbitte mir diesen Ton, junger Mann«, sagte meine Mutter.

»Lass mal, Ilse.« Gerald stützte die Hände in die Seiten und atmete tief durch. An seinem Hals bildeten sich die ersten roten Flecken, was immer ein schlechtes Zeichen bei ihm ist. Dann sagte er mit verdächtig leiser Stimme: »Was schlagen Sie also vor, Herr Mutzke?«

»Was soll ich schon vorschlagen? Ich kann Ihnen gern einen Kostenvorschlag schicken, wenn Sie drauf bestehen.«

»Das wär doch schon mal ein Anfang«, sagte Susanne.

Wir gingen zurück in die Küche, wo Herr Mutzke hinzufügte, er sage das ungern, aber die Kosten würden sich mit großer Wahrscheinlichkeit im sechsstelligen Bereich bewegen. Wir versuchten, uns unsere Bestürzung nicht anmerken zu lassen. Nur Rose seufzte laut auf und sagte: »Sechsstellig? Das ist ganz furchtbar, oder?«

»Na ja, was hast du erwartet, Rosi«, sagte meine Mutter.

Gerald ließ sich auf einen Stuhl fallen.

Zögerlich fragte Matz, der sich bisher im Hintergrund gehalten hatte: »Heißt sechsstellig jetzt eine Zahl mit fünf oder mit sechs Nullen?«

»Sechsstellig heißt sechsstellig«, sagte meine Mutter.

»Sechsstellig ist, glaube ich, wenn man die Million erreicht«, sagte Hadi.

»Blödsinn«, sagte Gerald, »Sechsstellig heißt sechs Zahlen, wie schon der Name sagt.«

Rose spitzte die Lippen und rechnete. »Ach so. Also dann sind das nur 100 000 Euro, das geht ja noch, ich hab schon gedacht, es wär schlimmer.«

»Na, so ein Glück, Rosi«, sagte meine Mutter.

Susanne war nicht wirklich bei der Sache. Sie fixierte Herrn Mutzke mit ihren Augen, warf ihr falsches Haar nach hinten und säuselte: »Da werde ich mich ganz schön reinhängen müssen ins Geschäft, dass wir das irgendwie hinkriegen.«

»Welches Geschäft?«, fragte Hadi.

»Meinen Toys-Versand«, sagte Susanne und zwinkerte Herrn Mutzke schelmisch zu, der aber nicht anbiss.

Konnte sie sich eigentlich nie zusammenreißen? Der arme Herr Mutzke hatte es nun wirklich als Letzter verdient, dass man ihm den Hof machte. Er war ja nicht mal hübsch. Er sah eher aus wie eine angebissene Rumkugel.

»Mach dir da mal keine allzu großen Hoffnungen, Susanne«, raunte meine Mutter.

»Man wird ja wohl noch träumen dürfen«, sagte Susanne. Dann stand sie auf und humpelte hinaus.

»Dann kommt noch der Schimmel dazu«, fuhr Herr Mutzke fort. »Den können Sie natürlich erst mal ignorieren, aber empfehlen würde ich das nicht.«

»Warum nicht?«, fragte Rose.

»Weil Sie davon Krebs kriegen.«

Herr Mutzke machte eine kurze Pause, dann fuhr er mit ruhiger Stimme fort: »Ich sag jetzt einfach mal, was ich an Ihrer Stelle machen würde.« Wir hoben die Köpfe. »Ich würde die ganze Scheune hier abreißen und was Neues hinsetzen.«

Der Tumult, den er mit diesem Satz auslöste, war in etwa vergleichbar mit dem Aufstand in einem gut besuchten Fußballstadion nach einem verfehlten Elfmeter.

Als Gerald es endlich schaffte, durch ein beherztes »RUHE!« wieder ein bisschen Ordnung in unsere Familie zu bringen, hatten sich Herrn Mutzkes Kollegen schon klammheimlich und mit eingezogenen Köpfen Richtung Küchenausgang bewegt.

»Aber Kinder«, sagte Gerald, »so wird das doch nichts.«

»Das war ja auch nur ein Vorschlag«, sagte Herr Mutzke. »Man kann das Problem natürlich auch anders lösen, wenn man die richtige Strategie anwendet.«

Meine Mutter grätschte dazwischen. »Dann fangen Sie endlich an, Herr Mutzke. Ich bin die Herumdiskutiererei jetzt langsam müde. Sind Sie jetzt Handwerker, oder nicht? Entwickeln Sie eine vernünftige Strategie, und schicken Sie uns den Kostenvoranschlag. Und ich möchte einen Kostenvoranschlag haben, der mich nicht gleich ins Grab befördert, haben wir uns verstanden? Die Adresse müsste Ihnen ja inzwischen hinlänglich bekannt sein. Wann kann ich damit rechnen?«

Wenn Mutti der Kragen platzt, kennt sie kein Halten. Jetzt wirkte sogar Herr Mutzke zumindest ein klein wenig alarmiert. »Ach so, na gut, wie Sie wollen ... sagen wir, nächste Woche?«

»Na also«, sagte meine Mutter.

In dem Moment kam Susanne mit einer kleinen Kiste zurück in die Küche. Sie stellte sie auf den Küchentisch, deutete darauf und sagte: »Suchen Sie sich einen aus, Herr Mutzke. Ist ein Geschenk von mir. Ich schwöre Ihnen, Ihre Frau wird es Ihnen danken!«

Herr Mutzke zuckte zusammen.

»Meine Frau und ich ... also wir sind ...«, dann verstummte er und sah auf den Boden.

»Aber das macht doch nichts«, sagte Susanne. »Dann beglücken Sie Ihre Freundin.« Takt war ja noch nie ihre Stärke. »Oder wissen Sie was? Machen Sie sich am besten selbst ein

Geschenk. Wir beschenken uns selbst doch viel zu selten. Dabei sollten wir uns auch mal was Gutes tun.«

Noch während Susanne sprach, hatte meine Mutter geistesgegenwärtig nach der Kiste gegriffen, um sie zu sich zu ziehen, aber da hatte Herr Mutzke schon seinen Kopf hineingesteckt.

»Ich würde Ihnen den Hellblauen empfehlen. Der steht Ihnen am besten zu Gesicht«, säuselte Susanne.

Herr Mutzke zog einen grünen Gummischwanz aus der Kiste und hielt ihn in die Luft. Dann flüsterte er: »Was ist das?«

»Na ja, nach was sieht es denn aus?«, fragte Susanne.

Herrn Mutzkes Blick war ganz leer, wahrscheinlich stand er unter Schock.

»Herr Mutzke, der beißt nicht. Im Gegenteil, der wird Ihnen richtig Spaß machen, das verspreche ich Ihnen. Gerade in Ihrem Alter ist es wichtig ...«, meine Mutter fuchtelte hysterisch mit den Händen, um Susannes Redefluss zu unterbrechen, aber sie war nicht zu stoppen, »... sich auch mal Gedanken darüber zu machen, wie es weitergehen soll. Und Ihre Freundin wird Luftsprünge machen. Ich habe die Erfolgsberichte gelesen. Von hundert Männern, die ab einem gewissen Alter Probleme mit ihrer Potenz hatten, konnten sechzig Prozent schon nach den ersten Anwendungen tiefgreifende Erfolge erzielen.«

Herr Mutzke war weiß wie die Wand, und ich hatte kurz die Befürchtung, dass er einfach umkippen würde, aber dann riss er sich zusammen und legte den Schwanz wieder in die Kiste.

»Also, ich weiß jetzt gar nicht, was das –«

Aber Susanne ließ ihn nicht zu Wort kommen. »Und wissen Sie, was das Schönste ist? Ein erfülltes Sexleben wird sich auch auf Ihre restliche Psyche auswirken. Sie werden das schon merken. Glauben Sie mir, binnen kürzester Zeit werden Sie sich wie neugeboren fühlen. Probieren Sie es einfach mal aus!«

»Ich, also ...«, versuchte sich Herr Mutzke, aber fand doch keine Worte.

»Sie müssen den nicht bezahlen, Herr Mutzke. Keine Angst. Den schenke ich Ihnen.«

Susanne griff in ihre Kiste und wühlte, bis sie ein hellblaues Exemplar gefunden hatte und es Herrn Mutzke vor die Nase hielt: »Aber wenn Sie mich fragen: Nehmen Sie den blauen.«

Nachdem Herr Mutzke wortlos und ohne das Geschenk mit seinen Kollegen im Schlepptau das Haus verlassen hatte, ergriff unsere Mutter das Wort: »Susanne, das war ja mal wieder eine großartige Idee von dir. Jetzt haben wir nicht mal mehr Herrn Mutzke. Was um alles in der Welt wolltest du damit bewirken?«

»Ich mag es nicht, wenn man meine Familie für dumm verkauft. Und schlechtes Benehmen mag ich erst recht nicht, schon gar nicht von einem Gartenzwerg, der sich hier aufspielt wie Napoleon. Und außerdem lass ich mir nicht sagen, dass unser schönes Haus am besten abgerissen werden soll, weil es sowieso nichts taugt. Das ist UNSER Zuhause, und das lass ich mir nicht wegnehmen. Dafür werde ich kämpfen wie eine Löwin.«

Kurze Zeit war es still. Der Wind raschelte in den Blättern der alten Eiche im Innenhof und blies sacht durch die geöffneten Küchenfenster. Irgendwo klapperte eine Tür, unser Haustaubenpärchen gurrte sich Liebesschwüre zu, Gulli und Othello seufzten im Schlaf.

Dann sagte Mutti: »Ich muss sagen, Susanne, du sprichst mir aus der Seele. Es würde mich nicht wundern, wenn aus uns alten Bundschuhs doch noch eine ordentliche Familie wird.«

»Lieber nicht«, sagte Rose. »Ich mag's schon gern auch so, wie es ist. Oder, Hadi? Dann ist wenigstens immer ein bisschen was los.«

Eigentlich musste ich ihr zustimmen. Was wäre die Familie Bundschuh ohne das Chaos im Schlepptau? Ohne die großen und kleinen Katastrophen und vor allem die eigenwilligen Ideen meiner Lieben? Ich betrachtete meine Familie, die mich manchmal in den Wahnsinn trieb mit ihrer Hartnäckigkeit und Verbohrtheit, mit ihrer Bauernschläue und ihrer kriminellen Energie. Mit ihrer immensen Liebesfähigkeit und unbedingten Treue. Und für einen kurzen Moment wurde ich richtig gefühlsduselig. Gerald kam auf mich zu. »Was ist los, Gundula? Ist dir nicht gut?«

»Doch, Gerald«, sagte ich. »Sehr gut. Ich hab euch nur gerade alle sehr lieb.«

Meine Familie seufzte ergriffen: »Wir dich auch!«

Dann lief Hadi zum Kühlschrank und steckte suchend seinen Kopf hinein.

»Was suchst du, Hadi?«, fragte ich.

»Wir brauchen was zum Anstoßen.«

»Worauf willst du denn jetzt schon wieder anstoßen, Hans-Dieter? Wir stehen doch erst am Anfang«, rief Mutti.

»Wer den Anfang nicht ehrt, ist das Ende nicht wert«, sagte Gerald. Dann fiel ihm etwas ein: »Ach, ich habe ja noch eine Kiste Wein vom Finanzamt in der Ente. Zu meiner Beförderung!«

»Na dann, her damit!«, riefen wir im Chor.

Während wir Gläser und Schälchen mit Nüsschen und Knabberzeug auf unserem tennisfeldgroßen Gesindetisch verteilten, hörten wir Stimmen im Innenhof und guckten aus dem Fenster. Draußen standen die beiden Handwerkerkollegen von Herrn Mutzke und sprachen mit Gerald. Dann erblickten sie uns am Küchenfenster und winkten lächelnd.

»Was wollen die denn noch hier?«, fragte Susanne.

»Sieht aus wie Kundschaft«, sagte Ilse.

Wie sich herausstellte, hatte Mutti nicht unrecht. Herrn Mutzkes Kollegen waren tatsächlich zurückgekommen, um sich den Inhalt von Susannes Kiste noch mal aus der Nähe anzusehen. Susanne war außer sich vor Glück. Sie rief nach Matz, der dabei war, seine Meerschweinchenrutsche aus seinem Zimmer im ersten Stock runter in den Garten zu verlegen und beauftragte ihn, noch fünf weitere Kisten aus dem Kuhstall zu holen. Nüsschen und Gläser wurden wieder beiseitegeräumt, und stattdessen positionierte Susanne ihre Habseligkeiten auf unserem Esstisch. Mutti wandte sich ab und sah demonstrativ aus dem Fenster. Dabei murmelte sie irgendwas von MeToo und dass sie das, was da gerade in unserer Küche geschah, eigentlich überhaupt nicht mit ihrer neuen Überzeugung in Einklang bringen konnte.

Die beiden Männer hingegen suchten sich jeder ein farbenfrohes Objekt der Begierde aus, zahlten artig und verließen uns nicht ohne das Versprechen, am nächsten Tag mit neuem Team wiederzukommen und den Umbau des Hauses in Angriff zu nehmen.

46.
Kapitel

Ein paar Tage später, als ich gerade dabei war, eine neue Eierkuchenkreation für meine Lieben auszuprobieren, kam Hadi mit Eddie in die Küche.

»Du, Gundula, die Rose fragt, ob du uns den Eddie eventuell abnehmen könntest, weil ich zur Arbeit muss und die Rose sich auf die nächste Universumstunde vorbereiten will. Da kommen morgen noch mal mehr als beim letzten Mal, und die Rose ist schon ziemlich nervös.«

»Wieder um 10 Uhr?«, fragte ich.

»Ja, und ich soll dir sagen, dass du doch bitte daran denken mögest, wieder ein Omelett zu machen oder noch besser vielleicht einen Apfelkuchen, damit es ein bisschen Abwechslung gibt.«

»Ach ja?«, fragte ich. Und obwohl mir Roses Forderungen manchmal ein bisschen zu weit gingen, freute ich mich. »Kann ich machen«, sagte ich. »Aber nur, wenn sie endlich aufhört, sich über mein Rührei zu beschweren.« Susanne kam in die Küche und hielt Hadi einen Stoß Karten unter die Nase.

»Hadi, mein Lieber. Lust auf ein kleines Experiment?«

»Keine Zeit«, sagte Hadi.

Sie drückte ihm die Karten in die Hand.

»Dann gib das einfach deiner Chefin und sag ihr schöne Grüße von einer guten Bekannten.«

»Ihr kennt euch doch gar nicht«, sagte Hadi.

»Das macht nichts. Das klingt einfach besser. Und sag ihr, sie soll doch mal gucken, ob ihr dazu nichts einfällt.«

Hadi hielt sich eine der Karten vors Gesicht und begann zu lesen:

> *Bringen Sie Farbe in Ihr Leben!*
> *Das Leben ist zu kurz für trübe Gedanken!*
> *Lassen Sie Ihrer tiefsten Sehnsucht freien Lauf und ...*
> *kommen Sie zu Chez Suzanne!*
> *Trinken Sie ein Gläschen Sekt mit mir,*
> *und lassen Sie sich überraschen.*
> *Ich freue mich auf Sie!*
>
> Chez Suzanne
> Am Acker 1
> Geöffnet:
> Jeden Samstag von 13–18.00 Uhr

Hadi wirkte etwas überfordert. Er hielt die Karte hoch und sah uns an.

»Was ist das?«

»Na, was wohl? Meine Ausstellung.«

»Das kann ich unmöglich unterstützen, Susanne. Ich bin ja so eine Art Conférencier. Ich habe einen Ruf zu verlieren.«

»Herrgott, manchmal bist du so ein richtiger kleiner Beißmichnicht. Dann leg die Karten einfach auf den Tresen und sag nicht, dass du was damit zu tun hast. Aber eins sag ich dir gleich«, fügte sie nach kurzem Zögern hinzu, »dann gibt es auch keine Prozente.«

Hadi horchte auf.

»Was für Prozente?«

»Na, glaubst du vielleicht, ich lasse meine Mitarbeiter ohne Bezahlung schuften? Ich hätte dir zehn Prozent pro Spielzeug gezahlt. Aber wer nicht will, der hat schon.«

»Ich finde«, warf ich ein, »du kannst dem Hadi die zehn Prozent auch geben, ohne dass er direkt Werbung für dich macht. Immerhin muss er die Karten ins ›Kamm together‹ schmuggeln und ungesehen auf den Tresen legen. Das ist für einen wie Hadi schon viel.«

Mein Bruder sah mich etwas waidwund an.

»Ich finde auch, Gundula. Das ist für mich schon ein sehr großes Opfer. Das müsste schon honoriert werden eigentlich.«

»Na gut«, sagte Susanne. »Dann machen wir's halt so.«

»Wir müssen uns da aber ganz schön ranhalten«, gab ich zu bedenken. »Samstag ist ja nicht mehr weit.«

Susanne wurde ein bisschen blass. »Oh, das hatte ich gar nicht bedacht.«

47.
Kapitel

Langsam, aber sicher bekamen wir wieder Boden unter unseren Füßen. Jeder meiner Lieben hatte in den nächsten Tagen ein kleines Erfolgserlebnis zu verzeichnen, und ich spürte einmal mehr, wie sehr mir meine manchmal so nervtötende Familie tief im Innern am Herzen lag.

Nachdem Hadi die Kärtchen für »Chez Suzanne« widerstrebend bei Bine und ihrem »Kamm together« abgeliefert hatte, wurde er zu unserer Überraschung befördert und spontan damit beauftragt, die PR-Abteilung des Geschäfts zu übernehmen. Roses Drillinge brachten ihre Freundinnen mit, wobei ich nach wie vor nicht sicher war, ob die wegen Roses Kurs oder wegen meines Apfelkuchens kamen. Vielleicht sogar wegen Susannes Gummitieren, die reißenden Absatz bei der Dorfbevölkerung fanden. Gerald arbeitete fleißig im Finanzamt und brachte mir jedes Wochenende einen echten Blumenstrauß von einem echten Blumenladen mit. Unsere Mutter befasste sich wieder leidenschaftlich mit ihrem Lieblingsthema, der MeToo-Bewegung und ließ sich keine Chance entgehen, uns darauf hinzuweisen, dass wir uns allesamt auf Abwegen befinden würden. Trotzdem kümmerte sie sich zuverlässig darum, dass der Kühlschrank immer gut mit Rotkehlchen Rosé gefüllt war, damit unsere Besucher nicht auf dem Trockenen sitzen mussten.

Und ich? Ich widmete mich meinen geliebten Hühnern und fütterte sie mit den besten Speisen, die sich ein Huhn je erträumen konnte. Und dafür schenkten sie uns die größten, wohlschmeckendsten Eier, die diese Welt je gesehen hatte.

Mutti hatte schließlich sogar eine kleine Anzahlung für die Reparatur unseres Dreiseitenhofs geleistet und so kam es, dass wir eines Nachmittags im späten Sommer mal wieder in einer mit weiß-rotem Absperrband abgesicherten Ecke in der Küche zusammensaßen. Susanne tippte auf ihrem Taschenrechner herum und ballte zwischendurch freudig die Hände, Rose lernte Texte aus ihrem Büchlein auswendig, Eddie schlief, Gerald regelte irgendetwas mit dem Gewerbeaufsichtsamt für Susanne, Matz quälte sich mit seinen Hausaufgaben herum, Hadi überlegte, wie er seine Chefin dazu überreden könnte, das »Kamm together« nach den Regeln des Feng-Shui umzugestalten, Mutti verfasste ein Pamphlet für Frauenrechte, welches sie einer Zeitung anbieten wollte, Gulli und Othello lagen im Garten herum und beobachteten die Hühnerschar, und ich suchte in meinem Backbuch nach einem neuen interessanten Kuchenrezept. So saßen wir einig in unserer Ecke und lauschten dem Hämmern, Klopfen und Sägen unserer Handwerker.

Ab und zu hoben wir den Blick und sahen durch das geöffnete Fenster nach draußen. Die Sonne schien, die alte Eiche wiegte sich im Wind, die Vögel zwitscherten, und ich hätte nicht sagen können, wann ich jemals in meinem Leben glücklicher gewesen war. Doch plötzlich löste sich der Mauervorsprung über dem Kaminsims und krachte mit ohrenbetäubendem Getöse auf den Boden. Gulliver und Othello kamen aus dem Garten gerannt, postierten sich um die Trümmer und begannen wie verrückt zu bellen. Nachdem wir uns von unserem ersten Schrecken erholt hatten, schlichen wir vorsichtig näher.

Rose sah sie als Erste. Sie sprang wie angestochen in die Luft und schrie: »IIIIIIHHHH!!!«

Meine Mutter sagte: »Was hast du denn jetzt schon wieder, Rosi?« Dann bückte sie sich über den Schutthaufen und hielt inne.

»Na, DAS ist ja verrückt.«

»Was denn?«, fragte Susanne und bückte sich ebenfalls. Dann rief sie aus: »Ach herrje!«

»Was denn?«, fragte ich. Meine Mutter zog mit spitzen Fingern etwas aus dem Haufen und hielt es in die Luft. Ein Knochen.

Vorsichtig schoben wir den Schutt beiseite und zogen einen Knochen nach dem anderen hervor, bis wir so viele beisammenhatten, dass es für ein ganzes Skelett gereicht hätte. Rose war völlig außer sich. »Das ist ja so gruselig!«, rief sie und fasste nach Hadis Arm.

Hadi rief: »Lass doch mal, Rose! Du weißt doch, mein Rücken!«

Aber Rose überhörte seinen Einwand: »Ich fürcht' mich ganz schrecklich, weil wir doch in meinem Kurs versucht haben, mit Verschiedenen zu reden, und bis jetzt haben sie noch nicht geantwortet, und jetzt weiß ich auch, warum. Weil sie lieber gleich selbst vorbeikommen wollten. O Gott! Was mach' ich denn jetzt mit denen?«

»Was?«, fragte meine Mutter.

»Ich würde sagen, da sitzt wieder mal ein Schräubchen locker«, sagte Susanne und ließ ihren Finger neben ihrem Kopf kreisen.

»Ein Schräubchen?«, fragte meine Mutter zweifelnd. »Eher ein Werkzeugkasten.«

»Nein!«, rief Rose. »Das versteht ihr nicht! Wir haben die gerufen!«

»Ja, Rose, jetzt sei mal kurz leise«, sagte Gerald. »Merkwürdig, für Menschenknochen sind die ein bisschen klein.«

»Kinderknochen«, sagte Rose lapidar und plumpste auf einen Stuhl. »Ich werd' meinen Kurs abbrechen. Das halt ich nicht aus, wenn die ganzen Verschiedenen jetzt hier aus dem Kamin fallen.«

»Rosi, jetzt reiß dich mal zusammen«, sagte meine Mutter.

Hinter uns erklang ein Geräusch, und wir fuhren herum. An der Küchentür stand ein Handwerker und musterte uns. Jetzt trat er näher und betrachtete den Knochenhaufen.

»Ist ja verrückt. Ich hab' davon immer nur gehört, aber anscheinend hat das hier im Haus wirklich stattgefunden.«

»Was denn?«, fragte ich.

Der Mann erklärte, dass es früher in dieser Gegend das Ritual gab, das ein oder andere Haustier lebend einzumauern, um das Haus vor bösen Geistern zu schützen.

»Das ist ja grauenhaft!«, schrie Susanne.

»Wieso?«, ereiferte sich meine Mutter. »Ist doch ein gutes Gefühl, wenn das Haus beschützt wird.«

»Die armen Tiere«, sagte Matz leise. Er war augenscheinlich von dem Lärm angelockt worden und hockte nun mit Hammer und Nägeln vor dem Grab.

»Ich hab' das immer hier drin«, Hadi deutete auf sein Herz, »gespürt, dass da was nicht in Ordnung ist mit dem Kamin. Ich hab' ganz feine Antennen für solche Schwingungen, wisst ihr?«

»Das ist jetzt der letzte Traum, der in Erfüllung gegangen ist«, sagte Rose leise.

»Was?«, fragten wir.

»Na, nach der ersten Nacht ... da haben wir doch alle was geträumt, und jetzt ist alles in Erfüllung gegangen.«

»Wenn das so ist, müssen wir jetzt eigentlich nur träumen, dass wir die Reparatur bezahlen können, dann werden wir das schon wuppen«, sagte meine Mutter und klatschte in die Hände.

»Wuppen!«, rief Susanne entzückt aus. »Was für ein schönes Wort! Ich muss sagen, Ilse, du wirst immer lockerer! Das wird noch, mit dir! Und außerdem glaube ich auch, dass wir das wuppen werden. Das Haus ist auf unserer Seite.«

»Zumindest kann es uns anscheinend hören«, sagte Gerald, und ich warf ihm einen anerkennenden Blick zu.

»Für einen eingefleischten Realisten hast du das sehr schön gesagt, Gerald.«

»Ich bin dabei, mich zu ändern, Gundula. Schön, dass dir das auffällt.«

»Wurde auch Zeit.« Ich zwinkerte ihm zu.

»Ich hab jetzt gerade so ein Gefühl«, sagte Rose, »als ob das Haus zu uns spricht.«

»Na ja«, sagte meine Mutter.

»Ich glaube, es braucht die toten Tiere in der Wand nicht mehr, weil es weiß, dass wir auf es aufpassen.«

»Es gibt auch einen Brauch, wenn die Knochen einen neuen Platz im Haus bekommen«, mischte sich der Handwerker wieder ein. Er hatte uns die letzten fünf Minuten schweigend zugehört. »Und ihre Knochen sind ja jetzt gewissermaßen an einem anderen Platz. Zumindest sind sie nicht mehr in der Wand.«

»Und was ist das für ein Brauch?«, fragte Susanne.

»Na ja, man feiert ein Fest mit dem Dorf.«

Das Wochenende nahte, und wir rüsteten unseren Hof für die Gäste. Dass wir ein Fest feiern würden, hatte für uns natürlich keine Sekunde infrage gestanden, die Einladungen hatten wir über die üblichen Wege im Dorf verteilt. Ich stand von morgens bis abends in der Küche, um Eier zu verarbeiten. Irgendwie kamen unsere Hühner gar nicht mehr aus dem Eierlegen heraus, und obwohl ich etliche davon einmal pro Woche in meinen Leiterwagen schichtete, um der Blumenfrau neue Ware zum Verkauf zu liefern, schien die Speisekammer sich nie zu leeren. Wahrscheinlich war das der Dank unserer gefiederten Freunde dafür, dass wir sie vor dem sicheren Tod bewahrt hatten. Ich buk einen Apfelkuchen nach dem anderen, kreierte die fantasievollsten Eierspeisen und füllte mindestens zwanzig Flaschen Eierlikör ab.

Matz nahm mit unserer Hühnerschar die letzten Übungen vor. Er hatte sich in den vergangenen Tagen intensiv mit ihnen befasst und ihnen nicht nur Kunststücke beigebracht, die die meisten von ihnen mit größter Begeisterung vollführten, sondern in dem ein oder anderen Huhn wahre Rechengenies entdeckt. Ausgerechnet Glöckchen, die von uns anfangs ein bisschen belächelt wurde, weil sie sich immer wieder verirrte und manchmal aus heiterem Himmel gegen Wände lief, erwies sich nach und nach als echte Zahlenkünstlerin. Innerhalb weniger

Tage konnte sie mühelos von eins bis zehn zählen und pickte die stets richtigen Zahlen eifrig in den Boden. Gerald kühlte den Rotkehlchen-Sekt, Susanne dekorierte ihre Gummischwänze auf einem Gartentisch, meine Mutter bastelte zusammen mit Hadi kleine Ansteckadeln mit der Aufschrift »MeToo ist unsere Chance«, und Rose studierte einen kleinen Ratgeber, den sie sich in der Bibliothek ausgeliehen hatte und mithilfe dessen sie sich über übersinnliche Kräfte informierte. Sie plante, ihren Weltverbesserungskurs zu einem Verschiedenenkurs auszuweiten.

»Du, Gundula?«

»Ja?«

»Vielleicht hättest du mal irgendwann ein bisschen Zeit, dann könntest du dich für meinen Kurs zur Verfügung stellen.«

»Sieht schlecht aus, Rose.«

»Du musst auch nichts bezahlen.«

»Ich will gar nicht mit Toten reden, Rose. Da hab' ich Angst.«

»Das ist gar nicht schlimm, ehrlich. Ich versuch, nur die Netten aufzuwecken.«

»Nein, Rose, das ist nichts für mich.«

»Du könntest zum Beispiel mit deinem Papa reden. Mit dem hab' ich schon fast Kontakt aufgenommen, aber dann haben die Handwerker gebohrt, und er war wieder weg.«

Ich bekam eine Gänsehaut.

»Nein.«

»Oder mit der Oma Sieglinde.«

»Nein, Rose, ich mag so was nicht. Und jetzt muss ich mich konzentrieren, sonst wird mein Kuchen nichts.«

Rose trat von einem Fuß auf den anderen.

»Aber wenn ich nicht vorher üben kann, funktioniert es vielleicht nicht.«

»Dann bleib doch bei dem Universumskurs, der ist doch auch interessant.«

»Der reicht auf Dauer nicht. Und das Haus ist wie gemacht für die Verschiedenen. Das hat es ja schon bewiesen.«

Ich verschüttete das Mehl und fluchte.
»Rose, jetzt lass mich. Ich muss mich konzentrieren!«
»Das find ich jetzt echt blöd von dir«, sagte Rose und zog ab.
»Gundula!«
Susanne und meine Mutter erschienen in der Küchentür. Nie konnte man in diesem Haus für sich sein. Aber dann sah ich ihre Gesichter und stellte fest, dass sie bis über beide Ohren strahlten.
»Was ist denn mit EUCH los?«
»Gute Laune«, sagten sie wie aus einem Mund.
Ich stützte mich auf meiner Arbeitsfläche ab und betrachtete das seltene Bild, das sich mir bot.
»Schön! Und warum habt ihr gute Laune?«
Susanne stupste meine Mutter an. »Jetzt sag's halt.«
»Meinst du?«
»Ja. Irgendwann musst du's ja sagen. Ich ruf mal den Rest der Mannschaft.« Damit humpelte sie nach draußen.
Als sich meine gesamte Familie in der Küche eingefunden und auf Stühlen platziert hatte, begann meine Mutter, von ihrer Idee zu erzählen.
»Liebe Bundschuh-Schulze-Seemanns. Nicht, dass ich jetzt plötzlich zu einem anderen Menschen geworden wäre, nein, damit kann ich leider nicht dienen. Aber mir ist heute Nacht etwas zugestoßen, was ich euch doch nicht vorenthalten wollte.« Sie machte eine Pause, und wir warteten. Von Ferne klang Othellos und Gullivers Bellen zu uns herüber. Wahrscheinlich waren sie in unserem Wäldchen auf weitere Knochenbestände gestoßen. »Ich hatte heute Nacht einen Traum. Heute Morgen, als ich aufgewacht bin, habe ich ihn mir wieder in Erinnerung gerufen, und weil wir beschlossen haben, dass unsere zukünftigen Träume, vorausgesetzt sie sind erträglich, in Erfüllung gehen sollen, werde ich euch diesen Traum jetzt erzählen.«
Wir lauschten gespannt.
»Ich habe von eurem Vater geträumt. Von meinem Edgar. Er kam direkt durch die Tür in mein Schlafzimmer und baute sich

vor meinem Bett auf. Natürlich habe ich mich erst mal nicht getraut, ihn anzusprechen, weil ich Angst hatte, dass ich mir alles nur einbilde. Aber dann lächelte er mich plötzlich mit seinem typischen, verflixt charmanten Edgar-Lächeln an und sagte: ›Ich weiß, dass du wach bist, Ilse. Brauchst nicht so tun, als ob du schläfst. Ich bin schon die ganze Zeit um euch herum und sehe mir das Desaster an. Was ist nur mit euch los? Das reinste Chaos! Wäre ich bloß noch am Leben, euch kann man wirklich nicht allein lassen. Aber egal. Es ist, wie es ist, und es ist auch gut so. Und jetzt bin ich nach intensivem Nachdenken zu dem Schluss gekommen: Es muss sich was ändern.‹ Wie ihr euch vielleicht denken könnt, hat er damit bei mir direkt ins Schwarze getroffen, denn meine Nerven liegen mittlerweile auch schon ein bisschen blank, mit dem Haus und dem ganzen Drumherum. Ich habe gefragt: ›Gut, Edgar. Was schlägst du vor?‹ Und er hat geantwortet: ›Sagst du nicht immer selbst, du willst mit warmen Händen geben?‹ ›Natürlich‹, sag' ich. ›Und was meinst du damit?‹ ›Denk mal nach‹, sagte Edgar, und damit ist er verschwunden.«

Rose strahlte über das ganze Gesicht. Dann sprang sie von ihrem Stuhl auf und jauchzte: »Das war, weil ich ihn schon hergeholt hatte. Es funktioniert!«

»Jaja, natürlich«, sagte meine Mutter.

»Erzähl weiter, Ilse, oder besser: Lass mich, das dauert sonst wieder ewig, ja?«, sagte Susanne.

Meine Mutter zuckte mit den Schultern.

»Eigentlich wollte ich das jetzt erzählen, das war ja immerhin mein Traum.«

»Ja, aber ich möchte auch was beisteuern. Immerhin betrifft es mich ja auch!«

»Womit du nicht ganz unrecht hast. Du alter Drachen. Na, mach schon.«

»Lieb von dir, buckliges Scheusal.«

Entgegen aller Erwartungen hielt sich meine Mutter die Hand vor den Mund und begann, leise vor sich hin zu kichern.

»Pornoqueen ...«

»Franzosenschleuse ...«

Gerald unterbrach die beiden.

»Mutti, Ilse, jetzt kommt doch mal zur Sache, bitte.«

»Stimmt«, sagte Susanne. »Also der Punkt ist der: Ilse löst einen Teil von Edgars Erbe auf und bezahlt unsere Schulden. TaTaaaaa! Na, was sagt ihr?«

Meine Mutter sagte: »Es ist MEIN Erbe. Nicht Edgars. Und ICH schenke euch das Geld.«

»Ja, aber Edgar hat es dir hinterlassen, Ilse«, sagte Susanne.

»Das ist egal. Es ist mein Geld, und ich schenke es euch hiermit mit warmen Händen.«

»Wirklich?«, fragte Gerald.

»Bei meinem Leben«, sagte meine Mutter. »Ich finde, ihr habt es euch verdient, ihr geht mir zwar manchmal gewaltig auf die Nerven, aber dafür könnt ihr nicht viel, weil ihr ja die Bundschuhs und deshalb ein bisschen verrückt seid.«

»Ein bisschen?«, fragte ich.

»Na ja. Ein bisschen mehr als ein bisschen. Aber ich möchte mich auch dafür bedanken, dass ich hier bei euch in diesem schönen Haus sein darf. Das ist nicht selbstverständlich, so eine alte Giftzange wie mich durchzufüttern.«

Ein gewaltiges mitfühlendes »Oooooooch« brach aus uns hervor, und dann fielen wir meiner Mutter nacheinander um den Hals, bis sie ausrief: »Wie oft soll ich es euch noch sagen, dass ihr mich nicht anfassen sollt! Weg mit euren klebrigen Fingern und an die Arbeit!«

Wie auf Knopfdruck stoben meine Lieben auseinander. Ich schickte Gerald zum Einkaufen, um Zutaten für zehn weitere Apfelkuchen und dreißig Kisten Sekt zu besorgen.

48.
Kapitel

Am späten Samstagnachmittag öffneten wir unsere Pforten. Der Andrang war gewaltig. Sogar der Bürgermeister war vorbeigekommen. Er begrüßte uns herzlich, dann stellte er sich oben auf unsere Eingangstreppe und klatschte in die Hände. Die Stimmen unserer Gäste verebbten allmählich, und er begann zu sprechen:
»Liebe Familie Bundschuh! Ich möchte mich jetzt mal sehr gern für diese schöne Einladung hier in den Acker 1 bedanken.« Das Publikum klatschte, und Susanne, die neben mir stand, schluchzte vor Rührung laut auf. »Und ich möchte mich vor allem im Namen meines alten Freundes Hans Bellmann dafür bedanken, dass Sie sich seines geliebten Dreiseitenhofs angenommen haben. Denn aufgrund seiner schweren Krankheit war es ihm kurz vor seinem Tod unmöglich, das Haus zu renovieren, und wenn Sie nicht gekommen wären, hätte die Stadt den Acker 1 sicherlich über kurz oder lang dem Erdboden gleichgemacht.« Die Leute klatschten. Einige wischten sich Tränen aus den Augen. »Besonders aber möchte ich mich bei Ihnen dafür bedanken, dass Sie Frau Müller und ihre Familie bei sich aufgenommen haben.« Wieder klatschen unsere Besucher. »Und deshalb, liebe Familie Bundschuh-Schulze-Seemann, möchte ich Ihnen versichern, dass Sie in Zukunft immer auf uns zählen können, wenn Sie mal in Not geraten. Wir üben uns Fremden gegenüber zwar erst mal in Zurückhaltung, wenn wir jedoch Vertrauen gefasst haben, werden Sie uns nicht mehr los, das kann ich Ihnen versichern. Ich möchte Ihnen in

meinem Namen und im Namen der hier Anwesenden von Herzen danken, dass Sie den Acker 1 vor dem Abriss gerettet haben. Der Acker 1 war immer unser Vorzeigedreiseitenhof, und wir lieben ihn. Danke. Und nun wünsche ich euch allen im Namen von meinem alten Freund Hans ein schönes Fest!«

Das Publikum johlte und klatschte, und unsere Mütter wischten sich die Tränen aus den Augen.

Später entdeckte ich in dem Tumult die alten Damen, die Gerald im Discounter während seines Wutausbruchs das Fürchten gelehrt hatte. Die ältere der beiden kam auf mich zu und zog mich zur Seite.

»Frau Bundschuh, ich möchte mich entschuldigen. Ich weiß, dass meine Freundin und ich Sie damals auf dem Parkplatz komisch angeguckt haben. Erinnern Sie sich? Als Sie die Dosenmöhrchen gekauft haben, und Ihr Mann danach so geschimpft hat?«

Natürlich erinnerte ich mich.

»Also ... das tut mir im Nachhinein wirklich leid. Wir sind Fremden gegenüber zuerst immer etwas skeptisch, wissen Sie? Aber, was ich eigentlich sagen wollte: Meine drei Töchter kommen wirklich gern in Ihr Haus. Sie wissen schon, zum Eierkuchen essen. Das Rezept müssen Sie mir mal bei Gelegenheit geben.«

Ich sah zu den Drillingen hinüber, die sich gerade Muttis MeToo-Anstecker an die Brust hefteten. »Ach, das sind Ihre Töchter? Die immer zu Roses Kurs kommen?«

»Ja, zu dem Kurs, genau. Aber eigentlich in erster Linie zum Eierkuchenessen.«

Sie zwinkerte mir zu. »Und Ihr Apfelkuchen ist auch nicht ohne, den habe ich gerade gekostet. Und da wäre ich auch schon beim Thema, weswegen ich Sie eigentlich sprechen wollte: Die Nichte meiner Freundin hat eine Bäckerei im Nachbarort. Ihre Mitarbeiterin ist jetzt längere Zeit im Mutterschutz, und die Elfie ist schon ganz verzweifelt, aber vielleicht könnten Sie ja ein bisschen bei ihr aushelfen und die ein oder andere ihrer Spezialitäten dort verkaufen?«

Hatte ich richtig gehört? Ich war sprachlos. Was für ein unverhofftes Angebot! Sollte mein Traum doch noch in Erfüllung gehen? Mein Traum von einem selbstbestimmten Leben?

Während ich darüber nachdachte, kam mir eine neue Idee: Ich könnte vielleicht noch andere Kuchenrezepte ausprobieren und sie in unserem Dreiseitenhof verkaufen. Platz genug gab es dafür, und um Eier musste ich mich nicht sorgen. Wie gern hätte ich die Hand der alten Dame gedrückt, aber das war in diesen Zeiten ja nicht möglich.

»Danke! Das werde ich mir gern überlegen!«

Dann blickte ich mich um. Die Sonne schien, die Menschen lachten, aßen und tranken und freuten sich mit uns über unseren schönen Hof. Die Handwerker kamen aus dem Haus und stießen mit unseren Gästen an. In einiger Entfernung erkannte ich sogar Herrn Mutzke, der mit der Sparkassenangestellten schäkerte. Und dann entdeckte ich zu meinem großen Erstaunen Herrn Mussorkski. Er stand neben Herrn Zuckowski, der ohne seine Frau gekommen war. Von Weitem winkten mir die beiden zu und mir wurde ein bisschen heiß, als ich in Herrn Mussorkskis strahlendes Gesicht blickte. Dann jedoch erweckte eine junge Frau meine Aufmerksamkeit, die sich an ihn herangepirscht hatte und ihn nun von hinten mit ihren Armen umschlang. Als Herr Mussorkski sich zu ihr umdrehte, küsste sie ihn stürmisch auf den Mund. Er versuchte, sich von ihr loszumachen, was aber misslang, grinste schließlich schief in meine Richtung und zuckte mit den Schultern.

Ich konnte mir ein Lächeln nicht verkneifen. Herr Mussorkski würde sich auf seine alten Tage gewiss nicht mehr ändern. Ich winkte zurück und lief dann durch das Getümmel zu meinem Mann, umarmte ihn vor allen Leuten und gab ihm unter lautem Beifall einen langen, innigen Kuss.

ENDE